全本全注全译丛书

中华经典名著

马银琴◎译注

搜神记

中华书局

图书在版编目(CIP)数据

搜神记/马银琴译注. —北京:中华书局,2012.1
(2025.3 重印)
(中华经典名著全本全注全译丛书)
ISBN 978-7-101-08312-5

Ⅰ.搜… Ⅱ.马… Ⅲ.①笔记小说-中国-东晋时代②搜神
记-注释③搜神记-译文 Ⅳ.I242.1

中国版本图书馆 CIP 数据核字(2011)第 222178 号

书　　名	搜神记	
译 注 者	马银琴	
丛 书 名	中华经典名著全本全注全译丛书	
责任编辑	张彩梅	
装帧设计	毛　淳	
责任印制	管　斌	
出版发行	中华书局	
	(北京市丰台区太平桥西里 38 号　100073)	
	http://www.zhbc.com.cn	
	E-mail:zhbc@zhbc.com.cn	
印　　刷	北京盛通印刷股份有限公司	
版　　次	2012 年 1 月第 1 版	
	2025 年 3 月第 17 次印刷	
规　　格	开本/880×1230 毫米　1/32	
	印张 15⅛　字数 250 千字	
印　　数	134001-142000 册	
国际书号	ISBN 978-7-101-08312-5	
定　　价	33.00 元	

目 录

前　言

　　《搜神记》，顾名思义，它是一部搜罗和记载各种神仙鬼怪故事的书籍。其书作者干宝，字令升，河南新蔡人。干宝年少时即博览群书，尤其对阴阳术数、易卜占筮等典籍感兴趣。西晋末年，因才干出众，干宝被朝廷召为佐著作郎，后因平定杜弢叛军有功，被封为关内侯。东晋元帝时，经中书监王导举荐，始领国史。后因家贫，求为山阴令，迁始安太守。王导请他担任司徒右长史，后又迁为散骑常侍。干宝一生著述颇丰，除《搜神记》之外，还著有《晋纪》、《春秋左氏义外传》，注《周易》、《周官》等数十篇。《隋书·经籍志》还著录了他的《百志诗》九卷、《干宝集》四卷。不过，这些书大部分都已经散佚了。

　　关于《搜神记》的撰述缘由，《晋书》卷八十二《干宝传》有两段较为离奇的记载。其一是说，干宝的父亲生前宠幸一位婢女，引起他母亲的忌妒。父亲去世下葬时，母亲便借机把这位婢女推入墓中，为其父殉葬。十余年后，干宝母亲去世，干宝兄弟打开墓穴，准备将父母合葬时，发现被推入墓坑殉葬的婢女还伏在棺材上，容颜未改，栩栩如生。把她带回家后，竟然又活了过来，而且自称在墓中时，他们的父亲经常为她取来饮食，恩宠如在世间模样。另外一则是说，干宝的哥哥曾经因病没了气息，但体温如常，数日不僵。几天后，哥哥又醒了过来，如同做了一场梦，声称自己看到天地间的各种鬼神。干宝受这两件事情的影响很深,因此对神仙鬼怪之事深信不疑,据《干宝传》所言,《搜神记》的撰述,"亦足以明神道之不诬也"。

除了个人的经历外,《搜神记》的撰述更是作者受时代风气影响,以良史之才,精心为神仙鬼怪立传的产物。从今本《搜神记》的四百六十余则故事来看,主要宣扬神仙术士之神通、精灵古怪之淫祀、妖怪变现之奇异,以及善恶因果之报应等方面的思想,而这些都是汉代以来非常流行的黄老谶纬之学、民间淫祀之风、阴阳五行之理,以及佛教报应之说推波助澜、相互杂糅而形成的时代风习。干宝沐浴此风,闻见既广,乃以史家笔法,"考先志于载籍,收遗逸于当时",突破《汉书·艺文志》的观念,将各种关于神仙鬼怪故事的"微说",作为"七略"之外的第八略。干宝完成此书后,曾将此书献给当时的名士刘惔,刘惔阅后,称他为"鬼之董狐",意谓干宝是一位能够秉笔直书、如实记载神仙鬼怪之事的好史官。

《搜神记》,又名《搜神录》、《搜神异记》、《搜神传记》,原本有三十卷,大概在宋元时期已佚而不存。今存二十卷本的《搜神记》,一般认为是明代学者胡应麟从《法苑珠林》、《太平广记》、《太平御览》等类书中辑录出来的。辑录者在抄撮群书时难免有讹误,有些条目或文句明显不属于原书文字。不过,整体而言,绝大部分还是与干宝原书相符合的。

今本《搜神记》卷帙少了十卷,体例也有所改变,不过,其内容依旧非常丰富。从所涉内容来看,其中既有神仙方士的神通,又有地方神祇的灵验;既有阴阳五行错乱所致的妖怪,又有符命谶纬所显示的天命;既有匪夷所思的灾异瑞应,又有自成系统的占梦解梦;既有德艺精诚的神奇境界,又有五气变化所致的反常人物;既有颇具灵性的奇物异产,又有闻所未闻的亦人亦怪;既有跨越生死、沟通人鬼的传闻,又有机智沉稳、降妖除怪的异事;更有善有善报、恶有恶报的因果报应故事。这些千奇百怪的与"神"有关的异说,涵盖了各种与世俗生活有别的"古今怪异非常之事",因此,本书被后人推为志怪小说的集大成之作。

　　《搜神记》的故事来源，一方面是"承于前载者"，即前代的经典史志，如《史记》、《汉书》、《后汉书》、《淮南子》、《神仙传》等，另一方面是"采访近世之事"，即干宝本人采录的奇闻异事。今本《搜神记》中，据前代典籍史志摘录的约有二百则，干宝本人采录的约有二百六十余则。在具体的编排上，大致以类相从，每一类都有相应的叙言。如今本卷一至卷三即是关于神仙术士的神变故事，类似于《后汉书·方士列传》。卷六、卷七收录各类妖怪故事，其开篇有一段文字用阴阳五行之消长来解释妖怪产生的原因，其体例与《汉书·五行志》非常接近。因此，有学者认为，原本《搜神记》很可能分作"感应"、"神化"、"变化"、"妖怪"等不同的篇目或类别（李剑国《唐前志怪小说史》页287，南开大学出版社1984年版）。

　　作为志怪的集成之作，《搜神记》除了内容丰富、体例清晰之外，其叙事与文辞也颇受后人称许，被看做"直而能婉"，是兼具直笔实录与曲折幽雅的典范。比如，在叙事方面，增强了故事情节的完整性和丰富性，使志怪的篇幅与容量有所增加，卷一的"杜兰香与张传"、"弦超与神女"诸条，都是情节完整、韵散结合、言辞清峻的优美故事。

　　就其影响而言，本书不仅是志怪小说的典范，更是唐宋传奇、宋元话本、明清戏曲与小说取材的渊薮，不断受到人们的关注。例如本书卷十一东海孝妇遭枉杀而其血倒流、大旱三年的故事，就是关汉卿创作《窦娥冤》的蓝本；扬州刺史严遵因"道旁女子哭声不哀"而智断铁椎疑案的故事在后世被不断演绎；干将、莫邪铸剑被杀，其子为复仇而致断头于客，客携其头见楚王，三头同煮于镬而有三王墓的故事，最后变成鲁迅笔下的《铸剑》；韩凭夫妇死后精魂化身而成的相思树、鸳鸯鸟，则成为文人墨客歌颂爱情的象征。蒲松龄更把《搜神记》作为自己学习的典范，如其在《聊斋自志》中所云："才非干宝，雅爱搜神。"至于各种以"搜神"命名的续作、仿作更是层出不穷，如托名陶潜的《搜神后记》、唐人勾道兴的《搜神记》、焦璐的《搜神录》等。"搜神"的故事，就这样由干宝而起,至于今长盛不衰。

　　李剑国先生的《新辑搜神记》所取得的成绩有目共睹,他对《搜神记》每一条目的辨析与对全书结构的重新分类与编排,为推动《搜神记》研究作出了巨大的贡献。但是,《新辑搜神记》仍然不是干宝原书,而二十卷本的胡辑本《搜神记》经过几百年的流传,已具有了相当深厚的历史基础。在追求"古本之真"还是"历史之真"的考量中,出于推广与普及的考虑,笔者最终决定仍然以二十卷本的《搜神记》为基础。这次对《搜神记》校点与译注,主要依照汪绍楹校注的《搜神记》(中华书局 1979年版),在文字的校对上,较多参考了李剑国的《新辑搜神记》(中华书局 2007 年版)、顾希佳选译《搜神记》(浙江古籍出版社 1985 年版)以及黄涤明《搜神记全译》(贵州人民出版社 1991 年版)等多家整理本,对有些成果的借鉴未能在注释中一一标出,在此一并表示感谢。

　　因时间及学力所限,笔者对《搜神记》的校点与译注肯定存在不少讹误与可商榷之处。读者倘能以此为入门之阶,激发起内心的愤悱之情,并化为明辨是非、独立思考的动力,就与我们注译此书的初衷不谋而合了。敬请各位不吝赐教!

译注者

2011 年 8 月 1 日

卷一

【题解】

本卷所记皆为晋代以前神仙术士及其神通变化的奇闻异事,即从传说中的神农到三国时吴国的吴猛。其中神农、赤松子、宁封子、彭祖、师门、葛由等相传是远古及夏、商、周三代时期得道的神仙,能够呼风唤雨,骑龙驾虎,长生不老。春秋战国时期的琴高、陶安公亦是如此。汉代神仙方术空前发达,淮南王刘安尤好此道,招致方术之士达数千人,本卷中的八老公即是其典型。此后的刘根、王乔、蓟子训、汉阴生、左慈、于吉、介琰、徐光、葛玄、吴猛等人则是修道求仙的术士,能够役使鬼神,羽化飞升,腾挪变幻,不受形神之限。从其法术与神通,可以粗略地反映出晋代以前神仙方术之道的发展变化。本卷最后四则记神女与世间凡人交通恋爱,从另一个侧面反映出人们对沟通仙凡的期望,以及仙凡相处难以长久的遗憾。

神农鞭百草

神农以赭鞭鞭百草①,尽知其平毒寒温之性②,臭味所主③。以播百谷,故天下号"神农"也。

【注释】

①神农：传说中的太古帝王名，又被称为炎帝。始教民为耒耜，务农业，故称神农氏。赭（zhě）鞭：相传是神农氏用来检验百草性味的赤色鞭子。赭，红色。

②平毒寒温之性：指草木无毒、有毒及寒温的药性。平，指草药无毒性。

③臭（xiù）味：气味。

【译文】

神农氏用赤色的鞭子鞭打各种草木，全面了解各种草木平、毒、寒、温的药性，药味所主治的疾病。因为他播种各种庄稼，所以天下人称他为"神农"。

雨师赤松子

赤松子者，神农时雨师也①。服冰玉散②，以教神农。能入火不烧。至昆仑山，常入西王母石室中③。随风雨上下。炎帝少女追之，亦得仙，俱去。至高辛时④，复为雨师，游人间。今之雨师本是焉。

【注释】

①雨师：传说中司雨的神。

②冰玉散：传说中一种可长生不老的药。

③西王母：古代神话中的女仙人，是长生不老的象征。

④高辛：即帝喾，传说中的古代部族首领，为黄帝曾孙，初受封于辛，后即帝位，号高辛氏。

【译文】

赤松子，是神农时司雨的神。他服用冰玉散这种神药，也教神农服用。他能够进入火中而不燃烧。到昆仑山,他常常到西王母的石室中去。他随着风雨上天下地。神农的小女儿追随他,也成为神仙,一起升天而去。到帝喾高辛氏时,赤松子又做了雨师,漫游人间。现在的雨师奉他为祖师。

赤将子轝

赤将子轝者①,黄帝时人也。不食五谷,而啖百草华②。至尧时③,为木工。能随风雨上下。时于市门中卖缴④,故亦谓之缴父。

【注释】

①轝(yú):古同"舆"。

②啖(dàn):吃。华:同"花"。

③尧:传说中古帝陶唐氏的号。

④缴(zhuó):系在箭上用来射鸟以便收回的生丝绳。也指系着丝绳的箭。

【译文】

赤将子轝,是黄帝时的人。他不吃五谷,而是吃各种草木的花。到尧帝时,他做了木工。他能够随着风雨上天下地。当时他在市场的门口卖系箭的生丝绳,所以也被称为缴父。

宁封子自焚

宁封子,黄帝时人也。世传为黄帝陶正①。有异人过之②,为其掌火。能出五色烟。久则以教封子。封子积火自烧,而随烟气上下。视其灰烬,犹有其骨。时人共葬之宁北山中③。故谓之宁封子。

【注释】

①陶正：主掌陶器的职官。

②过：拜访。

③宁：宁邑。古地名，武王伐纣时勒兵于宁，改称修武，汉武帝时更名获嘉。其故城在今河南获嘉。

【译文】

宁封子，是黄帝时候的人。世传他是为黄帝主掌陶器的陶正。有个神异之人拜访他，为他掌火。能够在五色烟火中出入。时间久了就把这种法术教给了封子。封子堆积柴火自焚，随着烟气上天下地。人们察看灰烬，仍然有他的骸骨。人们一起把他葬在了宁邑北山中，所以称他为宁封子。

偓佺采药

偓佺者①，槐山采药父也②。好食松实。形体生毛，长七寸，两目更方③。能飞行，逐走马④。以松子遗尧，尧不暇服。松者，简松也⑤。时受服者，皆三百岁。

【注释】

①偓佺（wò quán）：古代传说中的仙人名。

②槐山：古山名。《山海经·中山经》有"槐山"："（朝歌之山）又东五百里曰槐山，谷多金锡。"据《山东通志》记载，槐山在登州府蓬莱县西北一百一十里处。父：古代对老年男子的尊称。

③更方：更改方向。即两眼视物时可朝向不同的方向。

④走：奔跑。

⑤松者，简松也：此句疑为注文窜入。《初学记》二八引《列仙传》作"松者，横也"。

【译文】

偓佺,是槐山上采药的老汉。喜欢吃松子。他身上长毛,毛长七寸,两只眼睛看东西能朝向不同的方向。他能够在天空飞行,追得上奔跑的快马。他把松子送给尧帝,尧帝没有空闲服食。松树,就是简松。当时得到松子并服食的人,都活了三百岁。

彭祖仙室

彭祖者,殷时大夫也①。姓钱,名铿。帝颛顼之孙②,陆终氏之中子③。历夏而至商末,号七百岁。常食桂芝。历阳有彭祖仙室④。前世云:祷请风雨,莫不辄应。常有两虎在祠左右。今日祠之讫,地则有两虎迹。

【注释】

①殷:朝代名。商王盘庚从奄(今山东曲阜)迁都殷,后世因称商为殷。大夫:古职官名。

②颛顼(zhuān xū):上古帝王名。号高阳氏,相传为黄帝之孙。

③陆终氏:颛顼的后裔。中子:排行居中的儿子。

④历阳:地名。秦时置县,晋时以历阳为治所,置历阳郡,北齐时置和州。即今安徽和县。

【译文】

彭祖,殷代的大夫。姓钱,名铿。他是古帝颛顼的子孙,陆终氏排行居中的儿子。经历夏代一直到商朝末年,号称七百岁。经常服食桂芝。历阳地方有彭祖仙室。前辈人说:到那里祈祷请求风雨,没有不立刻应验的。经常有两只老虎守在祠的左右。现在祠已经不存在了,地上仍然有两只老虎的脚印。

师门使火

师门者，啸父弟子也^①。能使火。食桃葩。为孔甲龙师^②。孔甲不能修其心意，杀而埋之外野。一旦，风雨迎之，山木皆燔^③。孔甲祠而祷之，未还而死。

【注释】

①啸父：传说中的仙人名。

②孔甲：夏朝的帝王名。

③燔（fán）：焚烧。

【译文】

师门是啸父的弟子。能够使火自焚而登仙。服食桃花。是夏帝孔甲的御龙师。孔甲因为师门不能顺从自己的心意，把他杀了埋在野外。一天，风雨迎接他升天，山上的树木都燃烧起来。孔甲设立神祠向他祷告，还没回到家就死了。

葛由乘木羊

前周葛由，蜀羌人也。周成王时^①，好刻木作羊卖之。一旦，乘木羊入蜀中，蜀中王侯贵人追之，上绥山^②。绥山多桃，在峨眉山西南，高无极也。随之者不复还，皆得仙道。故里谚曰："得绥山一桃，虽不能仙，亦足以豪。"山下立祠数十处。

【注释】

①周成王：周代的帝王，名诵。周武王的儿子。

②绥山：即今四川峨眉山市与乐山市沙湾区交界处的二峨山，为道
　教仙山。

【译文】

西周的葛由，是蜀地的羌人。周成王时，喜欢把木头刻成羊去卖。
有一天，他骑着木羊来到蜀中，蜀中王侯贵人都追随他，登上绥山。绥
山有很多桃子，在峨眉山的西南，高耸入云。追随他的人不再返回，都
得了仙道。所以民间谚语说："得到绥山一只桃，不能成仙也自豪。"绥
山下葛由的神祠有几十处。

崔文子学仙

崔文子者，泰山人也。学仙于王子乔①。子乔化为白
霓②，而持药与文子。文子惊怪，引戈击霓，中之，因堕其药。
俯而视之，王子乔之履也③。置之室中，覆以敝筐。须臾，化
为大鸟。开而视之，翻然飞去。

【注释】

①王子乔：相传为周灵王太子。

②霓(ní)：副虹，又称雌虹，雌霓。

③履：原作"尸"，据闻一多《楚辞校补》"大鸟何鸣夫焉丧厥体"
　注改。

【译文】

崔文子，是泰山人。跟随王子乔学仙道。王子乔化身为白霓，带着
仙药送给崔文子。崔文子惊怪，引戈投向白霓，击中了它，于是带来的
药掉了下来。俯身查看，是王子乔的鞋子。他把鞋子放到屋里，用破筐
盖住。过了一会儿，鞋子变成了大鸟。打开筐子看它，展翅高飞而去。

冠先钓鱼

冠先，宋人也。钓鱼为业，居睢水旁百余年①。得鱼，或放，或卖，或自食之②。常冠带③。好种荔④，食其葩实焉。宋景公问其道⑤，不告，即杀之。后数十年，踞宋城门上鼓琴⑥，数十日乃去。宋人家家奉祠之。

【注释】

①睢（suī）水：水名。本为古河渠蒗荡渠（或作"狼荡渠"）的支流，自河南杞县流经睢县北，又东流经宁陵与商丘南，过夏邑北，然后东南流。今仅余睢县附近一支入惠济河。

②食（sì）：喂养。

③冠带：戴帽子束腰带。

④荔：植物名，薜荔的省称。薜荔又称木莲，常绿藤本蔓生植物，果实富胶汁，有解暑作用。

⑤宋景公：春秋后期宋国国君，前516—前469年在位。

⑥踞：坐。

【译文】

冠先，是宋国人。以钓鱼为业，住在睢水边上一百多年。他钓到鱼后，有的放生，有的拿去卖掉，有的自己喂养。他经常戴着帽子束着腰带。他喜欢种植薜荔，吃它的花和果实。宋景公向他请教道术，他不说，就被杀了。几十年以后，他坐在宋国的城门上弹琴，几十天才离开。宋国的人家家都祭祀他。

琴高取龙子

琴高，赵人也。能鼓琴。为宋康王舍人①。行涓、彭之术②,浮游冀州、涿郡间二百余年③。后辞入涿水中④,取龙子。与诸弟子期之,曰:"明日皆洁斋,候于水旁,设祠屋。"果乘赤鲤鱼出,来坐祠中。且有万人观之。留一月,乃复入水去。

【注释】

①宋康王:战国时代宋国国君,或称宋王偃,原名戴偃,为宋剔成君之弟。前329年,戴偃以武力取得宋国君主之位,宋剔成君逃至齐国。戴偃登君位第十一年,自称王号。至前286年,宋国发生内乱,齐乘机举兵灭宋。宋王偃出亡,死于魏。宋康王因穷兵黩武,性情暴戾,在历史上也被称为"桀宋"。舍人:官名。

②涓、彭之术:指神仙之术。涓,涓子。彭,彭祖。

③冀州:古九州之一。自汉至清为行政区划名。汉武帝时为十三刺史部之一,辖境大致为河北中南部、山东西端和河南北端。后代辖境渐小,治所亦迁移不一。涿郡:郡名。汉高祖时分广阳郡南部、巨鹿郡北部及恒山郡一部,置涿郡,直隶于汉朝廷,治所在涿县(今河北涿州)。

④涿水:水名。源出河北涿鹿县涿鹿山。

【译文】

琴高,赵国人。擅长鼓琴。曾担任宋康王的舍人。修行涓子、彭祖的仙术,在冀州、涿郡之间漫游了二百多年。后来辞世进入涿水中获取龙子。和众弟子约定,说:"明天你们都沐浴斋戒,在河边等候,设置神祠祭祀。"果然骑着红鲤鱼从河中出来,坐入神祠。大约有一万多人来看他。停留了一个月,就再次入水而去。

陶安公通天

陶安公者,六安铸冶师也①。数行火。火一朝散上,紫色冲天。公伏冶下求哀。须臾，朱雀止冶上②，曰："安公！安公！冶与天通。七月七日，迎汝以赤龙。"至时，安公骑之，从东南去。城邑数万人，豫祖安送之③，皆辞诀。

【注释】

①六安：郡国名。汉武帝元狩二年(前 121)淮南王、衡山王之乱被平之后，武帝取衡山国六县、安丰等县首字，别置衡山国为六安国，有"六地平安，永不反叛"之意。

②朱雀：古代传说中的祥瑞动物，"四灵"之一。

③豫：预先，事先。祖：祭祀路神。

【译文】

陶安公，是六安的铸冶师。多次生火冶铸。有一天火燃烧起来，紫色的火焰直冲云天。陶安公跪伏在炉下祈祷。一会儿，一只朱雀停在冶炉上，说："安公！安公！冶铸与天通。七月七日，赤龙迎你上天空。"到了约定的时间，陶安公骑着赤龙，向东南飞去。城中数万人，预先祭祀路神为陶安公送行，陶安公都一一辞别。

焦山老君

有人入焦山七年①，老君与之木钻②，使穿一盘石，石厚五尺。曰："此石穿，当得道。"积四十年，石穿，遂得神仙丹诀。

【注释】

①焦山：山名。在江苏镇江东北长江中，与金山对峙。相传因东汉处士焦先隐居于此而得名。

②老君：太上老君的省称。道教尊老子为道祖，称太上老君。

【译文】

有一个人进入焦山学道七年，太上老君给他一个木制的钻子，让他钻穿一块盘石，盘石厚五尺。太上老君说："这块盘石钻穿，就能得道成仙。"这个人共钻了四十年，盘石钻穿了，他于是得到了修炼神仙丹药的口诀。

鲁少千应门

鲁少千者，山阳人也①。汉文帝尝微服怀金过之②，欲问其道。少千拄金杖，执象牙扇，出应门。

【注释】

①山阳：汉代所置县名，属河南郡。故城在今河南修武县境。

②汉文帝：刘恒（前203—前157），汉高祖刘邦之子，在位二十三年。

微服：古代多指帝王将相、王公贵族为隐藏身份而改换常服。

【译文】

鲁少千，是山阳县人。汉文帝曾经穿着平民的衣服，带着黄金去拜访他，想向他学习道术。鲁少千拄着金杖，手执象牙扇，出门迎接。

淮南八老公

淮南王安好道术，设厨宰以候宾客。正月上辛①，有八老公诣门求见②。门吏白王，王使吏自以意难之，曰："吾王好长生，先生无驻衰之术，未敢以闻。"公知不见，乃更形为八童子，色如桃花。王便见之，盛礼设乐，以享八公。援琴而弦歌曰："明明上天，照四海兮。知我好道，公来下兮。公将与余，生羽毛兮。升腾青云，蹈梁甫兮。观见三光③，遇北斗兮。驱乘风云，使玉女兮。"今所谓《淮南操》是也④。

【注释】

①上辛:农历每月上旬的辛日。

②诣(yì)门:上门,登门。

③三光:指日、月、星。

④《淮南操》:古琴曲名,又称《八公操》。

【译文】

　　淮南王刘安喜好道术,专门设置厨宰来迎候宾客。正月的第一个辛日,有八位老人上门求见。门吏报告给淮南王,淮南王让门吏随意非难他们,门吏说:"我们大王喜欢长生不老,你们没有停驻衰老的仙术,不敢替你们去报信。"八位老人明白是淮南王不愿接见,于是变化成八个小童,面如桃花。淮南王于是接见他们,以隆重的礼乐来招待八位老人。淮南王抚琴而歌唱道:"明察的上天俯照四海,知我喜好仙道让八公降临。八公赐福我将羽化而登仙,驾着青云在梁甫山上漫游。看见日月星光又遇到北斗七星。驾着清风彩云使唤天上玉女。"这就是今天所说的《淮南操》。

刘根召鬼

　　刘根字君安,京兆长安人也。汉成帝时①,入嵩山学道。遇异人,授以秘诀,遂得仙,能召鬼。颍川太守史祈以为妖②,遣人召根,欲戮之。至府,语曰:"君能使人见鬼,可使形见;不者,加戮。"根曰:"甚易!借府君前笔砚书符。"因以叩几。须臾,忽见五六鬼,缚二囚于祈前。祈熟视,乃父母也。向根叩头曰:"小儿无状,分当万死。"叱祈曰:"汝子孙不能光荣先祖,何得罪神仙,乃累亲如此!"祈哀惊悲泣,顿首请罪。根默然忽去,不知所之。

【注释】

①汉成帝:西汉宣帝之子刘骜,前33—前7年在位。汉成帝共使用七个年号:建始、河平、阳朔、鸿嘉、永始、元延、绥和。

②颍川:郡名,秦王政十七年(前230)置,以颍水得名。治所在阳翟(今河南禹州)。

【译文】

刘根字君安,京兆长安人。汉成帝时,入嵩山学道术。遇到一个神人,把神仙秘诀传授给他,于是成了仙人,能够召唤鬼魂。颍川太守史祈认为他是妖怪,派人把他召来,想杀他。到了太守府,对他说:"你能让人见到鬼,就让鬼形显现出来;如果不能,就杀了你。"刘根说:"这非常容易。借府君面前的笔砚写一道符。"于是用符敲打案几。一会儿,忽然看见五六个鬼,绑着两个囚犯来到史祈跟前。史祈仔细一看,竟是自己的父母。他们向刘根叩头说:"我儿子不懂礼貌,理当万死。"责骂史祈说:"你做子孙的不能光耀先祖,为何得罪神仙,竟连累父母到这个样子!"史祈悲哀震惊伤心地哭了,向刘根磕头请罪。刘根默默地迅速离开,不知到哪里去了。

王乔飞舃

汉明帝时①,尚书郎河东王乔为邺令②。乔有神术,每月朔③,尝自县诣台。帝怪其来数而不见车骑,密令太史候望之。言其临至时,辄有双凫从东南飞来。因伏伺,见凫,举罗张之,但得一双舃④。使尚方识视⑤,四年中所赐尚书官属履也。

【注释】

①汉明帝:东汉光武帝刘秀之子刘庄。刘庄初名刘阳,封东海王,

于光武帝建武十九年(43)立为太子。57—75年在位,在位十九年仅使用永平一个年号。明帝时期吏治清明,境内安宁,历史上把明帝及其后的章帝时期称为"明章之治"。

②尚书郎:官名。东汉时取孝廉中之有才能者入尚书台,在皇帝左右处理政务。初入台称守尚书郎中,满一年称尚书郎,三年称侍郎。魏晋以后尚书各部有侍郎、郎中等官,综理政务,通称为尚书郎。邺:古地名。在今河北临漳西。

③朔:指农历每月初一。

④舄(xì):鞋子。

⑤尚方:古代制造帝王所用器物的官署。

【译文】

汉明帝时,尚书郎河东人王乔任邺县令。王乔有神术,每月初一,经常从县里来到朝廷。皇帝奇怪他来得频繁却不见随行车马,秘密命令太史去守候观望。太史报告说他来的时候,就有一对野鸭从东南方飞来。于是派人埋伏等候,看见野鸭,就举起罗网去捕捉它,捕到的只是一双鞋子。让尚方来辨认,原来是永平四年时赐给尚书官属的鞋子。

蓟子训长寿

蓟子训,不知所从来。东汉时,到洛阳,见公卿数十处,皆持斗酒片脯候之,曰:"远来无所有,示致微意。"坐上数百人,饮啖终日不尽。去后,皆见白云起,从旦至暮。时有百岁公说:"小儿时,见训卖药会稽市①,颜色如此。"训不乐住洛,遂遁去②。正始中③,有人于长安东霸城,见与一老公共摩娑铜人,相谓曰:"适见铸此,已近五百岁矣。"见者呼之曰:"蓟先生小住。"并行应之。视若迟徐,而走马不及。

【注释】

①会(kuài)稽：古郡名。秦置，故地在今江苏东部及浙江西部。

②遁(dùn)：隐避，离开。

③正始：魏齐王曹芳的年号，240—249年。

【译文】

蓟子训，不知是从哪里来的人。东汉时，他来到洛阳，在几十个地方接待朝廷官员，总拿着一斗酒一块干肉侍候他们，说："从远处来没有什么东西，只是表示一点点心意。"在座的有几百人，吃喝了一整天都没有吃完。蓟子训走后，大家都看见白云升起，从早上一直到晚上。当时有个百岁的老人说："我小时候在会稽的市场上看见他卖药，脸色就是这样。"蓟子训不喜欢住在洛阳，于是就离开了。到魏明帝正始年间，有人在长安东边的霸城，看见蓟子训和一个老人一起抚摸铜人，他们说："刚才看见铸这个铜人，已经过了五百年了。"看见的人呼道："蓟先生稍等一下。"他们一边走一边回答。看着好像走得很慢，但快跑的马也追不上。

汉阴生乞市

汉阴生者，长安渭桥下乞小儿也。常于市中丐①。市中厌苦，以粪洒之。旋复在市中乞，衣不见污如故。长吏知之，械收系，着桎梏②。而续在市乞。又械欲杀之，乃去。洒之者家，屋室自坏，杀十数人。长安中谣言曰："见乞儿与美酒，以免破屋之咎。"

【注释】

①丐(gài)：乞讨。

②桎梏(zhì gù)：束缚手脚的刑具。

【译文】

汉阴生,是长安渭桥下行乞的小孩。他经常到市场乞讨。市场的人厌烦他,用粪水浇他。很快他又在市场乞讨,衣服上没有污物,和先前一样。县吏知道了这件事,把他拘捕入狱,戴上了脚镣手铐。但他很快又继续在市场行乞。县吏又拘捕了他想杀他,这才离去。往他身上洒粪水的人家,房屋自行倒塌,压死了十几个人。长安城流传这样的歌谣:"看见行乞的小孩要给他美酒,以免遭受房屋倒塌的灾祸。"

常生复生

谷城乡卒常生①,不知何所人也。数死而复生,时人为不然。后大水出,所害非一。而卒辄在缺门山上大呼②,言:"卒常生在此!"云:"复雨③,水五日必止。"止,则上山求祠之,但见卒衣杖革带。后数十年,复为华阴市门卒④。

【注释】

①谷城:古地名,在今河南洛阳西北,因谷水而得名。
②缺门山:山名,在河南洛阳新安西三十里,有龙凤二山相对,涧水中流,故称缺门山,又称铁门山。
③复:消除。这里指停止下雨。
④华阴:县名,汉时属弘农郡。治所在今陕西华阴东南。

【译文】

谷城的乡卒常生,不知道是哪里人氏。他多次死了之后又复活,当时的人认为不是这样。后来发了大水,造成许多危害。于是乡卒常生在缺门山上大喊,说道:"乡卒常生在这里!"又说:"停止下雨,大水五天之内必须止退。"大水止退后,人们上山找常生,要立祠祭祀他,只看见乡卒的衣服、手杖和皮带。过了几十年,常生又做了华阴县市场的门卒。

左慈显神通

左慈字元放，庐江人也[①]。少有神通。尝在曹公座，公笑顾众宾曰："今日高会，珍羞略备。所少者，吴松江鲈鱼为脍[②]。"放云："此易得耳。"因求铜盘贮水，以竹竿饵钓于盘中。须臾，引一鲈鱼出。公大拊掌，会者皆惊。公曰："一鱼不周坐客，得两为佳。"放乃复饵钓之。须臾，引出。皆三尺余，生鲜可爱。公便自前脍之，周赐座席。公曰："今既得鲈，恨无蜀中生姜耳。"放曰："亦可得也。"公恐其近道买，因曰："吾昔使人至蜀买锦，可敕人告吾使，使增市二端[③]。"人去，须臾还，得生姜。又云："于锦肆下见公使，已敕增市二端。"后经岁余，公使还，果增二端。问之，云："昔某月某日，见人于肆下，以公敕敕之。"后公出近郊，士人从者百数。放乃赍酒一罂[④]，脯一片，手自倾罂，行酒百官，百官莫不醉饱。公怪，使寻其故。行视沽酒家，昨悉亡其酒脯矣。公怒，阴欲杀放。放在公座，将收之，却入壁中，霍然不见。乃募取之。或见于市，欲捕之，而市人皆放同形，莫知谁是。后人遇放于阳城山头[⑤]，因复逐之，遂走入羊群。公知不可得，乃令就羊中告之，曰："曹公不复相杀，本试君术耳。今既验，但欲与相见。"忽有一老羝[⑥]，屈前两膝，人立而言曰："遽如许[⑦]。"人即云："此羊是。"竞往赴之。而群羊数百，皆变为羝，并屈前膝，人立，云："遽如许。"于是遂莫知所取焉。老子曰："吾之所以为大患者，以吾有身也；及吾无身，吾有何患哉。"若老子之俦[⑧]，可谓能无身矣，岂不远哉也。

【注释】

①庐江：郡名，汉置。郡治舒县，故城在今安徽庐江西二十里。

②吴松江：即吴淞江，又称苏州河，为黄浦江支流。脍（kuài）：细切的鱼肉。

③端：古代计量布帛的长度单位。一端约合二丈。

④赍（jī）：持，带。罂（yīng）：小口大腹的容器。

⑤阳城山：俗名车岭山，又名马岭山。秦汉至魏晋时期，指称坐落在今河南巩义东南，荥阳西南，登封东北，新密西北接界处之五指岭为阳城山，以处于古阳城县之北境而得名。

⑥羝（dī）：公羊。

⑦遽（jù）：惶恐，惧怕。

⑧俦（chóu）：辈，同类。

【译文】

左慈字元放，庐江人。年少时就有神通。他曾经是曹操的座上客，曹操笑着对众宾客说："今天高朋盛会，山珍美味都略略齐备了。所缺少的，只是用吴淞江的鲈鱼所做的鱼脍。"元放说："这容易获得。"于是要了一个铜盘盛水，用竹竿挂上鱼饵在盘中垂钓。一会儿，拉上来一条鲈鱼。曹操拍手称好，参加宴会的人都非常惊讶。曹操说："一条鱼不够在座的人吃，能钓得两条最好。"元放于是再次加鱼饵钓鱼。一会儿，钓出鱼来。两条鱼都有三尺多长，鲜活可爱。曹操准备自行脍鱼，遍赐在座的客人。曹操说："现在已经得到鲈鱼，可惜的是没有蜀地的生姜。"元放说："这也能得到。"曹操担心他在附近路上买来，于是说："先前我派人到蜀地买彩锦，你让人告诉我的使臣，让他们多买四丈。"元放离开后，一会儿回来，带来了生姜。还说："在蜀锦市场见到了您的使者，已经告诉他多买四丈了。"后来过了一年多，曹操的使者回来，果然多买了四丈。曹操问他，使者说："去年的某月某日，在市场上见到一个人，把您的命令传达给我的。"后来曹操到近郊出游，随从的官员上百

人。元放抱着一坛酒,拿着一片肉,亲自给百官倒酒,百官个个酒醉肉
饱。曹操觉得奇怪,派人查找原因。巡查到卖酒的店家,酒肉昨晚全部
丢失了。曹操很生气,暗暗想杀了元放。元放在曹操府上,准备抓捕
他,他倒退着隐入墙壁,一下子不见了。曹操于是悬赏捉拿元放。有人
在市场见到他,想抓他,市场上的人都变成了元放的样子,不知道哪一
个是他。后来又有人在阳城山头遇到元放,于是又去追他,他走进羊群
不见了。曹操知道抓不住他,就叫人对羊群说:"曹公不再杀你,本来只
是试试你的法术而已。现在既然已经灵验,只是想和你见面。"忽然有
一只老公羊弯曲着两条前腿,像人一样站着说:"惊慌成这个样子。"那
人立刻说:"这只羊就是!"大家争着扑向那只羊。然而那群羊有几百
只,都变成了公羊,并弯曲着两条前腿,像人一样站着,说:"惊慌成这个
样子。"于是就不知道该抓哪只了。老子说:"我之所以有忧患,是因为
我有身体;如果我没有身体,我又有什么可担忧的呢?"像老子一类的
人,可以说能够没有身体了,难道还不高远吗?

于吉请雨

孙策欲渡江袭许①,与于吉俱行。时大旱,所在燋厉②。
策催诸将士,使速引船。或身自早出督切,见将吏多在吉
许。策因此激怒,言:"我为不如吉耶?而先趋附之。"便使
收吉至,呵问之曰:"天旱不雨,道路艰涩,不时得过,故自早
出。而卿不同忧戚,安坐船中,作鬼物态,败吾部伍。今当
相除。"令人缚置地上,暴之③,使请雨。若能感天,日中雨
者,当原赦;不尔,行诛。俄而云气上蒸,肤寸而合④。比至
日中,大雨总至,溪涧盈溢。将士喜悦,以为吉必见原,并往
庆慰。策遂杀之。将士哀惜,藏其尸。天夜,忽更兴云覆
之。明旦往视,不知所在。策既杀吉,每独坐,仿佛见吉在

左右。意深恶之，颇有失常。后治疮方差⑤，而引镜自照，见吉在镜中，顾而弗见。如是再三。扑镜大叫，疮皆崩裂，须臾而死。吉，琅邪人，道士。

【注释】

①孙策：三国时东吴政权的创立者，孙权之兄，后被追尊为长沙桓王。

②熇（xiāo）厉：炎热。

③暴（pù）：晒。

④肤寸而合：指（云气）逐渐集合。

⑤差（chài）：病愈。

【译文】

孙策准备渡江攻打许昌，和于吉一起行军。当时大旱，所到之处非常炎热。孙策催促众将士，叫他们快速牵引船只。有一天他亲自早起去督促，看见将吏大都在于吉那里。孙策为此非常生气，说："我的号令不如于吉吗？你们却先趋承依附于他。"于是派人把吉抓来，责问他说："天大旱不下雨，道路艰难，不能按时过江，所以我自己每天早起。而你却不为我分忧，安坐船中，装神弄鬼，涣散军心。今天就要除掉你。"孙策让人绑了于吉放在地上曝晒，让他祈雨。如果能感动上天，中午下雨，就宽恕赦免他；不然，就杀了他。一会儿，云气上升，逐渐聚合；将近中午，大雨骤然而至，小溪河沟都涨满了水。众将士十分高兴，以为于吉一定会被宽恕，一起去向他庆贺慰问。孙策却杀了他。众将士悲痛惋惜，埋葬了于吉的尸体。那天夜里，忽然又升起一团云盖住了尸体。第二天早晨去看，尸体不知哪里去了。孙策杀了于吉之后，每次独自一个人的时候，好像看见于吉在他的身边。孙策心里十分烦恶，神经有些失常。后来治疗创口刚刚好，孙策拿镜子照时，在镜子中看见于吉，回头却又找不到。像这样反复多次。孙策摔掉镜子大声喊叫，创口崩裂开来，一会儿就死了。

介琰隐形

介琰者，不知何许人也。住建安方山^①，从其师白羊公杜受玄一无为之道^②。能变化隐形。尝往来东海^③，暂过秣陵^④，与吴主相闻。吴主留琰，乃为琰架宫庙。一日之中，数遣人往问起居。琰或为童子，或为老翁，无所食啖，不受饷遗。吴主欲学其术，琰以吴主多内御，积月不教。吴主怒，敕缚琰，着甲士引弩射之。弩发，而绳缚犹存，不知琰之所之。

【注释】

①建安：古郡名。郡治在今福建建瓯。方山：山名，因山顶方平而得名。

②白羊公杜：未知其名，因其常乘白羊，被称为白羊公。玄一无为之道：即道家法术。

③东海：古郡名。秦置。楚汉之际也称郯郡。治所在郯（今山东郯城北）。西汉辖境相当于今山东费县、临沂和江苏赣榆以南，山东枣庄、江苏邳县以东和江苏宿迁、灌南以北地区。

④秣陵：古县名。秦始皇改金陵邑而置。在今江苏南京。

【译文】

介琰，不知道是哪里人。他住在建安郡方山，跟从他的老师白羊公杜学习玄一无为的道家法术。能够变化、隐身。他曾经到东海郡去，回来时在秣陵暂时停留，和吴国君主孙权有往来。孙权留介琰住下，于是给介琰修建了宫庙。一天之内，多次派人询问起居。介琰有时变成小孩，有时变成老人，不吃不喝，不接受馈赠。孙权想学他的法术，介琰因为孙权宫中有很多妃嫔,好几个月都没有教他。孙权生气了,下令把介琰捆绑起来,让甲士拿弓箭射他。箭射出去,绑的绳子还在,却不知介琰到哪里去了。

徐光种瓜

吴时有徐光者,尝行术于市里。从人乞瓜,其主勿与,便从索瓣,杖地种之。俄而瓜生蔓延,生花成实,乃取食之,因赐观者。鬻者反视所出卖①,皆亡耗矣。凡言水旱甚验。过大将军孙綝门②,褰衣而趋③,左右唾践。或问其故,答曰:"流血臭腥不可耐。"綝闻恶而杀之。斩其首,无血。及綝废幼帝④,更立景帝⑤,将拜陵,上车,有大风荡綝车,车为之倾。见光在松树上拊手指挥,嗤笑之。綝问侍从,皆无见者。俄而景帝诛綝。

【注释】

①鬻(yù):卖。

②孙綝:字子通,东吴贵戚。把持朝政,后被景帝诛杀。

③褰(qiān):用手提起。

④幼帝:即孙权少子孙亮,在位七年,被孙綝废黜为会稽王,后自杀。

⑤景帝:孙权第六子孙休,在位六年。

【译文】

三国时东吴有个人叫徐光,曾经在集市上施行法术。他向人讨瓜,卖瓜的人不给,他就要了一粒瓜籽,用手杖挖地种了下去。一会儿瓜籽发芽,牵蔓,开花,结瓜,徐光于是就摘下来吃瓜,也送给围观的人吃。卖瓜的人回去看自己要卖的瓜,都不见了。徐光凡是预言水旱都很灵验。他经过大将军孙綝的门口,提起衣服快步跑过,向左右两边吐口水。有人询问原因,他回答说:"流血腥臭叫人难受。"孙綝听说后恨他,把他杀了。砍下他的头,没有血。等孙綝废黜幼帝,另立景帝,准备拜祭祖陵,刚坐上车,有大风吹荡孙綝的马车,马车被吹翻了。孙綝看见徐光在松树上拍掌指点,嘲笑他。孙綝询问侍从,都没有看见徐光。过了不久,景帝就诛杀了孙綝。

葛玄使法术

葛玄字孝先,从左元放受《九丹液仙经》①。与客对食,言及变化之事。客曰:"事毕,先生作一事特戏者。"玄曰:"君得无即欲有所见乎?"乃嗽口中饭,尽变大蜂数百,皆集客身,亦不螫人②。久之,玄乃张口,蜂皆飞入,玄嚼食之,是故饭也。又指虾蟆及诸行虫燕雀之属,使舞,应节如人。冬为客设生瓜枣,夏致冰雪。又以数十钱使人散投井中,玄以一器于井上呼之,钱一一飞从井出。为客设酒,无人传杯,杯自至前;如或不尽,杯不去也。尝与吴主坐楼上,见作请雨土人。帝曰:"百姓思雨,宁可得乎?"玄曰:"雨易得耳!"乃书符着社中,顷刻间,天地晦冥,大雨流淹。帝曰:"水中有鱼乎?"玄复书符掷水中,须臾,有大鱼数百头。使人治之。

【注释】

①《九丹液仙经》:相传是道家炼金丹的秘籍。

②螫(shi):毒虫或蛇咬刺。

【译文】

葛玄字孝先,跟随左元放学习《九丹液仙经》。和客人一起吃饭时，说起法术变化的事情。客人说："吃完饭，先生变个法术表演一下。"葛玄说："您是不是想马上就看见什么呢？"于是把嘴里的饭喷出来，都变成了大蜂，有几百只，全飞到了客人身上，也不螫人。过了一段时间，葛玄才张开嘴，大蜂都飞进他的嘴里，葛玄嚼着吃，还是原来的饭粒。他又指挥虾蟆以及各种爬虫、燕雀之类，让它们跳舞，像人一样合乎节奏。冬天的时候他为客人准备新鲜的瓜枣，夏天又能送上冰雪。他又让人把几十个铜钱散扔到井里，葛玄拿一器皿在井上呼唤，铜钱一个个从井里飞了出来。他为客人摆上酒席，没有人传递酒杯，酒杯自己就到了客人面前；如果杯中的酒喝不尽，杯子就不会离开。他曾经和吴王坐在高楼上，看见人在制作祈雨的土人。吴王说："老百姓盼望下雨，可以求得吗？"葛玄说："雨是很容易求得的。"于是画了一道符放在神社中，顷刻之间，天昏地暗，大雨倾盆，雨水四处流淌。吴王问："水里有鱼吗？"葛玄又画符扔到水里，一会儿，就出现了数百条大鱼。派人去捉鱼。

吴猛止风

　　吴猛，濮阳人①。仕吴，为西安令②，因家分宁③。性至孝。遇至人丁义，授以神方；又得秘法神符，道术大行。尝见大风，书符掷屋上，有青乌衔去，风即止。或问其故，曰："南湖有舟，遇此风，道士求救。"验之果然。武宁令干庆，死已三日，猛曰："数未尽，当诉之于天。"遂卧尸旁。数日，与令俱起。后将弟子回豫章④，江水大急，人不得渡。猛乃以手中白羽扇画江水，横流，遂成陆路，徐行而过。过讫，水复。观者骇异。尝守浔阳⑤，参军周家有狂风暴起⑥，猛即书符掷屋上，须臾风静。

【注释】

①濮阳:郡国名。晋咸宁三年(277)改东郡置濮阳国,西晋末年改国为郡,郡治濮阳,故城在今濮阳西南。

②西安:三国时吴国所置县名,县治在今江西武宁西。

③分宁:古地名,曾属武宁县,唐贞元十五年(799)从武宁县析出置县。其地在今江西修水。

④豫章:古郡名。郡治在今江西南昌。

⑤浔阳:古县名。县治在今江西九江。

⑥参军:官名。

【译文】

吴猛是濮阳人。在吴国做官,任西安县县令,于是把家安在了分宁。吴猛生性至孝。遇到至德之人丁义,传授给他神方,又得到秘法神符,道术十分厉害。曾经看到大风,他画了一道符扔到屋顶上,有青乌衔去,风立刻停了。有人询问原因,他说:"南湖上有条小船,遇到这阵风,一个道士求救。"去查对情况,果然如此。武宁县令干庆死了已经三天了,吴猛说:"他的气数还未尽,应当向上天申诉这件事。"于是睡在了干庆的尸体旁。几天后,吴猛和县令干庆一道坐了起来。后来带着弟子回豫章,江水太急,不能过江。吴猛用手中的白羽扇朝江水中一划,江水横流,出现了一条陆路,慢慢走过去。人都过去后,水又恢复了原样。观看的人都惊骇不已。吴猛曾经驻守浔阳,参军周家有狂风突然吹起,他立刻画一道符扔到屋顶上,过一会儿风就停了。

园客养蚕

园客者,济阴人也①。貌美,邑人多欲妻之,客终不娶。尝种五色香草,积数十年,服食其实。忽有五色神蛾,止香草之上,客收而荐之以布②,生桑蚕焉。至蚕时,有神女夜至,助客养蚕,亦以香草食蚕。得茧百二十头,大如瓮,每一茧缲六七日乃尽③。缲讫,女与客俱仙去,莫知所如。

【注释】

①济阴:古郡名。郡治在今山东定陶。

②荐:铺陈。

③缲(sāo):抽茧出丝。

【译文】

园客是济阴人。他相貌英俊,当地人都想把女儿嫁给他,但园客始终没有娶妻。他曾经种植五色香草,一连几十年,吃它的果实。忽然有一只五色的神蛾,停在香草上,园客把神蛾收养下来,给它铺上布,神蛾在布上生下了许多蚕卵。到了养蚕季节,有神女晚上来,帮助园客养蚕,他们也拿香草喂蚕。蚕做了一百二十个大蚕茧,每个蚕茧像瓮那样大,缲丝要六七天才能抽完。蚕丝缲完后,神女和园客一起升仙而去,没有人知道到哪里去了。

董永与织女

汉董永,千乘人①。少偏孤②,与父居。肆力田亩,鹿车载自随③。父亡,无以葬,乃自卖为奴,以供丧事。主人知其贤,与钱一万,遣之。永行三年丧毕,欲还主人,供其奴职。道逢一妇人曰:“愿为子妻。”遂与之俱。主人谓永曰:“以钱与君矣。”永曰:“蒙君之惠,父丧收藏。永虽小人,必欲服勤致力,以报厚德。”主曰:“妇人何能?”永曰:“能织。”主曰:“必尔者,但令君妇为我织缣百匹④。”于是永妻为主人家织,十日而毕。女出门,谓永曰:“我,天之织女也。缘君至孝,天帝令我助君偿债耳。”语毕,凌空而去,不知所在。

【注释】

①千乘：古地名，在今山东博兴、高青一带。博兴县陈户镇有董家村，相传为董永家乡。

②偏孤：指早年丧父或丧母。

③鹿车：古代的一种小车，因车身狭小仅可容一鹿，故名鹿车。

④缣（jiān）：双丝织的浅黄色细绢。匹（pǐ）：计量纺织品或骡马的量词。

【译文】

汉代的董永是千乘人。小时候丧母，和父亲一起居住。到田里干活，他用小车拉着父亲。父亲死了，他没有钱安葬，于是卖身为奴来安葬父亲。主人知道他很贤良，交给他一万文钱让他回家。董永守丧三年期满，打算回到主人家，尽其做奴仆的职责。在路上遇到一个女子，说："我愿意做你的妻子。"董永于是带着她到了主人家。主人对董永说："那钱我送给你了。"董永说："承蒙您的恩惠，得以把父亲埋藏。董永虽然是个卑贱之人，一定要尽力干活，来报答您的大恩大德。"主人说："你的妻子能做些什么？"董永说："会织布。"主人说："像你说的那样，就让你的妻子给我织一百匹双丝细绢吧。"于是董永的妻子给主人家织绢，十天就织完了。女子和董永离开主人家，出了门给董永说："我是天上的织女，因为你非常孝顺，天帝让我帮助你偿还欠债。"话说完，凌空飞去，不知飞到哪里去了。

钩弋夫人

初，钩弋夫人有罪①，以谴死。既殡，尸不臭，而香闻十余里。因葬云陵②。上哀悼之，又疑其非常人，乃发冢开视，棺空无尸，惟双履存。一云，昭帝即位，改葬之，棺空无尸，独丝履存焉。

【注释】

①钩弋(yì)夫人：汉武帝的婕妤(jié yú，宫中女官名)赵氏，汉昭帝刘弗陵之母。在汉武帝立刘弗陵为太子之前，出于"母壮子幼"的担忧而处死了钩弋夫人。汉昭帝继位后，被追封为皇太后。

②云陵：钩弋夫人陵。因钩弋夫人赵婕妤葬云阳而得名。云陵又称"阳陵"、"思合墓"、"女陵"。在今陕西淳化北。

【译文】

起初，钩弋夫人犯下罪过，被责令处死。出殡以后，尸体不发臭，反而香气飘出十多里地。于是被葬在云陵。汉武帝悲悼她，又怀疑她不是普通人，就掘开坟墓来察看，棺材是空的，没有尸体，只留下一双鞋子。一种说法是，汉昭帝继位后，重新安葬钩弋夫人，棺材是空的，没有尸体，只有丝织的鞋子在那里。

杜兰香与张传

汉时有杜兰香者，自称南康人氏。以建兴四年春①，数诣张传。传年十七，望见其车在门外，婢通言："阿母所生，遣授配君，可不敬从？"传，先改名硕，硕呼女前，视，可十六七，说事邈然久远。有婢子二人：大者萱支，小者松支。钿车青牛②，上饮食皆备。作诗曰："阿母处灵岳，时游云霄际。众女侍羽仪，不出墉宫外③。飘轮送我来，岂复耻尘秽。从我与福俱，嫌我与祸会。"至其年八月旦，复来，作诗曰："逍遥云汉间，呼吸发九嶷④。流汝不稽路，弱水何不之⑤。"出薯蓣子三枚⑥，大如鸡子，云："食此，令君不畏风波，辟寒温。"硕食二枚，欲留一，不肯，令硕食尽。言："本为君作妻，情无旷远。以年命未合，其小乖。太岁东方卯，当还求君。"兰香降时,硕问:"祷祀何如?"香曰:"消魔自可愈疾,淫祀无益。"香以药为消魔。

【注释】

①建兴四年:226 年。

②钿(diàn)车:用金玉宝石嵌饰的车子。

③墉宫:即墉城,相传为西王母的居处。

④九嶷(yí):山名,在湖南宁远南。相传舜葬于此。

⑤弱水:古水名。相传弱水环绕昆仑仙境,水弱不能载舟,只有得道之人才能过去。

⑥薯蓣(yù):山药。

【译文】

汉代有个叫杜兰香的人,自称是南康人氏。在蜀后主建兴四年春,多次去张传那里。张传当时十七岁,看见她的车子在大门外,婢女来通报说:"母亲生下我,派我来这里嫁给你,怎么能不遵从她的命令呢?"张传,曾改名叫张硕。张硕叫杜兰香上前,看她,大约有十六七岁,说的事情似乎十分久远。她有两个婢女,大的叫萱支,小的叫松支。乘坐的是青牛拉的金车,上面饮食都齐备。她作诗说:"母亲居住在灵山,时时漫游云霄间。众位侍女举羽旌,不到仙境墉宫外。飘飘轮车送我来,难道嫌弃人世秽?与我共处福寿多,如若嫌我灾祸降。"那一年八月的一天早晨,她又来了,作诗说:"本在天河逍遥自在,呼吸之间来到九嶷山。你流连于飘忽不定的人间,为什么不渡弱水而成仙?"拿出三个山药,像鸡蛋大小,说:"吃了它,可以使你不怕风波,免除寒凉热病。"张硕吃了两个,想留下一个,她不同意,让张硕全都吃了。说:"本来我是给你做妻子的,感情不会疏远。因为年命不相合,怕有小小的不和谐。太岁在东方卯的时候,我定当回来找你。"杜兰香降临时,张硕问:"祷告祭祀怎么样?"杜兰香说:"消魔就能治好疾病,祭祀太多没有益处。"杜兰香把药称为消魔。

弦超与神女

魏济北郡从事掾弦超①,字义起。以嘉平中夜独宿②,梦有神女来从之。自称天上玉女,东郡人③,姓成公,字知琼,早失父母,天帝哀其孤苦,遣令下嫁从夫。超当其梦也,精爽感悟,嘉其美异,非常人之容。觉寤钦想,若存若亡。如此三四夕。一旦,显然来游,驾辎𫐐车④,从八婢,服绫罗绮绣之衣,姿颜容体,状若飞仙。自言年七十,视之如十五六女。车上有壶、榼、青白琉璃五具⑤,食啖奇异。馔具醴酒,与超共饮食。谓超曰:"我,天上玉女,见遣下嫁,故来从君。不谓君德,宿时感运,宜为夫妇。不能有益,亦不能为损。然往来常可得驾轻车,乘肥马;饮食常可得远味异膳,缯素常可得充用不乏。然我神人,不为君生子,亦无妒忌之性,不害君婚姻之义。"遂为夫妇。赠诗一篇,其文曰:"飘飖浮勃逢⑥,敖曹云石滋⑦。芝英不须润,至德与时期。神仙岂虚感,应运来相之。纳我荣五族,逆我致祸薶⑧。"此其诗之大较,其文二百余言,不能尽录。兼注《易》七卷,有卦有象,以象为属。故其文言既有义理,又可以占吉凶,犹扬子之《太玄》、薛氏之《中经》也⑨。超皆能通其旨意,用之占候。

作夫妇经七八年,父母为超娶妇之后,分日而燕,分夕而寝,夜来晨去,倏忽若飞,唯超见之,他人不见。虽居暗室⑩,辄闻人声,常见踪迹,然不睹其形。后人怪问,漏泄其事。玉女遂求去,云:"我,神人也。虽与君交,不愿人知。而君性疏漏,我今本末已露,不复与君通接。积年交结,恩义不轻,一旦分别,岂不怅恨? 势不得不尔,各自努力!"又呼侍御下酒饮啖。发籢^⑪,取织成裙衫两副遗超。又赠诗一首,把臂告辞,涕泣流离,肃然升车,去若飞迅。超忧感积日,殆至委顿。

去后五年,超奉郡使至洛,到济北鱼山下陌上。西行,遥望曲道头有一马车,似知琼。驱驰至前,果是也。遂披帷相见,悲喜交切。控左援绥^⑫,同乘至洛。遂为室家,克复旧好。至太康中,犹在。但不日日往来,每于三月三日、五月五日、七月七日、九月九日、旦、十五日辄下,往来经宿而去。张茂先为之作《神女赋》^⑬。

【注释】

①济北郡:古郡名,郡治在今山东长清南。从事掾:职官名,郡守的僚属。

②嘉平:魏齐王曹芳的年号。

③东郡:郡名。秦王政五年(前242)置,治濮阳。汉因之。相当于今天河南北部和山东西部部分地区。晋初,东郡撤消,其地分属濮阳国、济北国、东平国、平原国、阳平郡。

④辎𫐐(píng):辎车和𫐐车的并称。后泛指有屏蔽的车子。

⑤榼(kē):古代盛酒或盛水的容器。亦泛指盒类容器。

⑥飘飖(yáo):随风飘动。勃逢:指渤海的蓬莱仙境。勃,通"渤"。逢,通"蓬"。

⑦敖曹:声音嘈杂的样子。云石:云板、石磬等乐器。滋:发出。

⑧菑(zāi):同"灾"。

⑨扬子:指扬雄,汉代著名的辞赋家与经学家,有《甘泉赋》《羽猎赋》等赋作及《法言》《太玄》《方言》等著作传世。薛氏之《中

经》：未详，或早佚。

⑩暗室：遮去光线的房间，别人看不见的处所。

⑪簏（lù）：竹编的容器。

⑫左：左骖，一车三马，左边的边马叫左骖。绥：登车时手拉的绳子。

⑬张茂先：即张华，字茂先，晋代文学家，著有《博物志》等。

【译文】

三国时魏国济北郡的从事掾弦超，字义起。在魏齐王嘉平年间，一天半夜独睡时，梦见有神女来陪伴他。她自称是天上的玉女，东郡人，姓成公，字知琼，早年丧失父母，天帝哀怜她孤苦，派她下凡出嫁跟随丈夫。弦超做梦的时候，精神爽快，感觉清晰，赞美知琼美貌异常，不是常人可比。醒来后回想，像真的又像假的。这样过了三四个晚上。有一天，知琼现身来游，乘坐着辎𫐉车，随从有八个婢女，穿着绫罗锦绣的衣服，姿态容颜体貌，就像仙女一样。她自称七十岁了，看上去就像十五六岁的女孩。车上有壶、榼、青白色的琉璃器皿，饮食十分奇异。她安排了美酒，和弦超共享。她对弦超说："我是天上的玉女，被天帝派下凡出嫁，所以来跟随你。想不到你有德行，是前世的缘分，应该做夫妇。不能说有什么好处，也不会有坏处。我们来往经常可以驾轻车，乘肥马，吃山珍海味等奇异的膳食，丝绸绢帛不会缺乏。不过我是神仙，不会给你生孩子，也没有妒忌的心理，不妨害你的婚姻之事。"于是结成了夫妻。赠给弦超一首诗，诗文说："我在蓬莱仙境游逛，云板石磬奏出乐音。灵芝不用雨水滋润，至高德行等待时机。神仙岂是凭空感应，顺应天意前来帮你。容我纳我荣耀五族，违我逆我致降祸灾。"这是诗的大意，诗文有两百多字，不能完全记录下来。她还注释了《易经》七卷，有卦辞，有象辞，用象辞来统属。所以其中的文字既有义理，又可以占卜吉凶，就像扬雄的《太玄》和薛氏的《中经》一样。弦超都能通晓其中的旨意，用来预测吉凶及天气变化。

　　做了七八年夫妻,弦超的父母为弦超娶妻之后,知琼和弦超隔一天一起吃饭,隔一晚一起睡觉。知琼夜里来早晨去,快得像飞一样,只有弦超一个人能看见她,别人都看不见。虽然住在别人看不见的地方,总是能听到她的声音,常常见到她的踪迹,但是看不见她的样子。后来有人奇怪,询问弦超,弦超泄漏了他们的事情。知琼于是就要求离去,说:"我是神人,虽然和你交往,不愿意别人知道。但是你性格粗疏,我现在已经彻底暴露了身份,不再和你交往。这么多年的交往,恩义不轻,一旦分别,怎不伤心? 情势不得不这样,我们各自尽力吧。"她又叫侍女备下酒食来吃。打开竹箱,取出两套彩丝金缕的衣服留给弦超。又赠诗一首,挽着胳膊告辞,眼泪汪汪,神情凄凉地登上车子,飞一样地离开了。弦超忧伤了很多天,几乎到了颓丧的地步。

　　知琼离开后五年,弦超受郡守派遣出使洛阳,来到济北鱼山下小路上。往西走,远远望见弯道尽头有一辆马车,像是知琼。弦超快马赶上前去,果然是她。于是揭开帷幕相见,悲喜交加。牵住左骖拉绳登车,一同乘车到达洛阳,于是又结为夫妻,重归于好。到晋武帝太康年间,仍然生活在一起,只是不天天往来,每当三月三、五月五、七月七、九月九、每月初一、十五,知琼总会降临,过一夜就离去。张茂先为她写了《神女赋》。

卷二

【题解】

　　本卷主要记述汉晋时期巫人与术士降伏鬼魅、沟通人鬼的奇异事迹。其中的方术之士如汉章帝时降伏鬼魅精怪的寿光侯，吐水作雨的樊英，各擅方术、各矜所能的徐登、赵昞，能图宅相冢、预见吉凶的韩友，还有断舌吐火的天竺人，乃至藉猛兽判断是非曲直的扶南王范寻，这些都是当时颇具影响的有方之士。同时，本卷又将方术之士与古代的巫觋并提，表彰其沟通阳世与阴间的法术。三国吴韦昭注《国语·楚语下》"如是则明神降之，在男曰觋，在女曰巫"云："巫、觋，见鬼者"，说明巫觋充当了人鬼间的使者。汉代以来，神仙方术大行其道，许多方术之士亦充兼具巫觋之能，如本卷所载汉武帝时期的李少翁、北海郡营陵县道士，即各施法术，使人鬼相会，叙未了之情。又有夏侯弘，可与鬼言语，并从小鬼口中获知破除鬼魅之法。诸如此类，都反映出汉晋时期神仙方术之道的兴盛。而戚夫人侍儿贾佩兰所述汉代后宫娱乐神灵、祈福祓灾的岁时风俗，也足以反映出当时重祠而敬祭的神鬼观念。

寿光侯劾鬼

　　寿光侯者，汉章帝时人也[①]。能劾百鬼众魅，令自缚见形。其乡人有妇为魅所病，侯为劾之，得大蛇数丈，死于门

外，妇因以安。又有大树，树有精，人止其下者死，鸟过之亦
坠。侯劾之，树盛夏枯落，有大蛇，长七八丈，悬死树间。章
帝闻之，征问，对曰："有之。"帝曰："殿下有怪，夜半后，常有
数人，绛衣，披发，持火相随。岂能劾之？"侯曰："此小怪，易
消耳。"帝伪使三人为之。侯乃设法，三人登时仆地，无气。
帝惊曰："非魅也，朕相试耳。"即使解之。或云：汉武帝时，
殿下有怪，常见朱衣披发，相随持烛而走。帝谓刘凭曰："卿
可除此否？"凭曰："可。"乃以青符掷之，见数鬼倾地。帝惊
曰："以相试耳。"解之而苏。

【注释】

①汉章帝：东汉明帝之子刘炟。汉章帝在位十四年（75—88），共使
用三个年号：建初、元和、章和。

【译文】

寿光侯，是东汉章帝时人。他能降服各种鬼魅精怪，命令它们自己
捆绑自己显出原形。他同乡的妻子被鬼魅伤害，寿光侯为她施法，抓住
了一条数丈长的大蛇，把它弄死在门外，同乡人的妻子也就平安了。又
有一棵大树，树上有精怪，人如果在树下停留就会死掉，鸟飞过也会掉
下来。寿光侯降服它，树叶在盛夏时节枯落，有条大蛇，长七八丈，吊死
在树杈间。汉章帝听说这件事，把寿光侯召来询问，寿光侯回答说："有
这件事。"章帝说："我的宫殿里有鬼怪，半夜以后，常有几个人，穿着大
红色的衣服，披散着头发，打着火把一个跟着一个。怎么能降服它呢？"
寿光侯说："这是小妖怪，容易消除它。"章帝悄悄派了三个人伪装成鬼
怪。寿光侯于是设坛行法，三人立刻倒在地上，没了声气。章帝吃惊地
说："他们不是鬼怪，我试一试你的法术罢了。"赶紧叫寿光解救了他们。
也有人说，汉武帝的时候，宫殿里有鬼怪，经常看见它们穿着红色的衣

服,披着头发,一个跟着一个打着火把跑。汉武帝对刘凭说:"你能够除掉这些鬼怪吗?"刘凭说:"能。"于是拿青符扔它们,只见那几个鬼倒在地上。皇帝吃惊地说:"这只是来试试你的法术而已。"禳解之后那几个人就醒过来了。

樊英灭火

樊英隐于壶山①。尝有暴风从西南起,英谓学者曰:"成都市火甚盛。"因含水嗽之,乃命计其时日。后有从蜀来者,云:"是日大火,有云从东起,须臾大雨,火遂灭。"

【注释】

①樊英:东汉南阳鲁阳(今河南鲁山)人。习京氏《易》,通五经,善推灾异。壶山:因山形如壶而得名,在河南鲁山县南。

【译文】

樊英隐居在壶山。曾经有暴风从西南方刮起,樊英对跟他学习的人说:"成都街市上的火势很猛。"于是他含了一口水喷了出去,又叫人记下当时的日期。后来有人从蜀郡回来,说:"那一天发生大火,有云从东方升起,一会儿降下大雨,火就灭了。"

徐登与赵昞

闽中有徐登者①,女子化为丈夫。与东阳赵昞②,并善方术。时遭兵乱,相遇于溪,各矜其所能。登先禁溪水为不流,昞次禁杨柳为生稊③。二人相视而笑。登年长,昞师事之。后登身故,昞东入章安④,百姓未知。昞乃升茅屋,据鼎而爨⑤。主人惊怪,昞笑而不应,屋亦不损。

【注释】

①闽中：古郡名。秦置，治所在东冶，即今福建福州。秦末废，后以
"闽中"指福建一带。

②东阳：郡名。三国吴置，以郡在瀫水（即衢江）之东、长山之阳得
名。郡治长山，即今浙江金华市婺城区。昺(bǐng)：人名。

③禁：施禁咒术。稊(tí)：植物的嫩芽。特指杨柳的新生枝叶。

④章安：县名。故城在今浙江椒江市章安街道。

⑤爨(cuàn)：烧火煮饭。

【译文】

闽中郡有个叫徐登的人，原来是女人，变成了男人。他和东阳郡的
赵昺都擅长方术。当时正逢兵乱，他们在一条小溪边相遇，各自夸耀他
们的本领。徐登先施法让溪水断流，赵昺接着施法让杨柳生出新芽。
两人相视而笑。徐登年纪大，赵昺把他当做老师来事奉。后来徐登死
了，赵昺往东来到章安县，老百姓都不了解他。赵昺于是升上茅屋顶，
用大鼎生火做饭。主人惊讶奇怪，赵昺只是笑笑没有回应，茅屋也没有
损坏。

赵昺临水求渡

赵昺尝临水求渡，船人不许。昺乃张帷盖①，坐其中，长
啸呼风，乱流而济②。于是百姓敬服，从者如归。章安令恶
其惑众，收杀之。民为立祠于永康③，至今蚊蚋不能入④。

【注释】

①帷盖：车的帷幕和篷盖。

②乱流：横渡江河。

③永康：地名，在今浙江金华东南。永康古称丽州，相传，三国吴赤

乌八年(245)孙权之母因病到此进香,感叹这里山川秀美,祈求
人间"永葆安康",后病愈,孙权大喜,遂赐名为"永康",并置县。
至 1992 年撤县设市。

④蚋(ruì):蚊类小虫。体形似蝇而小,吸人畜血液。

【译文】

赵昞曾经到河边要求过河,驾船的人不同意。赵昞于是张起帷盖,
坐在里面,发出长长的啸声唤来大风,横渡过河。于是老百姓很敬重信
服他,信从他的人很多。章安县令厌恶他迷惑百姓,把他抓起来杀了。
老百姓在永康这个地方给他修建了祠庙,至今蚊虫都不能飞进去。

徐赵清俭

徐登、赵昞,贵尚清俭①,祀神以东流水,削桑皮以为脯。

【注释】

①清俭:清贫俭朴。

【译文】

徐登和赵昞崇尚清贫俭朴,用东流的河水来祭祀神仙,把削下的桑
树皮当做干肉。

东海君遗襦

陈节访诸神,东海君以织成青襦一领遗之①。

【注释】

①东海君:东海神。汉代纬书《龙鱼河图》云:"东海君姓冯名修。"
而《唐开元占经》载及四海神名时说:"南海神曰祝融,东海神曰
勾芒,北海神曰玄冥,西海神曰蓐收。"襦(rú):短衣,短袄。领:

量词,用于衣服、铠甲等。

【译文】

陈节拜访各路神仙,东海神君赠给他一件青丝织成的短袄。

边洪发狂

宣城边洪①,为广阳领校②,母丧归家。韩友往投之③。时日已暮,出告从者:"速装束,吾当夜去。"从者曰:"今日已暝④,数十里草行,何急复去?"友曰:"此间血覆地,宁可复住。"苦留之,不得。其夜,洪欻发狂⑤,绞杀两子,并杀妇,又斫父婢二人⑥,皆被创。因走亡。数日,乃于宅前林中得之,已自经死⑦。

【注释】

①宣城:古郡名,郡治在今安徽宣城。

②广阳:是汉朝至西晋期间幽州刺史部下的一个郡国,其地在今北京。领校:郡的军事长官。

③韩友:字景先,晋庐江舒(今安徽庐江西南)人。曾任广武将军,《晋书》载其"善占卜,能图宅相冢"。

④暝(míng):日暮,夜晚。

⑤欻(xū):忽然。

⑥斫(zhuó):用刀斧等砍或削。

⑦经:系缢,悬吊。

【译文】

宣城人边洪,任广阳领校,母亲去世后回家。韩友去拜访他。其时天色已晚,韩友从边洪家出来告诉随行的人:"赶紧收拾行李,我们要连夜离开这里。"随从说:"今天已经晚了,走了几十里的草地,为什么急急忙忙又离开呢?"韩友说:"这里血流满地,怎么可以再住下去。"边洪苦苦挽留,韩友没有同意。这天夜里,边洪忽然发疯,绞杀了两个儿子,还杀了妻子,又砍父亲的两个婢女,都被砍伤。然后他就逃跑了。几天后,才在宅院前面的树林中找到他,已经悬吊死了。

鞠道龙说黄公事

鞠道龙善为幻术①。尝云:"东海人黄公,善为幻,制蛇,御虎。常佩赤金刀。及衰老,饮酒过度。秦末,有白虎见于东海,诏遣黄公以赤刀往厌之②。术既不行,遂为虎所杀。"

【注释】

①幻术:方士、术士用来炫惑人的法术。也用来指魔术。

②厌:用迷信的方法镇服或驱避可能出现的灾祸,或致灾祸于人。

【译文】

鞠道龙善于变幻法术。他曾经说:"东海人黄公,善于变幻法术,能够制服大蛇,驾驭猛虎。他常常佩戴着赤金刀。到了老年,饮酒过度。秦朝末年,有一只白虎出现在东海地区,皇帝命令黄公用赤金刀去镇服它。黄公的法术不灵,于是就被老虎咬死了。"

谢纠食客

谢纠尝食客,以朱书符投井中,有一双鲤鱼跳出。即命作脍①,一坐皆得遍。

【注释】

①脍(kuài):细切的鱼肉。

【译文】

谢纠曾经招待客人，用朱砂画成符投入井中，就有一双鲤鱼跳出来。他马上让人做成鱼脍，在座的客人都吃到了。

天竺胡人法术

晋永嘉中^①，有天竺胡人来渡江南^②。其人有数术：能断舌复续、吐火。所在人士聚观。将断时，先以舌吐示宾客，然后刀截，血流覆地，乃取置器中，传以示人。视之，舌头半舌犹在。既而还取含续之。坐有顷，坐人见舌则如故，不知其实断否。其续断，取绢布，与人合执一头，对剪中断之。已而取两断合，视绢布还连续，无异故体。时人多疑以为幻，阴乃试之，真断绢也。其吐火，先有药在器中，取火一片，与黍餹合之^③，再三吹呼，已而张口，火满口中，因就爇取以炊^④，则火也。又取书纸及绳缕之属投火中，众共视之，见其烧爇了尽；乃拨灰中，举而出之，故向物也。

【注释】

①永嘉：晋怀帝司马炽的年号。江南：本指长江以南地区。南北朝时，南朝与北朝隔江对峙，因称南朝及其统治下的地区为江南。

②天竺：古代对印度的称呼。

③黍餹：用黍米制成的糖。

④爇（ruò）：火。

【译文】

西晋怀帝永嘉年间，有一个天竺国的人来到江南。这个人会多种法术：能把舌头截断再接上、能吐火。所到之处都有很多人围观。他准备断舌时，先吐出舌头给观众看，然后用刀截断，血流满地，于是把断舌放到器皿中,传给大家看。看他的嘴里,还有半截舌头仍在。然后取出器皿中的半截舌头,放入口中连接。坐了一会儿,大家看到他的舌头完好如故,不知道它是不是真的断过。他表演断物续接,先取一匹绢布,和人各执一头,从中间剪断。旋即将两截断绢合在一起,看绢布仍然连在一起,和开始没有区别。当时有人怀疑是假的,悄悄一试,真的剪断了绢布。他表演吐火,先把火药放在器皿中,取出一片,和黍饧混合,反复吹气,一会张开嘴,满嘴都是火,接着就用这火来做饭,真的是火。他又取书纸以及绳线之类投入火中,大家一起察看,发现都烧光了。于是拨开灰烬,拿出来的,还是原来的东西。

范寻养虎

扶南王范寻养虎于山①,有犯罪者,投与虎,不噬②,乃宥之③。故山名大虫,亦名大灵。又养鳄鱼十头,若犯罪者,投与鳄鱼,不噬,乃赦之,无罪者皆不噬。故有鳄鱼池。又尝煮水令沸,以金指环投汤中,然后以手探汤:其直者,手不烂,有罪者,入汤即焦。

【注释】

①扶南:中南半岛古国,又称夫南、跋南。辖境约当今柬埔寨以及老挝南部、越南南部和泰国东南部一带。范寻原为扶南国将领,因其国王子孙不绍,范寻遂承王位,世王扶南。

②噬(shì):咬。

③宥(yòu):宽恕,赦免。

【译文】

扶南王范寻在山中养老虎,有犯罪的人,就丢到山上给老虎吃,老虎不咬的,就赦免他。所以这座山被命名为大虫山,又叫大灵山。他又养了十只鳄鱼，如果有犯罪的人，把他扔给鳄鱼吃，鳄鱼不咬的，就赦免他。无罪的人鳄鱼都不咬，所以有个鳄鱼池。范寻还曾经把水烧开，将金戒指丢到开水中，然后让人用手去取金戒指。那些正直的人，手不会烫烂，有罪的人，手一伸进去就烫焦了。

贾佩兰说宫内事

戚夫人侍儿贾佩兰①，后出为扶风人段儒妻②。说："在宫内时，尝以弦管歌舞相欢娱，竞为妖服以趋良时。十月十五日，共入灵女庙，以豚黍乐神，吹笛击筑③，歌《上灵之曲》。既而相与连臂，踏地为节，歌《赤凤皇来》，乃巫俗也。至七月七日，临百子池，作于阗乐④。乐毕，以五色缕相羁，谓之'相连绶'。八月四日，出雕房北户⑤，竹下围棋。胜者，终年有福；负者，终年疾病。取丝缕，就北辰星求长命，乃免。九月，佩茱萸，食蓬饵⑥，饮菊花酒，令人长命。菊花舒时，并采茎叶，杂黍米酿之，至来年九月九日始熟，就饮焉，故谓之'菊花酒'。正月上辰，出池边盥濯⑦，食蓬饵，以被妖邪⑧。三月上巳，张乐于流水。如此终岁焉。"

【注释】

①戚夫人：汉高祖刘邦的宠妃。汉高祖死后，她被吕后挖去眼睛，砍断手足，投入猪圈，被称为"人彘"。

②扶风：县名。位于陕西宝鸡东。西汉时为京官右扶风的封地，唐时借汉代官名作县名，沿用至今。

③筑：古代的一种弦乐器。有五弦、十三弦、二十一弦三种说法。其形似筝，颈细而肩圆，弦下设柱。演奏时，左手按弦的一端，右

手执竹尺击弦发音。

④于阗：古西域国名，在今新疆和田一带。

⑤雕房：华美的内室。这里指闺房。

⑥蓬饵：一种在重阳节时吃的用米粉做成的糕。

⑦盥（guàn）濯（zhuó）：洗涤。

⑧祓（fú）：古代为除灾去邪而举行的祭礼。

【译文】

戚夫人的侍女贾佩兰，后来嫁给扶风人段儒做妻子。她说："在皇宫里的时候，曾经用弦管伴奏歌舞来娱乐。大家争着穿上妖冶的服装来度过美好的日子。十月十五下元节，大家一起到灵女庙，用猪肉黍酒来娱乐神灵，吹笛击筑，唱《上灵之曲》。接下来大家相互拉着手臂，用脚踏着节拍，唱《赤凤皇来》，这是当时的巫俗。到了七月七日乞巧节，到百子池，演奏于阗乐。乐曲结束后，用五色丝绳互相扎头发，称它为'相连绶'。八月四日，走出闺房北门，到竹林下围棋。棋胜的人，一整年都有福气；棋负的人，一整年都会生病。要拿着丝线向北极星祈求长命，才能免除疾病。九月，戴茱萸，吃蓬饵，喝菊花酒，可使人长寿。菊花盛开时，茎叶一起采集，掺入黍米酿酒，到第二年九月九重阳节才能酿好，取来饮用，所以称之为'菊花酒'。正月上辰日，出门到池边洗手，吃蓬饵，以祓除妖邪。三月上巳日，在流水边设歌舞。就这样度过一整年。"

李少翁致神

汉武帝时，幸李夫人。夫人卒后，帝思念不已。方士齐人李少翁，言能致其神。乃夜施帷帐，明灯烛，而令帝居他帐遥望之。见美女居帐中，如李夫人之状，还幄坐而步，又不得就视。帝愈益悲感，为作诗曰："是耶？非耶？立而望之,偏娜娜①,何冉冉其来迟!"令乐府诸音家弦歌之②。

【注释】

①偏:通"翩",飘扬。娜娜:纤长柔美的样子。

②乐府:古代朝廷主管音乐的机构。弦歌:依琴瑟而咏歌。

【译文】

汉武帝在位时宠幸李夫人。夫人死后,汉武帝思念不已。齐地的方士李少翁,自称能招来她的鬼魂。于是在夜里搭起帷帐,点上灯烛。让汉武帝坐在其他的帷帐中远远地看。只见有个美女坐在帷帐中,像李夫人的样子,环绕着帷帐坐下或行走,却不能挨近去看。汉武帝越发感到悲哀,为此写了首诗,说:"是她吗? 不是她吗? 站在那里,远远望去,飘飘然轻盈柔美,为何慢慢地走,来得这么迟?"传令乐府中的乐人配乐歌咏它。

营陵道人令见死人

汉北海营陵有道人①,能令人与已死人相见。其同郡人妇死已数年,闻而往见之,曰:"愿令我一见亡妇,死不恨矣。"道人曰:"卿可往见之。若闻鼓声,即出勿留。"乃语其相见之术。俄而得见之。于是与妇言语,悲喜恩情如生。良久,闻鼓声恨恨②,不能得住。当出户时,忽掩其衣裾户间,掣绝而去③。至后岁余,此人身亡。家葬之,开冢,见妇棺盖下有衣裾。

【注释】

①北海:古郡名。汉景帝时分齐郡所置,郡治在营陵,即今山东乐昌。

②悢悢(liàng):象声词。

③掣(chè):牵曳,牵拉。

【译文】

汉代北海郡营陵县有个道人,能够让人和已经死去的人相见。他同郡的一个人妻子已经死了好几年了,听说后去见他,说:“希望您能让我见一下死去的妻子,那么我到死都不遗憾了。”道人说:“你可以去见你妻子。如果听到鼓声就立刻出来,不要停留。”于是告诉他相见的法术。一会儿,那个人见到了妻子,就和妻子说话,感情恩爱就像妻子活着的时候一样。过了好一会儿,听到悢悢的鼓声,不能停留。正在他出门时,他的衣襟忽然夹在了门缝里,他扯断衣襟离开了。过了一年多,这个人死了。家人埋葬他,打开坟墓时,发现他妻子的棺盖下有那片扯断的衣襟。

白头鹅试觋

吴孙休有疾①,求觋视者②,得一人,欲试之。乃杀鹅而埋于苑中,架小屋,施床几,以妇人屐履服物着其上。使觋视之,告曰:“若能说此冢中鬼妇人形状者,当加厚赏,而即信矣。”竟日无言。帝推问之急,乃曰:“实不见有鬼,但见一白头鹅立墓上。所以不即白之,疑是鬼神变化作此相,当候其真形而定。不复移易,不知何故,敢以实上。”

【注释】

①孙休:吴景帝孙休,十八岁时受封为琅琊王。太平三年(258),孙𬘭发动政变,废黜孙亮为会稽王,迎立孙休为帝,共在位六年,年号为永安。

②觋(xí):为人祷祝鬼神的男巫。后亦泛指巫师。

【译文】

吴国景帝孙休生病,招求男巫治病,找到了一个人,想先试试他。于是杀了一只鹅埋在园子里,架设了一间小屋,摆上坐具和桌几,把女人的鞋子衣服放在上面。使男巫看了这些东西,跟他说:"如果能说出这座坟墓中死了的女子的样子,就重重赏赐你,而且就相信你了。"男巫一整天没有说话。景帝追问急了,才说:"确实没有看见鬼,只看见一个白头鹅站在坟墓上。之所以没有立刻说明,我疑心是鬼神变化成鹅的样子,应当等到它现出真形才能确定。但它没有改变,不知是什么原因。冒昧以实情相告。"

石子冈朱主墓

吴孙峻杀朱主①,埋于石子冈②。归命即位③,将欲改葬之。冢墓相亚④,不可识别,而宫人颇识主亡时所着衣服。乃使两巫各住一处,以伺其灵。使察战监之⑤,不得相近。久时,二人俱白见一女人,年可三十余,上着青锦束头,紫白袷裳⑥,丹绨丝履⑦,从石子冈上,半冈而以手抑膝长太息,小住须臾,更进一冢上,便止,徘徊良久,奄然不见。二人之言,不谋而合。于是开冢,衣服如之。

【注释】

①孙峻:三国时吴国大将军,封为富春侯。朱主:孙权的女儿,公主
　鲁育,左将军朱据之妻。
②石子冈:地名,在今江苏江宁南。
③归命:吴末帝孙皓。后降晋称臣,封为归命侯。
④亚:并排。
⑤察战:三国时吴国设置的负责监视吏民的职官。

⑥袼(jiá)：夹衣。

⑦绨(tí)：厚实平滑而有光泽的丝织物。

【译文】

吴国的孙峻杀了朱主，埋在石子冈。吴末帝继位后，准备改葬她。由于许多坟墓并列，不能识别朱主墓，但宫人还记得朱主死的时候所穿的衣服。于是派两个女巫各待在一个地方，等候她的灵魂。派察战监督她们，不准两人接近。过了一段时间，两个女巫都报告说看见一个女人，年纪大约三十来岁，头上戴着青锦头巾，穿着紫白色的夹衣，朱红色的厚丝鞋，从石子冈上山，到半山冈时用手扶膝，长长地叹气，稍微停了一会儿，又走到其中一座坟墓上就停了下来，徘徊了很长时间，忽然间就不见了。两个人的话，不谋而合。于是打开坟墓，棺材里的衣服正是说的那样。

夏侯弘见鬼

夏侯弘自云见鬼，与其言语。镇西谢尚所乘马忽死①，忧恼甚至。谢曰："卿若能令此马生者，卿真为见鬼也。"弘去良久，还曰："庙神乐君马，故取之。今当活。"尚对死马坐。须臾，马忽自门外走还，至马尸间，便灭，应时能动，起行。谢曰："我无嗣，是我一身之罚。"弘经时无所告。曰："顷所见，小鬼耳，必不能辨此源由。"后忽逢一鬼，乘新车，从十许人，着青丝布袍。弘前提牛鼻，车中人谓弘曰："何以见阻？"弘曰："欲有所问。镇西将军谢尚无儿。此君风流令望，不可使之绝祀。"车中人动容曰："君所道正是仆儿。年少时，与家中婢通，誓约不再婚，而违约。今此婢死，在天诉之，是故无儿。"弘具以告。谢曰："吾少时诚有此事。"弘于江陵，见一大鬼，提矛戟，有随从小鬼数人。弘畏惧，下路避之。大鬼过后，捉得一小鬼，问："此何物?"曰："杀人以此矛戟，若中心腹者，无不辄死。"弘曰："治此病有方否?"鬼曰："以乌鸡薄之②，即差③。"弘曰："今欲何行?"鬼曰："当至荆、扬二州。"尔时比日行心腹病，无有不死者。弘乃教人杀乌鸡以薄之，十不失八九。今治中恶辄用乌鸡薄之者④，弘之由也。

【注释】

①谢尚：字仁祖，东晋阳夏（今河南太康）人。先后任尚书仆射、豫州刺史、镇西将军等职。

②薄：通"敷"，涂抹。

③差（chài）：病愈。

④中恶：中医病名。因冒犯不正之气所引起，俗称中邪。

【译文】

夏侯弘自称见过鬼，和鬼说过话。镇西将军谢尚的坐骑突然死了，谢尚十分忧愁烦恼。谢尚说："你如果能让我的马复活，你真的是见过鬼了。"夏侯弘去了很久，回来说："庙神喜欢您的马，所以要了去。现在会活过来了。"谢尚对着死马坐下。一会儿，马忽然从门外跑回来，到死马处就消失了。死马随即能动了，并站起来走动了。谢尚说："我没有儿子，这是对我一辈子的惩罚。"夏侯弘过了好一段时间都没有说什么。他说："近来所见到的都是小鬼，一定不能弄清楚这件事的缘由。"后来忽然遇到一个鬼，乘坐着一辆新车，随从有十多个人，穿着青丝布袍。夏侯弘上前提起牛鼻绳，车中人问夏侯弘说："为什么阻拦我?"夏侯弘说："想问你一件事情。镇西将军谢尚没有儿子。他风雅潇洒，声望很好，不能让他断绝后代。"车中人感动地说："你所说的正是我的儿子。年轻的时候和家中婢女私通，并发誓说不再结婚，后来违背了誓约。现在婢女死了,在阴间控告他,所以他就没有儿子了。"夏侯弘把这些情况告诉谢尚。谢尚说:"我年轻的时候确实做过这件事。"夏侯弘在江陵见到一个大鬼,提着矛戟,有几个小鬼跟从。夏侯弘害怕,走下路边去躲避他。大鬼走过后,他捉到一个小鬼,问:"这是什么东西?"小鬼说:"用这个矛戟杀人,如果刺中心腹,没有不马上死的。"夏侯弘说:"有没有方法治这病呢?"小鬼说:"用乌鸡制药涂抹心腹,立刻痊愈。"夏侯弘问:"现在打算到哪里去?"小鬼说:"要到荆州、扬州去。"那时正在流行心腹病,得病的人没有不死的。夏侯弘于是教人杀乌鸡来涂抹,十有八九都好了。现在治疗中邪总是用乌鸡涂抹的方法,是由夏侯弘传下来的。

卷三

【题解】

　　本卷所记述的许季山、郭璞、管辂等人都是汉晋时期通易学、善卜筮，能为人预知吉凶、消宅祛魅的方术之士。其中，段翳、许季山及其外孙董彦兴能够通过占卜之术为人预知吉凶，郭璞可以撒豆成兵，投符除魅，不仅预言未来，而且可以反观过去。韩友、严卿通达卜筮厌胜之术，既能预言吉凶，又能为人消灾祛祟。其中，管辂对神明与妖异的论述比较值得关注，他指出精神纯正者不会受到妖怪的伤害，万物变化的规律不是道术所能阻止的。因此，安身养德，从容光大，保持天真本性，才是保身正命，不为邪怪所侵害的正确方法。本卷还收录了两则华佗治疗疑难杂症的事例，在当时人看来，华佗也是一位术可通神的有方之士。

钟离意修孔庙

　　汉永平中①，会稽钟离意，字子阿，为鲁相。到官，出私钱万三千文，付户曹孔䜣②，修夫子车③。身入庙，拭几席剑履。男子张伯除堂下草，土中得玉璧七枚。伯怀其一，以六枚白意。意令主簿安置几前。孔子教授堂下床首有悬瓮，意召孔䜣问："此何瓮也？"对曰："夫子瓮也。背有丹书④，人莫敢发也。"意曰："夫子,圣人。所以遗瓮,欲以悬示后贤。"
因发之,中得素书,文曰:"后世修吾书,董仲舒;护吾车,拭
吾履,发吾笥⑤,会稽钟离意。璧有七,张伯藏其一。"意即召
问:"璧有七,何藏一耶?"伯叩头出之。

【注释】

①永平:东汉明帝刘庄的年号,58—75年。

②户曹:掌管民户、祠祀、农桑等的官署。

③夫子:对孔子的尊称。

④丹书:朱笔书写的文字。

⑤笥(sì):盛衣物或饭食等的方形竹器。这里即指悬瓮。

【译文】

东汉明帝永平年间,会稽人钟离意,字子阿,担任鲁相。上任后,拿出自己的一万三千文钱,交给户曹孔䜣,用于修理孔子的车子。钟离意亲自进入庙中,擦拭桌几、坐席、佩剑、鞋子。他的儿子张伯清除厅堂阶下的杂草,从土中得到七枚玉璧。张伯把一枚玉璧藏在怀里,把六枚交给了钟离意。钟离意命令主簿把玉璧安置在桌上。孔子讲学的房里,坐床床头悬挂着一个坛子,钟离意招来孔䜣询问:"这是什么坛子?"孔䜣回答说:"是夫子的坛子。背后有丹书,大家都不敢打开。"钟离意说:"夫子是圣人,他悬挂这个坛子,是想用来启示后代的贤人。"于是打开,里面放着一个用素绢书写的文书,上面写着:"后世修习我的著作的人,是董仲舒。保护我的车乘、擦拭我的鞋子、打开我的坛子的人,是会稽人钟离意。玉璧共有七枚,张伯暗藏其中一枚。"钟离意立刻召来张伯询问:"玉璧有七枚,你为什么藏了一枚呢?"张伯连忙叩头,交出了那枚玉璧。

段翳封简书

段翳字元章，广汉新都人也①。习《易经》，明风角②。有一生来学，积年，自谓略究要术③，辞归乡里。翳为合膏药，并以简书封于筒中④，告生曰："有急，发视之。"生到葭萌⑤，与吏争度。津吏挝破从者头⑥。生开筒得书，言："到葭萌，与吏斗，头破者，以此膏裹之。"生用其言，创者即愈。

【注释】

①广汉新都：广汉郡新都县，其地在今四川广汉。

②风角：古代占卜之法。以五音占四方之风而定吉凶。

③要术：指方术、学术、创作等方面的基本内容或要诀。

④简书：用于告诫、策命、盟誓、征召等事的文书。亦指一般文牍。

⑤葭萌：古为苴侯国，汉改为葭萌县，其地在今四川昭化东南。

⑥挝(zhuā)：敲打。

【译文】

段翳字元章，是广汉郡新都县人。精通《易经》，善于风角占卜。有一个学生来求学，过了几年，自认为掌握了道术的要诀，就要告辞回归故乡。段翳给他配制了一付膏药，并且写了文书一起封在竹筒里，告诉学生说："遇到急事，打开来看它。"学生到了葭萌县，与官吏抢着过河，管理渡口的官吏打破了他随从的头。学生打开竹筒看到文书，上面写着："到葭萌县，和官吏斗，头破的人，用这贴膏药包裹。"学生照他的话做，受伤的人立刻就痊愈了。

臧仲英遇怪

右扶风臧仲英①，为侍御史②。家人作食，设案，有不清尘土投污之^③。炊临熟，不知釜处。兵弩自行。火从箧簏中起^④，衣物尽烧，而箧簏故完。妇女婢使，一旦尽失其镜；数日，从堂下掷庭中，有人声言："还汝镜。"女孙年三四岁，亡之，求，不知处。两三日，乃于圊中粪下啼^⑤。若此非一。汝南许季山者，素善卜卦，卜之，曰："家当有老青狗物，内中侍御者名益喜，与共为之。诚欲绝，杀此狗，遣益喜归乡里。"仲英从之，怪遂绝。后徙为太尉长史^⑥，迁鲁相。

【注释】

①右扶风：官名。亦指其所辖政区名。汉太初元年（前104）更名主爵都尉为右扶风。其地在今陕西长安县西，为拱卫首都长安的三辅之一。

②侍御史：官名。在御史大夫下，掌举劾、督察等职。

③污：弄脏。

④箧（qiè）簏（lù）：竹箱。

⑤圊（qīng）：厕所。

⑥太尉长史：官名。太尉的属官。

【译文】

右扶风的臧仲英，任侍御史。家仆做饭，摆上桌子，有不干净的泥土扔到上面把饭菜弄脏。饭要做熟时，不知道煮锅哪里去了。兵器弓箭自己会移动。竹箱着火，装在里面的衣物都烧光了，而竹箱完好无损。一天早晨，妻子女儿婢女的镜子全都不见了。几天后，镜子从堂屋被扔到院子里，有个声音说："还你们的镜子。"他的孙女三四岁，失踪了，到处找不到。两三天后，却在厕所的粪坑里哭。像这样的怪事不止一次。汝南人许季山，平素擅长卜卦，他占卜之后说："你家里应当有一条老黑狗，内庭有个仆人叫益喜，是他们共同作怪。如果真的要消除怪事,就杀了这条狗,打发益喜回老家去。"臧仲英照此办,怪事就没再发生。后来臧仲英迁职为太尉长史,又升职为鲁国宰相。

乔玄见白光

太尉乔玄[①],字公祖,梁国人也。初为司徒长史[②],五月末,于中门卧。夜半后,见东壁正白,如开门明。呼问左右,左右莫见。因起自往手扪摸之,壁自如故。还床,复见。心大怖恐。其友应劭[③],适往候之,语次相告。劭曰:"乡人有董彦兴者,即许季山外孙也。其探赜索隐[④],穷神知化,虽睦孟、京房[⑤],无以过也。然天性褊狭[⑥],羞于卜筮者。"间来候师王叔茂[⑦],请往迎之。须臾,便与俱来。公祖虚礼盛馔,下席行觞。彦兴自陈:"下土诸生,无他异分。币重言甘,诚有蹰躇[⑧]。颇能别者,愿得从事。"公祖辞让再三,尔乃听之,曰:"府君当有怪,白光如门明者,然不为害也。六月上旬,鸡鸣时,闻南家哭,即吉。到秋节,迁北行,郡以金为名。位至将军三公。"公祖曰:"怪异如此,救族不暇,何能致望于所不图? 此相饶耳。"至六月九日未明,太尉杨秉暴薨。七月七日,拜钜鹿太守。"钜"边有"金"。后为度辽将军,历登三事。

【注释】

①太尉:官名。秦至西汉设置,为全国军政首脑,与丞相、御史大夫并称三公。

②司徒长史:司徒的属官。

③应劭:东汉学者,曾任泰山太守,著作有《风俗通》。

④赜(zé):幽深奥妙。

⑤睢(suī)孟：字弘，西汉人，精通《公羊春秋》，可预知后事。京房：字君明，西汉人，习《易》，善说灾变，创京氏易学，著作有《周易传》、《周易章句》、《周易错卦》、《周易妖占》、《周易占事》、《周易守林》等，今唯《周易传》存，其余各书均佚。

⑥褊(biǎn)狭：指心胸、气量、见识等狭隘。

⑦王叔茂：名畅，王粲的祖父。

⑧踧踖(cù jí)：恭敬而不安的样子。

【译文】

太尉乔玄，字公祖，梁国人。起初任司徒长史，五月底，在门的中间睡觉。半夜后，看见东面的墙壁很白，像开了门一样明亮。叫左右的人来询问，没有人看见。于是起来自己上前用手探摸，墙壁还是原来的样子。回到床上，又看见了。他心里十分害怕。他的朋友应劭正好去看望他，交谈之间就把这件事告诉了他。应劭说："我的同乡董彦兴，是许季山的外孙。他善于探索幽深隐微的事理，了解神通变化，即使睢孟、京房也不会超过他。但是他天性褊狭，认为卜筮是羞耻的事情。"不久等董彦兴的老师王叔茂来，乔玄请他去接董彦兴。一会儿，就和他一起来了。乔玄态度谦虚，安排了丰盛的食物，亲自到桌边敬酒。董彦兴自己表示："我只是乡间的儒生，没有特殊的本事。您礼节周到，说话客气，这让我十分不安。我稍稍能判别吉凶，愿意为您效劳。"乔玄再三谦让，然后才把这事讲给他听。董彦兴说："您府上正有怪事，所以看见白光像开门一样明亮，但是这不会有害处。到了六月上旬，鸡叫的时候，听到南边人家哭，就吉利了。到了秋天，您将调迁到北边任职，郡城的名字中有金字。之后您会升职至将军三公。"乔玄说："像这么怪异，挽救家族恐怕都来不及，哪里能指望这想都不敢想的事情呢。这是你安慰我罢了。"到了六月九日天未亮时，太尉杨秉突然死了。七月七日，乔玄升任钜鹿太守。"钜"字边有"金"字，后来做了度辽将军，又登上了三公之位。

管辂论怪

管辂字公明，平原人也①。善《易》卜。安平太守东莱王基②，字伯舆，家数有怪，使辂筮之。卦成，辂曰："君之卦，当有贱妇人，生一男，堕地便走，入灶中死。又，床上当有一大蛇，衔笔，大小共视，须臾便去。又，乌来入室中，与燕共斗，燕死，乌去。有此三卦。"基大惊曰："精义之致，乃至于此，幸为占其吉凶。"辂曰："非有他祸，直官舍久远③，魑魅罔两④，共为怪耳。儿生便走，非能自走，直宋无忌之妖将其入灶也⑤。大蛇衔笔者，直老书佐耳⑥。乌与燕斗者，直老铃下耳⑦。夫神明之正，非妖能害也。万物之变，非道所止也。久远之浮精，必能之定数也。今卦中见象，而不见其凶，故知假托之数，非妖咎之征，自无所忧也。昔高宗之鼎，非雉所雊⑧；太戊之阶，非桑所生⑨。然而野鸟一雏，武丁为高宗；桑穀暂生⑩，太戊以兴。焉知三事不为吉祥？愿府君安身养德，从容光大，勿以神奸污累天真。"后卒无他。迁安南将军。

后辂乡里刘原问辂："君往者为王府君论怪云：'老书佐为蛇，老铃下为乌。'此本皆人，何化之微贱乎？为见于爻象，出君意乎？"辂言："苟非性与天道，何由背爻象而任心胸者乎？夫万物之化，无有常形；人之变异，无有定体。或大为小，或小为大，固无优劣。万物之化，一例之道也。是以夏鲧⑪，天子之父，赵王如意⑫，汉高之子。而鲧为黄能⑬，意为苍狗，斯亦至尊之位，而为黔喙之类也⑭。况蛇者协辰已之位⑮，乌者栖太阳之精，此乃腾黑之明象⑯，白日之流景⑰。如书佐、铃下，各以微躯，化为蛇乌，不亦过乎？"

【注释】

①平原：古郡名。郡治在今山东平原。

②安平：古郡名。在今山东益都西北。东莱：古地名。今山东北胶河以东地区。

③官：原文作"客"，有小字注"一作官"。《三国志·魏书》载此事作"官舍"。据此改。

④魑魅（chī mèi）罔两：害人的鬼怪的统称。也做"魑魅魍魉"。

⑤宋无忌：传说中火精名叫宋无忌。

⑥书佐：主办文书的佐吏。

⑦铃下：指侍卫、门卒或仆役。

⑧高宗之鼎，非雉所雊（gòu）：据《尚书·高宗肜日》记载，在殷高宗武丁祭祀先祖成汤时，有只野鸡飞到祭祀成汤的鼎耳上鸣叫，武丁感到恐惧，他的贤臣祖己进言劝武丁修政行德，最终使殷道复兴，史称"武丁中兴"。高宗，殷高宗武丁，殷商的第二十三代君主。雊，野鸡鸣叫。

⑨太戊之阶，非桑所生：据《尚书·咸乂序》，在殷中宗太戊之时，有桑穀共生于朝，伊陟把此事告诉巫咸，作《咸乂》四篇，俱亡。《史记·殷本纪》载此事云："亳有祥桑穀共生于朝，一暮大拱。帝太戊惧，问伊陟。伊陟曰：'臣闻妖不胜德，帝之政其有阙与？帝其修德。'太戊从之，而祥桑枯死而去。"

⑩穀（gǔ）：落叶乔木，又称"构"或"楮"。原本误作"穀（谷）"。

⑪鲧（gǔn）：相传为夏禹的父亲，曾奉尧命治水，窃"息壤"筑堤堵水，九年无功，被尧杀死在羽山，其神化为黄熊，入于羽渊。

⑫如意：汉高祖刘邦之子，戚夫人所生，封为赵王，几次险被刘邦立

为太子。刘邦死后，戚夫人及其子如意均为吕后所杀。据《汉书·五行志》记载，吕后杀如意的借口是"有物如仓狗撤高后掖，忽而不见，卜之，赵王如意为祟"，故后文说"意为苍狗"。

⑬能：传说中的一种兽。任昉《述异记》卷上云："陆居曰熊，水居曰能。"

⑭黔喙(huì)：黑嘴。借指牲畜野兽之类。

⑮辰巳之位：以十二地支配十二生肖，蛇为辰巳之位，用以指代方位，则指东南方。

⑯腾黑：黑暗。

⑰流景：闪耀的光彩。

【译文】

管辂字公明，是平原人。他擅长用《易》占卜。安平太守是东莱的王基，字伯舆，家里多次发生怪事，让管辂来卜筮。卜出卦，管辂说："你的卦，应该是有一个卑贱的妇人，生了一个男孩，落地就跑，掉到灶坑死了。又有一条大蛇在座榻上，衔着笔，大家都看见，一会儿就离开了。又有一只乌鸦飞进屋子，和燕子争斗，燕子死了，乌鸦飞走了。有这样三个卦象。"王基大惊，说："卦象精确到了这个程度，请给我占卜它的吉凶。"管辂说："没有其他的灾祸，只是由于官舍时代久远，那些精怪一起作怪罢了。小孩生下来就能走，不是他自己能走，只是被火精宋无忌引进了灶里。大蛇衔笔，只是老书佐而已。乌鸦和燕子争斗，只是老铃下而已。精神纯正，不是妖怪所能伤害的。万物变化，不是人的道术所能阻止的。久远的妖怪，一定会出现这种情况。现在卦中看到的征象，而不见有何吉凶，所以知道是妖怪依托，而不是妖怪造成灾祸的征兆，自然没有什么可忧虑的。从前殷高宗武丁祭祀的大鼎，不是野鸡鸣叫的地方；殷中宗太戊朝堂的庭阶，不是桑谷生长的地方。但是野鸡一叫，武丁成为贤明的高宗；桑谷一生长，太戊就兴盛了。怎么就知道这三件事不是吉祥的征兆呢？希望您安身养德，从容光大，不要因为神怪干扰而玷污了天然的本性。"后来就没再发生其他的事情。王基升任安南将军。

后来管辂的同乡人刘原问管辂："您过去给王基谈论妖怪,说'老书佐变成大蛇,老铃下变成乌鸦',他们本来都是人,为什么会变成卑贱的动物了呢? 是从爻象显示出来的,还是您想象出来的?"管辂说:"如果不是本性和天道,怎么能违背爻象而随心所欲呢? 万物的变化,没有固定的形状;人的变化,没有固定的身体。或者大的变小,小的变大,本来就没有好坏之别。万物的变化,是有一定的规律的。所以夏鲧是天子的父亲,赵王如意,是汉高祖的儿子。可是夏鲧变成黄熊,如意变成了苍狗,这是从最高贵的地位,变成了野兽一类。何况蛇配辰巳之位,乌鸦是栖于太阳的精灵,这种现象就像黑暗中的光明,白日下的亮彩一样明白。像书佐、铃下,各自以卑微的身躯,化身为蛇乌,不也是过得去的吗?"

管辂助颜超增寿

管辂至平原,见颜超貌主夭亡①。颜父乃求辂延命。辂曰:"子归,觅清酒一榼②,鹿脯一斤,卯日,刈麦地南大桑树下③,有二人围棋次。但酌酒置脯,饮尽更斟,以尽为度。若问汝,汝但拜之,勿言。必合有人救汝。"颜依言而往,果见二人围棋。颜置脯,斟酒于前。其人贪戏,但饮酒食脯,不顾。数巡,北边坐者忽见颜在,叱曰:"何故在此?"颜唯拜之。南边坐者语曰:"适来饮他酒脯④,宁无情乎?"北坐者曰:"文书已定。"南坐者曰:"借文书看之。"见超寿止可十九岁,乃取笔挑上,语曰:"救汝至九十年活。"颜拜而回。管语颜曰:"大助子,且喜得增寿。北边坐人是北斗,南边坐人是南斗。南斗注生,北斗注死。凡人受胎,皆从南斗过北斗;所有祈求,皆向北斗。"

【注释】

①主：预示，预兆。夭亡：未成年而死。

②清酒：酒醇的酒。榼（kē）：古代盛酒或贮水的器具。

③刈（yì）：指割下来的庄稼。

④适来：刚才。

【译文】

　　管辂到平原郡，看见颜超面相预示他将未成年而死。颜父于是请求管辂为他延长寿命。管辂说："你回家去，找一壶好酒，一斤干鹿肉，卯日那天，在割过的麦地南边的大桑树下，有两个人在那里下围棋。你只管斟上酒，摆上鹿肉干，酒喝干了就再倒上，喝完吃尽为止。如果问你话，你只是叩头作揖，不要说话。一定会有人救你。"颜超按着他说的去了，果然看见两个人在下围棋。颜超上前摆肉斟酒。那两个人贪于下棋，只管喝酒吃肉，没有回头看。喝了几巡酒，坐在北边的人忽然看见颜超在场，呵叱说："你为什么在这里？"颜超只是叩头作揖。坐在南面的人说："刚才喝他的酒吃他的肉，难道没有一点人情吗？"坐在北面的人说："文书已经写定了。"坐在南面的人说："借文书给我看看。"看见颜超的寿命只有十九年，于是拿起笔把"九"改到"十"上，说："我救你活到九十岁。"颜超拜谢后回家。管辂对颜超说："他们太帮助你了，很高兴你能增加寿命。坐在北面的人是北斗，坐在南边的是南斗。南斗主掌人的生，北斗主掌人的死。凡人受胎成人，都要从南斗到北斗；人所有的祈求，都要向北斗提出来。"

管辂筮信都令家

　　信都令家妇女惊恐①，更互疾病，使辂筮之。辂曰："君北堂西头有两死男子：一男持矛，一男持弓箭；头在壁内，脚在壁外。持矛者主刺头，故头重痛不得举也；持弓箭者主射胸腹,故心中悬痛不得饮食也。昼则浮游,夜来病人,故使惊恐也。"于是掘其室中,入地八尺,果得二棺。一棺中有矛,一棺中有角弓及箭②,箭久远,木皆消烂,但有铁及角完耳。乃徙骸骨去城二十里埋之,无复疾病。

【注释】

①信都:县名,汉时所置,其地在今河北冀州。

②角弓:以兽角为饰的硬弓。

【译文】

信都县令家的妇女感到惊恐,一个接一个地换着生病,让管辂占卜。管辂说:"你家北屋西头有两个死男人:一个男人拿着矛,一个男人拿着弓箭;头在墙壁里面,脚在墙壁外面。拿矛的人专门刺人的头,所以人的头沉重疼痛得抬不起来;拿弓箭的专门射人的胸口和肚子,所以人心慌疼痛不能吃东西。两个死男人白天到处漂荡,晚上就来害人,所以使人惊恐。"于是县令在房子里挖,挖到地下八尺,果然挖到两副棺材。一副棺材中有矛,另一副棺材中有角弓和箭。因为时间久远,弓箭的木头都腐烂了,只有铁和兽角是完整的。县令于是迁移骸骨到离县城二十里的地方埋葬了,家里不再有人生病了。

管辂筮躄疾

利漕民郭恩①,字义博。兄弟三人,皆得躄疾②。使辂筮其所由③。辂曰:"卦中有君本墓,墓中有女鬼,非君伯母,当叔母也。昔饥荒之世,当有利其数升米者,排着井中,啧啧有声,推一大石下,破其头。孤魂冤痛,自诉于天耳。"

【注释】

①利漕：运河名。东汉末由曹操所筑。渠水自今河北曲周县南，东南至大名县西北、馆陶县西南注入白沟，以沟通邺都和四方漕运，故名。《水经注·浊漳水》注引应劭语云："汉献帝建安十八年，魏太祖凿渠，引漳水，东入清洹，以通河漕，名曰利漕渠。"

②躄（bì）：同"躃"，瘸腿。

③筮（shì）：占卦。

【译文】

利漕渠人郭恩，字义博。兄弟三人，都患有瘸腿病。请管辂占卜得病的原因。管辂说："卦中有你家族的坟墓，坟墓里有一个女鬼，不是你的伯母，就应该是叔母。从前饥荒的年代，有个贪图她几升米的人，把她推到了井里，她发出喷喷的声音，那人又推下一块大石，砸破了她的头。孤魂含冤悲痛，自己向天帝申诉罢了。"

淳于智杀鼠

淳于智字叔平，济北卢人也①。性深沉，有思义②。少为书生，能《易》筮，善厌胜之术③。高平刘柔，夜卧，鼠啮其左手中指，意甚恶之。以问智，智为筮之，曰："鼠本欲杀君而不能，当为使其反死。"乃以朱书手腕横文后三寸，为田字，可方一寸二分，使夜露手以卧。有大鼠伏死于前。

【注释】

①济北：古郡名，郡治在今山东长清东。卢：县名，属济北郡。其治所在今山东长清西南。

②思义：想着道义。

③厌胜之术：古代的一种巫术，指能以诅咒制胜，压服人或物。

【译文】

淳于智字叔平,是济北郡卢县人。他本性深沉,讲道义。他年少读书时,能够用《周易》来卜筮,擅长厌胜的法术。高平人刘柔,晚上睡觉,老鼠咬了他的左手中指,他心里非常厌恶。他就这件事去问淳于智,淳于智给他卜筮,说:"老鼠本来想咬死你,但没有做到,应当让它反而被杀死。"于是他用朱砂在刘柔手腕横纹后三寸的地方,写了一个"田"字,大约一寸二分见方。他让刘柔晚上把手露在外面睡觉。有一只大老鼠爬着死在手跟前。

淳于智卜居宅

上党鲍瑗①,家多丧病,贫苦。淳于智卜之,曰:"君居宅不利,故令君困尔。君舍东北有大桑树。君径至市,入门数十步,当有一人卖新鞭者,便就买还,以悬此树。三年,当暴得财。"瑗承言诣市②,果得马鞭。悬之三年,浚井③,得钱数十万,铜铁器复二万余。于是业用既展,病者亦无恙。

【注释】

①上党:郡名。其地在今山西长治、晋城一带。因地势高而得名,狄子奇《战国策地名考》说:"地极高,与天为党,故曰上党。"

②诣(yì):前往,到。

③浚(jùn):深挖疏通水道。

【译文】

上党人鲍瑗,家里经常有人死亡或生病,生活贫苦。淳于智给他占卜,说:"你住的房子不吉利,所以让你窘困如此。你家房屋东北有一棵大桑树。你直接到市场去,进市场门几十步,应该有一个卖新鞭子的人,就向他买了回来,把鞭子挂在这棵树上。三年之后,你会突然发财。"鲍瑗听了他的话到市场去,果然买到了马鞭。悬挂马鞭三年,有一天疏浚水井时,挖到了钱币几十万,还有铜铁器二万多件。如此家业器用都扩展之后,家里的病人也痊愈了。

淳于智卜祸

谯人夏侯藻①,母病困,将诣智卜,忽有一狐当门向之嗥叫②。藻大愕惧,遂驰诣智。智曰:"其祸甚急。君速归,在狐嗥处,拊心啼哭③,令家人惊怪,大小毕出。一人不出,啼哭勿休。然其祸仅可免也。"藻还,如其言,母亦扶病而出。家人既集,堂屋五间拉然而崩④。

【注释】

①谯:古县名。在今安徽亳州。

②嗥(háo):吼叫。

③拊(fǔ)心:拍胸。形容哀痛和悲伤。

④拉然:形容房屋倒塌的样子。

【译文】

谯县人夏侯藻,他的母亲病得厉害,他准备去拜访淳于智请他占卜,忽然有一只狐狸对着大门向他吼叫。夏侯藻非常惊恐害怕,于是跑去找淳于智。淳于智说:"这个灾祸十分紧急。你赶紧回去,在狐狸吼叫的地方,拍着胸口悲痛地放声大哭,使家里的人感到惊讶奇怪,大大小小都出来。有一个人没有出来,放声大哭就不能停。这样灾祸才可免除。"夏侯藻回去后,照着他的话做,他的母亲也支撑着病体出来了。一家人都集中在一起后,五间堂屋就被拉扯着一样崩塌了。

淳于智筮病

护军张劭母病笃①。智筮之,使西出市沐猴②,系母臂,令傍人捶拍③,恒使作声,三日放去。劭从之。其猴出门,即为犬所咋死④,母病遂差⑤。

【注释】

①护军:官名。秦汉时临时设置护军都尉或中尉,以调节各将领间的关系。魏晋以后,设护军将军或中护军,掌军职的选用,亦与领军将军或中领军同掌中央军队。张劭是太尉杨骏(晋武帝杨皇后之父)的外甥,由杨骏荐举为中护军。在晋惠帝皇后贾后发动政变时,与杨骏一同被杀。笃:形容病势沉重。

②沐猴:猕猴。

③捶:敲击。

④咋(zé):啮,啃咬。

⑤差(chài):病除。

【译文】

护军张劭的母亲病得很重。淳于智为她占卜,让张劭到西边去买只猕猴拴在他母亲的手臂上,叫旁边的人捶打猕猴,一直让它发出叫声,三天后把猕猴放出去。张劭按他说的做了。那只猕猴一出大门,就被狗咬死,张劭母亲的病于是好了。

郭璞撒豆成兵

郭璞字景纯①,行至庐江②,劝太守胡孟康急回南渡。康不从。璞将促装去之③,爱其婢,无由得,乃取小豆三斗,绕主人宅散之。主人晨起,见赤衣人数千围其家,就视则灭。甚恶之,请璞为卦。璞曰:"君家不宜畜此婢,可于东南二十里卖之,慎勿争价,则此妖可除也。"璞阴令人贱买此婢,复为投符于井中,数千赤衣人一一自投于井。主人大悦。璞携婢去。后数旬而庐江陷。

【注释】

①郭璞:字景纯,河东闻喜(今山西闻喜)人,西晋建平太守郭瑗之子。他精通天文数术,同时又是东晋著名的学者、诗人,所注《尔雅》、《山海经》等流传至今。同时,在晋元帝时任著作佐郎,迁尚书郎,后被王敦杀害。《晋书》有传。

②庐江:郡名,汉置。郡治舒县,故城在今安徽庐江县西二十里。

③促装:指急忙整理行装。

【译文】

郭璞字景纯,走到庐江郡,劝太守胡孟康赶紧渡江回到南方去,胡孟康不听劝告。郭璞收拾行装准备离开,他喜欢主人家的婢女,没有办法得到,于是找来三斗小豆子,绕着主人家的宅院散了下去。主人早晨起床,看见有几千个穿红衣服的人包围他家,走近去看,就消失了。心里十分厌恶,请郭璞来卜卦。郭璞说:“您家不宜收养这个婢女,可以到东南面二十里远的地方卖掉她。注意不要争价钱,那么这些妖怪就可以消除了。”郭璞暗中派人用低价买下了这个婢女,又为主人家往井里投了一道符,几千个红衣人一个个自己跳到井里去了。主人十分高兴,郭璞带着这个婢女离开了。几十天后庐江就陷没了。

郭璞救死马

赵固所乘马忽死①,甚悲惜之,以问郭璞。璞曰:“可遣数十人持竹竿,东行三十里,有山林陵树②,便搅打之。当有一物出,急宜持归。”于是如言,果得一物,似猿。持归,入门,见死马,跳梁走往死马头③,嘘吸其鼻④。顷之,马即能起,奋迅嘶鸣⑤,饮食如常,亦不复见向物。固奇之,厚加资给。

【注释】

①赵固:十六国时期汉国开国君主刘渊的将军。

②陵树:植于陵园的树木。

③跳梁:跳跃。

④嘘:吐气。

⑤奋迅:精神振奋,行动迅速。

【译文】

　　赵固所骑的马忽然死了,赵固十分悲伤惋惜,就去问郭璞。郭璞说:"可以派几十个人持拿竹竿,往东走三十里,山林中有棵种在陵园中的树,就用竹竿搅动拍打树枝。应该会有一个怪物出来,最好赶紧把它捉回家。"赵固就按他说的做了,果然抓到了一个怪物,像猿猴。怪物被捉回家,送进大门,看见死马,跳跃着跑到死马头旁边,对着马鼻子吐气吸气。过了一会儿,马就能站起来了,行动敏捷,引声长鸣,饮水吃草跟平时一样,也不再看到先前的那只怪物。赵固很赏识郭璞,给他很丰厚的资财给养。

郭璞筮病

　　扬州别驾顾球姊①,生十年便病。至年五十余,令郭璞筮,得"大过"之"升"②。其辞曰:"'大过'卦者义不嘉,冢墓枯杨无英华。振动游魂见龙车,身被重累婴妖邪③。法由斩祀杀灵蛇,非己之咎先人瑕④。案卦论之可奈何。"球乃迹访其家事,先世曾伐大树,得大蛇,杀之,女便病。病后,有群鸟数千,回翔屋上。人皆怪之,不知何故。有县农行过舍边,仰视,见龙牵车,五色晃烂,其大非常,有顷遂灭。

【注释】

①别驾：官名。刺史的佐吏，总管众务。顾球：晋朝时人，曾任扬州
　　别驾，有令闻。于晋元帝建武元年(前317)任尚书郎，卒。

②"大过"之"升"："大过"、"升"均是卦名。指卜卦时因变爻由"大
　　过"卦变成"升"卦。

③婴：遭遇。

④咎：罪过。瑕：过失，毛病。

【译文】

　　扬州别驾顾球的姐姐，生下来十年就生病了。到五十多岁时，让郭璞来卜筮，得到"大过"卦变"升"卦。那卦辞是这么说："'大过'卦的意思不好，坟墓上的枯杨树没有开花。振动了游魂让龙车出现，身受多重忧患又遭遇妖邪。妖法的根源是断了祭祀杀了灵蛇，这不是自己的罪过而是先人的过失。根据卦象的情况来说可有什么办法呢？"顾球于是寻访他家先辈的事迹。先辈曾砍伐大树，捉到了一条大蛇，杀了它之后，女儿就生病了。生病之后，有一群几千只的鸟儿，在屋上环绕飞翔。大家都觉得奇怪，不知是什么原因。有一个当地的农民从屋旁经过，抬头观望，看到龙拉着车子，五彩斑斓，明亮耀眼，车子很大，非同寻常，过一会儿就消失了。

郭璞致白牛

　　义兴方叔保得伤寒①，垂死，令璞占之，不吉，令求白牛厌之。求之不得，唯羊子玄有一白牛，不肯借。璞为致之，即日有大白牛从西来，径往。临，叔保惊惶，病即愈②。

【注释】

①义兴：古县名，晋时置郡，郡治在阳羡，隋时废郡设县，宋时改为宜

兴。伤寒：中医泛指热性病，也指由风寒侵入人体而引起的疾病。

②该文后原书有一段"西川费孝先善轨革"的文字。费孝先为宋代人，该段文字亦见于宋章炳文《搜神秘览》，应是后人辑录《搜神记》时误收。故删之。

【译文】

义兴郡人方叔保得了伤寒，快要死了，让郭璞给他占卦，不吉利，郭璞让找一头白牛来制服妖怪。找不到白牛，只是羊子玄有一头白牛，不肯借。郭璞替他招致白牛，当天有一头大白牛从西边来，径直往家里走。到跟前，方叔保感到惊惶，病立刻好了。

隗炤书板

隗炤，汝阴鸿寿亭民也①，善《易》。临终书板，授其妻曰："吾亡后，当大荒。虽尔，而慎莫卖宅也。到后五年春，当有诏使来顿此亭②，姓龚。此人负吾金③，即以此板往责之。勿负言也。"亡后，果大困，欲卖宅者数矣，忆夫言，辄止。至期，有龚使者，果止亭中，妻遂赍板责之。使者执板，不知所言，曰："我平生不负钱，此何缘尔邪？"妻曰："夫临亡，手书板见命如此，不敢妄也。"使者沉吟良久而悟，乃命取蓍筮之。卦成，抵掌叹曰："妙哉隗生！含明隐迹而莫之闻，可谓镜穷达而洞吉凶者也。"于是告其妻曰："吾不负金，贤夫自有金。乃知亡后当暂穷，故藏金以待太平。所以不告儿妇者，恐金尽而困无已也。知吾善《易》，故书板以寄意耳。金五百斤，盛以青罂④，覆以铜柈⑤，埋在堂屋东头，去壁一丈，入地九尺。"妻还掘之，果得金，皆如所卜。

【注释】

①汝阴：古郡名。郡治在今安徽阜阳。亭：秦汉时期乡以下、里以上的行政机构。

②诏使：皇帝派出的特使。顿：停留。

③负：拖欠。

④罂（yīng）：古代盛酒或水的瓦器，小口大腹，较缶为大。亦有木制者。

⑤柈（pán）：盘子。

【译文】

　　隗炤，是汝阴郡鸿寿亭的人，精通《易》。临死时写了一块木板，交给他的妻子，说："我死之后，会有大灾荒。即使那样，一定不要卖掉宅院。过后五年的春天，会有一位诏使来我们这个亭停留，他姓龚。这个人欠我的钱，你就拿着这块木板去向他索取。不要违背了我的话。"他死之后，果然遇到了大灾荒。他的妻子好几次想卖掉宅子，想起丈夫的话，就没有卖。到了隗炤说的那个时间，有一个姓龚的使者，果然来到了鸿寿亭，隗炤妻于是拿着木板去索债。使者拿着木板，不明白是怎么回事，他说："我一辈子不欠人钱，这究竟是为什么呢？"隗炤妻说："我丈夫临死时，亲手写下木板，叫我这样做，我是不敢乱来的。"使者认真地想了很久，终于明白了。于是让人取来蓍草卜筮。卦占成后，他拍手感叹说："隗生真是奇妙啊！心中明亮却隐藏行迹没有人能知道，真可说得上是明察穷达之理而洞悉吉凶之事啊。"于是告诉他的妻子说："我不欠钱，是你的贤丈夫自己有钱。他知道自己死后你家将暂时穷困，所以埋藏了金钱来等待太平。他之所以不告诉妻儿，是担心钱花光了穷困的日子还没到头。他知道我擅长《易》占，所以写下木板来寄托自己的心愿。金子有五百斤，装在青罂中，盖着铜盘子，埋在堂屋的东头，离墙壁一丈，挖地九尺深。"隗炤妻回家去挖，果然挖得金子，跟卜卦所说的一样。

韩友驱魅

韩友字景先,庐江舒人也①。善占卜,亦行京房厌胜之术。刘世则女病魅积年②,巫为攻祷③,伐空冢故城间,得狸鼍数十④,病犹不差⑤。友筮之,命作布囊,俟女发时,张囊着窗牖间⑥。友闭户作气,若有所驱。须臾间,见囊大胀,如吹,因决败之。女仍大发。友乃更作皮囊二枚沓张之⑦,施张如前,囊复胀满。因急缚囊口,悬着树。二十许日,渐消。开视,有二斤狐毛。女病遂差。

【注释】

①庐江:郡名,汉置。郡治舒县,故城在今安徽庐江西二十里。

②病魅:因妖魅作祟而生病。

③攻祷:祷祝之一种。举行某种祷祝仪式以驱邪除怪。

④鼍(tuó):扬子鳄。也称鼍龙、猪婆龙。爬行动物。体长丈余。背部与尾部有角质鳞甲。穴居于江河岸边和湖沼底部。其皮可以制鼓。

⑤差:病愈。

⑥窗牖(yǒu):窗户。

⑦沓:重叠。

【译文】

韩友字景先,是庐江郡舒县人。他擅长占卜,也施行京房的厌胜之术。刘世则的女儿因妖魅作祟生病多年,巫医给她祷祝,到旧城荒坟间去讨伐,捉到狐狸、鼍几十只,病还是没好。韩友占卜,让人做了一只布袋,等女孩发病时,把布袋张设在窗户上。韩友关了门使气,似乎在驱赶着什么。一会儿工夫,只见布袋胀得很大,好像在吹气,终于胀破了。

女孩仍然病得很厉害。韩友于是再做了两只皮袋叠到一起张设在窗户上，像先前一样，皮袋又胀得鼓鼓的。于是他急忙捆紧了袋口，悬挂在树上。二十多天，袋子渐渐瘪了下去。打开来看，有二斤狐毛。女孩的病于是就好了。

严卿禳灾

会稽严卿善卜筮。乡人魏序欲东行，荒年多抄盗，令卿筮之。卿曰："君慎不可东行，必遭暴害，而非劫也。"序不信。卿曰："既必不停，宜有以禳之①。可索西郭外独母家白雄狗，系着船前。"求索，止得驳狗，无白者。卿曰："驳者亦足，然犹恨其色不纯，当余小毒，止及六畜辈耳，无所复忧。"序行半路，狗忽然作声，甚急，有如人打之者。比视，已死，吐黑血斗余。其夕，序墅上白鹅数头，无故自死。序家无恙。

【注释】

①禳（ráng）：祭名。古代除邪消灾的祭祀。

【译文】

会稽人严卿擅长卜筮。同乡人魏序打算到东边去，灾荒之年常有人抢劫，请严卿卜筮。严卿说："你要小心不能到东边去，一定会遇到灾难，但不是抢劫。"魏序不相信。严卿说："既然一定要去，最好想办法除邪消灾。可以求取西城外孤老太太家的白公狗，绑在船头。"魏序去找狗，只找到了杂色的，没有纯白的。严卿说："杂色的也就够了，不过还是嫌它毛色不纯，会留下一点点毒，只会伤及家畜之类，不必再担心了。"魏序走到半路，那条狗突然叫起来，非常急，好像有人打它一样。等走过去看，狗已经死了，吐了一斗多的黑血。那天晚上，魏序田庄里的几只白鹅，无缘无故地死了。魏序家平安无事。

华佗治疮

沛国华佗[①]，字元化，一名旉。琅邪刘勋为河内太守[②]，有女年几二十，苦脚左膝里有疮，痒而不痛，疮愈数十日复发。如此七八年。迎佗使视。佗曰："是易治之。当得稻糠黄色犬一头，好马二匹。"以绳系犬颈，使走马牵犬，马极辄易。计马走三十余里，犬不能行，复令步人拖曳，计向五十里。乃以药饮女，女即安卧不知人。因取大刀断犬腹近后脚之前，以所断之处向疮口，令去二三寸停之。须臾，有若蛇者，从疮中出。便以铁椎横贯蛇头，蛇在皮中动摇良久，须臾不动，乃牵出，长三尺许，纯是蛇，但有眼处而无瞳子，又逆鳞耳。以膏散着疮中，七日愈。

【注释】

①沛国：郡国名。刘邦建汉后，把家乡泗水郡改为沛郡，治所相县（今安徽濉溪），东汉改郡为国，三国移治沛县（今江苏沛县）。华佗：又名旉(fū)。东汉末年名医，后因不从曹操征召被杀。

②琅邪：也作"琅琊"，郡名，秦时所置，因山东诸成县琅邪山而得名。汉唐沿革，至唐以后废。河内：郡名，辖今河南黄河以北地区，郡治在怀县（今河南武涉）。

【译文】

沛国人华佗，字元化，又名旉。琅邪郡人刘勋任河内太守，他有个女儿年近二十，苦于左腿膝关节生疮，疮痒痒的却不痛，疮疖好了几十天又复发。像这样七八年了。刘勋接华佗来诊视。华佗说："这疮好治。要准备稻糠色黄毛狗一条，好马两匹。"他用绳系住狗脖子，让马拉着狗跑，马疲惫了就换另一匹。算着马跑了三十多里，狗跑不动了，又叫人步行拖着狗走，共走了大约五十里。于是拿药水给刘勋的女儿喝，他女儿就安静地躺下失去了知觉。于是拿一把刀切开狗肚子靠后脚的前面，把切开的地方对着疮口，让在距离疮口两三寸的地方停下。过了一会儿，有条像蛇一样的东西从疮里出来。于是华佗用铁椎横穿蛇头，蛇在肉皮中摇动了很久，突然不动了，这才把它拉出来，长三尺多，完全是蛇，只是有眼窝却没有眼珠，鳞片也是逆着生的。然后把膏药粉撒在疮上，七天就痊愈了。

华佗治咽病

佗尝行道，见一人病咽，嗜食不得下。家人车载，欲往就医。佗闻其呻吟声，驻车往视，语之曰："向来道边，有卖饼家蒜齑大酢①，从取三升饮之，病自当去。"即如佗言，立吐蛇一枚。

【注释】

①齑（jī）：同"齑"。作调味用的姜、蒜、葱、韭等菜的碎末。酢（cù）：同"醋"。

【译文】

华佗曾经走在路上，看见一个人喉咙疼，想吃东西却咽不下去。家里的人用车拉着他，想去看医生。华佗听到他的呻吟声，停下车去看，对他说："刚才过来的路边，有卖饼的人家有蒜末酸醋，到那里取三升喝了，病自然就好了。"立刻照华佗说的去做，马上吐出一条蛇来。

卷四

【题解】

　　在古人看来，举凡天上的日月星宿，地上的山川湖海皆有相应的神灵职掌，其情形一如人世间的分官设职。本卷所记即是与星宿河岳诸神有关的灵异故事。如二十八星宿中的箕星、毕星与须女星，分别职掌风、雨与祭祀。山有山神，河有河伯，乃至具有人形的石头都有神性，可以为人疗病。不过，从另一方面来看，林林总总的神灵都是由人造出来的，他们身上总是多多少少地反映出某些人性，如泰山府君、彭泽湖神的知恩图报，泰山之女、庐山神君对德行、仁义的敬重。还有，天使搭乘麋竺的便车，即私自为其减除部分殃祸，正所谓积善者必有余庆。相反，如果像沛国戴文谋那样，对神灵心存疑窦，不能"祭神如神在"，其结果便是众神远遁，与福报无缘。一言以蔽之，神性即人性。

风伯雨师

　　风伯、雨师①，星也。风伯者，箕星也②。雨师者，毕星也③。郑玄谓司中、司命④，文昌第五、第四星也⑤。雨师一曰屏翳，一曰屏号，一曰玄冥。

【注释】

①风伯：风神。雨师：雨神。

②箕(jī)星：星宿名。二十八宿之一，为东方青龙七宿的第七宿，有星四颗。古人认为此星主风。

③毕星：星宿名。二十八宿之一，为西方白虎七宿的第五宿。有星八颗，以其分布之状像古代田猎用的毕网，故名。古人以为此星主兵、主雨。

④郑玄：东汉经学家，遍注群经，是汉代经学的集大成者。司中、司命：均为星名。

⑤文昌：星座名，共六星，在斗魁之前，形成半月形状。又称文昌宫。

【译文】

风伯、雨师是星宿。风伯，是箕星。雨师，是毕星。郑玄说司中、司命是文昌第五、第四星。雨师又叫屏翳，又叫屏号，又叫玄冥。

张宽说女宿

蜀郡张宽①，字叔文。汉武帝时为侍中，从祀甘泉②。至渭桥，有女子浴于渭水，乳长七尺。上怪其异，遣问之。女曰："帝后第七车者知我所来。"时宽在第七车。对曰："天星，主祭祀者。斋戒不洁，则女人见③。"

【注释】

①蜀郡：郡名。秦置，治所成都。

②甘泉：宫名。故址在今陕西淳化西北甘泉山。秦始皇二十七年（前220）始建，至汉武帝建元年间增筑扩建。

③女人：指女宿。也称须女、婺女，为二十八宿中北方玄武七星之第三宿。

【译文】

蜀郡的张宽，字叔文。汉武帝时为侍中，跟随汉武帝到甘泉祭祀。走到渭桥，有个女子在渭河中洗澡，乳房长七尺。武帝感到奇怪，派人问她。女子说："皇帝后面第七辆车上坐的人知道我从哪里来。"当时张宽坐在第七辆车上。张宽回答说："是天上掌管祭祀的星宿。祭祀时斋戒不洁，女宿就会显形。"

灌坛令当道

文王以太公望为灌坛令①。期年，风不鸣条②。文王梦一妇人，甚丽，当道而哭。问其故，曰："吾泰山之女，嫁为东海妇。欲归③，今为灌坛令当道有德，废我行；我行必有大风疾雨。大风疾雨，是毁其德也。"文王觉，召太公问之。是日果有疾雨暴风，从太公邑外而过。文王乃拜太公为大司马④。

【注释】

①太公望：即姜尚，又称吕尚，字尚父，人称姜太公或太公望。辅佐文王、武王灭商纣之后被封于齐国。灌坛：地名，应是周国的一个小邑。

②风不鸣条：和风轻拂，树枝不发出声响。古人认为是贤者在位，天下大治时出现的一种自然景象。

③归：指女子出嫁。

④大司马：官名。周代六卿之一，主掌军旅之事。

【译文】

周文王任姜尚为灌坛县令。一年来，风调雨顺。周文王梦见一个女人，非常美丽，在路中间哭。问她为什么哭，她说："我是泰山神的女儿，嫁给东海神做妻子。要出嫁，现在因为灌坛县令主政而有德行，使我不能过去；我走过必定有狂风暴雨，狂风暴雨，这会损坏他的德政。"文王醒来，召太公来询问这件事。这一天果然有疾风暴雨从太公的灌坛邑外经过。文王于是拜太公为大司马。

胡母班致书

胡母班，字季友，泰山人也。曾至泰山之侧，忽于树间逢一绛衣驺①，呼班云："泰山府君召②。"班惊愕，逡巡未答③。复有一驺出，呼之。遂随行数十步，驺请班暂瞑④。少顷，便见宫室，威仪甚严。班乃入阁拜谒。主为设食，语班曰："欲见君，无他，欲附书与女婿耳。"班问："女郎何在？"曰："女为河伯妇。"班曰："辄当奉书，不知缘何得达？"答曰："今适河中流，便扣舟呼'青衣'⑤，当自有取书者。"班乃辞出。昔驺复令闭目，有顷，忽如故道。遂西行，如神言而呼青衣。须臾，果有一女仆出，取书而没。少顷，复出，云："河伯欲暂见君。"婢亦请瞑目。遂拜谒河伯。河伯乃大设酒食，词旨殷勤。临去，谓班曰："感君远为致书，无物相奉。"于是命左右："取吾青丝履来！"以贻班。班出，瞑然，忽得还舟。

遂于长安经年而还。至泰山侧，不敢潜过，遂扣树自称姓名，从长安还，欲启消息。须臾，昔驺出，引班如向法而进，因致书焉。府君请曰："当别再报。"班语讫，如厕，忽见其父着械徒作⑥，此辈数百人。班进拜流涕问："大人何因及此？"父云："吾死不幸，见谴三年，今已二年矣，困苦不可处。知汝今为明府所识，可为吾陈之，乞免此役，便欲得社公耳⑦。"班乃依教,叩头陈乞。府君曰:"生死异路,不可相近,身无所惜。"班苦请,方许之。于是辞出,还家。

岁余,儿子死亡略尽。班惶惧,复诣泰山,扣树求见。昔驺遂迎之而见。班乃自说:"昔辞旷拙,及还家,儿死亡至尽。今恐祸故未已,辄来启白,幸蒙哀救。"府君拊掌大笑曰:"昔语君'死生异路,不可相近'故也。"即敕外召班父。须臾,至庭中,问之:"昔求还里社,当为门户作福,而孙息死亡至尽,何也?"答云:"久别乡里,自忻得还⑧,又遇酒食充足,实念诸孙,召之。"于是代之。父涕泣而出。班遂还。后有儿皆无恙。

【注释】

①驺(zōu):骑马驾车的随从。

②泰山府君:传说中的大神,天帝的孙子,被封为东岳大帝。掌管人间的生死,召人魂魄。

③逡(qūn)巡:迟疑,犹豫。

④瞑(míng):闭目。

⑤青衣:指穿青衣或黑衣的人。多指侍女或婢女。

⑥徒:即徒刑。五刑之一,将罪犯拘禁于一定场所,剥夺其自由,并强制劳动的刑罚。其名始于北周。

⑦社公:指土地神。

⑧忻(xīn):心喜。

【译文】

胡母班字季友,泰山人。曾经到泰山边上,忽然在树林里遇到一个穿深红衣服的骑士,招呼他说:"泰山府君召见你。"胡母班惊愕不已,迟疑着没有回答。又有一个骑士出来,招呼他。他就跟着走了几十步,骑士请胡母班暂时闭上眼睛。一会儿,就看见一座宫殿,威仪庄严。胡母班于是进宫拜见。泰山府君为他摆上宴席,对他说:"想见你,没有别的意思,只是想给女婿捎一封信而已。"胡母班问:"女儿在哪里?"泰山府君说:"女儿是河伯的妻子。"胡母班说:"我马上就去送信,不知道怎样才能送到?"泰山府君说:"今天你乘船到河的中间,就敲着船喊'青衣',自然会有人来取信。"胡母班于是告辞出来。先前的那个骑士又叫他闭上眼睛,一会儿他又回到了原路上。于是往西走,像泰山府君说的那样喊"青衣"。一会儿,果然有个女仆出来,取了信就没入水中。过了一会儿,她又出来,说:"河伯想见一见你。"女仆也请胡母班闭上眼睛。胡母班就去拜见了河伯。河伯于是大设酒席来款待他,说话十分热情周到。临别时,对胡母班说:"感谢您远道来送信,没有什么东西可以赠给您。"于是命令左右侍者说:"拿我的青丝鞋来。"把鞋送给了胡母班。胡母班出来,闭上眼睛忽然就回到了船上。

胡母班于是到长安,一年后才回去。到泰山边上,不敢悄悄过去,于是敲着树自报姓名,说从长安回来,想通报消息。一会儿,原先的那个骑士出来,按原来的方法领着胡母班进去,叙述了送信的经过。泰山府君说:"我会另外再报答你。"胡母班说完话,去上厕所,忽然看见他的父亲戴着刑具服劳役,这样的人有几百个。胡母班上前叩拜,流着眼泪问:"您老人家为什么到这里来了?"他父亲说:"我死后遭遇不幸,被罚罪三年,现在已经两年了。这里困苦不可忍受。知道你与泰山府君结识,可以替我陈述,请他免掉这项劳役,并且我想回乡里去做土地神。"胡母班于是按着父亲说的,向泰山府君叩头陈述请求。泰山府君说:"生死不同路,不能互相接近,我不能可怜他。"胡母班苦苦请求,泰山府君这才答应了他。胡母班于是告辞出来,回家了。

一年多,胡母班的儿子一个个都死了。胡母班惊慌害怕,又一次来到泰山,扣树求见。原先的骑士于是迎接他去见泰山府君。胡母班说:"过去我言辞粗疏失当,等回到家,儿子都死光了。现在担心灾祸还没了结，就前来禀报，希望得到您的哀怜和救助。"泰山府君拍手大笑，说："这就是以前我告诉过你'生死不同路，不能互相接近'的原因。"立即传令外面召见胡母班的父亲。一会儿，胡母班的父亲就到了院子里。泰山府君问他："过去你请求回到里社，就应当为家中造福，但你的孙子都死光了，是什么原因？"胡母班的父亲说："久别家乡，很高兴能够回去，又遇到酒食充足，实在想念孙子们，就把他们都召来了。"泰山府君于是派人去代替他。胡母班的父亲哭着出去了。胡母班于是回家了。后来再有了儿子都平安无事。

河伯冯夷

　　宋时，弘农冯夷[①]，华阴潼乡堤首人也[②]。以八月上庚日渡河[③]，溺死。天帝署为河伯[④]。又《五行书》曰[⑤]："河伯以庚辰日死。不可治船远行，溺没不返。"[⑥]

【注释】

①弘农：郡名，治所在今河南灵宝东北。

②华阴：县名，汉时属弘农郡。治所在今陕西华阴东南。

③上庚日：阴历每月上旬的庚日。

④署：委任，任命。

⑤《五行书》：书名，已佚。据各书所引佚文观之，当是一部记述五行吉凶，阴阳祸福，神仙方术的书。

⑥此条内容，与《法苑珠林》所引《搜神记》稍异："宋时，弘农华阴潼乡阳首里人也。服八石得水道仙。为河伯。"另，《法苑珠林》于此段文字后，又引《幽明录》的"余杭县南有上湖"的河伯招婿故事，《太平广记》亦载之，且亦标明"出《幽明录》"。故本书据《法苑珠林》及《太平广记》，删去原列此条之后的"河伯招婿"故事。

【译文】

宋时，弘农郡冯夷，是华阴县潼乡堤首的人。他在八月上旬的庚日乘船过河，淹死了。天帝任命他为河伯。另外《五行书》说："河伯在庚辰这一天死。这一天不能乘船远行，不然会淹死。"

华山使

秦始皇三十六年，使者郑容从关东来，将入函关①。西至华阴②，望见素车白马③，从华山上下。疑其非人，道住止而待之。遂至，问郑容曰："安之?"答曰："之咸阳。"车上人曰："吾华山使也。愿托一牍书，致镐池君所④。子之咸阳，道过镐池，见一大梓，下有文石，取款梓⑤，当有应者。即以书与之。"容如其言，以石款梓树，果有人来取书。明年，祖龙死⑥。

【注释】

①函关：函谷关的省称。

②华阴：华山之北。

③素车白马：白车白马，用于凶丧之事。

④镐池：古池名，故地在今西安西。

⑤款：叩，敲击。

⑥祖龙：指秦始皇。

【译文】

秦始皇三十六年，使者郑容从关东回来，准备进入函谷关。往西走到华山北面，望见白车白马，从华山上下来。郑容怀疑那不是人，就在路上停下来等待。白车白马就过来了，问郑容："到哪里去?"郑容回答说："到咸阳。"车上的人说："我是华山使君。希望托付一封信，送到镐池君那里。你去咸阳,路过镐池,看见一棵大梓树,树下有纹石,拿起来敲树,就会有人答应。你就把信交给他。"郑容按他说的话,用石头敲树,果然有人来取信。第二年,秦始皇死了。

张璞投女

张璞字公直,不知何许人也。为吴郡太守①,征还,道由庐山。子女观于祠室,婢使指像人以戏曰:"以此配汝。"其夜,璞妻梦庐君致聘曰:"鄙男不肖②,感垂采择③,用致微意。"妻觉,怪之。婢言其情。于是妻惧,催璞速发。中流,舟不为行。阖船震恐。乃皆投物于水,船犹不行。或曰:"投女。"则船为进。皆曰:"神意已可知也。以一女而灭一门,奈何?"璞曰:"吾不忍见之。"乃上飞庐卧④,使妻沉女于水。妻因以璞亡兄孤女代之。置席水中,女坐其上,船乃得去。璞见女之在也,怒曰:"吾何面目于当世也。"乃复投己女。及得渡,遥见二女在下。有吏立于岸侧,曰:"吾庐君主簿也⑤。庐君谢君。知鬼神非匹,又敬君之义,故悉还二女。"后问女,言:"但见好屋吏卒,不觉在水中也。"

【注释】

①吴郡:古郡名,郡治在今江苏苏州。

②鄙男:我的儿子,自谦之词。不肖:不成材,自谦之词。

③垂:用作敬辞,多用于上对下的动作。

④飞庐:船上的小楼。

⑤主簿:官名。汉代中央及郡县官署多置之。其职责为主管文书,办理事务。至魏晋时渐为将帅重臣的主要僚属,参与机要,总领

府事。此后各中央官署及州县虽仍置主簿，但任职渐轻。

【译文】

张璞字公直，不知道是什么地方的人。任吴郡太守，朝廷征召回京城，路过庐山。他的女儿到庐山神庙游览，婢女指着一个神像开玩笑说："拿这个做你的丈夫。"那天夜里，张璞的妻子梦见庐山神送来聘礼说："我的儿子不成才，感谢你们选他做女婿，送上礼物表示微薄的心意。"张璞的妻子醒来后觉得很奇怪。婢女把情由告诉她，她很害怕，催着张璞赶紧出发。到了河中间，船走不动了。全船的人都非常害怕。于是都往水里投东西，船还是不往前行。有人说："把女儿投到水里。"船因此前行了一些。众人都说："神意已经很明白了。因为一个女儿而害死全家人，为什么？"张璞说："我不忍心看着女儿投水。"于是爬到船上的小楼里躺下，让他的妻子把女儿投到水中。他妻子于是就让张璞死去的哥哥家的女儿代替自己的女儿。在水面上放一张席，让女孩坐在上面，船这才离开。张璞看见自己的女儿还在，生气地说："我还有什么脸面活在世上。"于是又把自己的女儿投入水中。等到过了河，远远看见两个女孩站在渡口下面，有个官员站在岸边，说："我是庐山神的主簿。庐山神向你道歉。他知道了鬼神与人不能婚配，又敬重您的仁义，所以送还两个女孩。"后来询问女儿，她们说："只看见漂亮的房子和官吏士卒，不觉得是在水里面。"

建康小吏曹著

建康小吏曹著①，为庐山使所迎，配以女婉。著形意不安，屡屡求请退。婉潸然垂涕②，赋诗序别③，并赠织成裤衫④。

【注释】

①建康：古都名，今江苏南京。

②潸（shān）：流泪的样子。

③序别:叙别,话别。

④裈(kūn):满裆裤。以别于无裆的套裤而言。

【译文】

建康城有个小吏叫曹著,被庐山使君接去,把女儿婉嫁给他。曹著心神不安,多次请求退婚。婉流着眼泪,写了一首诗来道别,并赠给曹著用丝线织成的裤子衣服。

宫亭湖孤石庙二女

宫亭湖孤石庙①,尝有估客至都②,经其庙下,见二女子,云:"可为买两量丝履③,自相厚报。"估客至都,市好丝履,并箱盛之。自市书刀④,亦内箱中。既还,以箱及香置庙中而去,忘取书刀。至河中流,忽有鲤鱼跳入船内,破鱼腹,得书刀焉。

【注释】

①宫亭湖:鄱阳湖的古名。

②估客:行商。

③量:通"緉(liǎng)"。古代用以计算鞋的量词,相当于"双"。

④书刀:在竹木简上刻字或削改的刀。古称削,汉人称书刀。

【译文】

宫亭湖有座孤石庙,曾经有一个商人到都城去,经过那座庙下面,看见两个女子,说:"请给我们买两双丝鞋来,自然会重重报答。"商人到都城,买了好看的丝鞋,并用箱子装着。他自己买了一把书刀,也放在箱子里。回到孤石庙后,他把箱子和香放在庙中就离开了,忘了取走书刀。到河中间,忽然有条鲤鱼跳进他的船里,破开鱼肚子,得到了那把书刀。

宫亭庙神

南州人有遣吏献犀簪于孙权者①，舟过宫亭庙而乞灵焉。神忽下教曰："须汝犀簪。"吏惶遽不敢应。俄而犀簪已前列矣。神复下教曰："俟汝至石头城②，返汝簪。"吏不得已，遂行。自分失簪③，且得死罪。比达石头，忽有大鲤鱼，长三尺，跃入舟。剖之，得簪。

【注释】

①南州：当指广东、广西地区。犀簪：用犀角制的发簪。

②石头城：古城名。又名石首城。故址在今江苏南京清凉山。本为楚金陵城，汉建安十七年(212)孙权重筑改名。

③分(fèn)：料想。

【译文】

南州有人派一个官吏给孙权进贡犀簪，船经过宫亭庙，他去那里祈祷神灵。神灵忽然降下指令，说："需要你的犀簪。"官吏惊慌不敢回答。一会儿，犀簪已经摆在供桌前了。神灵又降下指令说："等你到了石头城，送还你的犀簪。"官吏没有办法，只好走了。他自思失了犀簪，将获死罪。等到达石头城，忽然有一条大鲤鱼，长三尺，跳进船里。剖开鱼肚子，得到了犀簪。

郭璞卜驴鼠

郭璞过江，宣城太守殷祐引为参军①。时有一物，大如水牛，灰色，卑脚，脚类象，胸前尾上皆白，大力而迟钝，来到城下。众咸怪焉。祐使人伏而取之。令璞作卦，遇"遁"之"蛊"②，名曰"驴鼠"。卜适了，伏者以戟刺，深尺余。郡纲纪上祠请杀之^③。巫云:"庙神不悦。此是䢼亭庐山君使^④,至荆山,暂来过我。不须触之。"遂去,不复见。

【注释】

①参军:官名。

②"遁"之"蛊(gǔ)":"遁"、"蛊"均为《周易》卦名。

③纲纪:古代公府及州郡主簿。

④䢼亭:即宫亭湖。

【译文】

　　郭璞过江后,宣城太守殷祐任用他为参军。当时有个怪物,像水牛那么大,灰色,矮脚,脚的样子像大象,胸前和尾巴上都是白色,力气大却反应迟钝,来到宣城城下。众人都感到奇怪。殷祐派人埋伏捉住了它。让郭璞卜卦,得到了"遁"卦变"蛊",称之为"驴鼠"。卦才卜完,埋伏的人用戟刺它,刺进去一尺多深。宣城郡的纲纪到神祠请求杀了它。神巫说:"庙神不同意。这是宫亭湖庐山君的使者,要到荆山去,临时经过我们这里。不要侵扰它。"于是就让它离开了,没有再出现。

欧明求如愿

　　庐陵欧明^①,从贾客,道经彭泽湖,每以舟中所有,多少投湖中,云:"以为礼。"积数年。后复过,忽见湖中有大道,上多风尘^②。有数吏,乘车马来候明,云:"是青洪君使要^③。"须臾达,见有府舍,门下吏卒。明甚怖。吏曰:"无可怖! 青洪君感君前后有礼,故要君。必有重遗君者^④,君勿取,独求'如愿'耳。"明既见青洪君,乃求"如愿",使逐明去。如愿者,青洪君婢也。明将归,所愿辄得,数年,大富。

【注释】

①庐陵：郡名，东汉末从豫章郡分置。故治在今江西泰和。

②风尘：尘世，纷扰的现实生活境界。

③青洪君：彭泽湖的湖神。要：邀请。

④遗（wèi）：馈赠，赠送。

【译文】

庐陵人欧明，跟随商人做生意，路过彭泽湖，每次都拿船上有的东西，多多少少扔一些到湖中，说："作为礼物。"这样过了好几年。后来又一次经过，忽然看见湖中间有一条大路，上有许多人世间的景象。有几个官吏，驾着马车来等候欧明，说："是青洪君派来邀请的。"一会儿就到了，看见有官舍房屋，门口有官员士卒。欧明非常害怕。官吏说："没什么可怕的！青洪君感谢您始终有礼节，所以邀请您来。一定会有厚礼赠送给你，您不要拿礼物，只要'如愿'就行了。"欧明见了青洪君后，于是要"如愿"，青洪君就让她跟着欧明去了。如愿，是青洪君的婢女。欧明带着她回来，所有的愿望都能实现，几年以后，就非常富有了。

黄石公祠

益州之西①，云南之东，有神祠，克山石为室②，下有神，奉祠之，自称黄公。因言此神，张良所受黄石公之灵也③。清净不宰杀。诸祈祷者，持一百钱，一双笔，一丸墨，置石室中，前请乞，先闻石室中有声，须臾，问："来人何欲？"既言，便具语吉凶，不见其形。至今如此。

【注释】

①益州：州名，为汉武帝所置十三刺史部之一，辖地包括今四川盆地、汉中盆地一带。三国时期，成为蜀汉的代称。

②克：砍削、开凿。

③张良：字子房，汉初杰出的谋略家、政治家。帮助刘邦平定天下，
建立了汉朝政权。刘邦曾赞其"运筹帷幄之中，决胜于千里外，
子房功也"。黄石公：秦末汉初的隐士，据称得道成仙，被道教纳
入神谱。

【译文】

　　益州的西边，云南的东边，有一座神祠，开凿山石成为庙室，室内有
神，百姓供奉它，神自称是黄公。于是人们就说，这个神是张良所受指
点的黄石公的神灵。神祠清洁纯净不杀生。凡是祈祷的人，拿一百文
钱，一双笔，一颗墨，放在石室中，上前请祈，先听见石室中有声，过一会
儿，问道："来的人想要什么？"祈祷的人说完后，神就一一说明吉凶，不
显现出他的身体。到现在还是这样。

樊道基

　　永嘉中，有神见兖州，自称樊道基。有妪，号成夫人。
夫人好音乐，能弹箜篌①。闻人弦歌，辄便起舞②。

【注释】

①箜篌（kōng hóu）：古代拨弦乐器名。有竖式和卧式两种。

②《太平御览》卷三五九引干宝《晋纪》记此事较详，录之如下："晋
永嘉初，有神见兖州甄域民家。免奴为主簿，自号为樊道基。有
妪号成夫人，欲迎致，使载车行。当得此免奴主簿从行为译，以
宣所宜。汝南梅迹，字仲真，去邺，来经兖州，闻其然，因结羊世
茂、阮士公诸宾往观之。成夫人便遣主簿出，当与贵客语，主簿
死不肯，避。成夫人因大嗔，索士公马鞭，脱主簿鞭之。"

【译文】

　　晋怀帝永嘉年间，有神人出现在兖州，自称叫樊道基。有一个老妇

人，人称成夫人。成夫人喜欢音乐，会弹奏箜篌。听到有人弹琴唱歌，马上就跳起舞来。

戴文谋疑神

沛国戴文谋①，隐居阳城山中②。曾于客堂食际，忽闻有神呼曰："我天帝使者，欲下凭君③，可乎？"文闻甚惊。又曰："君疑我也？"文乃跪曰："居贫，恐不足降下耳。"既而洒扫设位，朝夕进食，甚谨。后于室内窃言之。妇曰："此恐是妖魅凭依耳。"文曰："我亦疑之。"及祠飨之时④，神乃言曰："吾相从，方欲相利，不意有疑心异议。"文辞谢之际，忽堂上如数十人呼声，出视之，见一大鸟五色，白鸠数十随之，东北入云而去，遂不见。

【注释】

①沛国：郡国名。刘邦建汉后，把家乡泗水郡改为沛郡，治所相县（今安徽濉溪），东汉改郡为国，三国魏移治沛县（今江苏沛县）。

②阳城山：俗名车岭山，又名马岭山，秦汉至魏晋时期，指称坐落在今河南巩义东南，荥阳西南，登封东北，新密西北接界处之五指岭为阳城山，以处于古阳城县之北境而得名。

③凭：依凭。指鬼神依附于人。

④祠飨（xiǎng）：祭祀时敬献祭品。

【译文】

沛国的戴文谋，在阳城山中隐居。有一次在客堂吃饭的时候，忽然听到有神呼唤说："我是天帝的使者，想降下来依凭于你，可以吗？"戴文谋听了十分惊异。神又说："你怀疑我吗？"戴文谋于是跪下说："我家境贫寒，唯恐不足以让你降临。"随后洒扫屋子设立神位，早晚进献祭品，十分恭谨。后来他和妻子在里屋悄悄说这件事。他妻子说："这恐怕是妖怪来依附吧。"戴文谋说："我也怀疑他。"等到祭献食物的时候，神就说："我依附你，正准备让你受益，不料你们有疑心他议。"戴文谋谢罪之际，忽然堂屋上好像有几十个人的呼喊声，他出来察看，只见一只五彩的大鸟，有几十只白鸠跟随，往东北方向飞去，钻进云里，就看不见了。

糜竺逢天使

糜竺字子仲，东海朐人也①。祖世货殖，家赀巨万②。常从洛归③，未至家数十里，见路次有一好新妇，从竺求寄载。行可二十余里，新妇谢去，谓竺曰："我天使也，当往烧东海糜竺家。感君见载，故以相语。"竺因私请之。妇曰："不可得不烧。如此，君可快去，我当缓行。日中必火发。"竺乃急行归，达家，便移出财物。日中而火大发。

【注释】

①朐(qú)：县名。在今江苏连云港西南。

②赀(zī)：通"资"，财物。

③常：通"尝"，曾经。

【译文】

糜竺字子仲，东海郡朐县人。祖辈世代经商，家产数以万计。曾经从洛阳回来，离家还有几十里，看见路旁有一个漂亮的媳妇，向他请求搭车。走了大约二十多里，媳妇道谢告辞，对糜竺说："我是天帝的使者，要去烧东海糜竺家。感谢你让我搭车，所以告诉你。"糜竺于是私下向她求情。媳妇说："不能够不烧。既然是你家，你可赶快回家，我会慢慢走。正午必定起火。"糜竺于是急驰回去，到家后，把财物都搬出来。正午火猛烈地烧了起来。

阴子方祀灶

汉宣帝时①,南阳阴子方者②,性至孝,积恩好施,喜祀灶。腊日晨炊③,而灶神形见。子方再拜受庆。家有黄羊④,因以祀之。自是已后,暴至巨富,田七百余顷,舆马仆隶,比于邦君。子方尝言:"我子孙必将强大。"至识三世⑤,而遂繁昌。家凡四侯,牧守数十⑥。故后子孙尝以腊日祀灶,而荐黄羊焉。

【注释】

①汉宣帝:刘询,汉武帝刘彻的曾孙,前74年至前49年在位。幼年曾受巫蛊之祸牵连下狱,后流落民间,于前74年被霍光迎立为皇帝。他继位后,励精图治,出现了"吏称其职,民安其业"的清明和谐景象,史称"宣帝中兴"。

②南阳:郡名。秦置,汉时沿置,属荆州部,郡治宛县(今河南南阳)。

③腊日:古时行腊祭之日,即农历十二月初八。

④黄羊:《荆楚岁时记》载及此事,云:"汉宣帝时阴子方者,至孝有仁恩,尝腊日辰炊而灶神形见,子方再拜受庆。家有黄犬,因以祭之,谓为黄羊。阴氏世蒙其福,俗人所竞尚,以此故也。"另外,《太平御览》卷九百四〇引《古今注》云:"狗一名黄羊。"是此文"黄羊",即黄犬。

⑤识:即阴识。汉光武帝刘秀光烈皇后的哥哥。

⑥家凡四侯,牧守数十:据《后汉书·阴识传》,阴识及其弟阴兴,阴兴子阴庆、阴博四人皆封侯。牧守,州郡的长官。州官称牧,郡官称守。

【译文】

汉宣帝时期，南阳人阴子方，本性非常孝顺，积善行德，乐于施舍，喜欢祭祀灶神。腊日早晨做饭，灶神显形相见。阴子方再三拜谢灶神的福泽。他家有只黄狗，于是拿来祭供给灶神。从此以后，他家很快就变得非常富有，有田地七百多顷，车马奴仆，比得上地方长官。阴子方曾经说："我的子孙一定会很发达。"到阴识时过了三代，就已经繁荣昌盛了。阴家共有四人封侯，做到州牧郡守的有几十位。因此阴家后世子孙经常在腊日祭祀灶神，供献黄狗。

张成见蚕神

吴县张成①，夜起，忽见一妇人立于宅南角，举手招成，曰："此是君家之蚕室，我即此地之神。明年正月十五，宜作白粥②，泛膏于上。"以后年年大得蚕。今之作膏糜像此③。

【注释】

①吴县：秦置县名，为会稽郡治所。后历为吴郡、吴州、苏州、苏州府治所。故城在今苏州吴中区、相城区。

②白粥：白米煮的稀饭。

③膏糜：又称"膏粥"，上浮油脂的白粥，古人于农历正月十五日用以祭祀蚕神。

【译文】

吴县人张成，半夜起来，忽然看见一个妇人站在房屋南面的角落处，举手招呼张成，说："这里是你家的蚕房，我就是这里的神。明年正月十五，最好做一些白粥，让油脂浮在上面。"从此以后，张成家年年养成很多蚕。现在人们做来祭祀蚕神的膏粥就是这样来的。

戴侯祠

豫章有戴氏女[1]，久病不差[2]。见一小石，形像偶人[3]，女谓曰："尔有人形，岂神？能差我宿疾者[4]，吾将重汝[5]。"其夜，梦有人告之："吾将佑汝。"自后疾渐差。遂为立祠山下，戴氏为巫，故名戴侯祠。

【注释】

①豫章：古郡名。郡治在今江西南昌。

②差（chài）：病愈。

③偶人：用土木陶瓷等制成的人形物。

④宿疾：拖延不愈的疾病，旧病。

⑤重：尊重。这里指作为神奉祀。

【译文】

豫章有个戴姓人家的女子，病了很长时间都没好。她看见一个小石头，形状像人，她对石头说："你有人的形状，难道是神吗？如果能治好我的老毛病，我将把你作为神供奉。"那天夜里，她梦见有人告诉她说："我将会保佑你。"从那以后，她的病渐渐地好了。于是她在山下为石人修建祠庙，戴姓的女子做了神祠里的女巫，所以称之为戴侯祠。

刘虬成神

汉阳羡长刘虬尝言[1]："我死当为神。"一夕，饮醉，无病而卒。风雨，失其枢。夜闻荆山有数千人嗷声[2]，乡民往视之，则棺已成冢。遂改为君山，因立祠祀之。

【注释】

①阳羡：古县名。即今江苏宜兴。

②嘁(hǎn)：喊，呼叫。

【译文】

汉代时阳羡县长刘玘曾经说："我死后会成为神。"有一天晚上，他喝醉酒，没有生病就死了。刮风下雨，他的灵柩不见了。晚上听到荆山有几千人的喊声，乡民去看，棺材已经变成坟墓。于是人们就把荆山改称君山，并建立了神祠来祭祀他。

卷五

【题解】

汉代以来,民间尚淫祠,名不见经传的各路神灵相继出现,各地淫祠亦在在皆有,与之有关的感应故事也玄之又玄,流传颇广。本卷收录的前四则故事,都与南京蒋山神有关,分别述其本事、嫁女、与女子相恋,以及帮人杀虎救妻,意在宣扬其神其事信而不诬。丁姑显灵、王佑以清廉延寿、周式失信丧命等宣扬的则是一种朴素的善恶报应观念。至于以讹传讹李树化为神君的故事,不妨看作是对当时愈演愈烈的淫祀之风的反讽或矫正。

蒋子文成神

蒋子文者,广陵人也①。嗜酒好色,挑达无度②。常自谓己骨清,死当为神。汉末,为秣陵尉③,逐贼至钟山下④,贼击伤额,因解绶缚之⑤,有顷遂死。及吴先主之初⑥,其故吏见文于道,乘白马,执白羽扇,侍从如平生。见者惊走,文追之,谓曰:"我当为此土地神,以福尔下民。尔可宣告百姓,为我立祠。不尔,将有大咎。"是岁夏,大疫,百姓窃相恐动,颇有窃祠之者矣。文又下巫祝:"吾将大启祐孙氏,宜为我立祠。不尔,将使虫入人耳为灾。"俄而小虫如尘虻⑦,入耳皆死,医不能治。百姓愈恐,孙主未之信也。又下巫祝:"若不祀我,将又以大火为灾。"是岁,火灾大发,一日数十处。火及公宫。议者以为鬼有所归,乃不为厉⑧,宜有以抚之。于是使使者封子文为中都侯,次弟子绪为长水校尉,皆加印绶⑨。为立庙堂。转号钟山为蒋山,今建康东北蒋山是也。自是灾厉止息,百姓遂大事之。

【注释】

①广陵:古郡名。治所在今江苏扬州。

②挑达:轻薄放荡。

③秣陵:古县名。在今南京附近。

④钟山:今南京紫金山。

⑤绶(shòu):衣带。

⑥吴先主:指三国时吴大帝孙权。

⑦尘虻(méng):一种比蚊子小的飞虫。

⑧厉:恶。

⑨印绶:印信和系印信的丝带。古人印信上系有丝带,佩带在身。

【译文】

蒋子文是广陵人。喜欢饮酒,喜欢美色,轻薄放荡没有节制。他常常说自己骨像清俊,死后要做神仙。汉朝末年,他任秣陵县尉,追赶贼寇到钟山下,贼寇打伤了他的额头,就解下衣带把他绑了,一会儿就死了。等到吴国先主孙权继位之初,他原来的部下在路上看到他,骑着白马,拿着白羽扇,有随从跟着和从前一样。看见的人吓得跑起来,蒋子文追上他,对他说:"我要做这里的土地神,福佑你们这里的老百姓。你可以向百姓宣告,给我建立祠庙;不然,将有大灾难。"这一年夏天,发生了大瘟疫,老百姓私下都很恐慌,于是就有了悄悄为他立祠供奉的人。蒋子文又降旨给巫祝说:"我将要大大地保佑孙氏,应该给我建立神祠;不然,我就让虫子钻进人的耳朵造成灾难。"不久就有像蛆子一样的小虫,钻进人的耳朵人就死了,没有医药可治。老百姓更加惶恐,孙氏国君还是不相信这件事。蒋子文又下旨巫祝:"如果不祭祀我,将要引起大火灾。"这一年,火灾经常发生,一天烧几十处。大火烧到了国君的宫殿。议论的人认为鬼有归宿,才能不作恶害人,应该有办法来抚慰它。于是派使者封蒋子文为中都侯,封他的二弟蒋子绪为长水校尉,都加赐印章绶带,为他们建立庙堂。改称钟山为蒋山,就是现在建康东北的蒋山。从此以后,灾害不再发生,老百姓就大规模祭祀蒋侯了。

蒋侯召刘赤父

刘赤父者,梦蒋侯召为主簿。期日促①,乃往庙陈请②:"母老,子弱,情事过切③,乞蒙放恕。会稽魏过,多材艺,善事神。请举过自代。"因叩头流血。庙祝曰④:"特愿相屈。魏过何人,而有斯举?"赤父固请,终不许。寻而赤父死焉。

【注释】

①期日:约定或预测的日数或时间。

②陈请:陈述理由以请求。

③情事:事实,情况。切:急迫。

④庙祝:庙宇中管香火的人。

【译文】

有个叫刘赤父的人,梦见蒋侯召他去做主簿。约定的日期很紧,于是他到蒋侯庙陈述请求:"母亲年老,子女幼弱,这件事又非常急迫,乞求得到您的宽恕。会稽人魏过,多才多艺,善于供奉神仙。我请求举荐魏过来代替我。"于是叩头流出血来。庙祝说："只是希望你屈就。魏过是什么人，你竟然这么举荐他？"刘赤父一再请求，最终没被答应。不久刘赤父就死了。

蒋山庙戏婚

咸、宁中①，太常卿韩伯子某②，会稽内史王蕴子某③，光禄大夫刘耽子某④，同游蒋山庙。庙有数妇人像，甚端正。某等醉，各指像以戏，自相配匹。即以其夕，三人同梦蒋侯遣传教相闻，曰："家子女并丑陋，而猥垂荣顾。辄刻某日⑤，悉相奉迎。"某等以其梦指适异常⑥，试往相问，而果各得此梦，符协如一。于是大惧，备三牲⑦，诣庙谢罪乞哀。又俱梦蒋侯亲来降己，曰："君等既已顾之，实贪会对。克期垂及，岂容方更中悔？"经少时并亡。

【注释】

①咸、宁中：咸安、宁康年间。咸安，东晋简文帝司马昱的年号，371—372年。咸安二年七月晋孝武帝司马曜即位沿用，次年改元宁康，373—375年。

②太常卿：古代官名。秦置奉常，汉景帝时改称太常，掌宗庙礼仪，兼掌选试博士。魏晋以后改名为太常卿，成为专掌宗庙礼仪的职官。

③内史：官名。西周始置，协助天子管理爵、禄、废、置等政务。春秋时沿置。西汉初，诸侯王国置内史，掌民政。历代沿置，至隋始废。

④光禄大夫：职官名。战国时代置中大夫，汉武帝时始改为光禄大夫，秩比二千石，掌顾问应对。

⑤刻：限定。

⑥指适：指归，意向。

⑦三牲：指祭祀所用牛、羊、豕。牛、羊、豕也称大三牲，猪、鱼、鸡则
　　为小三牲。另外，道教把獐、鹿、麂称为玉署三牲。

【译文】

　　咸安、宁康年间，太常卿韩伯的儿子韩某、会稽内史王蕴的儿子王某、光禄大夫刘耽的儿子刘某一起游览蒋山庙。庙里有几尊妇女神像，十分端正。他们三人喝醉了，各指一座女神像开玩笑，说和自己结成夫妻。就在那天晚上，他们三个都梦见蒋侯派人来传达旨意，说："我家的女儿都长得丑陋，承蒙你们看得起而眷顾。就限定在某一天，一起来迎接你们。"他们因为自己的梦意向非同寻常，试着去相互询问，果然每人都做了这个梦，内容完全相同。他们非常害怕，准备了牛、羊、猪三牲，到蒋山庙谢罪，乞求饶恕。晚上又都梦见蒋侯亲自降临自己家中，说："你们既然已经眷顾，实际上是很贪恋马上见面的。限期将至，怎么能再做更改，中途反悔呢？"过了不久他们都死了。

蒋侯与吴望子

　　会稽郯县东野有女子①，姓吴，字望子，年十六，姿容可爱。其乡里有解鼓舞神者，要之，便往。缘塘行，半路忽见一贵人，端正非常。贵人乘船，挺力十余②，皆整顿。令人问望子："欲何之？"具以事对。贵人云："今正欲往彼，便可入船共去。"望子辞不敢。忽然不见。望子既拜神座，见向船中贵人，俨然端坐，即蒋侯像也。问望子："来何迟？"因掷两橘与之。数数形见，遂隆情好。心有所欲，辄空中下之。尝思噉鲤③，一双鲜鲤随心而至。望子芳香④，流闻数里，颇有神验，一邑共事奉。经三年，望子忽生外意，神便绝往来。

【注释】

①鄮(mào)：古县名。秦置，汉属会稽郡，在今浙江宁波鄞州区东。在鄮山之北，因山得名。隋废。

②挺力：出力，用力。这里指用力划船的人。

③噉(dàn)：食，吃。

④芳香：这里指望子神异的名声。

【译文】

会稽郡鄮县东郊有个女子，姓吴，字望子，十六岁，长得很漂亮。她的乡邻有要去击鼓跳舞娱神的人，邀请她，就去了。顺着堤岸走，半路上忽然遇见一个贵人，相貌非常端正。贵人乘船，出力划船的人有十几个，都穿戴得很整齐。贵人叫人去问望子："要到哪里去?"望子一一回答了。贵人说："现在我正要去那里，你可以上船一起去。"望子辞谢不敢上船。船忽然不见了。望子后来到庙里拜神，看见刚才在船上的贵人，庄重地端坐在庙里，就是蒋侯神像。蒋侯问望子："来得怎么这么晚?"于是抛了两只橘子给望子。因蒋侯多次显形相见，于是和望子感情增长十分相爱。望子心里想什么，就会从天下降下来。她曾经想吃鲤鱼，一对鲜鲤鱼跟着就出现了。望子神异的名声，在周边数里的范围内流传。她经常很灵验，整个县邑的人都来供奉她。过了三年，望子忽然起了外心，蒋神就断绝了和她的往来。

蒋侯助杀虎

陈郡谢玉为琅邪内史①，在京城。所在虎暴，杀人甚众。有一人，以小船载年少妇，以大刀插着船，挟暮来至逻所②。将出语云："此间顷来甚多草秽③，君载细小，作此轻行，大为不易。可止逻宿也。"相问讯既毕，逻将适还去。其妇上岸，便为虎将去。其夫拔刀大唤，欲逐之。先奉事

蒋侯,乃唤求助。如此当行十里,忽如有一黑衣为之导,其
人随之,当复二十里,见大树。既至一穴,虎子闻行声,谓
其母至,皆走出,其人即其所杀之。便拔刀隐树侧,住良
久,虎方至,便下妇着地,倒牵入穴。其人以刀当腰斫断
之④。虎既死,其妇故活。向晓,能语。问之,云:"虎初取,
便负着背上,临至而后下之。四体无他,止为草木伤耳。"
扶归还船。明夜,梦一人语之曰:"蒋侯使助汝,知否?"至
家,杀猪祠焉。

【注释】

①陈郡:郡名,秦置。汉初属楚,后高祖时置淮阳国,后屡除为郡,
　汉宣帝复置淮阳国,郡治陈县,即今河南淮阳。

②挟暮:傍晚。逻所:巡逻的哨所。

③顷来:近来。草秽:代指老虎。

④斫(zhuó):用刀斧等砍或削。

【译文】

陈郡的谢玉任琅邪内史,住在京城。那一带老虎很厉害,咬死了很
多人。有一个人,用小船载着他年轻的妻子,把大刀插在船上,傍晚来
到巡逻哨所。巡逻的将领出来告诉他说:"这一带近来常有老虎,你载
着家小,做这样轻率的行动,是非常不容易的。你应该到哨所去留宿。"
相互问讯结束,巡逻的将领刚刚回去。他的妻子上岸,就被老虎抓走
了。她的丈夫拔刀大声呼喊,想去追赶。先前他供奉蒋侯,于是就呼唤
蒋侯求助。像这样大约跑了十里,忽然好像有一个黑衣人来给他带路,
那人跟着黑衣人,大约又跑了二十里,看见一棵大树。然后到了一个洞
穴,虎崽听到声音,以为是母亲来了,都跑了出来,那人就在洞口把它们
都杀了。于是拔刀藏在树旁,等了很久,老虎才到,就把他妻子放到地

上，倒退着往虎穴里拉。那人用刀拦腰砍断老虎。老虎已经死了，他的妻子还活着。到天亮时，能说话了。问她，说："虎一抓着我，就背在背上，来到这里然后放下来，我四肢没有其他损伤，只是被草木划伤而已。"扶着她回到船上。第二天晚上，梦见一个人说："蒋侯派我来帮助你，知道吗？"这个人回到家，杀猪祭祀蒋侯。

丁姑祠

　　淮南全椒县有丁新妇者①，本丹阳丁氏女②，年十六，适全椒谢家。其姑严酷③，使役有程，不如限者，仍便笞捶不可堪④。九月九日，乃自经死。遂有灵响⑤，闻于民间。发言于巫祝曰："念人家妇女，作息不倦，使避九月九日，勿用作事。"见形，着缥衣⑥，戴青盖，从一婢，至牛渚津⑦，求渡。有两男子共乘船捕鱼，仍呼求载。两男子笑共调弄之，言："听我为妇，当相渡也。"丁妪曰："谓汝是佳人，而无所知。汝是人，当使汝入泥死；是鬼，使汝入水。"便却入草中。须臾，有一老翁乘船载苇。妪从索渡，翁曰："船上无装，岂可露渡？恐不中载耳。"妪言："无苦。"翁因出苇半许，安处着船中，径渡之。至南岸，临去，语翁曰："吾是鬼神，非人也，自能得过。然宜使民间粗相闻知。翁之厚意，出苇相渡，深有惭感，当有以相谢者。若翁速还去，必有所见，亦当有所得也。"翁曰："恐燥湿不至⑧，何敢蒙谢。"翁还西岸，见两男子覆水中。进前数里，有鱼千数跳跃水边，风吹至岸上。翁遂弃苇，载鱼以归。于是丁妪遂还丹阳。江南人皆呼为丁姑。九月九日，不用作事，咸以为息日也。今所在祠之。

【注释】

①全椒:县名。魏晋时属淮南郡,即今安徽滁州全椒县。新妇:泛指妇人。

②丹阳:郡名,汉武帝建元二年(前141),更秦鄣郡为丹阳郡,郡治宛陵,即今安徽宣城宣州区。

③姑:丈夫的母亲,婆婆。

④笞(chī)捶:以竹木之类的棍条抽打。

⑤灵响:灵应。

⑥缥(piǎo)衣:淡青色的衣服。

⑦牛渚津:长江渡口名。在安徽当涂西北牛渚山下。

⑧燥湿不至:"燥湿"应是当时习语,相当于"冷暖"。这里指代照顾不周到。

【译文】

淮南郡全椒县有个姓丁的媳妇,本来是丹阳县丁家的女儿,十六岁,嫁到全椒谢家。她的婆婆严厉凶狠,役使劳作有规定,完不成规定限额,就用鞭子抽打,她忍受不了。九月九日那天,她就上吊死了。于是就有了灵应,在百姓中流传。丁妇通过巫祝发话说:"念及给人家做媳妇的,每天劳作得不到休息,让她们免掉九月九日这一天,不用劳作。"丁妇显形,穿着淡青色的衣服,戴着黑色的头巾,带着一个婢女,来到牛渚津,找船渡江。有两个男人一起乘船捕鱼,就喊他们请求搭船。两个男人一齐嬉笑着调戏她,说:"听我的话做我老婆,我就渡你过江。"丁妇说:"以为你们是好人,竟然一点事理都不懂。你们是人,会让你们死在泥土里;是鬼,会让你们死在水里。"说完就退到草丛中去了。一会儿,有一个老翁驾着船装着芦苇来了。丁妇向他请求搭船过河。老翁说:"船上没有篷盖,怎么可以露天渡江?恐怕你们坐着不舒服呀。"丁妇说:"不要紧。"老翁于是卸下半船的芦苇,安置她们坐在船中,直接送她们过江。到了南岸,丁妇临别时告诉老翁说:"我是鬼神,不是凡人,自己能够过江。但应该让老百姓稍微听说我的事迹。老人家的深厚情意，卸下芦苇来渡我过江，我十分感谢，我会有办法报答您的。如果老人家很快返回去，必定能看到什么，也会得到什么的。"老翁说："唯恐照顾不周，哪里敢接受你的感谢。"老翁回到西岸，看到两个男人淹死在水里。往前走了几里，有几千条鱼在水边跳跃，风把它们吹到了岸上。老翁于是丢掉芦苇，装上鱼回家了。于是丁妇就回到了丹阳。江南人都称她为丁姑。九月九日，妇女不用做事情，大家都作为休息日。至今到处都还祭祀她。

王祐与赵公明府参佐

散骑侍郎王祐①，疾困，与母辞诀。既而闻有通宾者，曰："某郡某里某人，尝为别驾②。"祐亦雅闻其姓字。有顷，奄然来至，曰："与卿士类，有自然之分，又州里，情便款然。今年国家有大事，出三将军，分布征发。吾等十余人，为赵公明府参佐③。至此仓卒，见卿有高门大屋，故来投。与卿相得，大不可言。"祐知其鬼神，曰："不幸疾笃，死在旦夕。遭卿，以性命相托。"答曰："人生有死，此必然之事。死者不系生时贵贱。吾今见领兵三千，须卿，得度簿相付。如此地难得，不宜辞之。"祐曰："老母年高，兄弟无有，一旦死亡，前无供养。"遂欷歔不能自胜④。其人怆然曰⑤："卿位为常伯⑥，而家无余财。向闻与尊夫人辞诀，言辞哀苦。然则卿国士也，如何可令死。吾当相为。"因起去："明日更来。"其明日又来。祐曰："卿许活吾，当卒恩否？"答曰："大老子业已许卿⑦，当复相欺耶？"见其从者数百人，皆长二尺许，乌衣军服，赤油为志。祐家击鼓祷祀，诸鬼闻鼓声，皆应节起舞，振袖,飒飒有声⑧。祐将为设酒食,辞曰:"不须。"因复起去,谓祐曰:"病在人体中,如火,当以水解之。"因取一杯水,发被灌之。又曰:"为卿留赤笔十余枝,在荐下⑨,可与人,使簪之,出入辟恶灾,举事皆无恙。"因道曰:"王甲、李乙,吾皆与之。"遂执祐手与辞。时祐得安眠,夜中忽觉,乃呼左右,令开被:"神以水灌我,将大沾濡⑩。"开被而信有水,在上被之下,下被之上,不浸,如露之在荷。量之,得三升七合⑪。于是疾三分愈二,数日大除。凡其所道当取者,皆死亡,唯王文英半年后乃亡。所道与赤笔人,皆经疾病及兵乱,皆亦无恙。初有妖书云⑫:"上帝以三将军赵公明、钟士季各督数鬼下取人。"莫知所在。祐病差,见此书,与所道赵公明合。

【注释】

①散骑侍郎:官名,即散骑常侍。在皇帝左右规谏过失,以备顾问。

②别驾:即别驾从事史,亦称别驾从事。汉置,为州刺史的佐吏。因其地位较高,刺史出巡辖境时,别乘驿车随行,故名。

③赵公明:魏晋时是勾人鬼魂的瘟神,后世又被奉为财神。参佐:部下,僚属。

④欷歔(xī xū):悲泣,抽噎。

⑤怆(chuàng)然:悲伤貌。

⑥常伯:周代官名。君主左右管理民事的大臣。以从诸伯中选拔,故名。后世用来称呼皇帝的近臣,如侍中、散骑常侍等。

⑦大老子:魏晋时老年男人自傲的称呼。

⑧飒飒(sà):象声词。

⑨荐:垫席,垫褥。

⑩沾濡(rú):浸湿。

⑪合(gě)：量词。一升的十分之一。

⑫妖书：怪异的文书。

【译文】

散骑侍郎王祐，病得很厉害，和母亲诀别。不久听到通报有客人来，说："某郡某里某某人，曾经任别驾。"王祐一向也曾听说这个人的姓名。一会儿，客人忽然来到，说："我和你都是读书人，有天然的缘分，又是同乡，感情就融洽。今年国家有大事，现在派出三位将军，分布全国去征发。我们这十多人，是赵公明的参佐。匆匆忙忙来到这里，看见你有高门大屋，所以来投奔。与你关系融洽，实在太好了。"王祐知道他是鬼神，说："我不幸病重，早晚就会死去。遇到你，请求你救命。"参佐回答说："人生下来就有一死，这是必然的事。死的人和活着时候的贵贱没有关系。我现在率领三千士兵，需要你，把簿箓之类的事交给你。这样的事情也是难得的，不应该推辞。"王祐说："老母亲年纪大了，我又没有兄弟，一旦我死了，母亲身边无人奉养了。"说着就情不自禁地哭起来。那人悲哀地说："你官为常伯，家中却没有多余的财物。先前听见你和母亲诀别，言语哀伤痛苦。不过你是国士，怎么能让你死呢。我会想办法。"于是起身离去，说："明天我再来。"第二天他又来了。王祐说："你答应救活我，最后会不会施恩？"参佐回答说："我既然已经答应你了，还会欺骗你吗？"王祐看见他的随从几百人，都身高二尺多，穿着黑色的军服，用红油做标志。王祐家击鼓祷祀，那些鬼听见鼓声，都随着鼓点跳起舞来，抖动着衣袖，发出飒飒的响声。王祐准备给他摆设酒席，参佐推辞说："不需要。"于是再次起身，对王祐说："病在人体中，像火一样，应该用水来化解它。"于是拿来一杯水，打开被子灌下去。他又说："我给你留下十几支红笔，在垫席下面，可以送给别人，让他们插在头上，出入避除灾凶，做事平安无恙。"随后说道："王甲、李乙，我都给过他们了。"于是拉起王祐的手和他辞别。当时王祐正睡得安稳，半夜忽然醒来，呼唤左右使者，让他们打开被子："神用水灌我，会湿透被子。"

打开被子真的有水,在上层被子的下面,在下层被子的上面,没有浸湿被子,就像露水在荷叶上。量一量这些水,有三升七合。这时王祐的病好了三分之二,几天之后就痊愈了。凡是参佐说要捉取的人,都死了,只有王文英半年后才死。参佐说给过红笔的人,都经过疾病和兵乱,也都安然无恙。起初有怪异的文书说:"上帝派三位将军赵公明、钟士季,各自率领几只鬼下来捉人。"没有人知道他们在哪里。王祐病愈,看到这份妖书,和参佐所说赵公明的事相合。

周式逢鬼吏

汉下邳周式尝至东海①,道逢一吏,持一卷书,求寄载。行十余里,谓式曰:"吾暂有所过,留书寄君船中,慎勿发之。"去后,式盗发视书,皆诸死人录,下条有式名。须臾,吏还,式犹视书。吏怒曰:"故以相告,而忽视之。"式叩头流血。良久,吏曰:"感卿远相载,此书不可除卿名。今日已去,还家,三年勿出门,可得度也②。勿道见吾书。"式还,不出。已二年余,家皆怪之。邻人卒亡,父怒,使往吊之。式不得已,适出门,便见此吏。吏曰:"吾令汝三年勿出,而今出门,知复奈何?吾求不见,连累为鞭杖。今已见汝,无可奈何。后三日日中,当相取也。"式还,涕泣具道如此。父故不信,母昼夜与相守。至三日日中时,果见来取,便死。

【注释】

①下邳:地名。秦时置县,东汉时置国,南朝改国为郡。郡治在今江苏睢宁西北。

②度:度过劫难。这里指免于一死。

【译文】

汉代下邳人周式曾经到东海去，途中遇到一个官吏，拿着一卷文书，请求搭乘他的船。走了十多里，官吏对周式说："我临时要去拜访一个人，留这卷文书寄放在你的船上，千万不要打开它。"他走之后周式偷着打开文书看，上面都是一个个要死的人的姓名，下面一条有周式的名字。一会儿，官吏就回来了，周式还在看文书。官吏生气地说："特别交代过你，你竟然不当一回事。"周式赶紧叩头，磕破头流出血来。过了很久，官吏说："感谢你让我搭船这么远，这文书里不能除掉你的名字。现在你赶紧回家，三年内不要出门，就可以免于一死。不要对人说见过我的文书。"周式回家后，两年多不出门。家人都感到奇怪。邻居家人突然死了，父亲发脾气，让他前去吊唁。周式没有办法，刚刚出门，就见到了这个官吏。官吏说："我让你三年不要出门，可你今天出来了。知道还能怎么办呢？我找不到你，被连累挨鞭子抽打。现在既然见到你了，我也没有办法。三天后的正中午，我会来取你的命。"周式回到家，哭着说了这件事情的经过。他的父亲还不相信，他的母亲日夜守护着他。到了三天后正午的时候，果然看见那个官吏来要他的命，他就死了。

张助种李

南顿张助于田中种禾①，见李核，欲持去，顾见空桑，中有土，因植种，以余浆溉灌。后人见桑中反复生李，转相告语。有病目痛者，息阴下，言："李君令我目愈，谢以一豚。"目痛小疾，亦行自愈。众犬吠声②，盲者得视，远近翕赫③。其下车骑常数千百，酒肉滂沱④。间一岁余，张助远出来还，见之，惊云："此有何神，乃我所种耳。"因就斫之⑤。

【注释】

①南顿:古县名。在今河南项城西。

②众犬吠声:"一犬吠声,百犬吠声"的省说,又称"一吠百声"。比喻随声附和,人云亦云。

③翕(xī)赫:盛大,显赫。

④滂沱(pāng tuó):形容丰盛。

⑤斫(zhuó):用刀斧等砍或削。

【译文】

　　南顿县人张助在田里种庄稼,看见一颗李子核,想拿起来扔掉,回头看见一株空心的桑树,中间有土,于是就把李核种下去,用喝剩的水浇灌。后来有人看见桑树中间又生出李树来,就互相转告这件事。有一个患眼病的人,在树阴下休息,说:"李树神君,让我眼病痊愈,我拿一口猪来谢你。"眼睛疼的小病,也慢慢就好了。大家随声附和,说是盲人看见东西,远近传得很盛。这株李树下常有成百上千的车马来祭祀,酒肉多极了。隔了一年多,张助出远门回来,看见这场面,吃惊地说:"这里有什么神啊,不过是我种下的李树而已。"于是去砍掉了。

新井

　　王莽居摄①,刘京上言②:"齐郡临淄县亭长辛当③,数梦人谓曰:'吾天使也。摄皇帝当为真。即不信我④,此亭中当有新井出。'亭长起视,亭中果有新井,入地百尺。"

【注释】

①王莽:字巨君,为西汉孝元皇后的侄子,汉平帝皇后的父亲。公元前1年汉哀帝卒后,王太后任命王莽为大司马,领尚书事,兼管军事令及禁军,拥立九岁的刘衎登基,是为汉平帝,王莽代理

政务。5年,汉平帝病卒(一说被王莽毒杀),王莽拥立年仅两岁的刘婴(孺子婴)为皇太子,太后王政君命王莽暂代天子朝政,称"假皇帝"或"摄皇帝"。8年,王莽代汉建立新朝,建元"始建国",宣布推行新政,史称"王莽改制"。23年,更始军攻入长安,王莽死于乱军之中。王莽在位共十五年,新朝也成了中国历史上最短命的朝代之一。居摄:因皇帝年幼不能亲政,由大臣代居其位处理政务,称为"居摄"。

②刘京:据《汉书·王莽传》,刘京为广饶侯。

③亭长:战国时,国与国之间为防御敌人,在边境上设亭,置亭长。秦汉时在乡村每十里设一亭,置亭长,掌治安,捕盗贼,理民事,兼管停留旅客。多以服兵役期满的人充任。此外设于城内和城厢的称"都亭",设于城门的称"门亭",亦设亭长,职责同上。东汉后渐废。

④即:假若。

【译文】

王莽摄政时,刘京上书说:"齐郡临淄县的亭长辛当,多次梦见有人对他说:'我是上天的使者。摄皇帝会成为真皇帝。假如不相信我,这个亭中会有一口新井出现。'亭长起来察看,亭中果然有一口新井,深入地下一百尺。"

卷六

【题解】

汉代董仲舒等人承战国阴阳五行学说，以阴阳变化与五行消长，来推衍政治与社会的灾异祥瑞，其学进一步发展，至哀、平之世，又发展出预言灾异瑞应的谶纬学。本卷即以编年体形式记述夏代以迄三国期间的各种妖孽怪异之事，间杂以谶纬学的解释。干宝承前人之说，引用《五行志》与京房《易传》，以阴阳五行之消长来解释世间万物的变异，以及其中蕴含的吉凶福祸。他认为，各种灾异与妖怪是精气依附到物体上，充斥弥漫于物体内部，物体的外表就会发生改变。精气则源自水、火、木、金、土五行即内因的消长，貌、言、视、听、思五事即外因则是其外在表现。五行之道壅塞或变异，即有妖异兴起或出现。

论妖怪

妖怪者，盖精气之依物者也。气乱于中，物变于外。形神气质，表里之用也。本于五行①，通于五事②，虽消息升降③，化动万端，其于休咎之征，皆可得域而论矣。

【注释】

①五行：指水、火、木、金、土构成物质的五种元素，古人常以此说明

宇宙万物的起源和变化。

②五事：指貌、言、视、听、思。

③消息：消长。

【译文】

妖怪，大概是精气依附到物体上形成的。精气充斥弥漫于物体内部，物体的外表就会发生改变。物体的形神气质，是物体内外的表现。它根源于水、火、木、金、土五行，通行于貌、言、视、听、思五事。即使是消长升降，变化万端，它在吉凶福祸方面的征兆，都可以找到范围而加以论述。

论山徙

夏桀之时厉山亡①，秦始皇之时三山亡②，周显王三十二年宋大丘社亡③，汉昭帝之末，陈留、昌邑社亡。京房《易传》曰④："山默然自移，天下兵乱，社稷亡也。"故会稽山阴琅邪中有怪山，世传本琅邪东武海中山也。时天夜，风雨晦冥，旦而见武山在焉。百姓怪之，因名曰怪山。时东武县山，亦一夕自亡去，识其形者，乃知其移来。今怪山下见有东武里，盖记山所自来，以为名也。又交州山移至青州朐县⑤。凡山徙，皆不极之异也⑥。此二事未详其世。《尚书·金縢》曰⑦："山徙者，人君不用道士，贤者不兴；或禄去公室，赏罚不由君，私门成群。不救，当为易世变号。"说曰："善言天者，必质于人；善言人者，必本于天。故天有四时，日月相推，寒暑迭代。其转运也，和而为雨，怒而为风，散而为露，乱而为雾，凝而为霜雪，张而为虹霓⑧。此天之常数也。人有四肢五脏，一觉一寐，呼吸吐纳，精气往来，流而为荣卫⑨，彰而为气色，发而为声音。此亦人之常数也。若四时失运，寒暑乖违，则五纬盈缩⑩，星辰错行，日月薄蚀，彗孛流飞⑪，此天地之危诊也。寒暑不时，此天地之蒸否也。石立土踊，此天地之瘤赘也。山崩地陷，此天地之痈疽也。冲风，暴雨，此天地之奔气也。雨泽不降，川渎涸竭，此天地之焦枯也。"

【注释】

①厉山：在湖北随州北。

②三山：传说中的海上三神山。即蓬莱、方丈、瀛洲。

③周显王三十二年：即前 337 年。大丘：古地名，亦作"太丘"、"泰丘"。在今河南永城西北。

④京房：字君明，西汉人，习《易》，善说灾变，创京氏易学，著作有《周易传》、《周易章句》、《周易错卦》、《周易妖占》、《周易占事》、《周易守林》等，今唯《周易传》存，其余各书均佚。

⑤交州：古地区名。西汉时称交趾，又作交阯，泛指五岭以南地区。汉武帝时为所置十三刺史部之一，辖境相当于今广东、广西大部和越南的北部、中部地区。至东汉末改称交州，治所番禺（即今广东广州）。青州：原为《尚书·禹贡》古九州之一。汉时为十三刺史部之一，辖境相当于今山东临南以东的北部地区。朐（qú）县：古县名。秦置，治今江苏连云港西南锦屏山侧，属东海郡。

⑥不极：不正，不符合中正的准则。

⑦《尚书·金縢》：《尚书》又称《书经》，为儒家经典，分虞、夏、商、周四个部分，收录当时的誓词以及政府的文告等。《金縢》为《周书》中一篇。但下文所引文字，并非出自《金縢》篇，而是《洪范》。

⑧虹霓：为雨后或日出、日没之际天空中所现的七色圆弧。虹霓常有内外二环，内环称虹，也称正虹、雄虹；外环称霓，也称副虹、雌

虹或雌霓。

⑨荣卫：中医学名词。荣指血的循环，卫指气的周流。荣气行于脉中，属阴，卫气行于脉外，属阳。荣卫二气散布全身，内外相贯，运行不已，对人体起着滋养和保卫作用。

⑩五纬：金、木、水、火、土五星。

⑪彗孛(bèi)：彗星和孛星。孛，古人指光芒四射的一种彗星。古人认为彗孛出现是灾祸或战争的预兆。

【译文】

夏桀时厉山消失了，秦始皇时三山消失了，周显王三十二年，宋国的大丘社消失了，汉昭帝末年，陈留县、昌邑县的神社消失了。京房《易传》中说："山悄悄地自行移动，天下大乱，国家灭亡。"从前会稽山阴县琅邪山中有一座怪山，传说本来是琅邪郡东武县海中的山，当时天黑，刮风下雨，一片昏暗，天亮时就看见武山在那里了。百姓觉得奇怪，于是称之为"怪山"。当时东武县的山，也在一个晚上自行消失了，认识它的山形的人，才知道它移到这里来了。现在怪山脚下有个东武里，可能是记录这座山的来历，才把它作为地名。另外，交州的山移到了青州胊县。凡是山迁移，都是不正常的怪异现象。不清楚这两件事发生的时代。《尚书·金滕》说："山迁移，是因为国君不任用有道之士，贤人不被举荐；或是禄位不掌于公室，赏罚不出于国君，权贵之家门客成群。不加救治，就会改朝换代变更年号。"论说道："善于说天道的，必然以人为主体；善于说人事的，必然以天道为本源。所以天有春夏秋冬四季，日月相推移，寒暑相更迭。它循环运行，和调而成雨，强怒而成风，发散成为露，混乱成为雾，凝结成为霜雪，伸张成为虹霓。这是天道运行的正常规律。人有四肢五脏，一醒一睡，呼吸吐纳，精气往返，流动成为血气，显现成为气色，发出成为声音。这也是人的正常规律。如果四时不运行，寒暑反常，那么五星消长，星辰运行错乱，日月相掩食，彗孛流飞，这是天地的不祥征兆。寒暑不合时令，这是天地的气息闭塞。大石竖立,土地隆起,这是天地长出赘瘤。山崩地陷,这是天地生了痈疽。狂风暴雨,这是天地精气奔泻。雨露不降,河沟干涸,这是天地焦躁枯竭。"

龟毛兔角

商纣之时,大龟生毛,兔生角。兵甲将兴之象也。

【译文】

商纣王时,一只大乌龟身上长毛,一只兔子头上长角。这些都是战争将要发生的先兆。

马化狐

周宣王三十三年①,幽王生②。是岁,有马化为狐。

【注释】

①周宣王三十三年:前795年。
②幽王:周宣王子,姬宫涅。西周的最后一位天子。

【译文】

周宣王三十三年,幽王出生。这一年,有匹马变成了狐狸。

人化蜮

晋献公二年①,周惠王居于郑②,郑人入玉府③,多取玉,玉化为蜮④,射人。

【注释】

①晋献公二年:前675年。晋献公,姬姓,名诡诸。春秋前期晋国

君主,在位二十六年。曲沃武公(即晋武公)之子。即位后用士蒍之计,为巩固君位尽灭曲沃桓公、庄伯子孙,重用异姓卿大夫,为日后六卿擅权,韩、赵、魏三家分晋埋下祸端。

②周惠王:东周第五代国王姬阆,在位二十五年。

③玉府:官府名。掌管天子之金玉玩好、兵器等。

④蜮(yù):短狐。相传一种能含沙射人为害的动物。

【译文】

晋献公二年,周惠王在郑居住,郑人进入周惠王的玉府,拿了很多玉,玉都变成了蜮,含沙射人。

地暴长

周隐王二年四月①,齐地暴长,长丈余,高一尺五寸。京房《易妖》曰②:"地四时暴长,占:春、夏多吉,秋、冬多凶。"历阳之郡③,一夕沦入地中而为水泽,今麻湖是也④。不知何时。《运斗枢》曰⑤:"邑之沦,阴吞阳,下相屠焉。"

【注释】

①周隐王二年:前313年。周隐王,即周王赧(nǎn),东周最后一位君主,前256年卒,在位五十九年。是年,秦迁九鼎,灭东周。

②《易妖》:书名,全称为《周易妖占》,汉代京房撰,其书已佚。

③历阳:地名,秦时置县,晋时以历阳为治所,置历阳郡,北齐时置和州。即今安徽和县。

④麻湖:湖泊名。跨安徽和县、含山两县。在和县境称历湖,在含山县境称麻湖。

⑤《运斗枢》:书名,《春秋纬》的一种,其书已佚。

【译文】

周隐王二年四月，齐国有个地方猛长，有一丈多长，一尺五寸高。京房《易妖》说："土地四季猛长，占卜：春夏多有吉利，秋冬多有凶险。"历阳郡城，一个晚上陷入地下成为水泽，就是现在的麻湖。不知道这是什么时候发生的事。《运斗枢》说："城邑的沦陷，是阴吞阳，天下人将相互残杀。"

一妇四十子

周哀王八年[1]，郑有一妇人，生四十子，其二十人为人，二十人死。其九年，晋有豕生人。吴赤乌七年[2]，有妇人一生三子。

【注释】

①周哀王：周贞定王姬介长子，名去疾。前414年周贞定王卒后继位，在位仅三个月，即为其弟袭杀，谥哀。此文记"八年"，当属传闻致误。

②赤乌七年：即244年。赤乌，吴大帝孙权的年号。

【译文】

周哀王八年，郑国有一个妇女，生下四十个子女，其中二十个成人，二十人死亡。周哀王九年，晋国有头猪生下一个人。三国吴大帝赤乌七年，有个妇女一胎生下三个孩子。

御人产龙

周烈王六年[1]，林碧阳君之御人产二龙。

【注释】

①周烈王六年：前370年。周烈王，姬姓，名喜，又称周夷烈王，周

安王之子,在位七年。

【译文】

周烈王六年,林碧阳君的侍女生下两条龙。

彭生为豕祸

鲁严公八年①,齐襄公田于贝丘②,见豕,从者曰:"公子彭生也③。"公怒,射之,豕人立而啼。公惧,坠车,伤足,丧屦④。刘向以为近豕祸也⑤。

【注释】

①鲁严公八年:前686年。鲁严公,春秋时期鲁国国君鲁庄公姬同,为避汉讳而改"庄"为"严"。鲁庄公为鲁桓公之子,在位三十二年。该文记载本事见《左传·鲁庄公八年》。

②齐襄公:春秋时期齐国国君,名诸儿。田:打猎。贝丘:齐国地名,在今山东博兴东南。

③彭生:齐国公子。据《左传》记载,鲁桓公因为夫人文姜与齐襄公私通而谴责文姜,文姜向齐襄公告状,齐襄公乃使公子彭生拉杀鲁桓公,后又担心被诸侯憎恶,于是又杀了彭生。

④屦(jù):单底鞋。多以麻、葛、皮等制成。后亦泛指鞋。

⑤刘向(约前77—前6):原名更生,字子政,沛县(今江苏沛县)人。西汉后期著名的经学家、目录学家、文学家。

【译文】

鲁庄公八年,齐襄公在贝丘打猎,看见一头猪,随从人员说:"这是公子彭生。"齐襄公很生气,用箭射它,猪像人一样站起来啼叫。齐襄公害怕,从车上掉下来,摔伤了脚,丢失了鞋。刘向认为是猪作孽生祸。

蛇斗

鲁严公时,有内蛇与外蛇斗郑南门中,内蛇死。刘向以为近蛇孽也。京房《易传》曰:"立嗣子疑,厥妖蛇居国门斗。"

【译文】

鲁庄公时,郑国城里的蛇和城外的蛇在都城南门中打架,城里的蛇死了。刘向认为是蛇作孽。京房《易传》说:"立嗣子时犹豫不决,它的妖兆是蛇在都城的城门中打架。"

龙斗

鲁昭公十九年①,龙斗于郑时门之外洧渊②。刘向以为近龙孽也。京房《易传》曰:"众心不安,厥妖龙斗其邑中也。"

【注释】

①鲁昭公十九年:前 523 年。鲁昭公,姬姓,名裯(《史记》写作"稠"),春秋后期鲁国国君,在位三十二年。

②时门:郑国的城门名。洧(wěi):水名。即今河南双洎河。

【译文】

鲁昭公十九年,两条龙在郑国时门外洧水的深渊里搏斗。刘向认为是龙作孽。京房《易传》说:"民心不安定,它的妖兆是龙在他们的城邑中搏斗。"

九蛇绕柱

鲁定公元年①,有九蛇绕柱,占以为九世庙不祀,乃立炀宫②。

【注释】

①鲁定公元年：前509年。鲁定公，姬姓，名宋，春秋后期鲁国国君，鲁昭公之子，在位十五年。

②炀宫：祭祀鲁炀公的庙。鲁炀公是鲁国的第二代国君，周公之孙，伯禽之子。

【译文】

鲁定公元年，有九条蛇缠绕在柱子上，占卜认为是九世祖庙没有人祭祀。于是建立了炀宫。

马生人

秦孝公二十一年①，有马生人。昭王二十年②，牝马生子而死。刘向以为皆马祸也。京房《易传》曰："方伯分威③，厥妖牝马生子。上无天子，诸侯相伐，厥妖马生人。"

【注释】

①秦孝公二十一年：前341年。秦孝公，嬴姓，名渠梁。战国时秦国国君，秦献公之子，在位二十四年。秦孝公在位期间，任用商鞅变法图强，为秦国日后统一六国奠定了基础。

②昭王二十年：前287年。昭王，即秦昭襄王，嬴姓，名则，一名稷。为秦惠文王之子，秦武王之异母弟，在位五十六年。

③方伯：殷、周时代一方诸侯之长。后泛称地方长官。汉以来之刺史，唐之采访使、观察使，明、清之布政使均称"方伯"。

【译文】

秦孝公二十一年，有匹马生了一个人。秦昭王二十年，有匹公马生了马崽死了。刘向认为这都是马生的祸。京房《易传》说："诸侯侵犯天子的权威，它的妖兆就是公马生子。上面没有天子，诸侯相互攻伐，它的妖兆就是马生人。"

女子化为丈夫

魏襄王十三年^①，有女子化为丈夫，与妻生子。京房《易传》曰："女子化为丈夫，兹谓阴昌，贱人为王。丈夫化为女子，兹谓阴胜阳，厥咎亡。"一曰："男化为女宫刑滥，女化为男妇政行也。"

【注释】

①魏襄王十三年：前306年。魏襄王，姬姓，名嗣，战国时代魏国国君，魏惠王之子，在位二十三年。

【译文】

魏襄王十三年，有一个女人变成了男人，娶妻生子。京房《易传》说："女人变成男人，这叫做阴昌盛，下贱的人称王。男人变成女人，这叫做阴胜阳，其祸是灭亡。"又说："男人变成女人，是因为滥施宫刑；女人变成男人，是因为妇人当政。"

五足牛

秦惠文王五年^①，游朐衍^②，有献五足牛。时秦世大用民力，天下叛之。京房《易传》曰："兴繇役^③，夺民时，厥妖牛生五足。"

【注释】

①秦惠文王五年：前320年。秦惠文王，嬴姓，名驷，战国时秦国君主，秦孝公之子。前338年继承君位，前324年更元称王，在位共二十七年。

②朐(xū)衍：战国时北方的少数民族,也用来指代其所生活的
　地方。

③繇(yáo)役：徭役。繇,通"徭"。

【译文】

　秦惠文王五年,巡游朐衍,有人献上五只脚的牛。当时秦国大肆征
用民力,天下人都反对它。京房《易传》说："大兴徭役,侵夺农时,它的
妖兆是牛生出五只脚。"

临洮大人

　秦始皇二十六年①,有大人长五丈,足履六尺,皆夷狄
服,凡十二人,见于临洮②,乃作金人十二以象之。

【注释】

①秦始皇二十六年：前221年。秦始皇,嬴姓,名政,又称赵政。秦
　庄襄王之子,战国末期秦国君主。前221年,秦灭六国,建立了
　中国历史上第一个大一统王朝,秦王政改称"始皇帝",后世称之
　为秦皇始。秦始皇统一六国后十一年卒,共在位三十七年。

②临洮：古县名,在今甘肃岷县。

【译文】

　秦始皇二十六年,有巨人身长五丈,脚上的鞋子长六尺,都穿着外
族的衣服,共十二个人,出现在临洮县。于是照他们的样子制作了十二
个金人。

龙现井中

　汉惠帝二年正月癸酉旦①,有两龙现于兰陵廷东里温陵
井中②,至乙亥夜去。京房《易传》曰："有德遭害,厥妖龙见

井中。"又曰："行刑暴恶,黑龙从井出。"

【注释】

①汉惠帝二年:前194年。汉惠帝,西汉皇帝刘盈,汉高祖刘邦之
　子,在位八年。汉惠帝优柔寡断,即位后其母吕后专权,残害刘
　邦生前宠幸的戚夫人,汉惠帝在茅厕见到成为"人彘"的戚夫人
　后,抑郁而终。

②兰陵:古县名,县治在今山东苍山县西南兰陵镇。

【译文】

　汉惠帝二年正月癸酉那一天早晨,有两条龙出现在兰陵县廷东里
温陵井中。到第三天乙亥夜里走了。京房《易传》说:"有德行的人被迫
害,它的妖兆就是龙出现在井中。"又说:"施行刑罚残暴凶恶,黑龙从井
里出来。"

马生角

　汉文帝十二年①,吴地有马生角,在耳前,上向,右角长
三寸,左角长二寸,皆大二寸。刘向以为马不当生角,犹吴
不当举兵向上也,吴将反之变云。京房《易传》曰:"臣易上,
政不顺,厥妖马生角。兹谓贤士不足。"又曰:"天子亲伐,马
生角。"

【注释】

①汉文帝十二年:前169年。汉文帝,西汉皇帝刘恒,汉高祖刘邦
　第4子,汉惠帝刘盈弟,母薄姬。刘邦时被立为代王,建都晋阳。
　吕后死后,刘恒在周勃、陈平等人支持下诛灭了诸吕势力,登上
　帝位。文帝在位二十三年,躬行节俭,励精图治,最终迎来了"文

景之治"的承平之世。

【译文】

汉文帝十二年,吴地有马长出了角,在耳朵前,朝上伸,右角长三寸,左角长二寸,两只角都有二寸大。刘向认为马不应该生角,就像吴王不应该兴兵背叛朝廷,这是吴王准备叛乱的征兆。京房《易传》说:"臣下藐视君上,政令不顺畅,它的妖兆是马生角。这是说贤臣智士太少。"又说:"天子亲自征伐,马生角。"

狗生角

文帝后元五年六月①,齐雍城门外有狗生角②。京房《易传》曰:"执政失,下将害之,厥妖狗生角。"

【注释】

①文帝后元五年:前159年。汉文帝时,未立年号,仅用前元、后元纪年。其中前元十六年,后元七年。

②雍城:地名,故城在今山东滕州西北。

【译文】

汉文帝后元五年六月,齐国雍城门外有一条狗长出了角。京房《易传》说:"执掌政权的人失去力量,臣下将要谋害他,其妖兆就是狗长出角。"

人生角

汉景帝元年九月①,胶东下密人年七十余②,生角,角有毛。京房《易传》曰:"冢宰专政③,厥妖人生角。"《五行志》以为人不当生角④,犹诸侯不敢举兵以向京师也。其后遂有七国之难。至晋武帝泰始五年,元城人⑤,年七十,生角。殆赵王伦篡乱之应也⑥。

【注释】

①汉景帝元年：前157年。汉景帝，西汉皇帝刘启，汉文帝之子，以太子嗣位。汉景帝在位十七年，平定"七国之乱"，完成"文景之治"的平稳过渡，为其子武帝的"汉武盛世"奠定了基础。

②胶东：汉置封国，是汉景帝时参加叛乱的七国之一。下密：胶东属县，在今山东昌邑东南。

③冢宰：周代官名。为六卿之首，又称太宰。后世也用来指称宰相。

④《五行志》：应指《汉书·五行志》。

⑤元城：县名，在今河北大名东。

⑥赵王伦：即司马伦，司马懿的第九子，封为赵王。永康元年（前300）起兵杀贾后，又废惠帝自立，后被齐王司马冏、成都王司马颖所杀。

【译文】

汉景帝元年九月，胶东国下密一个七十多岁的人，头上长角，角上有毛。京房《易传》说："宰相专掌国政，它的妖兆就是人长角。"《五行志》认为人不应该长角，就像诸侯不敢兴兵攻打京城一样。那以后就发生了七国之难。到晋武帝泰始五年，元城县一个七十多岁的人长角，大概是赵王伦作乱的征兆。

狗与彘交

汉景帝三年①，邯郸有狗与彘交。是时赵王悖乱②，遂与六国反，外结匈奴以为援。《五行志》以为，犬兵革失众之占，豕北方匈奴之象。逆言失听，交于异类，以生害也。京房《易传》曰："夫妇不严,厥妖狗与豕交。兹谓反德,国有兵革。"

【注释】

①汉景帝三年:前155年。

②赵王:名刘遂,汉景帝时参与七国之乱,兵败自杀。

【译文】

汉景帝三年,邯郸有只狗与猪交配。这时赵王刘遂叛乱,和六国一起造反,对外勾结匈奴作为后援。《五行志》认为:狗是战争失去民心的征兆,猪是北方匈奴的象征。悖逆的话没有人听,与异族勾结,这是残害生灵。京房《易传》说:"夫妻互相不尊敬,它的妖兆是狗与猪交配。这叫做违背道德,国家会有战争。"

白黑乌斗

景帝三年十一月①,有白颈乌与黑乌群斗楚国吕县②。白颈不胜,堕泗水中死者数千③。刘向以为近白黑祥也。时楚王戊暴逆无道④,刑辱申公⑤,与吴谋反。乌群斗者,师战之象也;白颈者小,明小者败也;堕于水者,将死水地。王戊不悟,遂举兵应吴,与汉大战,兵败而走,至于丹徒⑥,为越人所斩,堕泗水之效也。京房《易传》曰:"逆亲亲,厥妖白黑乌斗于国中。"燕王旦之谋反也⑦,又有一乌一鹊斗于燕宫中池上,乌堕池死。《五行志》以为楚、燕皆骨肉藩臣,骄恣而谋不义,俱有乌鹊斗死之祥。行同而占合,此天人之明表也。燕阴谋未发,独王自杀于宫,故一乌而水色者死;楚炕阳举兵⑧,军师大败于野,故乌众而金色者死。天道精微之效也。

京房《易传》曰："颛征劫杀⑨，厥妖乌鹊斗。"

【注释】

①景帝三年：前155年。

②吕县：古县名，汉时属楚，故城在今江苏铜山。

③泗水：水名。源于今山东泗水县东，四源并发，故名。

④楚王戊：刘戊，汉高祖刘邦的孙子，封楚王。后与吴王等反，兵败
　　而死。

⑤申公：鲁人，名培，汉文帝时博士。为《诗》作传，被称为"鲁诗"。

⑥丹徒：位于今江苏西南部，镇江市区周围。

⑦燕王旦：刘旦，汉武帝的第四子。与上官桀等谋杀霍光废昭帝，
　　谋败自杀。

⑧炕阳：干涸，枯涸。指阳气极盛。比喻统治者残暴专横。

⑨颛：通"专"。专门。

【译文】

汉景帝三年十一月，有一群白颈乌鸦和黑乌鸦在楚国吕县相斗。
白颈乌鸦斗败，坠落在泗水中死了几千只。刘向认为这是白黑的征兆。
当时楚王刘戊暴虐无道，用刑罚侮辱申公，和吴王谋反。乌鸦群斗，这
是军队作战的象征；白颈乌鸦体型小，表明小的要失败；落入水中，表明
将死在有水的地方。楚王刘戊不明白，于是兴兵响应吴王，和汉朝廷大
战，兵败逃走，来到丹徒，为越人所杀，这就是乌鸦落入泗水的效验。京
房《易传》说："背叛亲戚，它的妖兆是白乌鸦和黑乌鸦在国中争斗。"燕
王刘旦谋反的时候，也有一只乌鸦和一只喜鹊在燕宫的水池边相斗，乌
鸦落在水池中死了。《五行志》认为楚、燕都是汉帝王的骨肉、拱卫王室
的大臣，却骄横恣肆图谋不轨，都有乌鸦喜鹊争斗而死的预兆。他们的
行为相同，占卜相合，这是天道人事的明显表现。燕国的阴谋尚未发
动，只有燕王在宫中自杀，所以一只水色的乌鸦死了。楚国残暴专横起

兵作乱，军队在郊野大败，所以一群金色的乌鸦死了。这是天道精深微妙的效验。京房《易传》说："专擅征战劫杀，它的妖兆是乌鸦和喜鹊相斗。"

牛足出背

景帝十六年①，梁孝王田北山②，有献牛足上出背上者。刘向以为近牛祸。内则思虑霿乱③，外则土功过制，故牛祸作。足而出于背，下奸上之象也。

【注释】

①景帝十六年：前144年，即汉景帝中元六年。

②梁孝王：即汉文帝次子刘武，封于梁。

③霿（méng）乱：愚蒙纷乱。

【译文】

汉景帝十六年，梁孝王在北山打猎，有人献上一头牛，牛脚向上伸出牛背。刘向认为这是牛生祸，对内思想愚蒙纷乱，对外大兴土木超过规定，所以牛作孽生祸。牛脚却从背上伸出来，这是下犯上的征兆。

内外蛇斗

汉武帝太始四年七月①，赵有蛇从郭外入，与邑中蛇斗孝文庙下。邑中蛇死。后二年秋，有卫太子事②，自赵人江充起。

【注释】

①汉武帝太始四年：前94年。汉武帝，西汉皇帝刘彻，汉景帝之子，在位五十五年。共使用11个年号：建元、元光、元朔、元狩、

　　元鼎、元封、太初、天汉、太始、征和、后元。

②卫太子：汉武帝的长子刘据。赵人江充诬告卫太子宫中埋木人
　　以巫蛊武帝，太子惧，杀江充。武帝追捕太子，太子兵败自杀。
　　史称"巫蛊之祸"。

【译文】

　　汉武帝太始四年七月，赵国有蛇从城外进来，和城中的蛇在孝文帝庙下搏斗。城中的蛇死了。过后两年秋天，有卫太子巫蛊之祸，由赵国人江充引起。

鼠舞门

　　汉昭帝元凤元年九月①，燕有黄鼠衔其尾舞王宫端门中②。王往视之，鼠舞如故。王使吏以酒脯祠，鼠舞不休，一日一夜死。时燕王旦谋反，将死之象也。京房《易传》曰："诛不原情，厥妖鼠舞门。"

【注释】

①汉昭帝元凤元年：前80年。汉昭帝，西汉皇帝刘弗陵，汉武帝之
　　子，在位十三年，共使用三个年号：始元、元凤、元平。元凤，汉昭
　　帝刘弗的第二个年号。汉昭帝在位十三年，共使用三个年号：始
　　元、元凤、元平。

②端门：宫殿的正南门。

【译文】

　　汉昭帝元凤元年九月，燕国有只黄鼠咬着它的尾巴在王宫的端门中跳舞。燕王到那里去看，鼠还是那样跳个不停。燕王派官吏拿酒肉去祭祀，鼠还是舞个不停，一天一夜后死了。当时燕王刘旦谋反，这是他将要死亡的征兆。京房《易传》说："杀人不追究事情的实情，它的妖

兆是鼠在门中跳舞。"

石自立

昭帝元凤三年正月①,泰山芜莱山南汹汹有数千人声②。民往视之,有大石自立,高丈五尺,大四十八围,入地深八尺,三石为足。石立后,有白鸟数千集其旁。宣帝中兴之瑞也。

【注释】

①元凤三年:前78年。

②泰山:郡名。郡治在今山东泰安东北。

【译文】

汉昭帝元凤三年正月,泰山郡芜莱山南闹哄哄好像有几千人的声音。百姓去那里看,有一块大石头自己耸立起来,高一丈五尺,大四十八围,伸入地下八尺,有三只石脚。石头耸立起来后,有白羽乌鸦几千只聚集在石头旁。这是汉宣帝中兴的吉兆。

食叶成文

昭帝时上林苑中大柳树断①,仆地。一朝起立,生枝叶。有虫食其叶,成文字,曰"公孙病已立"②。

【注释】

①上林苑:古宫苑名。秦始皇时始建,汉初荒废,至汉武帝时重新扩建。故址在今西安西及周至、西安鄠邑区界。

②公孙:诸侯王之孙。病已:汉宣帝刘询原名。据颜师古注,盖因幼时遭屯难而多病苦,故名病已,后改名为询。

【译文】

汉昭帝时上林苑中有一棵大柳树断了，倒在地上。有一天它又立起来，长出新的枝叶。有虫子吃它的树叶，咬出文字，是"公孙病巳立"。

狗冠

昭帝时，昌邑王贺见大白狗冠方山冠而无尾①。至熹平中②，省内冠狗带绶以为笑乐。有一狗突出，走入司空府门③。或见之者，莫不惊怪。京房《易传》曰："君不正，臣欲篡，厥妖狗冠出朝门。"

【注释】

①昌邑王：汉武帝之孙刘贺。方山冠：汉代宗庙祭祀时乐人戴的帽子。

②熹平：汉灵帝刘宏的年号。

③司空：官名。周为六卿之一，即冬官大司空，掌管工程。汉改御史大夫为大司空，与大司马、大司徒并列为三公，后去大字为司空，历代因之，明废。清时别称工部尚书为大司空，侍郎为少司空。

【译文】

汉昭帝时，昌邑王刘贺看见大白狗戴着方山冠却没有尾巴。到了汉灵帝熹平年间，宫内给狗戴上帽子，系上印绶带来取乐。有一条狗突然跑出朝门，跑进司空府门。看见这条狗的人，都觉得十分奇怪。京房《易传》说："君上不正，臣下想篡位，它的妖兆是狗戴着帽子跑出朝门。"

雌鸡化雄

汉宣帝黄龙元年①，未央殿辂軨中雌鸡化为雄②，毛衣变化,而不鸣,不将,无距③。元帝初元元年④,丞相府史家雌鸡伏子,渐化为雄,冠距鸣将。至永光中有献雄鸡生角者⑤。《五行志》以为王氏之应。京房《易传》曰:"贤者居明夷之世⑥,知时而伤,或众在位,厥妖鸡生角。"又曰:"妇人专政,国不静;牝鸡雄鸣⑦,主不荣。"

【注释】

①汉宣帝黄龙元年:前49年。黄龙,汉宣帝刘询的年号。汉宣帝在位二十六年,共使用7个年号:本始、地节、元康、神爵、五凤、甘露、黄龙。

②未央殿:即未央宫。故址在今陕西西安西北长安故城内西南隅。汉高帝七年建,常为朝见之处。辂轳(líng):汉代厩名。

③距:雄鸡、雉等的腿的后面突出像脚趾的部分。

④元帝初元元年:前48年。汉元帝,西汉皇帝刘奭,汉宣帝之子。在位十六年,共使用四个年号:初元、永光、建昭、竟宁。

⑤永光:汉宣帝之子刘奭的年号。汉元帝刘奭在位十六年,共使用四个年号:初元、永光、建昭、竟宁。

⑥明夷:《周易》卦名,即离下坤上。离为火,是光明之象,坤为地。古人认为日出地上才有光明,如果到了地下,其光明就会受到损伤,故称明夷。后来比喻昏君在上,贤人遭受艰难或不得志。

⑦牝(pìn)鸡:母鸡。比喻专权的女人。

【译文】

汉宣帝黄龙元年,未央殿辂轳厩里的一只雌鸡变成雄鸡,羽毛变了,但是不打鸣,不率领鸡群,没有足距。汉元帝初元元年,丞相府史家,有一只母鸡孵蛋时,慢慢变成了雄鸡,长出鸡冠、足距、打鸣,率领鸡群。到了永光年间,有人献上一只生有角的雄鸡。《五行志》认为这是外戚王氏执政的预兆。京房《易传》说："贤能的人处在昏乱之世，忧时伤世，或者平庸的人居于高位，它的妖兆是鸡生角。"又说："妇人专政，国家不安宁；雌鸡打鸣，主人不兴旺。"

范延寿断讼

宣帝之世，燕、岱之间①，有三男共取一妇，生四子。及至将分妻子而不可均，乃致争讼。廷尉范延寿断之曰②："此非人类，当以禽兽，从母不从父也。请戮三男，以儿还母。"宣帝嗟叹曰："事何必古？若此，则可谓当于理而厌人情也。"延寿盖见人事而知用刑矣，未知论人妖将来之验也。

【注释】

①燕：旧时河北的别称，也指河北北部地区。岱：古国名。其地在今河北蔚县东北。

②廷尉：官名，九卿之一，主管刑狱。

【译文】

汉宣帝时，燕、岱两地之间，有三个男子共同娶了一个妻子，生下四个儿子。到了要分家的时候，妻子和子女无法均分，以致打起了官司。廷尉范延寿断案说："这不是人类，和禽兽一样，跟着母亲而不跟着父亲。请求杀了三个男人，把儿子还给母亲。"汉宣帝叹息说："事情为什么一定要依照古人？如果那样，就可以说是符合道理却压抑了人的感情。"范延寿大概看见人事就知道施用刑罚，却不懂得考虑人妖在将来的应验。

天雨草

汉元帝永光二年八月①，天雨草，而叶相樛结②，大如弹丸。至平帝元始三年正月③，天雨草，状如永光时。京房《易传》曰："君荟于禄，信衰，贤去，厥妖天雨草。"

【注释】

①汉元帝永光二年：前42年。

②樛(jiū)结：纠结。樛，绞结，盘缠。

③平帝元始三年：公元3年。汉平帝，西汉皇帝刘衎，汉元帝之孙，汉成帝侄子，在位六年。元始，汉平帝刘衎的年号。

【译文】

汉元帝永光二年八月，天上落下草来，草叶纠结，有弹丸那么大。到了汉平帝元始三年正月，天上又落下草来，情况和永光年间一样。京房《易传》说："君主荟啬俸禄，信用衰微，贤人远去，它的妖兆是天上降下草。"

断槐复立

元帝建昭五年，兖州刺史浩赏，禁民私所自立社。山阳橐茅乡社有大槐树①，吏伐断之，其夜树复立故处。说曰："凡枯断复起，皆废而复兴之象也。"是世祖之应耳。

【注释】

①山阳：古县名，属河南郡。故城在今河南修武县境。

【译文】

汉元帝建昭五年，兖州刺史浩赏禁止老百姓私下建立神社。山阳县橐茅乡神社有一棵大槐树，官吏砍断它，那天夜里，树又在原来的地方立了起来。解释说："凡是枯断的树木再立起来，都是荒废的事情再兴盛的征兆。"这是世祖兴起的吉兆。

鼠巢

汉成帝建始四年九月①，长安城南，有鼠衔黄藁、柏叶，上民冢柏及榆树上为巢。桐柏为多②。巢中无子，皆有干鼠矢数升。时议臣以为恐有水灾。鼠盗窃小虫，夜出昼匿。今正昼去穴而登木，象贱人将居贵显之占。桐柏，卫思后园所在也③。其后赵后自微贱登至尊④，与卫后同类。赵后终无子而为害。明年，有鸢焚巢杀子之象云⑤。京房《易传》曰："臣私禄罔干，厥妖鼠巢。"

【注释】

①汉成帝建始四年：前29年。汉成帝，西汉皇帝刘骜，汉元帝之子，在位二十七年，共使用七个年号：建始、河平、阳朔、鸿嘉、永始、元延、绥和。

②桐柏：地名，在长安城南。

③卫思后：汉武帝的皇后。初为平阳公主家歌女，后入宫，生卫太子。巫蛊之祸后，卫皇后被废自杀。

④赵后：即赵飞燕，初为歌女，汉成帝时入宫，后被立为皇后。平帝即位后被废为庶人，自杀。

⑤鸢(yuān)：鸟名，鸷鸟。属猛禽类。俗称鹞鹰、老鹰。

【译文】

汉成帝建始四年九月，在长安城南边，有鼠衔着黄色的禾秆、柏叶，爬上百姓墓地的柏树及榆树上做窝。多数在桐柏那个地方。窝里都没有鼠仔，却有几升干的老鼠屎。当时议论的大臣认为恐怕会有水灾。老鼠是偷东西的小虫，晚上出来白天隐藏。现在恰恰白天离开鼠穴而爬上树去，象征着地位低贱的人将要身居显贵的地位。桐柏，是卫皇后花园所在地。那以后赵皇后从卑贱的地位登上最尊贵的地位,和卫皇后一样。赵皇后最终没有子女而被害。第二年,说是有老鹰烧了鸟巢杀死小鹰的兆象。京房《易传》说:"臣下把俸禄视为私有,妄自侵占,它的妖兆是鼠在树上做窝。"

犬祸

　　成帝河平元年①,长安男子石良、刘音相与同居。有如人状在其室中,击之,为狗,走出。去后,有数人披甲持弓弩至良家。良等格击②,或死或伤,皆狗也。自二月至六月乃止。其于《洪范》③,皆犬祸,言不从之咎也。

【注释】

①成帝河平元年:前28年。河平,汉成帝刘骜的第二个年号。汉成帝共使用七个年号,分别是建始(前32—前29)、河平(前28—前25)、阳朔(前24—前21)、鸿嘉(前20—前17)、永始(前16—前13)、元延(前12—前9)、绥和(前8—前7)。

②格击:格斗。

③《洪范》:指《洪范五行传》,以阴阳五行的变化及其占应来附会人事,说解吉凶。

【译文】

　　汉成帝河平元年,长安男子石良和刘音住在一起。有一个长得像人的东西出现在他们的屋子里,打它,变成狗,跑了出去。狗出去以后,有好几个人披着铠甲,拿着弓箭到石良家,石良等人和他们搏斗,有的死了,有的受伤,都是狗。从二月到六月,才停止下来。这在《洪范》一书中,说都是狗作孽生祸,说的是不听从意见的灾难。

鸟焚巢

　　成帝河平元年二月庚子①，泰山山桑谷有䴏焚其巢②。男子孙通等闻山中群鸟䴏鹊声，往视之，见巢燃，尽堕池中，有三䴏鷇烧死③。树大四围，巢去地五丈五尺。《易》曰："鸟焚其巢，旅人先笑后号咷④。"后卒成易世之祸云。

【注释】

①河平元年：前28年。䴏(yuān)：多写作"鸢"。俗称鹞鹰、老鹰。

②山桑谷：泰山中的山谷名。

③鷇(kòu)：由母哺食的幼鸟。

④号咷(táo)：放声大哭。咷，大哭。

【译文】

汉成帝河平元年二月庚子这天，泰山山桑谷中有老鹰烧了它的鸟巢。男子孙通等人听到山中群鸟鹰鹊的声音，前去查看，看见鸟巢全部燃烧，掉进水池中，有三只雏鹰被烧死。树有四围粗，鸟巢离地面有五丈五尺。《易经》上说："鸟烧了它的巢，旅人先欢笑而后放声大哭。"后来终于出现了改朝换代的灾祸。

雨鱼

　　成帝鸿嘉四年秋①，雨鱼于信都②，长五寸以下。至永始元年春③，北海出大鱼④，长六丈，高一丈，四枚。哀帝建平三年⑤，东莱平度出大鱼，长八丈，高一丈一尺，七枚。皆死。灵帝熹平二年⑥，东莱海出大鱼二枚⑦，长八九丈，高二丈余。京房《易传》曰："海数见巨鱼，邪人进，贤人疏。"

【注释】

①成帝鸿嘉四年：前17年。

②信都：古县名，在今河北冀县。

③永始元年：前16年。

④北海：秦汉时对北方大泽的泛称。

⑤哀帝建平三年：前4年。汉哀帝刘欣，西汉皇帝，汉元帝庶孙，汉成帝无子，刘欣被立为太子。汉哀帝在位七年，共使用两个年号：建元、元寿。

⑥灵帝熹平二年：173年。汉灵帝，东汉皇帝刘宏，汉章帝玄孙，东汉末年皇帝汉献帝之父。汉灵帝在位二十二年，共使用四个年号：建宁、熹平、兴和、中平。

⑦东莱海：即今渤海莱州湾。

【译文】

汉成帝鸿嘉四年的秋天，信都天上下起鱼来，鱼长不超过五寸。到了永始元年春天，北海出现大鱼，长六丈，高一丈，共四条。到汉哀帝建平三年，东莱郡平度县出现大鱼，长八丈，高一丈一尺，共七条。都死了。汉灵帝熹平二年，东莱海中出现大鱼两条，长八九丈，高二丈多。京房《易传》说："海里多次出现大鱼，奸邪小人得到任用，贤能之人被疏远。"

木生人状

成帝永始元年二月①，河南街邮樗树生枝如人头②，眉目须皆具，亡发耳。至哀帝建平三年十月③，汝南西平遂阳乡有材仆地生枝，如人形，身青黄色，面白，头有髭发④，稍长大，凡长六寸一分。京房《易传》曰："王德衰，下人将起，则有木生为人状。"其后有王莽之篡。

【注释】

①成帝永始元年:前 16 年。永始为汉成帝的年号。

②街邮:古亭名。樗(chū)树:木名,即臭椿。

③建平三年:前 4 年。

④髭(zī)发:须发。

【译文】

汉成帝永始元年二月,河南郡街邮亭的一棵樗树长出的枝条像人头,眉毛眼睛胡须都有,只是没有头发。到了汉哀帝建平三年,汝南郡西平县遂阳乡有木材倒在地上长出树枝,像人的样子,身子青黄色,脸白色,头上有胡须头发,逐渐长大,共长六寸一分。京房《易传》说:"君王德行衰微,地位卑贱的人将兴起,就会有树木长成人的样子。"那以后发生了王莽篡位的事情。

马出角

成帝绥和二年二月①,大厩马生角②,在左耳前,围长各二寸。是时王莽为大司马,害上之萌,自此始矣。

【注释】

①成帝绥和二年:前 7 年。

②大厩:天子的马厩。

【译文】

汉成帝绥和二年二月,天子马厩中的马长出了角,在左耳前,周长各有两寸。这个时候王莽任大司马,谋害皇上的心思,就是从这个时候开始的。

燕生雀

成帝绥和二年三月,天水平襄有燕生雀①,哺食至大,俱飞去。京房《易传》曰："贼臣在国，厥咎燕生雀，诸侯销②。"
又曰："生非其类，子不嗣世。"

【注释】

①天水：郡名，汉武帝置。郡治在平襄(今甘肃通渭西北)。

②销：衰敝，衰残。

【译文】

汉成帝绥和二年三月，天水郡平襄有只燕子生下麻雀，喂养长大，
都飞走了。京房《易传》说："奸臣执掌国政，它的妖兆就是燕子生下麻
雀，诸侯衰敝。"又说："生的不是自己的同类，子孙不能继承君位。"

三足驹

汉哀帝建平三年①，定襄有牡马生驹②，三足，随群饮食。
《五行志》以为：马，国之武用；三足，不任用之象也。

【注释】

①哀帝建平三年：前4年。

②定襄：郡名。汉置，郡治在今内蒙古和林格尔北。

【译文】

汉哀帝建平三年，定襄有匹公马生下马驹，有三只脚，跟着马群吃
草喝水。《五行志》认为：马是国家的军用物资；马长三只脚，这是国家
不任用人才的象征。

僵树自立

哀帝建平三年①，零陵有树僵地②，围一丈六尺，长十丈
七尺。民断其本，长九尺余，皆枯。三月，树卒自立故处。

京房《易传》曰:"弃正作淫,厥妖木断自属。妃后有颛③,木仆反立,断枯复生。"

【注释】

①建平:汉哀帝刘欣的年号。刘欣在位七年,共使用两个年号:建平、元寿。

②零陵:郡名。汉武帝元鼎六年(前111),为加强对南越地区的统治置零陵郡,郡治零陵县,故城在今广西壮族自治区全州县西南。

③颛:通"专"。专权。

【译文】

汉哀帝建平三年,零陵有棵树倒在地上,粗一丈六尺,长十丈六尺。老百姓砍断它的根,长九尺多,都枯了。三月,这棵树自己立到了原来的地方。京房《易传》说:"抛弃正直实行淫乱,它的妖兆是树断了自己接起来。嫔妃皇后专权,树倒了又再立起来,砍断的枯树重新生长。"

儿啼腹中

哀帝建平四年四月①,山阳方与女子田无啬生子②。未生二月前,儿啼腹中,及生,不举,葬之陌上。后三日,有人过,闻儿啼声,母因掘收养之。

【注释】

①哀帝建平四年:前3年。

②山阳:郡、国名。汉景帝封梁王武之子刘定为山阳王,分梁国东部数县置山阳国,国都为昌邑县(县治在今山东巨野南)。刘定死后,国除为郡。汉武帝天汉四年(前97),封皇子刘髆为昌邑

王，以山阳郡置昌邑国。汉昭帝元平元年(前74)，昌邑国除为山阳郡。后屡次改制，至隋乃废。方与：古县名。县治在今山东鱼台北。

【译文】

汉哀帝建平四年四月，山阳郡方与县妇女田无啬生了个儿子。未生之前两个月，婴儿在肚子里哭，等生下来，她就不哺乳抚养他，把他埋在了田野里。过了三天，有人经过，听见婴儿的哭声，母亲于是挖开土收养了他。

西王母传书

哀帝建平四年夏，京师郡国民聚会里巷阡陌，设张博具歌舞①，祠西王母。又传书曰："母告百姓，佩此书者不死。不信我言，视门枢下②，当有白发。"至秋乃止。

【注释】

①博具：六博等博戏用具。

②门枢：门扇的转轴。

【译文】

汉哀帝建平四年夏天，京师郡的百姓在里巷田野聚会，设置博戏用具及歌舞，祭祀西王母。又传布文书说："西王母告示百姓，佩带这个文书的人不死。如果不相信我的话，去看门扇的转轴下面，会有白发为证。"直到秋天才停止。

男子化女

哀帝建平中，豫章有男子化为女子①，嫁为人妇，生一子。长安陈凤曰："阳变为阴，将亡继嗣，自相生之象。"一曰:"嫁为人妇,生一子者,将复一世乃绝。"故后哀帝崩,平帝没,而王莽篡焉。

【注释】

①豫章:古郡名。郡治在今江西南昌。

【译文】

汉哀帝建平年间,豫章郡有个男子变成了女子,出嫁给人做了妻子,生了一个儿子。长安陈凤说:"阳变成阴,将没有子孙,是自行相生的兆象。"又说:"出嫁成为人妻,生一个儿子,将会再过一世就绝代。"所以后来哀帝死了,平帝被毒死,王莽就篡位了。

人死复生

汉平帝元始元年二月①,朔方广牧女子赵春病死②,既棺殓,积七日,出在棺外,自言见夫死父,曰:"年二十七,汝不当死。"太守谭以闻③。说曰:"至阴为阳,下人为上。厥妖人死复生。"其后王莽篡位。

【注释】

①元始元年:公元1年。

②朔方:郡名。西汉时置,治所在朔方(今内蒙古自治区杭锦旗北)。

广牧:县名,故治在今内蒙古五原县西南。

③谭:通"谈"。

【译文】

汉平帝元始元年二月,朔方郡广牧县女子赵春病死。已经殓入棺中,过了七天,她出走棺外,自称见到了她死去的父亲,说:"年纪二十七,你不该死。"这是朔方太守谈话说的。解释说:"极阴转变成阳,卑贱的人变成高贵的人。它的妖兆是人死了又复活。"那以后王莽篡位。

人生两头

汉平帝元始元年六月,长安有女子生儿,两头两颈,面俱相向,四臂共胸,俱前向,尻上有目①,长二寸所。京房《易传》曰:"'暌孤②,见豕负涂。'厥妖人生两头。下相攘善,妖亦同。人若六畜首目在下,兹谓亡上,政将变更。厥妖之作,以谴失正,各象其类。两颈,下不一也;手多,所任邪也;足少,下不胜任,或不任下也。凡下体生于上,不敬也;上体生于下,媟渎也③;生非其类,淫乱也;人生而大,上速成也;生而能言,好虚也。群妖推此类。不改,乃成凶也。

【注释】

①尻(kāo):脊骨末端,臀部。

②暌(kuí)孤:指离家在外的孤子。

③媟(xiè)渎:亵狎,轻慢。

【译文】

汉平帝元始元年六月,长安有个妇女生下儿子,两个头两个脖子,脸都相对,四支手臂共一个胸脯,都向前伸,臀部有眼睛,长二寸左右。京房《易传》说:"'孤儿离家在外,看见猪爬在泥涂中。'它的妖兆是人生两个头。臣下相互侵夺功绩,妖兆也相同。人或者六畜的头、眼睛长在身体上,这意味着国君要死亡,政权要变更。那妖兆的出现,是谴责国家失去正道,各自象征它们的品类。两个脖子,是臣下不齐心;手多,是所任用的人奸邪。脚少,是臣下不能胜任其职,或者不任用臣下。凡是身体的下部长在上面的,是不恭敬;身体上面的器官长在下面,是亵狎轻慢。生下的不是同类,是淫乱;人生下来长得很大,是君上急于求成;

生下来就能说话,是喜好虚浮。各种妖兆依此类推。不加改正,就会成
为灾祸。"

三足乌

汉章帝元和元年①,代郡高柳乌生子②,三足,大如鸡,色
赤,头有角,长寸余。

【注释】

①汉章帝元和元年:84年。元和,汉章帝刘炟的年号。汉章帝在位
十四年,共使用三个年号:建初、元和、章和。

②代郡:郡名。战国时赵置,治所代县(故城在今河北蔚县西南)。
汉初为代国,不久改国为郡,属并州刺史部,治所桑乾县,东汉时
移郡治高柳(今山西阳高),晋复移郡治代县,至隋废郡。高柳:
代郡治所,故城在今山西阳高西南。

【译文】

汉章帝元和元年,代郡高柳县有只乌鸦生下小乌鸦,有三只脚,大
小像只鸡,红色,头上有角,角长一寸多。

德阳殿蛇

汉桓帝即位①,有大蛇见德阳殿上②。洛阳市令淳于翼
曰③:"蛇有鳞,甲兵之象也。见于省中,将有椒房大臣受甲
兵之象也④。"乃弃官遁去。到延熹二年,诛大将军梁冀⑤,捕
治家属,扬兵京师也。

【注释】

①汉桓帝:汉章帝曾孙刘志,在位二十一年,共使用7个年号:建

和、和平、元嘉、永兴、永寿、延熹、永康。外戚梁冀毒死九岁的汉质帝后，立15岁的刘志为帝。延熹二年，汉章帝刘志联合宦官单超等5人灭梁氏，单超等五人同日封侯，史称"五侯"。之后宦官专权，引发党锢之祸。

②德阳殿：东汉皇宫殿名。

③市令：掌管市场的官名。

④椒房：皇后所居住的宫殿。后来也用为后妃的代称。因系皇后之亲而成为大臣，即称之为椒房大臣。

⑤梁冀：字伯卓，他的两个妹妹分别为汉顺帝、汉桓帝的皇后。梁冀任大将军，专掌朝政近二十年，两位皇后先后死后，桓帝议灭梁氏，梁冀自杀。

【译文】

汉桓帝即位时，有大蛇出现在德阳殿上。洛阳市令淳于翼说："蛇有鳞，这是铠甲和兵器的象征。出现在禁宫之中，是椒房大臣将有人受到兵甲之祸的象征。"于是弃官隐遁而去。到了延熹二年，诛杀大将军梁冀，逮捕处罚他的家属，在京城动用军队。

雨肉

汉桓帝建和三年秋七月①，北地廉雨肉②，似羊肋，或大如手。是时梁太后摄政③，梁冀专权，擅杀诛太尉李固、杜乔④，天下冤之。其后，梁氏诛灭。

【注释】

①建和三年：149年。

②北地：郡名，秦置，汉代沿置。所辖地域大约在今陕西、甘肃、宁夏一带。廉：县名。

③梁太后：汉顺帝皇后，梁冀之妹。顺帝崩，立冲帝，梁太后临朝
　摄政。

④李固：东汉大臣。汉冲帝时任太尉，与大将军梁冀参录尚书事。
　冲帝死，因为议立新不附梁冀，为冀所忌，因被免职。桓帝即位，
　为冀所诬，逮捕治罪，死于狱中。杜乔：东汉大臣，顺帝时为大司
　农，汉桓帝时任太尉，因不附梁冀，为梁冀所忌恨，与李固同死
　狱中。

【译文】

汉桓帝建和三年秋七月，北地廉县降下肉来，似羊肋骨，有的像手
掌那么大。当时梁太后摄政，梁冀专掌政权，擅自诛杀太尉李固、杜乔，
全国人都认为他们是冤枉的。后来，梁氏被诛灭。

梁冀妻妆

　　汉桓帝元嘉中①，京都妇女作愁眉、啼妆、堕马髻、折腰
步、龋齿笑。愁眉者，细而曲折。啼妆者，薄拭目下若啼处。
堕马髻者，作一边。折腰步者，足不任下体。龋齿笑者，若
齿痛，乐不欣欣。始自大将军梁冀妻孙寿所为，京都翕然②，
诸夏效之。天戒若曰："兵马将往收捕。妇女忧愁，蹙眉啼
哭③；吏卒掣顿，折其腰脊，令髻邪倾；虽强语笑，无复气味
也。"到延熹二年④，冀举宗合诛。

【注释】

①元嘉：汉桓帝年号，151—153 年。

②翕(xī)然：一致貌。

③蹙(cù)眉：皱眉。忧虑貌。

④延熹二年：159 年。延熹是汉桓帝的年号。

【译文】

汉桓帝元嘉年间,京城的妇女流行愁眉、啼妆、堕马髻、折腰步、龋齿笑。所谓愁眉,是画的眉又细又弯曲。所谓啼妆,是在眼睛下面薄薄涂脂粉,像是哭过的样子。所谓堕马髻,是发髻偏向一边。所谓折腰步,是走路时双脚支持不住身体。所谓龋齿笑,就像牙痛,不是高兴的笑。从大将军梁冀的妻子孙寿梳妆开始,京城风行,全国都仿效她。上天这样告诫说:"军队将前往收捕,妇女忧愁,皱眉啼哭;官兵强夺,折断她们的腰椎,使发髻偏斜;即使勉强说笑,也没有了那份情调。"到了延熹二年,梁冀全族都被诛杀了。

牛生鸡

桓帝延熹五年①,临沅县有牛生鸡②,两头四足。

【注释】

①延熹五年:162 年。
②临沅:故城在今湖南常德西。

【译文】

汉桓帝延熹五年,临沅县有头牛产下一只鸡来,鸡有两个头,四只脚。

赤厄三七

汉灵帝数游戏于西园中①,令后宫采女为客舍主人,身为估服②,行至舍间,采女下酒食,因共饮食,以为戏乐。是天子将欲失位,降在皂隶之谣也。其后天下大乱。古志有曰:"赤厄三七③。"三七者,经二百一十载,当有外戚之篡,丹眉之妖。篡盗短祚④,极于三六,当有飞龙之秀,兴复祖宗。

又历三七，当复有黄首之妖，天下大乱矣。自高祖建业，至于平帝之末，二百一十年，而王莽篡，盖因母后之亲。十八年而山东贼樊子都等起⑤，实丹其眉，故天下号曰"赤眉"。于是光武以兴祚，其名曰秀。至于灵帝中平元年⑥，而张角起⑦，置三十六方，徒众数十万，皆是黄巾，故天下号曰"黄巾贼"。至今道服，由此而兴。初起于邺⑧，会于真定⑨，诳惑百姓曰："苍天已死，黄天立。岁名甲子年，天下大吉。"起于邺者，天下始业也，会于真定也。小民相向跪拜趋信，荆、扬尤甚。乃弃财产，流沉道路，死者无数。角等初以二月起兵，其冬十二月悉破。自光武中兴至黄巾之起，未盈二百一十年，而天下大乱，汉祚废绝，实应三七之运。

【注释】

①汉灵帝：汉灵帝刘宏，168—189 年在位，曾使用四个年号：建宁、熹平、光和、中平。西园：汉代上林苑的别名。

②估服：商贩的服装。

③赤厄：指汉朝的厄运。汉为火德，火色赤，故称。

④短祚(zuò)：指皇帝在位年限很短。

⑤樊子都：即樊崇，西汉末琅邪(今山东诸城)人，赤眉起义领袖。

⑥中平元年：184 年。

⑦张角：东汉钜鹿(今河北宁晋)人，太平道创始人，黄巾起义首领。

⑧邺：古县名。故城在今河北临漳县城西南。

⑨真定：汉代国名。汉武帝元鼎四年(前 113)，封常山宪王之子刘平为真定王，割常山郡治所真定县及附近数县置真定国。真定县故城在今河北正定南。

【译文】

汉灵帝多次在西园中游戏,让后宫宫女充当旅舍主人,他自己身穿商贩的服装,走到客店里,宫女摆下酒食,于是一起吃喝,做这样的游戏取乐。这是天子将要失去帝位,降身在贱役之列的流言。那以后天下大乱。古代志书上有这样的说法:"赤色厄运三七。"所谓三七,是指经过二百一十年,会有外戚篡权、赤色眉的妖祸。篡位盗贼福短,限于三六之数,会有飞龙之秀,来兴复祖宗的功业。再经历三七,会有黄首的灾祸,天下就大乱了。从汉高祖建立帝业,到汉平帝末年,二百一十年,王莽篡位,由于是皇太后的亲戚。十八年后山东贼盗樊子都等人起事,确实染红了眉毛,所以天下人称之为"赤眉"。这时光武帝复兴帝业,他叫刘秀。到了汉灵帝中平元年,张角起义,设三十六方,有信徒几十万,他们都头裹黄巾,所以天下称之为"黄巾贼"。至今的道教服装,由此兴起。黄巾军在邺起事,在真定会合,欺骗迷惑百姓说:"苍天已死,黄天当立。在甲子这一年,天下大吉。"在邺起事,是天下开始行事,在真定会集。老百姓都跪拜信从,荆州、扬州最为厉害。于是,人们抛弃财产,流落于道,死了许多人。张角等人在二月开始起兵,那年冬天的十二月全被攻破。从光武帝中兴到黄巾军起义,未满二百一十年,天下大乱。汉朝皇位被废止,确实应验了三七的运数。

长短衣裾

灵帝建宁中①,男子之衣好为长服,而下甚短;女子好为长裾②,而上甚短。是阳无下而阴无上,天下未欲平也。后遂大乱。

【注释】

①建宁:东汉灵帝刘宏的年号,168—172 年。

②裾(jū)：衣服的前后襟。亦泛指衣服的前后部分。

【译文】

汉灵帝建宁年间，男子的服装喜欢长上衣，而下服很短；女子喜欢长裙子，但上衣很短。这是阳没有下而阴没有上，天下还不会太平。后来终于天下大乱了。

夫妇相食

灵帝建宁三年春①，河内有妇食夫②，河南有夫食妇。夫妇阴阳二仪，有情之深者也，今反相食。阴阳相侵，岂特日月之眚哉③。灵帝既没，天下大乱，君有妄诛之暴，臣有劫弑之逆④，兵革相残，骨肉为仇，生民之祸极矣。故人妖为之先作。而恨不遭辛有、屠黍之论⑤，以测其情也。

【注释】

①建宁三年：170 年。

②河内：指黄河以北的地区。汉时置郡，郡治怀县(今河南武陟西南)。

③眚(shěng)：日月蚀。亦指灾异，妖祥。

④弑(shì)：古代卑幼杀死尊长叫弑。多指臣子杀死君主，子女杀死父母。

⑤辛有：周朝大夫。《左传》记载，周平王东迁时，辛有到伊川，看见有人披着头发在野外祭祀，于是感叹说："不到一百年，这里就被戎族占领了。因为礼已经先失去了。"屠黍：晋国太史，见晋乱而出奔周。

【译文】

汉灵帝建宁三年春天，河内地区有妻子吃丈夫，河南地区有丈夫吃妻子。夫妻阴阳相配,是有深厚感情的人,如今反而相互吃食。阴阳相互侵犯,岂止是日月的灾祸啊。汉灵帝死后,天下大乱,君上有随意诛杀的残暴,臣下有劫君弑君的叛逆,以武力相残杀,亲骨肉变成了仇敌,老百姓的灾难大到了极点。所以人间的妖祥就先出现了。遗憾的是没有遇到辛有、屠黍那样的议论,来测度它的情由。

寺壁黄人

灵帝熹平二年六月①,洛阳民讹言,虎贲寺东壁中②,有黄人,形容须眉良是。观者数万,省内悉出,道路断绝。到中平元年二月③,张角兄弟起兵冀州,自号"黄天"。三十六方,四面出和。将帅星布,吏士外属。因其疲馁牵而胜之④。

【注释】

①熹平二年:173 年。

②虎贲寺:洛阳寺院名。

③中平元年:184 年。

④馁(něi):同"馁",饥饿。

【译文】

汉灵帝熹平二年六月,洛阳的百姓传言,虎贲寺东面墙壁中有黄人,模样胡须眉毛确实很像。观看的人好几万,皇宫里的人都去了,路上交通堵塞。到了灵帝中平元年二月,张角兄弟在冀州起兵,自称"黄天"。设立三十六方,四方的人都起兵应和。黄巾军将帅众多,朝廷的官吏士卒做他们的内应。乘他们疲倦饥饿时才牵制并打败他们。

木不曲直

灵帝熹平三年①,右校别作中有两樗树②,皆高四尺许。

其一株宿昔暴长③,长一丈余,粗大一围④,作胡人状,头目鬓须发俱具。其五年十月壬午,正殿侧有槐树,皆六七围,自拔,倒竖,根上枝下。又中平中,长安城西北六七里,空树中有人面,生鬓。其于《洪范》,皆为木不曲直⑤。

【注释】

①熹平三年:174年。

②右校:官署名,掌工徒。别作:附属的作坊。樗(chū)树:即臭椿。

③宿昔:犹旦夕。比喻短时间之内。

④围:计量周长的约略单位。旧说尺寸长短不一,现多指两手或两臂之间合拱的长度。

⑤木不曲直:树木的本性,或曲或直。树木生长不畅茂,多折槁,为变怪而失其本性,被称为"木不曲直"。

【译文】

汉灵帝熹平三年,右校署附属的作坊中有两棵樗树,都高四尺多。其中一棵短时间突然猛长,长一丈多,树干粗大有一围,长成了胡人的模样,头、眼睛、鬓角、胡须、头发都具备。熹平五年十月壬午这一天,正殿旁边有槐树,都六七围粗,自行拔根倒立,树根在上,树枝在下。另外,在中平年间,长安城西北六七里的地方,在一棵空心树中有人脸的模样,长有鬓发。这在《洪范》一书中,都是树木失其本性的灾变。

雌鸡欲化雄

灵帝光和元年①,南宫侍中寺雌鸡欲化为雄②,一身毛皆似雄,但头冠尚未变。

【注释】

①光和元年:178 年。

②南宫:秦、汉宫殿名。故址在今河南洛阳东。侍中:古代职官名。秦始置,两汉沿置,为正规官职外的加官之一。因侍从皇帝左右,出入宫廷,与闻朝政,逐渐变为亲信贵重之职。晋以后,曾相当于宰相。隋因避讳改称纳言,又称侍内。唐复称侍中,为门下省长官,乃宰相之职。北宋犹存其名,南宋废。寺:衙署,官舍。

【译文】

汉灵帝光和元年,南宫的侍中衙署里有一只雌鸡要变成雄鸡,全身羽毛都变得像雄鸡一样,只有头上鸡冠还没有变。

儿生两头

灵帝光和二年①,洛阳上西门外女子生儿:两头,异肩,共胸,俱前向。以为不祥,堕地,弃之。自是之后,朝廷霿乱②,政在私门③,上下无别,二头之象。后董卓戮太后④,被以不孝之名,放废天子,后复害之。汉元以来⑤,祸莫逾此⑥。

【注释】

①光和二年:179 年。

②霿(méng)乱:黑暗纷乱。

③私门:权势之家,权贵者。

④董卓:东汉末年少帝、献帝时权臣。董卓原本屯兵凉州,汉少帝刘辩继位时,受辅政大将军何进(汉灵帝何皇后的哥哥)之召率军进京,旋即掌控朝中大权。后董卓废少帝刘辩而立献帝刘协,又以何太后不孝敬婆母永乐皇太后(汉灵帝刘宏的母亲)致其忧死为名,迁何太后于永乐宫。不久又借故杀了刘辩,毒死了何太

后。后董卓为其亲信吕布所杀。

⑤元：开端。这里指建国。

⑥逾：越过，经过。

【译文】

　　汉灵帝光和二年，洛阳上西门外一妇女生下儿子：两个头，各有肩，同胸脯，都朝着前面。她认为不吉祥，生下地就把他扔掉了。从此之后，朝廷昏乱，国家政权由权贵者把持，君臣没有分别，这是人有两个头的兆象。后来董卓杀太后，给她背上不孝的罪名，放逐废黜的天子，后来又害死他。汉朝自建国以来，灾祸没有比这更严重的了。

梁伯夏后

　　光和四年①，南宫中黄门寺有一男子②，长九尺，服白衣。中黄门解步呵问："汝何等人？白衣妄入宫掖③！"曰："我，梁伯夏后。天使我为天子。"步欲前收之，因忽不见。

【注释】

①光和四年：181年。

②中黄门寺：中黄门官舍。中黄门，指在宫廷服役的太监。寺，官署，官舍。

③宫掖：指皇宫。掖，掖庭，宫中的旁舍，嫔妃居住的地方。

【译文】

　　汉灵帝光和四年，南宫的中黄门官舍中有一个男子，身长九尺，穿着白色的衣服。中黄门解步大声喝问："你是什么人？穿着白衣服乱进皇宫！"那人说："我是梁伯夏的后代。天帝让我来做天子。"解步想上前抓他，忽然就消失了。

草作人状

光和七年①,陈留济阳、长垣,济阴,东郡,冤句,离狐界中②,路边生草,悉作人状,操持兵弩;牛马龙蛇鸟兽之形,白黑各如其色,羽毛、头、目、足、翅皆备,非但彷佛③,像之尤纯。旧说曰:"近草妖也。"是岁有黄巾贼起,汉遂微弱。

【注释】

①光和七年:184 年。

②"陈留"几句:陈留,郡名,汉武帝时所置,治所在陈留,济阳、长垣为其属地。济阴,郡名,汉置,治所在定陶。东郡,郡名,秦置,治所在濮阳。冤句,古县名,是菏泽最古老的地名之一,因黄河水患,故址无存。离狐,古县名,故城在今山东菏泽牡丹区西北。

③彷佛(fǎng fú):大体相似。

【译文】

汉灵帝光和七年,陈留郡济阳县、长垣县,济阴郡,东郡,冤句县,离狐县境内,路边长草,都长成人的模样,拿着兵器弓箭;长成牛马龙蛇鸟兽形状的,白的黑的各是各的颜色,羽毛、头、眼睛、脚、翅膀都很齐备,不仅仅是大体相似,而是特别相像。过去的说法是:"是草在作怪。"这一年有黄巾军起兵,汉朝于是衰弱了。

两头共身

灵帝中平元年六月壬申①,洛阳男子刘仓,居上西门外,妻生男,两头共身。至建安中②,女子生男,亦两头共身。

【注释】

①中平元年:184 年。

②建安:汉献帝刘协的年号。

【译文】

汉灵帝中平元年六月壬申,洛阳男子刘仓,居住在上西门外,他的妻子生了个男孩,两个头共用一个身子。到了建安年间,有一个妇女生下一个男孩,也是两个头共用一个身子。

怀陵雀

中平三年八月中①,怀陵上有万余雀②,先极悲鸣,已因乱斗,相杀,皆断头悬着树枝枳棘③。到六年,灵帝崩。夫陵者,高大之象也;雀者,爵也。天戒若曰:"诸怀爵禄而尊厚者,还自相害,至灭亡也。"

【注释】

①中平三年:186 年。

②怀陵:汉冲帝刘炳的陵墓。汉冲帝两岁即位,三岁病死。

③枳(zhǐ)棘:枳木与棘木。因其多刺而称恶木。常用以比喻恶人或小人。

【译文】

汉灵帝中平三年八月中,怀陵上有一万多只麻雀,起先非常悲哀地鸣叫,后来接着乱斗,相互残杀,头都断了悬挂在树枝和枳棘丛中。到了中平六年,汉灵帝死了。陵,是高大的象征。雀,就是爵。上天这样警戒说:"那些拥有爵位俸禄而尊贵的人,如果自相残杀,是自取灭亡。"

魁𣡊挽歌

汉时,京师宾婚嘉会,皆作魁𣡊①,酒酣之后,续以挽歌。

魁檑,丧家之乐;挽歌,执绋相偶和之者^②。天戒若曰:"国家当急殄悴^③,诸贵乐皆死亡也。"自灵帝崩后,京师坏灭,户有兼尸虫而相食者,"魁檑""挽歌",斯之效乎?

【注释】

①魁檑(lěi):即"傀儡",本为丧家之乐,后来演变成木偶戏。

②绋(fú):通"绞"。指下葬时引枢入穴的绳索。后泛指牵引棺材的大绳。

③殄(tiǎn)悴(cuì):亦作"殄瘁"。困穷,困苦。

【译文】

汉代时,京城宴客婚礼喜事,都要表演木偶戏,酒喝得尽兴时,接着唱挽歌。木偶戏,是丧家之乐;挽歌,是引棺入穴的人相互应和的哀歌。上天这样告诫说:"国家很快就会非常困顿,那些欢乐的贵人都要死了。"自从汉灵帝死后,京城毁坏,每家都有兼尸虫相互咬食的事情。"木偶戏""挽歌",这就是它的效应吗?

京师童谣

灵帝之末,京师谣言曰:"侯非侯,王非王,千乘万骑上北邙^①。"到中平六年^②,史侯登蹑至尊^③,献帝未有爵号,为中常侍段珪等所执,公卿百僚,皆随其后,到河上,乃得还。

【注释】

①北邙:山名。即邙山。因在洛阳之北,故名。东汉、魏、晋的王侯公卿多葬于此。

②中平六年:189年。

③史侯：即汉少帝刘辩，初养于道人史予助家，故号史侯。汉少帝在位
　　时，汉献帝封陈留王，后董卓废少帝，迎立献帝。至尊：天子之位。

【译文】

汉灵帝末年，京城有谣言说："侯非侯，王非王，千乘万骑上北邙。"
到了中平六年，史侯刘辩登上天子之位，当时汉献帝还没有爵号，被中
常侍段珪等人所挟持，公卿百官，都跟随在他们后面，一直走到黄河边，
才得以返回。

桓氏复生

汉献帝初平中①，长沙有人姓桓氏，死，棺敛月余，其母
闻棺中有声，发之，遂生。占曰："至阴为阳，下人为上。"其
后曹公由庶士起②。

【注释】

①初平：汉献帝刘协的年号，190—193 年。
②庶士：官府小吏。

【译文】

汉献帝初平年间，长沙有姓桓的人，死了，用棺材装敛一个多月，他
的母亲听到棺材中有声音，打开棺材，他就活了。占卜说："极阴转为
阳，下等人成为上等人。"后来曹操由官府小吏兴起。

建安人妖

献帝建安七年①，越巂有男子化为女子②。时周群上
言③："哀帝时亦有此变，将有易代之事。"至二十五年，献帝
封山阳公④。

【注释】

①建安七年:202年。建安,汉献帝年号。

②越巂(xī):郡名,汉置,故地即今四川西昌地区。

③周群:蜀臣,初仕刘璋,刘备定蜀后任命为儒林校尉。长于望云测天,还继承了西汉天文学家落下闳的天文历算之术,被蜀人尊称为"后贤"。

④献帝封山阳公:汉献帝建安二十五年(前220),曹丕篡位,废汉献帝为山阳公。

【译文】

汉献帝建安七年,越巂郡有一个男子变成了女人。当时周群上书说:"哀帝时也有这种变化,将会发生改朝换代的事情。"到了献公二十五年,汉献帝被黜封为山阳公。

荆州童谣

建安初,荆州童谣曰:"八九年间始欲衰,至十三年无孑遗。"言自中兴以来①,荆州独全;及刘表为牧②,民又丰乐;至建安九年,当始衰。始衰者,谓刘表妻死,诸将并零落也。十三年无孑遗者,表又当死,因以丧败也。是时华容有女子③,忽啼呼曰:"将有大丧。"言语过差,县以为妖言,系狱。月余,忽于狱中哭曰:"刘荆州今日死。"华容去州数百里,即遣马里验视,而刘表果死。县乃出之。续又歌吟曰:"不意李立为贵人。"后无几,曹公平荆州,以涿郡李立字建贤为荆州刺史。

【注释】

①中兴:指光武帝刘秀重建刘汉政权。

②刘表：山阳郡高平人，汉室宗亲，任荆州牧，故又称为"刘荆州"，
　为汉末群雄之一。牧：指国君或州郡长官。

③华容：古县名。西汉置，治所在今湖北潜江市西南，南朝梁废，东
　汉建安十三年(208)曹操在赤壁战败后北归，取道于此。

【译文】

　　汉献帝建安初年，荆州地区流传童谣说："建安八九年间开始衰落，
到了十三年就没有留存了。"说是从汉光武中兴以来，荆州能独自保全；等
到刘表作了荆州牧，老百姓丰收快乐；到了建安九年，要开始衰落了。所
谓开始衰落，指刘表的妻子死了，许多将领也伤亡了。所谓十三年没有
留存，是指刘表又将死亡，荆州于是就衰败了。当时华容县有个女子，突
然哭喊着说："将会有大丧事。"言语太过荒谬，县官认为这是妖言，把她关
在了监狱里。一个多月后，她突然在狱中哭着说："刘荆州今天死了。"华
容县城离荆州治所几百里，县令立即派人骑快马去验看，刘表果然死了。
县令这才把她放出来。她接着又唱着说："想不到李立成了贵人。"后来没
过多久，曹操平定荆州，任命涿郡一个叫李立、字建贤的人做了荆州刺史。

树出血

　　建安二十五年正月①，魏武在洛阳起建始殿②，伐濯龙树
而血出③。又掘徙梨，根伤而血出。魏武恶之，遂寝疾，是月
崩。是岁，为魏文黄初元年④。

【注释】

①建安二十五年：220 年。

②魏武：指曹操。220 年，曹丕废汉献帝为山阳公后称帝，即魏文
　帝，尊其父曹操为魏武帝。建始殿：古代洛阳宫殿名。

③濯龙：汉代宫苑名。在洛阳西南角。

④魏文黄初元年:220年。魏文,指魏文帝曹丕。黄初,魏文帝的年号。

【译文】

建安二十五年正月,魏武帝在洛阳修筑建始殿,砍伐濯龙苑的树流出血来。又挖掘移植梨树,树根被挖伤而流出血来。魏武帝憎恶这件事,于是生病卧床,当月就死了。这一年,是魏文帝黄初元年。

燕巢生鹰

魏黄初元年,未央宫中有鹰生燕巢中①,口爪俱赤。至青龙中②,明帝为凌霄阁,始搆③,有鹊巢其上。帝以问高堂隆④,对曰:"《诗》云:'惟鹊有巢,惟鸠居之。'今兴起宫室,而鹊来巢,此宫室未成,身不得居之象也。"

【注释】

①未央宫:西汉宫殿名,位于西汉都城长安城的西南部。因在长乐宫之西,汉时称西宫。

②青龙:魏明帝曹叡的年号。曹叡擅长诗文,与曹操、曹丕并称魏之"三祖"。曹叡在位十四年,共使用三个年号:太和、青龙、景初。

③搆(gòu):架屋,营建。

④高堂隆:字昇平,平阳人。魏明帝时任散骑常侍。

【译文】

魏文帝黄初元年,未央宫中有一只小鹰出生在喜鹊的巢穴中,鹰嘴和脚爪都是红色的。到了魏明帝青龙年间,明帝修建凌霄阁,刚刚造起,就有喜鹊在上面筑巢。明帝以这件事询问高堂隆,高堂隆回答说:"《诗经》说:'喜鹊做好窝巢,鸤鸠住在里面。'现在兴建宫室,就有喜鹊来做窝,这是宫室尚未建成,自身不能居住的象征。"

妖马

魏齐王嘉平初^①，白马河出妖马^②，夜过官牧边鸣呼，众马皆应。明日，见其迹，大如斛^③，行数里，还入河。

【注释】

①嘉平：魏齐王曹芳的年号。魏齐王曹芳是魏明帝曹叡的养子，明帝无子，死后由8岁的曹芳即位，由司马懿与大将军曹爽辅政。嘉平元年(250)，司马懿以谋反罪诛曹爽及其党羽，独揽曹魏军政大权。嘉平五年(254)，曹芳被司马懿之子司马师所废。

②白马河：在今河北饶阳县南。

③斛(hú)：古代的量器，一斛为十斗。

【译文】

魏齐王嘉平初年，白马河出现妖马，晚上经过官府牧场旁边鸣叫，牧场里的马都跟着鸣叫。第二天，看见妖马的蹄印，有斛那么大，它走了好几里，回到了河里。

燕生巨鷇

魏景初元年^①，有燕生巨鷇于卫国李盖家，形若鹰，吻似燕。高堂隆曰："此魏室之大异，宜防鹰扬之臣于萧墙之内^②。"其后宣帝起^③，诛曹爽，遂有魏室。

【注释】

①景初元年：237年。景初，魏明帝曹叡的年号，237—239年。

②鹰扬：形容威武的样子。后来成为武官的名号。萧墙：古代宫室内作为屏障的矮墙。后来借指内部。

③宣帝:指晋宣帝司马懿。其孙司马炎被封晋王后,追封司马懿为
　宣王。司马炎称帝后,追尊司马懿为晋宣帝。

【译文】

魏明帝景初元年,卫国县李盖家有只燕子孵出一只很大的雏鸟,形
状像鹰,嘴像燕子。高堂隆说:"这是魏国很大的怪异之事,应当提防朝
廷里勇武的大臣。"后来司马懿兴起,诛杀曹爽,就掌握了魏国的政权。

谯周书柱

蜀景耀五年①,宫中大树无故自折。谯周深忧之,无所
与言,乃书柱曰:"众而大,期之会。具而授,若何复?"言曹
者,众也;魏者,大也。众而大,天下其当会也。具而授,如
何复有立者乎? 蜀既亡,咸以周言为验。

【注释】

①景耀五年:262 年。景耀,三国蜀汉后主刘禅的年号,258—
　263 年。

【译文】

蜀后主景耀五年,皇宫中的大树无缘无故自己折断。谯周对此深
感忧虑,没有地方可以说话,于是在屋柱上写道:"众多而且强大,一年
就要聚会。完全授予他人,如何能再恢复?"意思是说,曹是众多,魏是
强大,众多而且强大,天下应当被统一。完全授予他人,怎么再有立为
君主的人呢? 蜀国灭亡之后,都认为谯周的话很灵验。

孙权死征

吴孙权太元元年八月朔①,大风,江海涌溢,平地水深八尺。
拔高陵树二千株②,石碑差动,吴城两门飞落。明年,权死。

【注释】

①太元元年:251 年。太元,吴大帝孙权的年号,251—252 年。朔:
　指旧历的每月初一。

②高陵:孙权父孙坚的陵墓。在江苏丹阳西。

【译文】

吴国孙权太元元年八月初一,刮起大风,江海里的水涌上来,平地
上积水八尺深。大风拔掉了高陵上的两千棵树,石碑有些摇动,吴城的
两扇大门被刮掉飞起落下。第二年,孙权死了。

孙亮草妖

吴孙亮五凤元年六月①,交阯稗草化为稻②。昔三苗将
亡③,五谷变种。此草妖也。其后亮废。

【注释】

①孙亮五凤元年:254 年。孙亮,三国时期吴国的第二位皇帝,
　252—258 年在位。他是吴大帝孙权与潘皇后的第七个儿子,252
　年孙权去世后即位,258 年被权臣孙綝废为会稽王。五凤,孙亮
　的年号,254—256 年。

②交阯:原为古地区名,泛指五岭以南。汉武帝时为所置十三刺史
　部之一,辖境相当于今广东、广西大部和越南的北部、中部。东汉
　末改为交州。越南于 10 世纪 30 年代独立建国后,宋亦称其国
　为交阯。稗(bài)草:植物名。叶子像稻,叶鞘无毛。实如黍米,
　可食,或作饲料。杂生稻田中,有害稻子生长。

③三苗:古国名。活动区域在江淮、荆州一带。

【译文】

吴国孙亮五凤元年六月,交阯有稗草变成稻谷。从前三苗将要灭
亡时,五谷变种。这是草变异作孽。后来孙亮被废除帝位。

大石自立

吴孙亮五凤二年五月①，阳羡县离里山大石自立②。是时孙皓承废故之家③，得复其位之应也。

【注释】

①五凤二年：255 年。

②阳羡：古县名，故城在今江苏宜兴县南。

③孙皓：三国时期吴国末代皇帝，264—280 年在位。吴大帝孙权之孙，孙和之子。在位初期虽施行过明政，但不久即沉溺酒色，专于杀戮，变得昏庸暴虐。280 年，吴国被西晋所灭，孙皓投降西晋，被封为归命侯。

【译文】

吴国孙亮五凤二年五月，阳羡县离里山有一块大石自己立起来。这是当时孙皓继承衰落的家业，得以恢复帝位的兆应。

陈焦复生

吴孙休永安四年①，安吴民陈焦死七日②，复生，穿冢出。乌程孙皓承废故之家得位之祥也③。

【注释】

①孙休永安四年：261 年。孙休，吴景帝，孙权第六子，十八岁时受封为琅琊王。孙亮太平三年（258），孙綝发动政变，废黜孙亮为会稽王，迎立孙休为帝。

②安吴：县名。东汉建安十三年（208），孙权分泾县南部地区置安吴县，故治在今安徽泾县黄村镇安吴村。

③乌程：吴景帝孙休永安元年，封孙晧为乌程侯。

【译文】

吴国孙休永安四年，安吴县人陈焦死了七天之后，又活了，穿出坟墓。这是乌程侯孙晧继承衰落的家业，获得君位的征兆。

孙休服制

孙休后，衣服之制，上长下短，又积领五六①，而裳居一二②。盖上饶奢，下俭逼，上有余，下不足之象也。

【注释】

①领：指称衣服、铠甲的量词。

②裳：指下身穿的衣裙。

【译文】

吴景帝孙休之后，衣服的规格，上身长下身短，而且上衣有五六件，而下身穿的只有一两件。这大概是上面富饶奢侈，下面穷困节俭，上面有余，下面不足的象征。

卷七

【题解】

　　本卷记述与符瑞灾异有关的各类奇闻异事。自战国时期起，各种借世间偶然出现的奇异事物来预言吉凶的事例大量出现，如《吕氏春秋·季夏篇·明理篇》就将兔生雉、马牛言、雄鸡五足等称为"乱国之所生"。两汉时期，这种妖异迷信之风愈演愈烈，举凡山川河岳，草木禽兽，衣食住行，风俗日用中出现的怪异之事，都预示着未来的吉凶祸福。如本卷所记两足虎、鱼现屋上、牛说话、女产怪物、仪杖生莲花等怪事，乃至夷族器物传入中土，衣饰车辆之新变等，都预示着自然灾异与社会动荡。作者在记述这类故事时，通常先记述异事，次出其解析，后出其结果，以证明所记诸事信而有征，的然无伪。

开石文字

　　初，汉元、成之世，先识之士有言曰："魏年有和①，当有开石于西三千余里，系五马，文曰'大讨曹'。"及魏之初兴也，张掖之柳谷有开石焉。始见于建安②，形成于黄初③，文备于太和④。周围七寻⑤，中高一仞⑥，苍质素章，龙马、麟鹿、凤凰、仙人之象⑦，粲然咸著。此一事者，魏、晋代兴之符也。至晋泰始三年⑧，张掖太守焦胜上言："以留郡本国图校今石文⑨，文字多少不同。谨具图上。"案其文有五马象：其一，有人平上帻⑩，执戟而乘之；其一有若马形而不成。其字有"金"，有"中"，有"大司马"，有"王"，有"大吉"，有"正"，有"开寿"；其一成行，曰"金当取之"。

【注释】

①和：这里附和魏明帝曹叡的年号"太和"。

②建安：东汉末年汉献帝的年号，196—220年。

③黄初：三国时期魏文帝曹丕的年号，220—226年。

④太和：魏明帝曹叡的年号，227—232年。

⑤寻：古代长度单位。一般而言八尺为一寻。

⑥仞：古代长度单位。七尺为一仞。一说，八尺为一仞。

⑦麟鹿：大鹿，这里指神兽麒麟。

⑧泰始：晋武帝司马炎年号。司马炎为晋朝开国皇帝，265年继承其父司马昭的晋王之位，数月后逼迫魏元帝曹奂将帝位禅让给自己，国号晋，建都洛阳。280年晋灭吴，统一全国。290年司马炎病逝。司马炎在位二十六年，共使用四个年号：泰始、咸宁、太康、太熙。

⑨留郡本国图：应指高堂隆《张掖郡玄石图》。

⑩帻(zé)：古代包扎发髻的巾。

【译文】

起初，在汉元帝、成帝年间，有先见之明的人说过："魏年号中有'和'时，将会在西方三千多里的地方有裂开的石头，石纹形成五匹马，文字说'大讨曹。'"等到魏国开始兴起时，张掖的柳谷出现了裂开的石头。最早在建安年间出现，在黄初年间形成，到太和年间，文字都齐备了。这块石头宽七寻，中间高一仞，青色的质地，白色的纹路，龙马、麒麟、凤凰、仙人的形象，都显现得清清楚楚。这一件事，是魏晋代兴的符命。到晋武帝泰始三年，张掖太守焦胜上书说："用留郡的玄石图校对如今的开石文字，文字略有不同。现在绘成图呈上。"审察图文，有五匹马的图像：其中一匹，有人戴着平头巾，拿着戟骑在马上；其中有一匹像马的形状但没有成型。图上的文字有"金"字，有"中"字，有"大司马"，有"王"字，有"大吉"，有"正"字，有"开寿"；其中有一组成行的文字，是"金当取之。"

西晋祸征

晋武帝泰始初，衣服上俭下丰，着衣者皆厌腰①。此君衰弱，臣放纵之象也。至元康末②，妇人出两裆③，加乎交领之上④。此内出外也。为车乘者，苟贵轻细，又数变易其形，皆以白篾为纯⑤。盖古丧车之遗象，晋之祸征也。

【注释】

①厌腰：束腰。

②元康：晋惠帝年号，291—299 年。

③两裆：即"裲裆"，古代的一种长度仅至腰而不及于下，且只蔽胸背的上衣。形似今之背心。

④交领：古代交叠于胸前的衣领。

⑤纯(zhǔn)：镶边。

【译文】

晋武帝泰始初年，衣服上身简单，下身复杂，穿衣服的人都把上衣束在腰里。这是君主衰弱，臣下放纵的象征。到了元康末年，妇女的衣服做出只蔽胸背的裲裆衫，附着在交领上。这是内超出于外。制作车辆的人，草率地以轻便细巧为贵，又多次改变它的形制，都用白色的薄竹片来镶边。这大概是古代丧车遗留下来的形状，是晋朝灾祸的征兆。

翟器翟食

胡床、貊盘^①，翟之器也^②。羌煮、貊炙^③，翟之食也。自晋武帝泰始以来^④，中国尚之^⑤。贵人富室，必畜其器。吉享嘉宾，皆以为先。戎翟侵中国之前兆也。

【注释】

①胡床：一种可以折叠的轻便坐具。又称交床。貊（mò）盘：古代貊族装食物的盛器。貊，古代的北方部族。

②翟：通"狄"，秦汉以后对北方少数民族的泛称。

③羌煮：古代西北少数民族的一种食品，用鹿头、猪肉等煮成。

④泰始：原文作"太始"。据《晋书·五行志》等改。

⑤尚：爱好，盛行。

【译文】

胡床、貊盘，这是翟族的器物。羌煮、貊炙，这是翟族的食物。自晋武帝泰始以来，在中原地区都很流行。贵族富人之家，必定储藏这些器物。宴享嘉宾，都先摆上这些食物。这是戎翟侵伐中原的先兆。

蠜蚑化鼠

晋太康四年^①，会稽郡蠜蚑及蟹^②，皆化为鼠。其众覆野，大食稻，为灾。始成，有毛肉而无骨，其行不能过田畦^③。数日之后，则皆为牝^④。

【注释】

①太康四年：283年。太康，晋武帝年号。

②蟛蚑(péng qí)：又写作"蟛蜞"。甲壳纲。似蟹，体小，螯足无毛，
　　红色；步足有毛。穴居近海地区江河沼泽的泥岸中。
③塍(chéng)：田埂。
④牝(pìn)：指鸟兽的雌性。

【译文】

　　晋武帝太康四年，会稽郡的蟛蚑和蟹，都变成了老鼠。这些老鼠遍布田野，大肆咬食稻谷，造成灾害。它们刚变成的时候，只有毛肉没有骨头，行走不能越过田埂。几天之后，就全变成了母老鼠。

太康二龙

　　太康五年正月①，二龙见武库井中②。武库者，帝王威御之器所宝藏也。屋宇邃密③，非龙所处。是后七年，藩王相害。二十八年，果有二胡僭窃神器，皆字曰"龙"④。

【注释】

①太康五年：284 年。
②武库：储藏兵器的仓库。
③邃(suì)密：幽深。
④"二十八年"几句：《宋书·五行志》载此事云："二十八年，果有二胡僭窃神器，勒、虎二逆，皆字曰'龙'。此之表异为有证矣。"据此，知"二胡"指羯族石勒(字世龙)、石虎(季龙)叔侄。石勒于319 年建立后赵，称赵王。僭(jiàn)，超越本分，冒用在上者的职权、名义行事。神器，代表国家政权的实物，如玉玺、宝鼎之类。借指帝位、政权。

【译文】

　　晋武帝太康五年正月，有两条龙出现在武库的井中。武库，那是帝

王用以威慑防御的兵器所珍藏的地方。房屋幽深,不是龙住的地方。这以后七年,诸侯王相互残害。二十八年后,果然有两个胡人僭据帝位,他们的表字中都有"龙"。

两足虎

晋武帝太康六年[①],南阳获两足虎[②]。虎者,阴精而居乎阳,金兽也。南阳,火名也。金精入火,而失其形,王室乱之妖也。其七年十一月丙辰,四角兽见于河间[③]。天戒若曰:"角,兵象也。四者,四方之象。当有兵革起于四方。"后河间王遂连四方之兵,作为乱阶。

【注释】

①太康六年:285 年。

②南阳:郡名。秦置,郡治宛县(今河南南阳)。按五行观念,南方属火,故称南阳为"火名"。

③河间:郡、国名。战国赵时初置郡,汉文帝二年(前 178)封赵王遂之。

【译文】

晋武帝太康六年,南阳郡捕获了一只两足的老虎。老虎,是阴间的精灵而居住在阳世,是五行中金行的兽。南阳,是五行中火行的名号。金的精气入于火中,就失去了它的形状,这是王室混乱的妖兆。太康七年十一月丙辰,有四只角的野兽出现在河间郡。上天警告人们说:"角,是战争的象征。四,是四方的象征。将有战争从四方兴起。"后来河间王马遂联合四方的军队,成为祸根。

死牛头语

太康九年[①],幽州塞北有死牛头语[②]。时帝多疾病,深以后事为念，而付托不以至公。思瞀乱之应也③。

【注释】

①太康九年：288年。

②幽州：古九州及汉十三刺史部之一。先秦时幽州包括今河北北部及辽宁一带。到东汉时，幽州辖郡、国十一，县九十。辖境相当于今北京、河北北部、辽宁南部及朝鲜西北部。魏晋以后，辖境日渐缩小，至北魏时仅领燕、范阳、渔阳三郡。

③瞀（mào）乱：昏乱。

【译文】

晋武帝太康九年，幽州长城以北地区有死牛头说话。当时皇帝经常生病，非常惦记自己的后事，但是所托付的大臣不是非常公正。这是思虑昏乱的兆应。

武库飞鱼

太康中，有鲤鱼二枚，现武库屋上。武库，兵府；鱼有鳞甲，亦是兵之类也。鱼既极阴，屋上太阳，鱼现屋上，象至阴以兵革之祸干太阳也。及惠帝初，诛皇后父杨骏①，矢交宫阙，废后为庶人，死于幽宫。元康之末，而贾后专制②，谮杀太子，寻亦诛废。十年之间，母后之难再兴，是其应也。自是祸乱搆矣③。京房《易妖》曰："鱼去水，飞入道路，兵且作。"

【注释】

①皇后父杨骏：杨骏，字文长，其女为晋武帝皇后。在晋惠帝时，杨骏为太傅、大都督，总揽朝政，后被杀。

②贾后：指晋惠帝皇后，晋初大臣贾充的女儿。她设计诛杀了杨

骏、汝南王司马亮、楚王司马玮等人，专擅朝政，后赵王司马伦率
兵入宫，矫诏持节以金屑酒赐死。

③搆(gòu)：造成，形成。

【译文】

晋武帝太康年间，有两条鲤鱼，出现在武库的屋顶上。武库，这是
存放兵器的地方。鱼有鳞甲，也是兵甲一类的东西。鱼属极阴之物，屋
顶却是极阳的地方，鱼出现在屋顶上，象征着极阴之物用兵革的灾祸冲
犯极阳的地方。到了晋惠帝初年，诛杀了杨皇后的父亲杨骏，在宫廷上
兵箭相交。杨皇后被废为庶人，死在幽禁的宫中。到晋惠帝元康末年，
贾皇后专持朝政，她诬杀太子，不久也被废黜诛杀。十年之间，母后的
灾难两次发生，这是鲤鱼出现在武库屋顶的兆应。从此晋朝的灾祸就
形成了。京房《易妖》说："鱼离开水，飞到路上，战争将要发生。"

方头屐

初作屐者①，妇人圆头，男子方头。盖作意欲别男女也。
至太康中，妇人皆方头屐，与男无异。此贾后专妒之征也。

【注释】

①屐(jī)：木制的鞋，底大多有二齿，以行泥地。

【译文】

最早制作的木屐，妇女的是圆头，男人的是方头。大概是有意要区
分男女的。到了太康年间，妇女都穿方头木屐，和男人没有差别。这是
贾皇后专制妒忌的征验。

撷字髻

晋时，妇人结发者，既成，以缯急束其环，名曰"撷子髻"①。

始自宫中,天下翕然化之也。其末年,遂有怀、愍之事②。

【注释】

①撷(xié):摘取,采摘。

②怀、愍之事:指晋怀帝、晋愍帝被前赵刘曜俘杀之事。

【译文】

晋朝时,妇女束结头发,束好之后,用丝绳紧紧扎住发环,叫做"撷子髻"。起初从皇宫兴起,全国一致仿效。晋朝末年,就发生了晋怀帝、愍帝被俘杀的事情。

晋世宁舞

太康中,天下为《晋世宁》之舞。其舞,抑手以执杯盘而反覆之。歌曰:"晋世宁,舞杯盘。"反覆,至危也。杯盘,酒器也。而名曰"晋世宁"者,言时人苟且饮食之间,而其智不可及远,如器在手也。

【译文】

晋武帝太康年间,天下流行《晋世宁》的舞蹈。这种舞蹈,压低手来拿着杯盘把它反扣下去。歌辞唱道:"晋世宁,舞杯盘。"反覆,就是极其危险。杯盘,是饮酒的器具。而舞蹈名叫《晋世宁》,是说当时人们只在吃吃喝喝中得过且过,他们的思虑不可能长远,就像酒器拿在手里一样。

毡绉头

太康中,天下以毡为绉头及络带、袴口①。于是百姓咸相戏曰:"中国其必为胡所破也。"夫毡,胡之所产者也,而天下以为绉头、带身、裤口。胡既三制之矣,能无败乎?

【注释】

①绐(mò)头：男子束发的头巾。"绐"字亦写作"绐"或"帕"。络带：腰带。袴(kù)：古代指左右各一，分裹两胫的套裤，以别于满裆的"裈(kūn)"。

【译文】

晋武帝太康年间，全国都用毡作头巾、腰带、裤口。于是老百姓都相互开玩笑说："中国恐怕一定要被胡人占领了。"毡，是胡地出产的东西，可是全国人用它来做头巾、腰带、裤口。已经三处受制于胡了，中国能不失败吗？

折杨柳歌

太康末，京洛为《折杨柳》之歌①。其曲始有兵革苦辛之辞，终以擒获斩截之事。自后杨骏被诛，太后幽死，《杨柳》之应也。

【注释】

①《折杨柳》：乐府歌名。

【译文】

晋武帝太康末年，京城洛阳唱《折杨柳》的歌曲。这首歌曲开始有描写战争苦痛艰难的歌辞，最后说擒获斩杀的事情。在这之后杨骏被诛，太后被幽禁致死，都是《折杨柳》的应验。

辽东马

晋武帝太熙元年①，辽东有马生角，在两耳下，长三寸。及帝晏驾②，王室毒于兵祸。

【注释】

①晋武帝太熙元年:290 年。晋武帝,晋朝开国君主司马炎,265—290 年在位。

②晏驾:古代称说帝王死亡的讳辞。

【译文】

晋武帝太熙元年,辽东有匹马长出了角,在两只耳朵下面,长三寸。等到晋武帝死后,王室饱受战祸的毒害。

妇人兵饰

晋惠帝元康中①,妇人之饰有五佩兵。又以金、银、象角、玳瑁之属,为斧、钺、戈、戟而载之,以当笄②。男女之别,国之大节,故服食异等。今妇人而以兵器为饰,盖妖之甚者也。于是遂有贾后之事。

【注释】

①元康:晋惠帝司马衷的年号。晋惠帝在位十八年(290—307),因昏庸无能,成为多人傀儡,多次改元,曾使用过的年号有 11 个:永熙、永平、元康、永康、永宁、太安、永安、建武、永安、永兴、光熙。

②笄(jī):簪。古时用以贯发或固定弁、冕。

【译文】

晋惠帝元康年间,妇人的服饰上有五种兵器。又用金、银、象牙、玳瑁之类,做成斧、钺、戈、戟等来佩戴,把它们当成发笄。男女的分别,是国家的重要法则,所以衣服食物各不相同。现在妇女却用兵器做饰物,大概是妖孽为祸太厉害了。于是就有了贾后的事情发生。

钟出涕

晋元康三年闰二月①，殿前六钟皆出涕②，五刻乃止③。前年贾后杀杨太后于金墉城④，而贾后为恶不悛⑤，故钟出涕，犹伤之也。

【注释】

①元康三年:293 年。

②据《北堂书钞》等所引《西征记》载,在洛阳太极殿前有六口铜钟,左右各三。

③刻:计时单位。古代以漏壶计时,一昼夜分为百刻。

④金墉城:古城名。三国魏明帝时筑,为当时洛阳城(今河南洛阳东)西北角上一小城。魏晋时被废的帝、后,都安置于此。

⑤悛(quān):悔改。

【译文】

晋惠帝元康三年闰二月,宫殿前的六口钟都流出了泪水,过了五刻才停止。前两年贾后在金墉城杀害杨太后,而且贾后作恶不悔改,所以铜钟流泪,尚且为之悲伤。

一身二体

惠帝之世,京洛有人一身而男女二体,亦能两用人道①,而性尤好淫。天下兵乱,由男女气乱,而妖形作也。

【注释】

①人道:指男女交合。

【译文】

晋惠帝时,京城洛阳有一个人一身兼有男女两种性器官,也能用两种性器官与人交合,且生性特别淫荡。天下兵荒马乱,由于男女的精气错乱,才使妖形出现。

安丰女子

惠帝元康中,安丰有女子曰周世宁①,年八岁,渐化为男。至十七八,而气性成。女体化而不尽,男体成而不彻,畜妻而无子。

【注释】

①安丰:郡名。三国魏黄初二年(221)分庐江郡西北5个县置安丰郡,治所安风县,在今安徽霍邱县城关镇许集村。

【译文】

晋惠帝元康年间,安丰郡有个女子叫周世宁,八岁的时候,逐渐变成了男人。到十七八岁时,男性的气质长成。女性的器官变化但没有完全消失,男性的器官长成了但不彻底,娶了妻子却没有儿子。

临淄大蛇

元康五年三月①,临淄有大蛇②,长十许丈,负二小蛇,入城北门,径从市入汉城阳景王祠中③,不见。

【注释】

①元康五年:295年。

②临淄:周代齐国故都,汉代时为齐王治所。故城在今山东淄博东北。

③城阳景王祠：是汉城阳王刘章的祠庙。刘章因诛灭吕氏有功，被
　封为城阳王。刘章死后，自琅琊、青州六郡，及渤海都邑，乡亭聚
　落，皆为立祠。

【译文】

晋惠帝元康五年三月，临淄出现一条大蛇，长十多丈，背着两条小
蛇，从城北门爬入，直接从街市进入汉城阳景王祠中，不见了。

吕县流血

元康五年三月，吕县有流血，东西百余步。其后八载，
而封云乱徐州①，杀伤数万人。

【注释】

①封云：西晋末年张昌起义军的将领。据《晋书·周玘传》，封云攻
　打徐州事，在晋惠帝太安二年(203)。

【译文】

晋惠帝元康五年三月，吕县有个地方流出血来，东西长一百多步。
之后八年，封云祸乱徐州，杀死杀伤几万人。

雷破高禖石

元康七年①，霹雳破城南高禖石②。高禖，宫中求子祠
也。贾后妒忌，将杀怀、愍，故天怒贾后，将诛之应也。

【注释】

①元康七年：297年。
②高禖(méi)：指媒神。高，通"郊"。

【译文】

晋惠帝元康七年，疾雷击破城南祭祀谋神的坛石。高谋，是宫中求子的祭祀。贾后妒忌，将要谋杀怀帝、愍帝，所以上天谴责贾后，这是她将被诛杀的征兆。

乌杖柱掖

元康中，天下始相效为乌杖，以柱掖①。其后稍施其镦②，住则植之。及怀、愍之世，王室多故，而中都丧败③，元帝以藩臣树德东方④，维持天下，柱掖之应也。

【注释】

①柱掖：支撑，扶助。

②镦（duì）：指矛戟柄末的平底金属套。

③中都：即西晋故都洛阳。

④元帝：即东晋开国皇帝司马睿（276—323），318—323 年在位。藩臣：拱卫王室之臣。

【译文】

晋惠帝元康年间，全国人开始相互仿效制作乌杖，用来支撑身体。这之后又逐渐给它加上了平底的金属套，停住时就把乌杖插在里面。等到怀帝、愍帝之世，王室多难，中都洛阳败落，晋元帝以藩臣身份在东方施行德政，维持天下，这是乌杖支撑身体的兆验。

贵游俅身

元康中，贵游子弟相与为散发俅身之饮①，对弄婢妾。逆之者伤好，非之者负讥，希世之士②，耻不与焉。胡狄侵中国之萌也。其后遂有二胡之乱③。

【注释】

①贵游:指无官职的王公贵族。也泛指显贵者。倮(luǒ):赤身。

②希世:迎合世俗。

③二胡之乱:应指永嘉之乱。晋惠帝死后,晋怀帝司马炽继位,改元永嘉。自称汉王的匈奴刘渊遣石勒等大举南侵,屡破晋军,势力日益强大。永嘉五年(311),刘渊之子刘聪遣石勒、王弥、刘曜等率军攻入京师洛阳,掳走怀帝,杀王公士民三万余人。永嘉之乱后,北方陷入五胡乱华的混乱局面长达130多年。

【译文】

晋惠帝元康年间,上流社会的子弟相与聚集,披散头发,赤裸身体一起饮酒,互相玩弄妾和侍女。违逆不从的人伤和气,批评责难的人被嘲笑,迎合世俗的人,以不参与其中为耻。这是胡人狄人入侵中国的开始,那以后就发生了二胡之乱。

浮石登岸

惠帝太安元年①,丹阳湖熟县夏架湖②,有大石浮二百步而登岸。百姓惊叹,相告曰:"石来!"寻而石冰入建邺③。

【注释】

①太安元年:302年。

②丹阳:郡名。汉武帝建元二年(前141),更秦鄣郡为丹阳郡,郡治宛陵,即今安徽宣城宣州区。湖熟县:古县名,故治在今江苏南京江宁区东南湖熟镇。

③寻:不久,接着。石冰:西晋末张昌起义军的将领,304年,与封云同被叛徒张统所杀。建邺:即今南京。

【译文】

晋惠帝太安元年,丹阳郡湖熟县夏架湖中,有块大石飘浮二百步登上堤岸。老百姓惊奇感叹,相互转告说:"石来!"不久石冰率兵攻入建邺。

贱人入禁

太安元年四月,有人自云龙门入殿前①,北面再拜②,曰:"我当作中书监③。"即收斩之。禁庭尊秘之处,今贱人竟入,而门卫不觉者,宫室将虚,下人逾上之妖也。是后帝迁长安④,宫阙遂空焉。

【注释】

①云龙门:晋都洛阳宫殿门名。

②再拜:拜了又拜,表示恭敬。古代的一种礼节。

③中书监:官名。三国魏始置,与中书令职务相等而位次略高。

④帝迁长安:永嘉之乱晋怀帝被掳走之后,晋国群臣拥立居于长安的司马邺为太子。晋怀帝被毒死之后,司马邺在长安被立为帝,是为晋愍帝,改年号建兴。建兴五年(316),匈奴刘曜围攻长安,晋愍帝出降,西晋灭亡。

【译文】

晋惠帝太安元年四月,有人从云龙门进入到宫殿前,向北面拜了两拜,说:"我将担任中书监。"立刻被收监斩杀。宫廷是尊贵神秘的地方,现在卑贱的人竟然进入,而门卫却没有察觉,这是宫室即将空虚,地位低下的人逾越高贵之人的妖兆。在这之后,皇帝迁到长安,洛阳宫廷就空虚了。

牛能言

太安中,江夏功曹张骋所乘牛忽言曰①:"天下方乱,吾甚极为,乘我何之?"骋及从者数人皆惊怖,因绐之曰②:"令汝还,勿复言。"乃中道还。至家,未释驾,又言曰:"归何早也?"骋益忧惧,秘而不言。安陆县有善卜者③,骋从之卜。卜者曰:"大凶。非一家之祸,天下将有兵起。一郡之内,皆破亡乎!"骋还家,牛又人立而行,百姓聚观。其秋张昌贼起④。先略江夏,诳曜百姓以汉祚复兴⑤,有凤凰之瑞,圣人当世。从军者皆绛抹头⑥,以彰火德之祥。百姓波荡,从乱如归。骋兄弟并为将军都尉。未几而败。于是一郡破残,死伤过半,而骋家族矣。京房《易妖》曰:"牛能言,如其言占吉凶。"

【注释】

①江夏:古郡名,晋时改称武昌郡。功曹:官名。汉代郡守有功曹史,简称功曹,除掌人事外,得以参与一郡的政务。北齐后称功曹参军。唐时,在府的称为功曹参军,在州的称为司功。

②绐(dài):欺骗。

③安陆:县名,即今湖北安陆。三国时吴置,属江夏郡。

④张昌:西晋时农民起义军首领。于太安二年(前303)起兵攻占江夏,后攻占荆、江、徐、扬、豫诸州,后被晋军镇压,起义失败。次年张昌被捕杀害。

⑤诳曜(yào):欺骗迷惑。

⑥绛(jiàng):深红色。

【译文】

晋惠帝太安年间,江夏郡功曹张骋所乘的牛忽然开口说道:"天下将要大乱,我已经非常疲惫了,乘着我要到哪里去呢?"张骋和他的随从都非常害怕,于是骗它说:"让你回家,不要再说话。"于是中途就回去了,到家后,还没有卸下车驾,它又说道:"回来怎么这么早呢?"张骈更加担心害怕了,保守秘密没有说给别人听。安陆县有一个擅长占卜的人,张骈去找他占卜。占卜的人说:"这是大凶兆。这不是一户人家的灾祸,全国将有战争爆发。整个郡的人都要家破人亡了。"张骈回到家,那头牛又像人一样站着走路,人们都来围观。那年秋天,张昌贼军起事。他们先攻占江夏,欺骗迷惑百姓说汉朝国统复兴,有凤凰的祥瑞,圣人将要出世。参加张昌军队的人都用深红色抹额头,用来突出火德的吉祥,老百姓人心动荡,都积极地参加造反。张骈的兄弟都担任了将军都尉。没过多久他们就失败了。于是整个郡遭到破坏,百姓死伤过半,而张骈家被灭族。京房《易妖》说:"牛会说话,根据它说的话来占卜吉凶。"

败屦聚道

元康、太安之间,江、淮之域,有败屦自聚于道①,多者至四五十量②。人或散去之,投林草中,明日视之,悉复如故。或云:"见猫衔而聚之。"世之所说:"屦者,人之贱服。而当劳辱,下民之象也。败者,疲弊之象也。道者,地理,四方所以交通,王命所由往来也。今败屦聚于道者,象下民疲病,将相聚为乱,绝四方而壅王命也。"

【注释】

①屦(jué):草鞋。

②量:通"緉"。量词,双。

【译文】

晋惠帝元康、太安年间,长江、淮河流域,有破烂草鞋自己集在道路上,多的时候达四五十双。人们有时候把它们弄散,扔到树林草丛中,第二天去看,又恢复成原来的样子。有人说:"看见是猫把它们衔来聚到一起的。"社会上流传说:"草鞋,是人低贱的穿着。它受劳受辱,是平民百姓的象征。破烂,是疲劳困乏的象征。道路,是大地的纹路,四方交通的凭借,王命要通过这里传递。现在破草鞋聚集在道路上,象征着老百姓疲劳困病,将要聚众叛乱,断绝四方交通、堵塞王命传达。"

戟锋火光

晋惠帝永兴元年①,成都王之攻长沙也②,反军于邺③,内外陈兵。是夜,戟锋皆有火光,遥望如悬烛,就视则亡焉。其后终以败亡。

【注释】

①永兴元年:304 年。

②成都王:即晋武帝第十六子司马颖。时任平北将军,镇邺。攻长沙:指攻打长沙王司马乂。其时长沙王在京都洛阳。

③邺:古县名。故城在今河北临漳县城西南。

【译文】

晋惠帝永兴元年,成都王司马颖攻打长沙王司马乂,回师到邺,在邺城内外都驻扎了军队。这一天夜里,兵士矛戟锋刃上都有火光,远远望去就像悬挂着火烛一样,走近去看就消失了。那以后司马颖最终失败灭亡了。

万详婢生怪子

晋怀帝永嘉元年①,吴郡吴县万详婢生一子②,鸟头,两足马蹄,一手无毛,尾黄色,大如碗。

【注释】

①永嘉元年：307年。

②吴郡：古郡名，郡治在今江苏苏州。

【译文】

晋怀帝永嘉元年，吴郡吴县万详的婢女生下一子，鸟的头，两只脚像马蹄，一只手上没有汗毛，尾巴是黄色的，有碗那么大。

严根婢生他物

永嘉五年①，枹罕令严根婢②，产一龙，一女，一鹅。京房《易传》曰："人生他物，非人所见者，皆为天下大兵。"时帝承惠帝之后，四海沸腾③，寻而陷于平阳④，为逆胡所害⑤。

【注释】

①永嘉五年：311年。

②枹罕：古县名。县治在今甘肃临夏县新集乡。

③沸腾：比喻社会动乱。

④平阳：县名，秦置。三国时魏正始八年（247）分河东置平阳郡，郡治平阳县，故城在今山西临汾尧都区。

⑤逆胡：旧称侵扰中原地区的北方少数民族。

【译文】

西晋怀帝永嘉五年，枹罕县令严根家的婢女生下一条龙、一个女孩、一只鹅。京房《易传》说："人生下其他的东西，这是人所没有见过的，都是天下要发生大的战争。"当时怀帝继承惠帝之后，天下大乱，不久怀帝被俘到平阳，被胡人杀害。

狗作人言

永嘉五年，吴郡嘉兴张林家，有狗忽作人言曰："天下人俱饿死。"于是果有二胡之乱,天下饥荒焉。

【译文】

晋怀帝永嘉五年,吴郡嘉兴县张林家有只狗忽然说人话,说:"天下人都饿死。"在这一年果然发生二胡之乱,全国闹饥荒了。

延陵蝘鼠

永嘉五年十一月,有蝘鼠出延陵①。郭璞筮之,遇"临"之"益"。曰:"此郡之东县,当有妖人欲称制者②,寻亦自死矣。"

【注释】

①蝘(yǎn)鼠:即鼹鼠。延陵:古县名,在今江苏丹阳西南。
②称制:秦始皇统一中国后以命为"制",令为"诏"。后世于是称即位执政为"称制"。

【译文】

西晋怀帝永嘉五年十一月,有蝘鼠出现在延陵。郭璞占卜,得到了"临"卦变"益"卦。他说:"这个郡东边的一个县,将有妖人想要做皇帝,不久他也就自行死亡了。"

辛螫之木

永嘉六年正月①,无锡县欻有四枝茱萸树相樛而生②,状若连理③。先是,郭璞筮延陵蝘鼠,遇"临"之"益",曰:"后当复有妖树生,若瑞而非,辛螫之木也④。俶有此⑤,东西数百里,必有作逆者。"及此生木,其后吴兴徐馥作乱⑥,杀太守袁琇。

【注释】

①永嘉六年:312 年。

②无锡:秦置县名,沿用至今。治所在今江苏无锡。欻(xū):忽然。
　樛(jiū):绞结,盘缠。

③连理:异根草木,枝干连生。旧时以为吉祥之兆。

④辛螫:毒虫刺螫人。后用以比喻毒害,残害。

⑤傥(tǎng):假如。

⑥吴兴:古郡名,郡治今浙江湖州。徐馥:吴兴郡功曹,聚众作乱,
　杀太守袁琇,后被其部下所杀。

【译文】

　　永嘉六年正月,无锡县忽然有四枝茉莄树盘缠在一起,形状好像连
理枝一样。在这之前,郭璞占卜延陵蝘鼠,得到了"临"卦变"益"卦,他
说:"日后会再有妖树生长,好像祥瑞却又不是,而是荼毒之木。假如有
这样的树,那东西几百里之内,必定有作乱的人。"等到长出来这棵树,
以后就有了吴兴郡徐馥作乱,杀死了吴兴太守袁琇。

豕生人两头

　　永嘉中,寿春城内有豕生人①,两头而不活。周馥取而
观之②。识者云:"豕,北方畜,胡狄象。两头者,无上也。生
而死,不遂也。天戒若曰,易生专利之谋,将自致倾覆也。"
俄为元帝所败。

【注释】

①寿春:古邑名。故城在今安徽寿县寿春镇。

②周馥:字祖实。晋惠帝时曾任河南尹、平东将军,晋怀帝时为镇
　东将军。因不受东海王司马越征召,被晋元帝遣兵击溃。后周

馥为新蔡王司马确所拘,忧愤而死。

【译文】

　　晋怀帝永嘉年间,寿春城中有只猪生下人来,有两个头但没有活。周馥取来察看。有见识的人说:"猪,是北方的牲畜,是胡狄的象征。生两个头,是没有皇上。生下来就死,是办事不成。上天告诫他说:轻易地生出专谋私利的计划,将会自取灭亡。"不久,周馥就被晋元帝的军队打败了。

生笺单衣

　　永嘉中,士大夫竞服生笺单衣①。识者怪之,曰:"此古缌衰之布②,诸侯所以服天子也。今无故服之,殆有应乎?"其后怀、愍晏驾。

【注释】

　　①士大夫:士族,士族中的人。生笺单衣:由下文看,应指用细而稀疏的麻布做成的单衣。

　　②缌衰(suì cuī):古代小功五月之丧服。

【译文】

　　晋怀帝永嘉年间,士大夫竞相穿用稀疏的麻布缝制的单衣。有见识的人感到奇怪,说:"这是古代作丧服的布,是诸侯为天子服丧时穿的。今天无缘无故地穿它,难道有什么预兆吗?"之后怀帝、愍帝先后死亡。

无颜帢

　　昔魏武军中无故作白帢①。此缟素凶丧之征也②。初,横缝其前以别后,名之曰"颜帢",传行之。至永嘉之间,稍去其缝,名"无颜帢"。而妇人束发,其缓弥甚,紒之坚不能自立③,发被于额,目出而已。无颜者,愧之言也。覆额者,惭之貌也。其缓弥甚者,言天下亡礼与义,放纵情性,及其终极,至于大耻也。其后二年,永嘉之乱,四海分崩,下人悲难,无颜以生焉。

【注释】

①帢(qià):便帽。状如弁而缺四角,用缣帛缝制。相传为曹操创制。

②缟(gǎo)素:白色丧服。

③紒(jì):束发,结发。

【译文】

　　从前魏武帝曹操军中,无缘无故地缝制白帽子。这白色丧服是凶丧的象征。起初,在帽子的前面缝一块布以与后面区别,称作"颜帢",传令在民间实行。到了永嘉年间,逐渐去掉前面缝的布,叫做"无颜帢"。妇女束头发,越来越松弛,发髻不能自己立起来,头发披散在额头上,只有眼睛露出来。所谓无颜,是说惭愧。头发覆盖额头,这是惭愧的样子。束头发越来越松,是说天下没有了礼义,人们放纵情性到了极点,造成最大的耻辱。两年之后,发生永嘉之乱,国家分裂,百姓悲伤痛苦,没有脸面活下去了。

任乔妻生女连体

　　晋愍帝建兴四年①,西都倾覆,元皇帝始为晋王,四海宅心②。其年十月二十二日,新蔡县吏任乔妻胡氏年二十五③,产二女,相向,腹心合,自腰以上,脐以下,各分。此盖天下未一之妖也。时内史吕会上言④:"按《瑞应图》云⑤:'异根同体,谓之连理。异亩同颖⑥,谓之嘉禾。'草木之属,犹以为瑞;今二人同心,天垂灵象。故《易》云:'二人同心,其利断金。'休显见生于陕东之国⑦,盖四海同心之瑞。不胜喜跃,谨画图上。"时有识者哂之⑧。君子曰:"知之难也。以臧文仲之才⑨,犹祀爱居焉⑩。布在方册,千载不忘。故士不可以不学。古人有言:'木无枝谓之瘣⑪,人不学谓之瞽⑫。'当其所蔽,盖阙如也⑬。可不勉乎?"

【注释】

①晋愍帝建兴四年:316 年。

②宅心:归心。心悦诚服而归附。

③新蔡:地名。地处河南,因春秋时蔡国迁都于此而得名。秦时置县,沿用至今。

④内史:官名。西汉初,诸侯王国置内史,掌民政。历代沿置,至隋始废。

⑤《瑞应图》:应是古代绘制的说明祥瑞感应的图籍。

⑥亩:通"母",本源。

⑦休显:荣耀,显赫。这里指上天降下的祥瑞。

⑧哂(shěn):讥笑。

⑨臧文仲:春秋时鲁国的大臣,因贤良著称。

⑩爱居:海鸟名。据《左传》记载,海鸟爱居曾停在鲁国都城东门外,臧文仲命人祭祀它,孔子因此批评他"不知"。

⑪瘣(huì):病,内伤之病。特指树木有病瘿肿,枝叶不荣。

⑫瞽(gǔ):失明的人,盲人。

⑬阙如:存疑不言,空缺不书。

【译文】

晋愍帝建兴四年,西京长安陷落,晋元帝开始成为晋皇帝,天下归附。那一年十月二十二日,新蔡县官吏任乔的妻子胡氏二十五岁,生下两个女孩,脸相对,腹心部位连在一起,从腰以上,肚脐以下,各自分开。这大概是天下没有统一的妖兆。当时内史吕会上书说:"按照《瑞应图》说的,'树枝不同根而枝干连生,称为连理。不同根而长出共同的禾穗,称为嘉禾。'草木一类的东西,尚且认为是祥瑞;现在两人共有一颗心,这是上天降下的瑞兆。所以《周易》说:'二人同心,其锋利足够切断金属。'上天降下的祥瑞出现在陕东境内,大概是四海同心的吉兆。臣非常高兴,画图呈上。"当时有见识的人讥笑他。君子说:"知识是难得的。以臧文仲那样的贤才,尚且去祭祀爰居呢。这事记载在典籍上,过千年都不会忘记。因此士人不能不学习。古人说过:'树木没有枝干被称为瘣,人不学习被称为瞎子。'对于自己所不知道的,就不要妄加评论。人能不努力吗?"

淳于伯冤死

晋元帝建武元年六月[①],扬州大旱;十二月,河东地震。去年十二月,斩督运令史淳于伯[②],血逆流上柱二丈三尺,旋复下流四尺五寸。是时淳于伯冤死,遂频旱三年。刑罚妄加,群阴不附,则阳气胜之罚,又冤气之应也[③]。

【注释】

①晋元帝建武元年:317 年。晋元帝,东晋开国皇帝司马睿。司马睿为司马懿曾孙,琅邪恭王司马觐之子。时任西晋丞相,317 年司马睿在建康称王,改元建武;次年称帝,成为东晋的开国皇帝。晋元帝在位六年,共使用建武、大兴、永昌三个年号。

②督运令史:督运的属官。督运,督察漕运的官。令史,本为官职
名,为汉代兰台尚书属官,居郎之下,掌文书事务,历代因之。隋
唐以后,成为三省、六部及御史台低级事务员的称呼,位卑秩下,
不参官品。宋元以来成为官府中胥吏的通称。

③冤气:因受冤屈而郁结的不平之气。

【译文】

晋元帝建武元年六月,扬州大旱;十二月,河东地震。前一年十二
月,斩杀督运令史淳于伯,血倒着流上柱子二丈三尺,接着又往下流了
四尺五寸。当时淳于伯蒙冤而死,就接连干旱三年。胡乱施加刑罚,阴
气不能附着,就会有阳气大盛的惩罚,这也是淳于伯蒙冤受死的不平之
气的应验。

牛生犊两头

晋元帝建武元年七月,晋陵东门有牛生犊^①,一体两头。
京房《易传》曰:"牛生子二首一身,天下将分之象也。"

【注释】

①晋陵:古县名。西晋永嘉五年(311),因避东海王越世子毗讳,以
毗陵县改名。东晋、南朝时为晋陵郡治所。故城在今江苏常州。

【译文】

晋元帝建武元年七月,晋陵县城东门有头牛生下牛犊,一个牛身两
个牛头。京房《易传》说:"牛生犊有两个头一个身子,这是天下即将分
裂的征兆。"

地震涌水

元帝太兴元年四月^①,西平地震^②,涌水出。十二月,庐

陵、豫章、武昌、西陵地震③，涌水出，山崩。此王敦陵上之
应也④。

【注释】

①元帝太兴元年：318 年。

②西平：郡名。东汉建安年间分金城郡置。治所在西都（今青海西
宁）。辖境相当于今青海湟源、乐都间湟水流域。

③庐陵：郡名。东汉兴平元年（194），孙策分豫章郡置庐陵郡，治所
西昌县（在今江西泰和县城西北）。武昌：郡名。魏黄初二年
（221）孙权分江夏、豫章、庐陵三郡置郡，治所在武昌（即今湖北
鄂州）。西陵：郡名。吴黄武元年（222），孙权改夷陵郡为西陵
郡，也称宜都郡，故治在今湖北宜昌。

④王敦：字处仲，东晋大臣，取晋武帝司马炎女襄城公主为妻，后谋
篡司马氏政权，曾率兵攻入都城。病死后，被戮尸。

【译文】

晋元帝太兴元年四月，西平郡地震，水涌出地面。十二月，庐陵、豫
章、武昌、西陵地震，水涌出地面，大山倒塌。这是王敦凌驾于皇帝之上
的兆应。

牛生怪犊

太兴元年三月，武昌太守王谅有牛生子，两头，八足，两
尾，共一腹。不能自生，十余人以绳引之。子死，母活。其
三年后，苑中有牛生子①，一足三尾，生而即死。

【注释】

①苑：古称养禽兽、植林木的地方，多指帝王或贵族的园林。

【译文】

晋元帝太兴元年三月，武昌太守王谅家有头牛生牛犊，有两个头，八只脚，两个尾巴，共有一个肚子。不能自己生下来，十多个人用绳子拉出它。牛犊死了，母牛活着。这之后三年，皇家园囿中的牛生牛犊，一只脚三个尾巴，生下来就死了。

马生驹两头

太兴二年①，丹阳郡吏濮阳演马生驹②，两头，自项前别。生而死。此政在私门，二头之象也。其后王敦陵上。

【注释】

①太兴二年：319年。

②丹阳：在今江苏。前221年秦朝设置，当时称曲阿，后改名云阳。唐天宝元年(742)，因当时境内生长着众多的"赤杨树"，"赤"与"丹"同义，"杨"与"阳"谐音，故名"丹阳"。

【译文】

晋元帝太兴二年，丹阳郡官吏濮阳演的马生马驹，两个头，从脖颈前面分开。生下来就是死的。这是朝政被权臣掌握，有两个首脑的象征。这之后王敦凌驾于皇帝之上。

太兴初女子

太兴初，有女子其阴在腹，当脐下。自中国来至江东①，其性淫而不产。又有女子，阴在首，居在扬州，亦性好淫。京房《易妖》曰："人生子，阴在首，则天下大乱；若在腹，则天下有事；若在背，则天下无后。"

【注释】

①江东:长江在芜湖、南京间作西南、东北流向,隋唐以前,是南北往来主要渡口的所在,习惯上称自此以下的长江南岸地区为江东。

【译文】

晋元帝太兴初年,有个妇女的阴部长在腹部,在肚脐下面。她从中原来到江东,生性淫荡却不生孩子。又有一个妇女,阴部在头上,住在扬州,也生性淫荡。京房《易妖》说:"人生子女,阴部在头上,就会天下大乱;如果在腹部,就会发生战争;如果在后背,就会后继无人。"

武昌火灾

太兴中,王敦镇武昌,武昌灾。火起,兴众救之,救于此,而发于彼,东西南北数十处俱应,数日不绝。旧说所谓"滥灾妄起,虽兴师不能救之"之谓也。此臣而行君,亢阳失节①。是时王敦陵上,有无君之心,故灾也。

【注释】

①亢(kàng)阳:极盛的阳气。

【译文】

晋元帝太兴年间,王敦镇守武昌,武昌发生火灾。大火烧起来,发动大家救火,救了这里,那里又起,东西南北几十处接连起火,好几天不断绝。这就是从前所说的"多处灾难随便发生,即使出动军队也不能挽救"。这是臣下却行使君上的权力,极盛的阳气失去节制。当时王敦凌驾于皇帝之上,有除掉君王的心思,所以发生了火灾。

绛囊缚纷

太兴中,兵士以绛囊缚纷①。识者曰:"纷在首,为乾,君

道也。囊者,为坤,臣道也。今以朱囊缚纷,臣道侵君之象
也。"为衣者,上带短,才至于掖;着帽者,又以带缚项,下逼
上,上无地也。为袴者②,直幅为口,无杀,下大之象也。寻
而王敦谋逆,再攻京师。

【注释】

①纷(jì):即"髻"。结发。

②袴(kù):古代指左右各一,分裹两腿的套裤,区别于满裆的"裈
(kūn)"。

【译文】

晋元帝太兴年间,兵士用红色袋子束扎发髻。有见识的人说:
"发髻在头上,是乾,代表为君之道;布袋属坤,表示为臣之道。现在
用红色的袋子束扎发髻,这是大臣侵犯君王的象征。做衣服,上面
的带子很短,只能系到腋窝;戴帽子,又用带子系在脖子下面,这是
臣下逼迫君上,君上没有容身之地的象征。做裤子,用直幅布制作
裤口,不加收束,这是臣下坐大的象征。"不久王敦谋反,两次攻打
京师。

仪仗生花

太兴四年①,王敦在武昌,铃下仪仗生花,如莲花,五六
日萎落。说曰:"《易》说:'枯杨生花,何可久也?'今狂花生
枯木②,又在铃阁之间③,言威仪之富,荣华之盛,皆如狂花之
发,不可久也。"其后王敦终以逆命,加戮其尸。

【注释】

①太兴四年:321年。

②狂花：不依时序而开的花。

③铃阁：指翰林院以及将帅或州郡长官办事的地方。

【译文】

晋元帝太兴四年，王敦在武昌，随从侍卫所执的仪仗生出花来，形状像莲花，五六天后枯萎凋谢了。有人解释说："《周易》说：'枯萎的杨树生花，怎么可能长久呢？'现在狂花生于枯木，又在将帅居住的山坡上，这是说威仪的富丽，荣华的盛况，都像这狂花的开放，不能长久。"后来王敦终于因为违背君命，死后被戮尸。

羽扇长柄

旧为羽扇柄者，刻木象其骨形，列羽用十，取全数也。初，王敦南征，始改为长柄，下出，可捉。而减其羽，用八。识者尤之曰："夫羽扇，翼之名也。创为长柄，将执其柄以制其羽翼也。改十为八，将未备夺已备也。此殆敦之擅权，以制朝廷之柄，又将以无德之材，欲窃非据也①。"

【注释】

①非据：指非分占据的职位。

【译文】

过去制作羽扇的扇柄，雕刻木头和鸟骨相似，排列的鸟羽用十根，是取"十"这个全数。起初，王敦南征，开始改为长扇柄，下面伸出来，可以握住，同时减少了羽毛的数量，用八根。有见识的人责备说："羽扇，是鸟翼的名称。创制成长柄扇，是打算拿着扇柄来控制羽翼；改十根为八根，是打算用尚未齐备的夺取已经齐备的。这大概是王敦专权掌握了朝廷的权柄，又打算用没有德行的人，想窃取非分所有的帝位。"

武昌大蛇

晋明帝太宁初①，武昌有大蛇，常居故神祠空树中，每出头从人受食。京房《易传》曰："蛇见于邑，不出三年，有大兵，国有大忧。"寻有王敦之逆。

【注释】

①晋明帝太宁初：晋明帝，东晋第二位皇帝司马绍（298—325），晋元帝司马睿之子。322年即帝位，325年卒，在位期间平定王敦之乱。太宁，晋明帝的年号。

【译文】

晋明帝太宁初年，武昌出现一条大蛇，经常住在旧神祠的一棵空心树中，每天伸出头来接受人们供奉的食物。京房《易传》说："蛇出现在城邑，不出三年，会发生大的战争，国家有大的祸患。"不久就有王敦的叛逆。

卷八

【题解】

本卷主要记述与历代王朝兴替有关的符命谶纬之事。从上古时期，人们就把王朝的兴替与天命联系起来，王朝的建立者也以奉天命而自居。《尚书·召诰》云："有夏服天命。"《左传》僖公十六年称"殷人尊神"。周人虽重视民意，认为"天视自我民视，天听自我民听"，仍然要借天命来申述民意。既然王朝的兴衰隆替，皆有天命。因而藉天命所示现的各种迹象，即可预言王朝的更替。因此，与王朝更替相关的瑞应符命即相继出现。其中，有符图之说，如舜得玉历，即知天命在己。孔子拜北辰得刻字黄玉，即预知刘汉王朝的兴起；有"五德始终"说，如孔子以"火德"预言刘汉王朝的兴起。更有神仙托梦、星化为人等方式，不一而足。不管方式如何，都在申明新王朝的建立者都是奉天命、行天道者，其必然性与合法性都是不容置疑的。

舜得玉历

虞舜耕于历山，得玉历于河际之岩[①]。舜知天命在己，体道不倦。舜，龙颜大口，手握褒。宋均注曰[②]："握褒，手中有'褒'字。喻从劳苦受褒饬致大祚也。"

【注释】

①玉历：原指正朔，引申为历数、国运。

②宋均：东汉末年南阳人，经学大师郑玄的弟子，为魏博士。

【译文】

虞舜在历山耕种，在河边的岩石上得到了玉历。舜知道上天的意旨将把天下交给自己，就孜孜不倦地躬行正道。舜，眉目突起嘴巴大，手心里握着褒。宋均注释说："握褒，就是手心里有'褒'字。比喻从劳苦出身，受到嘉奖告诫而登上帝位。"

汤祷桑林

汤既克夏①，大旱七年，洛川竭②。汤乃以身祷于桑林，剪其爪、发，自以为牺牲③，祈福于上帝。于是大雨即至，洽于四海。

【注释】

①汤：商族的首领，后起兵灭夏，建立商王朝。

②洛川：洛水。即今河南洛河。

③牺牲：供祭祀用的纯色全体牲畜。这里指祭品。

【译文】

商汤战胜夏人之后，天下大旱七年，洛川都干涸了。商汤于是到桑林用自己的身体为祭品去祷告，他剪掉自己的指甲、头发，把自己当做献祭的祭品，向上帝祈取福佑。于是大雨立刻降了下来，滋润天下。

吕望钓于渭阳

吕望钓于渭阳①。文王出游猎，占曰："今日猎得一兽，非龙非螭②，非熊非罴③。合得帝王师。"果得太公于渭之阳。

与语,大悦,同车载而还。

【注释】

①吕望:即姜尚,字子牙,辅佐周文王、周武王灭商立周,后被封于
　　齐,称齐太公。

②螭(chī):古代传说中无角的龙。

③罴(pí):熊的一种。俗称人熊或马熊。

【译文】

吕望在渭水之北垂钓。周文王出去打猎,占卜说:"今天将猎得一
只兽,不是龙不是螭,不是熊不是罴。应该得到帝王的老师。"果然在渭
水之阳得到了姜太公,周文王和他谈话,谈得非常高兴,就让他一同坐
着自己的车子回来了。

武王定风波

武王伐纣,至河上。雨甚,疾雷,晦冥,扬波于河。众甚
惧。武王曰:"余在,天下谁敢干余者!"风波立济。

【译文】

周武王讨伐商纣王,来到黄河边上。雨下得很大,雷声猛烈,天色
昏暗,黄河水泛起波浪。大家都十分害怕。周武王说:"我在这里,天下
有谁敢冒犯我!"风浪立刻停止了。

孔子夜梦

鲁哀公十四年①,孔子夜梦三槐之间②,丰、沛之邦③,有
赤气起④,乃呼颜回、子夏同往观之。驱车到楚西北范氏
街,见刍儿打麟,伤其左前足,束薪而覆之。孔子曰:"儿来!

汝姓为谁?"儿曰:"吾姓为赤松,名时乔,字受纪。"孔子曰:
"汝岂有所见乎?"儿曰:"吾所见一禽,如麇⑤,羊头,头上有
角,其末有肉。方以是西走。"孔子曰:"天下已有主也。为
赤刘,陈、项为辅。五星入井,从岁星。"儿发薪下麟示孔子。
孔子趋而往。麟向孔子,蒙其耳,吐三卷图,广三寸,长八
寸,每卷二十四字。其言赤刘当起曰⑥:"周亡,赤气起,火耀
兴,玄丘制命⑦,帝卯金⑧。"

【注释】

①鲁哀公十四年:前481年。鲁哀公,春秋时期鲁国的最后一位
　　国君。

②三槐之间:相传周代宫廷外种有三棵槐树,三公朝天子时,面向
　　三槐而立。后因以三槐喻三公。这里指宫廷的外朝。

③丰:地名,汉置县。今江苏徐州丰县。沛:地名,战国时楚置县,
　　即今江苏沛县。汉改沛县为沛郡,郡治相县,故城在今安徽
　　淮北。

④氤(yīn):烟气。

⑤麇(jūn):同"麏"。獐子。

⑥曰:原文作"日"。据《宋书·符瑞志》改。

⑦玄丘:指孔丘。古时称孔子为"玄圣",即有大德而无爵位的圣人。

⑧卯金:指代"劉"字。

【译文】

　　鲁哀公十四年,孔子夜里在外朝做了一个梦,梦见在丰、沛一带,有
赤色烟气升起来,于是叫颜回、子夏一起前往察看。他们驱车来到楚地
西北范氏街上,看到一个小孩子在打麒麟,打伤了它的左前脚,又抱着
木柴去覆盖它。孔子说:"小孩过来,你姓什么?"小孩说:"我姓赤松,名

时乔,字受纪。"孔子说:"你难道看见什么了吗?"小孩说:"我看见一只兽,外形像獐子,长着羊头,头上有角,角的末端又长了肉。正从这里往西走。"孔子说:"天下已经有君主了。是赤帝子刘,陈、项二人为辅佐。五行星进入井宿,随着岁星。"小孩取开木柴让孔子看下面的麒麟。孔子赶快走过去。麒麟面对孔子,蒙上耳朵,吐出三卷图,宽三寸,长八寸,每卷二十四个字。它讲赤帝子刘将要兴起,说:"周朝灭亡,赤气上升,火德兴盛,玄圣孔丘颁布天命,皇帝姓刘。"

赤虹化玉

　　孔子修《春秋》[①],制《孝经》[②]。既成,斋戒,向北辰而拜,告备于天。天乃洪郁起白雾[③],摩地,赤虹自上而下,化为黄玉,长三尺,上有刻文。孔子跪受而读之,曰:"宝文出,刘季握。卯金刀,在轸北。字禾子,天下服。"

【注释】

　　①《春秋》:相传为孔子依据鲁国史书所作的一部编年体春秋史。后被奉为儒家经典之一。

　　②《孝经》:汉代奉行以"孝"治天下,故《孝经》被奉为儒家经典之一。实际《孝经》非孔子所作,应出自七十子之手。

　　③洪郁:指云气大量郁积。

【译文】

　　孔子修订《春秋》,制作《孝经》。完成之后,他斋戒,向北极星跪拜,一一禀告上天。天上于是涌起了大量的白雾,笼罩大地,有赤虹从天上下来,变成了黄玉,有三尺长,玉上刻有文字。孔子跪着接受黄玉,读上面的文字,说:"宝文出现,刘季掌握。'卯金刀'刘,在轸星之北。字'禾子'季,天下顺服。"

陈宝祠

秦穆公时,陈仓人掘地得物①,若羊非羊,若猪非猪。牵以献穆公,道逢二童子。童子曰:"此名为媪②。常在地食死人脑。若欲杀之,以柏插其首。"媪曰:"彼二童子名为陈宝。得雄者王,得雌者伯。"陈仓人舍媪逐二童子。童子化为雉,飞入平林。陈仓人告穆公,穆公发徒大猎,果得其雌。又化为石,置之汧、渭之间③。至文公时,为立祠名陈宝。其雄者飞至南阳。今南阳雉县,是其地也。秦欲表其符,故以名县。每陈仓祠时,有赤光长十余丈,从雉县来,入陈仓祠中,有声殷殷如雄雉。其后光武起于南阳。

【注释】

①陈仓:古县名,在今陕西宝鸡东。

②媪(ǎo):老妇人的通称。

③汧(qiān):水名,渭水支流,今名千河。源出甘肃六盘山南麓,上游东南流经陕西陇县千阳注入渭河。

【译文】

秦穆公时,陈仓人挖地得到一件东西,像羊不是羊,像猪不是猪。他牵着这个怪物去献给秦穆公,在路上遇见两个小孩。小孩说:"这个东西名叫媪。经常在地下吃死人的脑髓。想要杀它,就用柏树插进它的脑袋里。"媪说:"那两个孩子名叫陈宝。得到雄的那一个可以称王天下,得到雌的那一个可以称霸天下。"这个人丢下媪去追赶那两个小孩。小孩变成野鸡,飞进了树林。陈仓人报告秦穆公,穆公派人大规模围猎,果然捉到了那只雌的。雌野鸡又变成了石头,秦穆公把它放在了汧水和渭水中间的地方。到秦文公时,为它在那里建立了一座陈宝祠。

那只雄的飞到了南阳。现在南阳的雉县，就是它飞落的地方。秦国想要表明它的效验，所以用它做县名。每当陈仓祭祀的时候，有红光长十多丈，从雉县过来，进入陈仓祠中，发出像雄野鸡一般殷殷的叫声。后来光武帝在南阳兴起。

邢史子臣说天道

宋大夫邢史子臣明于天道①。周敬王之三十七年②，景公问曰③："天道其何祥？"对曰："后五十年五月丁亥，臣将死。死后五年五月丁卯，吴将亡。亡后五年，君将终。终后四百年，邾王天下④。"俄而皆如其言所云。邾王天下者，谓魏之兴也。邾，曹姓，魏亦曹姓，皆邾之后。其年数则错。未知邢史失其数耶？将年代久远，注记者传而有谬也？

【注释】

①天道：指显示征兆的天象。

②周敬王之三十七年：前483年。周敬王，东周国君。姓姬，名匄，周景王次子，继兄周悼王为周王，在位四十四年。

③景公：春秋时宋国的国君，在位四十八年。

④邾：春秋时国名，也称邾娄，曹姓。在今山东邹城。

【译文】

宋国大夫邢史子臣懂得天象。周敬王三十七年，宋景公问他说："天象有什么征兆？"邢史子臣回答说："过后五十年五月丁亥这一天，我将死亡。我死之后五年，五月丁卯那一天，吴国将灭亡。吴国灭亡后五年，国君您将死去。您死后四百年，邾国将在天下称王。"后来发生的事情都像他说的那样。邾国在天下称王，说的是曹魏的兴盛。邾国，是曹姓,魏也是曹姓,都是邾国的后代。但说邾国的年数却错了。不知道是邢史子臣说的年数失误呢? 还是年代久远,记录的人传说而造成谬误呢?

荧惑星预言

吴以草创之国,信不坚固,边屯守将,皆质其妻子,名曰"保质"。童子少年以类相与娱游者,日有十数。孙休永安二年三月①,有一异儿,长四尺余,年可六七岁,衣青衣,忽来从群儿戏。诸儿莫之识也,皆问曰:"尔谁家小儿,今日忽来?"答曰:"见尔群戏乐,故来耳。"详而视之,眼有光芒,爚爚外射②。诸儿畏之,重问其故。儿乃答曰:"尔恐我乎? 我非人也,乃荧惑星也③,将有以告尔:三公归于司马④。"诸儿大惊,或走告大人。大人驰往观之。儿曰:"舍尔去乎!"耸身而跃,即以化矣。仰而视之,若曳一疋练以登天⑤。大人来者,犹及见焉。飘飘渐高,有顷而没。时吴政峻急,莫敢宣也。后四年而蜀亡,六年而魏废,二十一年而吴平,是归于司马也。

【注释】

①永安三年:261年。

②爚爚(yuè):光彩耀目的样子。

③荧惑星:古指火星。因隐现不定,令人迷惑,故名。

④三公归于司马:古代以"三公"指称中央三种最高的官衔,故这里以"三公归于司马"指代政权将归于司马氏。

⑤疋(pǐ):量词。用于纺织品或骡马等。

【译文】

吴国因为是初始建立的国家,信用还不坚固。在边防屯守的将领,都要把妻子儿女作为人质,叫做"保质"。这些留做人质的少年儿童以类相从一起玩耍的,每天有十多个。吴景帝孙休永安二年三月,有一个奇异的小孩,身高四尺多,年纪约有六七岁,穿着青色衣服,忽然来跟着这群儿童玩。这些儿童没有人认识他,都问他说:"你是谁家的小孩,今天忽然到这里来玩?"他回答说:"我看见你们在一起玩得快乐,所以就来了。"仔细看他,他的眼睛有光芒,闪闪发光。那些孩子都害怕他,于是又去问他原因。小孩就回答说:"你们是害怕我吗?我不是人,而是火星。我将有话要告诉你们:政权将归于司马氏。"那些孩子大吃一惊,有的跑去告诉大人。大人急忙赶去看他。那小孩说:"离开你们走啦!"他耸身一跳,立刻就不见了。仰头看他,就像拖着一匹白绢升上天去。大人到的,还赶得上看。白绢越飘越高,过了一会儿就看不见了。当时吴国政局严峻紧张,没有人敢把这事说出来。过后四年,蜀国灭亡,六年后魏国灭亡,二十一年吴国被征服,这就是政权归于司马氏。

戴洋梦神

都水马武举戴洋为都水令史①,洋请急还乡②,将赴洛,梦神人谓之曰:"洛中当败,人尽南渡。后五年,扬州必有天子③。"洋信之,遂不去。既而皆如其梦。

【注释】

①都水:掌管舟航运输的官职。都水令史,都水的属官。

②请急:请假。急,古代休假名。

③天子:这里指晋元帝司马睿。当时司马睿任安东将军,都督扬州军事。

【译文】

　　都水马武举荐戴洋做都水令史，戴洋请假回乡，准备去洛阳，梦见神人对自己说："洛阳会陷落，人都要到南方去。过后五年，扬州必定会出天子。"戴洋相信他，就没有去。后来都像他梦里听说的一样。

卷九

【题解】

本卷所记都是与瑞应灾异相关的故事。前面数则,如汝南应妪昼见神光即子孙兴旺显赫,常山张颢得金印官至太尉,长安张氏得金钩而富贵,何比干得符策而子孙致宦,诸如此类的瑞应故事表达了一种富贵皆为天命的观念。后面数则,诸如狗咬鹅、狗戴帽着衣上房、狗衔衣、炊饭变虫等种种怪诞不经的事情出现时,意味着主人要遭受各种灾祸。不管是瑞应,还是恶兆,都反映出古人试图通过世间各种非凡的迹象来实现趋利避凶的愿望。

应妪见神光

后汉中兴初,汝南有应妪者①,生四子而寡。昼见神光照社。妪见光,以问卜人。卜人曰:"此天祥也。子孙其兴乎!"乃探得黄金。自是子孙宦学,并有才名。至场②,七世通显。

【注释】

①汝南:郡名,汉置,郡治上蔡,今河南上蔡县。

②场(yáng)：人名。应场(177—217)，字德琏，东汉南顿县(今项城)人。东汉末文学家，"建安七子"之一。擅长诗赋，代表性作品有《侍五官中郎将建章台集诗》、《灵河赋》、《憨骥赋》、《征赋》等。

【译文】

东汉中兴初年，汝南郡有一个姓应的妇人，生了四个儿子以后寡居。她在白天看到神奇的光照着神社。妇人看到神光，去问卜人。卜人说："这是上天显示吉祥。你的子孙大概要兴旺发达了。"于是她寻找到黄金。从此之后她的子孙学习仕官所需的知识，都有才华名望。一直到应场，七辈人都官位显赫。

冯绲绶笥有蛇

车骑将军巴郡冯绲①，字鸿卿，初为议郎②，发绶笥③，有二赤蛇，可长二尺，分南北走。大用忧怖。许季山孙宪，字宁方，得其先人秘要。绲请使卜，云："此吉祥也。君后三岁，当为边将，东北四五千里，官以东为名。"后五年，从大将军南征。居无何，拜尚书郎、辽东太守、南征将军。

【注释】

①车骑将军：将军的名号。西汉文帝时始置，掌管京师及皇宫兵卫。

②议郎：官名。汉代所置，为光禄勋所属郎官之一，多征贤良方正之士任之掌顾问应对，无常事。晋以后废。

③绶笥(sì)：盛印绶的箱子。

【译文】

车骑将军巴郡人冯绲，字鸿卿，起初任议郎，打开装印绶的箱子，有两条赤色的蛇，大约长二尺，分别往南北方向爬。冯绲感到十分害怕。许季山的孙子许宪，字宁方，学得祖先的道术精义。冯绲请他占卜，说："这是吉祥的预兆。您在三年之后，将成为驻守边关的将领，在东北四五千里的地方，官名用东称呼。"过了五年，冯绲跟随大将军南征。过了不久，官拜尚书郎、辽东太守、南征将军。

张颢得金印

常山张颢为梁州牧①。天新雨后，有鸟如山鹊，飞翔入市，忽然坠地。人争取之，化为圆石。颢椎破之，得一金印，文曰："忠孝侯印。"颢以上闻，藏之秘府。后议郎汝南樊衡夷上言②："尧舜时旧有此官。今天降印，宜可复置。"颢后官至太尉。

【注释】

①常山：郡、国名。秦时置恒山郡，郡治东垣县（汉初改称真定县，即今河北正定）。至汉为避文帝讳改称常山郡，东汉初改为常山国。梁州：原为古九州之一名。三国时魏置梁州，治沔阳县（今陕西勉县东旧州铺），西晋时移治南郑县（今陕西汉中东）。辖境相当于今陕西汉中、四川东部、重庆全境、贵州北部的广大地区。

②汝南：郡名。汉置，郡治上蔡，今河南上蔡。

【译文】

常山人张颢任梁州牧。有一天刚下过雨，一只像山鹊的鸟飞到集市，忽然坠落在地上。人们都抢着捡它，这只鸟变成了一块圆石头。张颢用铁椎打破它，得到一枚金印，印文是："忠孝侯印。"张颢把金印呈献给皇上，收藏在朝廷秘府中。后来议郎汝南人樊衡夷上书说："尧舜时代原来设有这一官职。今天上天降下金印，应该再重新设置。"张颢后来官做到太尉。

张氏传钩

京兆长安有张氏[①]，独处一室，有鸠自外入，止于床。张氏祝曰："鸠来，为我祸也，飞上承尘[②]；为我福也，即入我怀。"鸠飞入怀。以手探之，则不知鸠之所在，而得一金钩。遂宝之。自是子孙渐富，资财万倍。蜀贾至长安，闻之，乃厚赂婢，婢窃钩与贾。张氏既失钩，渐渐衰耗。而蜀贾亦数罹穷厄[③]，不为己利。或告之曰："天命也，不可力求。"于是赍钩以反张氏[④]，张氏复昌。故关西称张氏传钩云[⑤]。

【注释】

①京兆：汉代京畿的行政区域，为三辅之一。在今陕西西安以东至华县之间，下辖十二县。后因以称京都。

②承尘：承受尘土。用以指称承接尘土的小帐幕或天花板。

③罹（lí）：遭受。

④赍（jī）：持，送。

⑤关西：指函谷关或潼关以西的地区。

【译文】

京兆长安有一个姓张的人，独自居住一间屋子，有一只鸠鸟从外面飞进来，停在床上。张氏祷告说："鸠飞来，给我带来灾祸，就飞上天花板；给我带来福佑，就飞到我怀中。"鸠鸟飞进了他的怀里。用手去摸，不知鸠鸟在哪里，却摸到一个金钩。于是把金钩当成宝贝。从此他的子孙逐渐富裕，资财增加了万倍。蜀郡的一个商人到长安，听说这件事，于是拿很多财物贿赂张家的婢女，婢女把金钩偷给了商人。张家丢了金钩后，慢慢败落。而蜀郡的商人也多次遭遇穷困，没有给自己带来好处。有人告诉他说:"这是天命,不能强求。"于是拿着金钩还给了张家,张家又重新昌盛起来。所以关西地方有"张氏传钩"的传说。

何比干得符策

汉征和三年三月①,天大雨。何比干在家②,日中,梦贵客车骑满门。觉以语妻。语未已,而门有老妪,可八十余,头白,求寄避雨。雨甚,而衣不沾渍。雨止,送至门,乃谓比干曰:"公有阴德,今天锡君策,以广公之子孙。"因出怀中符策,状如简,长九寸,凡九百九十枚,以授比干,曰:"子孙佩印绶者,当如此算。"

【注释】

①征和三年:前90年。征和,汉武帝年号,前92—前89年。

②何比干:汉武帝时任廷尉正。

【译文】

汉武帝征和三年三月,天下大雨,何比干在家。中午,他梦见贵客车马挤满了家门。醒来他把这个梦告诉妻子。话没说完,门口有一个老婆婆,大约八十多岁,头发白了,请求收留避雨。雨很大,但她的衣服没有一点水渍。雨停了,何比干送她到门口,她就对何比干说:"你积有阴德,现在老天赐给你符策,使你的子孙发达。"于是拿出她怀里的符策,形状像竹简,长九寸,一共九百九十枚,交给何比干,说:"你的子孙佩戴官印绶带的,会像符策预言的一样。"

魏舒诣野王

魏舒字阳元,任城樊人也①。少孤,尝诣野王②。主人妻夜产,俄而闻车马之声,相问曰:"男也? 女也?"曰:"男。"
"书之,十五以兵死。"复问:"寝者为谁?"曰:"魏公舒。"后十
五载,诣主人,问所生童何在,曰:"因条桑③,为斧伤而死。"
舒自知当为公矣。

【注释】

①任城:东汉章帝元和元年(84),分东平国置任城国,国都任城县
　(今山东微山县驻地夏镇西北)三国魏置任城郡。樊:县名。故
　城在今山东滋阳县西南六十里。

②野王:古县名。即今河南沁阳市。

③条(tiāo)桑:采桑。

【译文】

魏舒字阳元,任城樊县人。小时候成了孤儿,曾经到野王县去。寄
宿主人的妻子夜里生孩子,一会儿听见车马声,有人相互问话:"男的?
女的?"回答说:"男的。""写下来,十五岁因为兵器而死。"又问:"睡觉的
人是谁?"回答说:"是魏公舒。"十五年后,魏舒又去拜访那家主人,询问
当年生下的男孩在哪里,主人说:"为了采桑,被斧头砍伤死了。"魏舒自
己知道将会官至三公了。

贾谊与鹏鸟

　　贾谊为长沙王太傅①,四月庚子日,有鹏鸟飞入其舍②,止
于坐隅,良久乃去。谊发书占之,曰:"野鸟入室,主人将去。"
谊忌之,故作《鹏鸟赋》,齐死生而等祸福,以致命定志焉。

【注释】

①贾谊:西汉初年文学家,政治家。曾被汉文帝贬为长沙王太傅,

后召回长安,任梁怀王太傅,在梁怀王坠马而死之后,贾谊自责忧伤而死。有《过秦论》、《吊屈原赋》等传世。

②鹏鸟:一种似猫头鹰的鸟。

【译文】

贾谊任长沙王太傅,四月庚子那一天,有只鹏鸟飞进了他的屋子,停在座位的角落上,很久才飞走。贾谊打开符书占卜,说:"野鸟飞进屋,主人将要死去。"贾谊对此很忌讳,于是作了《鹏鸟赋》,看齐死生、等同祸福,以此来表达舍弃生命坚定志向的心愿。

狗啮群鹅

王莽居摄①,东郡太守翟义知其将篡汉②,谋举义兵。兄宣教授,诸生满堂。群鹅雁数十在中庭,有狗从外入,啮之,皆死。惊救之,皆断头。狗走出门,求不知处。宣大恶之。数日,莽夷其三族。

【注释】

①居摄:因皇帝年幼不能亲政,由大臣代居其位处理政务,谓"居摄"。

②东郡:郡名。秦置,郡治濮阳。汉沿置,辖境为河南东北部和山东西部部分地区。

【译文】

王莽摄理朝政,东郡太守翟义知道他将要篡夺汉朝政权,计划发起义兵讨伐他。翟义的哥哥翟宣是传道授业的教师,众弟子坐满了屋子。他家的几十只鹅在庭院中,有只狗从外面进来,咬鹅,鹅都被咬死了。家人慌忙去救鹅,鹅的脖子都被咬断了。狗跑出门去,找不到它在什么地方。翟宣感到十分厌恶。几天之后,王莽就诛灭了他家三族。

公孙渊家数怪

魏司马太傅懿平公孙渊①,斩渊父子。先时,渊家数有怪:一犬着冠帻绛衣,上屋;欻有一儿②,蒸死甑中③。襄平北市生肉④,长围各数尺,有头目口喙⑤,无手足而动摇。占者曰:"有形不成,有体无声,其国灭亡。"

【注释】

①公孙渊:三国时魏辽东太守。后自立为燕王,魏派大将军司马懿征辽东,斩其父子。

②欻(xū):忽然。

③甑(zèng):蒸食炊器。其底有孔,古用陶制,殷周时代有以青铜制,后多用木制。俗叫甑子。

④襄平:古县名。战国时燕置,为辽东郡治所,即今辽宁辽阳。

⑤喙(huì):鸟兽等的嘴。也借指人的嘴。

【译文】

魏国大将军太傅司马懿平定公孙渊,斩杀了公孙渊父子。在这之前,公孙渊家多次出现怪事:一只狗穿戴着帽子头巾,穿着红衣服,爬上房屋;忽然有一个小孩蒸死在甑子里。襄平县北面集市生出肉团来,长宽高各有几尺,有头有眼有嘴,没有手脚却会动摇。占卜的人说:"有人形却不成人,有身体却没有声音,这个国家要灭亡。"

诸葛恪被杀

吴诸葛恪征淮南归①,将朝会之夜,精爽扰动,通夕不寐。严毕趋出,犬衔引其衣。恪曰:"犬不欲我行耶?"出仍入坐。少顷,复起,犬又衔衣。恪令从者逐之。及入,果被杀。其妻在室,语使婢曰:"尔何故血臭?"婢曰:"不也。"有顷,愈剧。又问婢曰:"汝眼目瞻视何以不常?"婢蹶然起跃,头至于栋,攘臂切齿而言曰②:"诸葛公乃为孙峻所杀。"于是大小知恪死矣。而吏兵寻至。

【注释】

①诸葛恪(kè):三国吴大将军,辅立孙亮,专掌国政。后为孙峻所杀。

②攘臂:捋起衣袖,伸出胳膊。常形容激奋貌。

【译文】

吴国诸葛恪征讨淮南郡回来,准备朝见君王的头天晚上,精神不安,一夜都睡不着。穿戴好衣帽出门,狗咬着他的衣服拉住他。诸葛恪说:"狗不想让我出门吗?"出门又回家坐下。过了一会儿,再站起来,狗又咬住了他的衣服。诸葛恪命令随从把狗赶走。等他入朝,果然被杀了。他的妻子在家里,对使唤的婢女说:"你怎么有血腥味呢?"婢女说:"没有呀。"过了一会儿,血腥味更浓了。她又问婢女:"你眼睛东张西望怎么跟往常不一样?"婢女一下子跳起来,头撞到屋梁上,捋起衣袖咬牙切齿地说:"诸葛公竟然被孙峻杀死了。"于是一家大小都知道诸葛恪死了。不久官兵就到了。

邓喜射人头

吴戍将邓喜杀猪祠神①,治毕悬之,忽见一人头,往食肉。喜引弓射,中之,咋咋作声,绕屋三日。后人白喜谋叛②,合门被诛。

【注释】

①戍将:戍守边境的将领。

②白:报告,禀报。

【译文】

吴国戍守边境的将领邓喜杀猪祭神,把猪收拾好之后挂起来,忽然看见一个人头,去吃猪肉。邓喜拉弓射箭,射中了它。人头发出咋咋的声音,绕着屋子响了三天。后来有人报告邓喜谋反,全家都被诛杀了。

贾充见府公

贾充伐吴时①,常屯项城②,军中忽失充所在。充帐下都督周勤时昼寝,梦见百余人录充,引入一径。勤惊觉,闻失充,乃出寻索。忽睹所梦之道,遂往求之。果见充行至一府舍,侍卫甚盛,府公南面坐③,声色甚厉,谓充曰:“将乱吾家事者,必尔与荀勖④。既惑吾子,又乱吾孙,间使任恺黜汝而不去⑤,又使庾纯詈汝而不改⑥。今吴寇当平,汝方表斩张华⑦。汝之暗蔽⑧,皆此类也。若不悛慎⑨,当旦夕加诛。”充因叩头流血。府公曰:“汝所以延日月而名器若此者⑩,是卫府之勋耳。终当使系嗣死于钟虡之间⑪,大子毙于金酒之中,小子困于枯木之下。荀勖亦宜同。然其先德小浓,故在汝后。数世之外,国嗣亦替。”言毕命去。充忽然得还营,颜色憔悴,性理昏错,经日乃复。至后,谧死于钟下⑫,贾后服金酒而死,贾午考竟用大杖终⑬。皆如所言。

【注释】

①贾充:西晋大臣,晋惠帝贾皇后之父。参与司马氏伐魏的密谋,

晋初任司空、侍中、尚书令。

②项城：县名。汉置，即今河南项城。

③府公：六朝时王府僚属称其主为府公。唐、五代时，官府幕僚沿旧习，称节度使、观察使为府公。

④荀勖：西晋大臣，官至尚书令。

⑤任恺：西晋大臣，任侍中。

⑥庾纯：西晋大臣，任中书令。詈(lì)：骂，责备。

⑦张华：西晋大臣，文学家。晋初任中书令、散骑常侍。力主伐吴统一全国，遭贾充反对。贾充曾上表说："虽腰斩张华，不足以谢天下。"

⑧暗戆(zhuàng)：愚蠢。

⑨悛(quān)慎：悔改戒慎。

⑩名器：名号与车服仪制。古代用以别尊卑贵贱的等级。

⑪系嗣：继嗣。钟虡(jù)：悬挂乐钟的格架。

⑫谧：指贾充小女儿贾午的儿子韩谧。贾充子早死，故韩谧过继给贾家为嗣，改姓贾。贾充死后，贾谧继承贾充爵位。至赵王司马伦入京，废贾后，杀贾谧。

⑬考竟：刑讯审问。

【译文】

贾充讨伐吴国时，曾经驻扎在项县县城。有一天军营忽然不见了贾充的踪迹。贾充帐下都督周勤当时白天睡觉，梦见有一百多人拘捕了贾充，把他拉到一条路上。周勤惊醒后，听说贾充失踪了，于是出去寻找。忽然看见了梦中所见的道路，于是往那条路上去找。果然看到贾充走到一座官府去，官府护卫很多，府公坐北朝南，声音和脸色都很严厉，他对贾充说："将来扰乱我家事情的人，必定是你和荀勖。既迷惑我的儿子，又扰乱我的孙子，前不久让任恺贬斥你，你不离开，又让庾纯责骂你，你却不改过。现在吴国贼寇应当被平定，你却上表要求斩杀张华。你的糊涂愚蠢,都是这一类的。你如果不悔改戒慎,早晚会遭到诛杀。"贾充于是磕头流出血来。府公说:"你之所以能够延长寿命并且享有如此的名号与车服,这是缘于护卫相府的功劳罢了。最终要让你的后继者死在钟架之间,大女儿死在金酒之中,小女儿死在枯木之下。荀勖也会和你一样。只是他先辈功德稍重,所以以处罚在你之后。几代之后,封国和后嗣也要被废替。"说完话让贾充回去。贾充忽然回到军营,脸色憔悴,精神错乱,过了一天才得恢复。到后来,贾谧死在钟架下,贾后服金屑酒而死,贾午遭受刑讯审问,被用大杖打死。都和府公说的一样。

庾亮受罚

　　庾亮字文康①,鄢陵人②,镇荆州。登厕,忽见厕中一物,如方相③,两眼尽赤,身有光耀,渐渐从土中出。乃攘臂以拳击之,应手有声,缩入地。因而寝疾。术士戴洋曰:"昔苏峻事④,公于白石祠中祈福,许赛其牛⑤,从来未解⑥,故为此鬼所考,不可救也。"明年,亮果亡。

【注释】

①庾亮:东晋人,其妹为晋明帝皇后,历仕元帝、明帝、成帝三朝。

②鄢陵:古地名。在今河南鄢陵县西北。

③方相:古代传说中驱除疫鬼和山川精怪的神灵。

④苏峻:东晋将领,永嘉之乱时,他结垒于本县,后率所部数百家泛海南行,至于广陵。

⑤赛:酬报。旧时祭祀酬神之称。

⑥解:祈神还愿。

【译文】

　　庾亮字文康,鄢陵人,镇守荆州。他上厕所,忽然看见厕所里有一个怪物,样子像方相,两只眼睛都是红的,身上闪闪发光,渐渐从土里出来。庾亮于是将起袖子用拳打它,随着击打的声音它缩进了地里。于是庾亮就卧床生病了。术士戴洋说:"这是从前苏峻作乱的时候,您在白石祠中祈福,许愿用牛来酬神,后来一直没有还愿,所以被这个鬼怪惩罚,无法解救了。"第二年,庾亮果然死了。

刘宠军败

东阳刘宠字道和①,居于湖熟②。每夜,门庭自有血数升,不知所从来。如此三四。后宠为折冲将军③,见遣北征。将行,而炊饭尽变为虫。其家人蒸糗④,亦变为虫。其火愈猛,其虫愈壮。宠遂北征,军败于坛丘,为徐龛所杀⑤。

【注释】

①东阳:古郡名。三国时吴置,郡治在今浙江金华。

②湖熟:县名,县治在今江苏南京湖熟镇。

③折冲将军:古代统兵将军名称。冲为古代的一种战车,折冲有使敌人战车撤退、击溃敌军之意,故以名官。折冲将军始置于东汉末年。

④糗(chǎo):以米麦等炒熟后磨成粉的干粮。

④徐龛:晋太山太守,叛降石勒,后又降晋,被石虎捉拿。

【译文】

东阳人刘宠,字道和,居住在湖熟县。每天夜里,家门口会出现几升血,不知从哪里来的。这种情况出现了三四次。后来刘宠任折冲将军,被派遣去征伐北方。将要出发,做的饭都变成了虫子。他家的人做糗面,也变成了虫子。烧的火越猛,虫子越是肥壮。刘宠就去征伐北方,在坛丘兵败,被徐龛杀了。

卷十

　　本卷所记诸事都与梦的解析与占卜有关。在古人看来,梦是鬼神对人的启示,是神人沟通的一种方式,因而通过对梦境的解析以预言休咎,很早就成为一种占卜方式。《周礼·春官宗伯》太卜属下设有占梦官,"掌其岁时,观天地之会,辨阴阳之气,以日月星辰占六梦之吉凶",《汉书·艺文志》也说"众占非一,而梦为大"。因此,各种各样的说梦故事层出不穷,广泛见载于各种史籍。本卷所录数则都是汉代以来的说梦故事,有梦境,有解析,还有最后的验证结果,其初衷或在于申明占梦之道诚信而不诬也。

和熹邓皇后梦

　　汉和熹邓皇后①,尝梦登梯以扪天②,体荡荡正清滑,有若钟乳状,乃仰嗽饮之③。以讯诸占梦,言:"尧梦攀天而上,汤梦及天舐之④,斯皆圣王之前占也。吉不可言。"

【注释】

　　①汉和熹邓皇后:东汉和帝皇后邓绥。汉和帝死后,她先后立殇公、安帝,临朝执政,死后谥熹。

②扪（mén）：抚摸。

③噏（xī）：吸。

④舐（shì）：以舌舔物。

【译文】

　　汉和熹邓皇后，曾经梦见登上梯子摸天，天体广大平坦，而且清澈光滑，有像钟乳一样隆起的形状，于是仰起头去吮吸它。她拿这个梦去问占梦的人，占梦的人说："尧梦见自己攀登天梯而上，商汤梦见到天上去舔天，这都是成为圣王的先兆。吉利至极，无法用言语来形容。"

孙坚夫人梦

　　孙坚夫人吴氏①，孕而梦月入怀，已而生策。及权在孕，又梦日入怀。以告坚曰："妾昔怀策，梦月入怀；今又梦日，何也？"坚曰："日月者，阴阳之精，极贵之象，吾子孙其兴乎？"

【注释】

①孙坚：吴郡富春（今浙江富阳）人，曾任长沙太守，其子称帝后追尊为武烈皇帝。

【译文】

　　孙坚的夫人吴氏，怀孕后梦见月亮进入怀中，不久生下了孙策。等到怀着孙权时，又梦见太阳进入怀中。她把这事告诉孙坚说："我过去怀孙策时，梦见月亮进入怀中；现在又梦见太阳，为什么呢？"孙坚说："太阳和月亮，是阴阳二气的精华，是非常高贵的象征，我们的子孙要兴旺发达了吧？"

蔡茂梦

　　汉蔡茂字子礼，河内怀人也①。初在广汉②，梦坐大殿，极上有禾三穗,茂取之,得其中穗,辄复失之。以问主簿郭贺,贺曰:"大殿者,官府之形象也;极而有禾,人臣之上禄也;取中穗,是中台之象也③。于字,'禾''失'为'秩',虽曰失之,乃所以禄也。衮职中阙④,君其补之。"旬月而茂征焉。

【注释】

①汉内:指黄河以北的地区。汉时置郡,郡治怀县(今河南武陟西南)。

②广汉:郡名。汉置,治所雒县(今四川广汉北)。

③中台:汉代以来,以三台当三公之位,中台比司徒或司空,后遂成为司徒或司空的代称。

④衮职:古代指三公的职位。亦借指三公。

【译文】

汉代人蔡茂,字子礼,河内郡怀县人。起初他任广汉太守时,梦见坐在大殿里,屋梁上有一株禾苗抽出三个禾穗,蔡茂去拿它,拿到了正中的一个,接着又弄丢了。他拿这个梦去询问主簿郭贺,郭贺说:"大殿,是官府的象征;屋梁上有禾苗,这是大臣最高的俸禄;取到中间的一个,这是中台的象征。从字来看,'禾''失'是'秩',虽说禾失掉了,这是因为俸禄的缘故。三公职位有空缺,您将去补缺。"一个月后蔡茂就得到了征用。

周揽啧梦

周揽啧者①,贫而好道。夫妇夜耕,困息卧,梦天公过而哀之,敕外有以给与。司命按录籍②,云:"此人相贫,限不过此。唯有张车子,应赐钱千万。车子未生,请以借之。"天公曰:"善。"曙觉,言之。于是夫妇戮力,昼夜治生,所为辄得,赀至千万③。先时。有张妪者,尝往周家佣赁,野合有身,月满当孕,便遣出外,驻车屋下,产得儿。主人往视,哀其孤寒,作粥糜食之④。问:"当名汝儿作何?"妪曰:"今在车屋下而生,梦天告之,名为车子。"周乃悟曰:"吾昔梦从天换钱,外白以张车子钱贷我,必是子也。财当归之矣。"自是居日衰减。车子长大,富于周家。

【注释】

①擥(lǎn):一本字作"犨"。

②司命:掌管生命的神。录籍:记载官俸等级的簿册。

③赀(zī):货物,钱财。

④粥糜:粥。糜,指煮米使糜烂。

【译文】

周擥喷这个人,家境贫困却热爱圣贤之道。他们夫妻夜晚耕地,累了睡在地里休息,梦见天公经过,可怜他,命令下属赐给他东西。司命查看录籍,说:"这个人面相贫穷,限度不超过这些。只有张车子,应该赐给钱财一千万。车子还没有出生,请把钱借给他。"天公说:"好。"天亮醒来,把这梦告诉妻子。于是夫妇共同努力,日夜治理家业,所做的事情都有收益,资产达到了一千万。先前有一个姓张的妇人,曾经到周家当佣人,没有按礼仪结婚就怀了孩子,孕期满了快要生了,就把她打发到外面,住在放车子的屋子里,生了一个儿子。主人去看她,可怜她孤苦寒冷,煮粥给她吃。问她说:"应该给你的孩子取什么名字呢?"张妇人说:"现在在车屋子里出生的,梦见天公告诉我,取名车子。"周擥喷于是醒悟,说:"我从前梦见从天公那里借钱,他的下属说把张车子的钱借给我,一定是这个孩子。财产该归还给他了。"从此周家家业逐渐衰减。张车子长大后,比周家富有。

卢汾梦

夏阳卢汾^①，字士济，梦入蚁穴，见堂宇三间，势甚危豁^②，题其额曰"审雨堂"^③。

【注释】

①夏阳：古县名。故城在今陕西韩城。

②危豁：高大开阔。

③额：匾额。

【译文】

夏阳县人卢汾，字士济，梦见进入蚁穴，看见三间堂屋，屋势高大开阔，卢汾给它题写匾额为"审雨堂"。

刘卓梦

吴选曹令史刘卓病笃^①，梦见一人以白越单衫与之^②，言曰："汝着衫，污，火烧便洁也。"卓觉，果有衫在侧。污，辄火浣之^③。

【注释】

①选曹：官名。主掌选授官吏事。选曹令史为其属官，掌管文书事。

②白越：细布名。

③浣（huàn）：洗。

【译文】

吴国选曹令史刘卓病得很重，梦见有一个人拿一件白越布的单衫给他，说道："你穿上单衫，脏了，用火一烧就干净了。"刘卓醒来，果然有一件单衫放在身旁。脏了，就用火洗它。

刘雅梦

　　淮南书佐刘雅①，梦见青蜥蜴从屋落其腹内。因苦腹痛病。

【注释】

　　①淮南：原为国名，三国时改国为郡。郡治寿春(今安徽寿县)。书佐：主办文书的佐吏。

【译文】

　　淮南郡书佐刘雅，梦见一条青色的蜥蜴从房上掉下来落进他的肚子里。因此患了腹痛病很痛苦。

张奂妻梦

　　后汉张奂为武威太守，其妻梦带奂印绶，登楼而歌。觉以告奂。奂令占之，曰："夫人方生男，后临此郡，命终此楼。"后生子猛。建安中，果为武威太守，杀刺史邯郸商，州兵围急，猛耻见擒，乃登楼自焚而死。

【译文】

　　后汉张奂任武威太守，他的妻子梦见带着张奂的官印，登上城楼去唱歌。她醒来后把梦告诉张奂。张奂让人占卜，占卜的人说："夫人将生一个男孩，日后将管理这个郡，死在这座楼上。"后来生了儿子张猛。汉献帝建安年间，张猛果然出任武威太守，他杀死州刺史邯郸商，州兵猛烈围攻，张猛耻于被俘，就登上城楼自焚而死了。

汉灵帝梦

汉灵帝梦见桓帝怒曰："宋皇后有何罪过①，而听用邪孽，使绝其命？渤海王悝既已自贬，又受诛毙。今宋氏及悝，自诉于天，上帝震怒，罪在难救。"梦殊明察。帝既觉而恐，寻亦崩。

【注释】

①宋皇后：汉灵帝的皇后。中常侍王甫诬杀渤海王刘悝及其妃宋氏，宋氏是宋皇后的姑母，王甫怕宋皇后迁怒于他，诬陷宋皇后在宫廷里挟巫蛊诅咒灵帝。灵帝收回宋皇后玺绶，宋皇后忧虑而死。

【译文】

汉灵帝梦见汉桓帝发怒说："宋皇后有什么罪过？你却听信奸邪小人的话，致使她丧命。渤海王刘悝既然已经被贬，又受到诛杀。现在宋氏和刘悝各自向天帝申诉，上帝非常愤怒，你的罪难被救赎。"梦境特别清楚。灵帝醒来后感到害怕，不久也死了。

吕石梦

吴时嘉兴徐伯始病①，使道士吕石安神座②。石有弟子戴本、王思二人，居住海盐③，伯始迎之以石助。昼卧，梦上天北斗门下，见外鞍马三匹，云："明日当以一迎石，一迎本，一迎思。"石梦觉，语本、思云："如此，死期。可急还，与家别。"不卒事而去。伯始怪而留之。曰："惧不得见家也。"间一日，三人同时死。

【注释】

①嘉兴:县名。三国吴时由拳县"野稻自生",吴大帝孙权以为祥瑞,改由拳为禾兴。赤乌五年(242)复改称嘉兴,即今浙江嘉兴。

②神座:神主牌位。亦指神像座位。

③海盐:古县名,故地在今浙江平湖东南。

【译文】

三国吴时嘉兴徐伯始生病,请道士吕石来安置神座。吕石有两个弟子戴本和王思,居住在海盐,徐伯始把他们接来帮助吕石。吕石白天睡觉,梦见上天到北斗星神门下,看见门外有三匹备好鞍子的马,说:"明天要用一匹马去迎吕石,一匹去迎戴本,一匹去迎王思。"吕石梦醒,告诉戴本、王思说:"如果是这样,死期就到了。要赶紧回家,和家人诀别。"他们没有做完事就离开。徐伯始觉得奇怪,挽留他们。他们说:"担心来不及见到家里人了。"隔一天,三个人同时死了。

谢郭同梦

会稽谢奉与永嘉太守郭伯猷善①。谢忽梦郭与人于浙江上争樗蒲钱②,因为水神所责,堕水而死,已营理郭凶事。及觉,即往郭许③,共围棋。良久,谢云:"卿知吾来意否?"因说所梦。郭闻之怅然,云:"吾昨夜亦梦与人争钱,如卿所梦。何期太的的也④?"须臾,如厕,便倒气绝。谢为凶具⑤,一如其梦。

【注释】

①会稽:郡名。秦置,汉代沿置,郡治吴县(故城在今江苏苏州吴中区、相城区)。谢奉:字弘道,官至吏部尚书。永嘉:郡名。晋置,治所永宁(今浙江温州)。

②浙江：水名，即钱塘江。樗蒲：古代一种博戏，后世亦以指赌博。

③许：处，处所。

④的的：明白。

⑤凶具：指棺材等丧葬用具。

【译文】

会稽谢奉和永嘉太守郭伯猷交情很好。谢奉忽然梦见郭伯猷和人在浙江上争夺玩樗蒲的钱，因此被水神谴责，掉进水里淹死；自己操办郭伯猷的丧事。等他醒来，立刻到郭伯猷家，和他一起下围棋。过了很久，谢奉说："你知道我的来意吗？"于是把自己的梦告诉他。郭伯猷听了十分惆怅，说："我昨天晚上也梦见和人争钱，和你梦见的一样。为什么这么清楚呢？"一会儿，郭伯猷上厕所，就倒在地上死了。谢奉给他筹办棺材，和他的梦一模一样。

徐泰梦

嘉兴徐泰，幼丧父母，叔父隗养之，甚于所生。隗病，泰营侍甚勤。是夜三更中，梦二人乘船持箱，上泰床头，发箱，出簿书示曰："汝叔应死。"泰即于梦中叩头祈请。良久，二人曰："汝县有同姓名人否？"泰思得，语二人云："有张隗，不姓徐。"二人云："亦可强逼。念汝能事叔父，当为汝活之。"遂不复见。泰觉，叔病乃差①。

【注释】

①差（chài）：病除。

【译文】

嘉兴人徐泰，自幼死了父母，叔父徐隗抚养他，比亲生儿子还好。徐隗生病，徐泰侍候他非常尽心。那天夜里三更时分，徐泰梦见两个人乘船拿着箱子，走到徐泰的床头，打开箱子，拿出录薄说："你的叔叔该死。"徐泰就在梦里叩头祈求。过了很久，那两个人说："你们县里有和你叔叔同姓同名的人吗？"徐泰想到一个人，对那两个人说："有个张隗，不姓徐。"那两个人说："也差不多相近。念你能侍奉叔父，我们将为你救活他。"于是就不见了。徐泰醒来，他叔父的病就好了。

卷十一

【题解】

　　根据荀子的论述,人之所以"最为天下贵",就在于"人有气有生有知亦且有义"。为人之根本在于"孝",而在人的基本品质中,最为古人所称颂者,莫过于仁、义、礼、智、信。本卷所录故事的主人公,便是那些具有卓绝之才识、至诚之情义的仁人义士、孝子贤妇。无论是"精诚所至、金石为开"的熊渠、李广,抚弓而猿号的养由基,还是虚弓下鸟的更赢、入水杀鼋的古冶子,他们皆因高超的箭术武艺而流芳百世。替莫邪之子为父报仇的侠客彰显了备受称道的侠义精神,而东方朔的以酒消患,也显露了"博物之士"不俗的才学。谅辅的精诚请雨、何敞的跋涉消灾、王业的大行惠风、葛祚的正德禳木,这些为民除害的仁德之士诠释了"为政以仁"的意义。如果说曾子、周畅、王祥、王延、郭巨、刘殷、王哀等人为后代的孝子贤孙树立了永久的典范,那么东海孝妇、犍为孝女以及乐羊子妻则成为贤妇烈女的榜样。望夫冈的执著等待让人感慨,相思树的永不分离更令人动容。严遵慧眼识破了铁椎疑案,山阳死友诠释了朋友信义。本卷通过这些仁人志士、孝子贤妇的传奇故事,宣扬了以孝为本,仁、义、礼、智、信至上的人伦规范。

熊渠子射虎(附李广射虎)

　　楚熊渠子夜行①,见寝石②,以为伏虎,弯弓射之,没金铩羽^③。下视，知其石也。因复射之，矢摧，无迹。汉世复有李广^④，为右北平太守^⑤，射虎，得石，亦如之。刘向曰："诚之至也，而金石为之开，况于人乎？夫唱而不和，动而不随，中必有不全者也。夫不降席而匡天下者，求之己也。"

【注释】

①熊渠：西周后期楚国的国君。楚国最早立国于荆山一带，在熊渠为国君时，把疆土扩大到了长江中游。

②寝石：横躺着的石头。

③金：指金属做成的箭头。铩羽：摧落箭尾的羽毛。

④李广（？—前119）：陇西成纪（今甘肃秦安顺堡乡）人，西汉名将。汉文帝十四年（前116）从军击匈奴因功为中郎。景帝时，先后任北部边域七郡太守。武帝即位后，召为中央宫卫尉。元光六年（前129），任骁骑将军，领万余骑出雁门（今山西右玉南）击匈奴，因众寡悬殊负伤被俘，伺机逃回。后任右北平郡（今内蒙古宁城西南）太守。匈奴畏服，称之为飞将军，数年不敢来犯。元狩四年（前119）漠北之战中，李广任前将军，因迷失道路，未能参战，愤愧自杀。李广一生战功赫赫，却始终未能封侯，唐代诗人王勃在其著名的《滕王阁序》中发出了"冯唐易老，李广难封"的感叹。

⑤右北平：郡名。战国燕置，郡治平刚（今河北平泉），东汉时移治土垠（今唐山丰润东），晋时改为北平郡，移治徐无（今河北遵化市遵化镇东）。

【译文】

楚国熊渠子晚上赶路，看见一块横躺的石头，以为是一只伏在地上的老虎，拉开弓箭射它，箭头射进石头里，连箭羽都擦掉了。他走下去看，才知是一块石头。于是他又再次射它，箭折断了，石头上也没有留下痕迹。汉朝又有个李广，任右北平太守，用箭射老虎，却射在石头上，和熊渠子一样。刘向说："精诚到了极点，连金石都能被打开，更何况于人呢？有人首倡而没有应和，有人行动却没有随从的人，其中必然有不周全的原因。不走下座席就能匡正天下，要从修养自身去求得。"

养由基射猿（附更赢射鸟）

楚王游于苑，白猿在焉。王令善射者射之，矢数发，猿搏矢而笑。乃命由基①。由基抚弓，猿即抱木而号。及六国时，更赢谓魏王曰②："臣能为虚发而下鸟。"魏王曰："然则射可至于此乎？"赢曰："可。"有顷，闻雁从东方来，更赢虚发而鸟下焉。

【注释】

①由基：即养由基，著名的神射手，能百步穿杨。

②更赢：战国时魏国的著名射手。

【译文】

楚王在园林中游猎，那里有一只白猿。楚王命令好射手射它，射了好几箭，白猿都抓住箭发笑。楚王于是命令养由基射它。养由基拿起弓，白猿就抱着树哭了。到六国时，更赢对魏王说："我能够虚拉弓不射箭就让鸟掉下来。"魏王说："难道射术可以达到这种程度吗？"更赢说："可以的。"一会儿，听到大雁从东方飞来，更赢虚拉了一下弓，就有一只大雁掉了下来。

古冶子杀鼋

齐景公渡于江、沅之河①，鼋衔左骖②，没之。众皆惊惕。古冶子于是拔剑从之③，邪行五里，逆行三里，至于砥柱之下④，杀之，乃鼋也。左手持鼋头，右手挟左骖，燕跃鹄踊而出⑤，仰天大呼，水为逆流三百步。观者皆以为河伯也。

【注释】

①江、沅之河：指长江、沅江，但齐景公未到过江、沅，故说者多据后
　文的"河伯"认为此事发生在黄河。

②鼋（yuán）：爬行动物，外形像龟，生活在水中，短尾，背甲暗绿色，
　近圆形，是淡水龟鳖类中体形最大的一种。左骖（cān）：左边的
　边马。骖，驾车时位于两边的马。

③古冶子：春秋时齐国的三勇士之一，后被齐相晏婴所杀。

④砥柱：山名。又称底柱山、三门山。在今河南三门峡市，当黄河
　中流。以山在激流中矗立如柱，故名。今因整治河道，山已
　炸毁。

⑤燕跃鹄踊：形容迅捷威猛。

【译文】

齐景公渡黄河，有一只大鼋咬着他的马车的左骖马沉入河中。大
家都惊慌恐惧。古冶子于是拔出宝剑追赶，他斜着追了五里，又逆水追
了三里，来到砥柱山下，杀死它，才知道是只大鼋。他左手拿着鼋
头，右手拉着左骖马，像燕子、天鹅一样飞跃而出，仰天大叫，河水被震得倒流
了三百步。围观的人都认为他是河伯。

三王墓

楚干将、莫邪为楚王作剑①，三年乃成，王怒，欲杀之。
剑有雌雄。其妻重身当产，夫语妻曰："吾为王作剑，三年乃
成。王怒，往必杀我。汝若生子，是男，大，告之曰：'出户，
望南山，松生石上，剑在其背。'"于是即将雌剑往见楚王。
王大怒，使相之："剑有二，一雄一雌。雌来，雄不来。"王怒，

即杀之。

莫邪子名赤比，后壮，乃问其母曰："吾父所在？"母曰："汝父为楚王作剑，三年乃成。王怒，杀之。去时嘱我：'语汝子，出户，望南山，松生石上，剑在其背。'"于是子出户，南望，不见有山，但睹堂前松柱下石砥之上，即以斧破其背，得剑。日夜思欲报楚王。

王梦见一儿，眉间广尺，言欲报仇。王即购之千金。儿闻之，亡去。入山，行歌。客有逢者，谓："子年少，何哭之甚悲耶？"曰："吾干将、莫邪子也。楚王杀吾父，吾欲报之。"客曰："闻王购子头千金，将子头与剑来，为子报之。"儿曰："幸甚！"即自刎，两手捧头及剑奉之，立僵。客曰："不负子也。"于是尸乃仆。客持头往见楚王，王大喜。客曰："此乃勇士头也。当于汤镬煮之。"王如其言。煮头三日三夕，不烂。头踔出汤中②，瞋目大怒。客曰："此儿头不烂，愿王自往临视之，是必烂也。"王即临之。客以剑拟王，王头随堕汤中。客亦自拟己头，头复堕汤中。三首俱烂，不可识别。乃分其汤肉葬之，故通名"三王墓"。今在汝南北宜春县界③。

【注释】

①干将、莫邪：春秋时楚国因善于铸剑而著名的一对夫妻，后世人遂以其名命名雄雌二剑。

②踔（chuō）：跳跃。

③汝南：郡名。汉置，郡治上蔡，今河南上蔡。北宜春：古县名。北宜春县属汝南郡，因为当时豫章郡有宜春县，故名北宜春。其故城在今河南汝南西南。

【译文】

　　楚国人干将、莫邪给楚王铸剑，三年才铸成，楚王很生气，想杀他们。铸成的宝剑有雌剑和雄剑。干将的妻子莫邪怀孕就要分娩，丈夫对妻子说："我给楚王铸剑，三年才铸成。楚王生气了，我去他一定会杀了我。你如果生了孩子是个男孩，长大了，就告诉他：'出门望着南山，看到松树长在石头上，宝剑藏在树背上。'"于是干将就带上雌剑去见楚王。楚王非常生气，叫人相剑。"宝剑共有两把，一把雄剑，一把雌剑，雌剑送来了，雄剑没有送来。"楚王很生气，立刻杀了干将。

　　莫邪的儿子叫赤比，长大后，就问他的母亲说："我父亲在哪里？"他母亲说："你父亲给楚王铸剑，三年才铸成，楚王生气就杀了他。他走的时候叮嘱我：'告诉我的儿子，出门望着南山，松树长在石头上，宝剑藏在树背上。'"于是他走出门向南望去，不见有山，只看见堂前的松木柱子立在石砥之上，他就用斧子劈破松柱的背，得到了宝剑。他日夜想着要向楚王报仇。

　　楚王梦见一个男孩，两条眉毛之间宽一尺，说要报仇。楚王就用千金悬赏捉拿他。男孩听说这个消息，逃走了。躲进山中，男孩一边走一边唱歌，有一个侠客遇到他，说："你年纪这么小，为什么哭得这么悲伤呢？"男孩说："我是干将、莫邪的儿子。楚王杀了我的父亲，我想报仇。"侠客说："听说楚王悬赏千金要你的脑袋，把你的头和宝剑拿来，我替你报仇。"男孩说："太荣幸了！"立刻自刎，双手捧着头和剑交给侠客，身子僵硬地站着。侠客说："我不会辜负你。"这时男孩的尸体才倒了下去。侠客拿着男孩的头去见楚王，楚王非常高兴。侠客说："这是勇士的头。应当用大锅来煮它。"楚王依照他的话做了。男孩的头煮了三天三夜，没有煮烂。头在汤锅中跳出水面，瞪大了眼睛很愤怒。侠客说："这个孩子的头煮不烂，希望大王亲自到锅边看看它，这样肯定就煮烂了。"楚王于是走到锅边。侠客用宝剑指向楚王，楚王的头跟着掉进了汤锅。侠客也剑指自己的头，头也掉进锅里。三颗人头都煮烂了，不能分辨出是谁。于是只好把肉汤分成三份埋葬，笼统地称为"三王墓"。现在在汝南郡的北宜春县境内。

贾雍失头

汉武时，苍梧贾雍为豫章太守①，有神术。出界讨贼，为贼所杀，失头，上马回营。营中咸走来视雍。雍胸中语曰："战不利，为贼所伤。诸君视有头佳乎？无头佳乎？"吏涕泣曰："有头佳。"雍曰："不然，无头亦佳。"言毕，遂死。

【注释】

①苍梧：郡名。汉武帝时所置，郡治在广信县（今广西梧州），属交阯刺史部。

【译文】

汉武帝时，苍梧人贾雍任豫章太守，他有神奇的法术。有一次他出郡界去讨伐贼寇，被贼寇杀死，丢了脑袋，他的身子骑上马回到营地。营中将士都跑出来看贾雍。贾雍的胸中发出声音说："战斗失利，被贼寇伤害。你们看看是有头好呢？还是无头好呢？"属吏都流着泪说："有头好。"贾雍说："不是这样，没有头也好。"说完就死了。

断头语

渤海太守史良好一女子①，许嫁而不果。良怒，杀之，断其头而归，投于灶下，曰："当令火葬。"头语曰："使君，我相从，何图当尔！"后梦见曰："还君物。"觉而得昔所与香缨、金钗之属②。

【注释】

①渤海:古郡名。治所在今河北沧州。

②香缨:彩带,古时女子许嫁时所佩。

【译文】

渤海太守史良喜欢一个女子,女子答应嫁给他而没有结果。史良生气了,把女子杀了,砍下她的头带回来,扔到灶下,说:"应当让你葬身火中。"断头说:"使君,我和你相好,哪里想到会是这样!"后来史良梦见女子说:"归还你的东西。"醒来后得到了过去赠给女子的香缨、金钗等东西。

苌弘血化碧

周灵王时①,苌弘见杀②。蜀人因藏其血,三年,乃化而为碧。

【注释】

①周灵王:东周天子,前571—前545年在位。

②苌弘:也写作"苌宏"。周景王大臣刘文公的家臣,在晋国六卿争斗时,因帮助范氏而惹怒赵氏,周人因杀苌弘。传说苌弘被杀三年后,其血化为碧玉。后人多以"苌弘化碧"来形容刚直忠正,为正义事业而蒙冤抱恨。

【译文】

周灵王时,苌弘被杀。蜀人把他的血藏起来,三年以后,血变成了碧玉。

东方朔消患

汉武帝东游,未出函谷关,有物当道。身长数丈,其状象牛，青眼而曜睛①，四足入土，动而不徙。百官惊骇。东方朔乃请以酒灌之②。灌之数十斛而物消。帝问其故，答曰："此名为患，忧气之所生也。此必是秦之狱地，不然，则罪人徒作之所聚。夫酒忘忧，故能消之也。"帝曰："吁！博物之士，至于此乎！"

【注释】

①曜（yào）：明亮，光辉。

②东方朔：字曼倩，西汉武帝时的辞赋家，博学多识，言辞敏捷，诙谐滑稽，常在武帝面前谈笑取乐。他虽有志向，也向汉武帝上书言经国治世之事，但武帝始终以俳优视之，未加重用。

【译文】

汉武帝往东方巡游，还没出函谷关，就有一个怪物挡住道路。那怪物身长好几丈，它的形状像头牛，青色的眼睛，眼珠闪着光彩，四只脚陷在土里，脚在动却没有走开。随行百官都感到十分害怕。东方朔于是请求用酒来灌它。灌了几十斛酒，怪物消失了。汉武帝询问原因，东方朔回答说："这个怪物叫做患，是忧郁之气所产生的。这里一定是秦代的监狱，不然，就是罪犯徒役劳作的地方。酒能忘忧，所以能消解它。"汉武帝说："啊！真是知识渊博的人，连这样的事情都知道。"

谅辅祷雨

后汉谅辅，字汉儒，广汉新都人①。少给佐吏②，浆水不交③。为从事④，大小毕举，郡县敛手⑤。时夏枯旱，太守自曝中庭⑥，而雨不降。辅以五官掾出祷山川⑦，自誓曰："辅为郡股肱，不能进谏纳忠，荐贤退恶，和调百姓，至令天地否隔，万物枯焦，百姓喁喁⑧，无所控诉，咎尽在辅。今郡太守内省责己，自曝中庭，使辅谢罪，为民祈福。精诚恳到，未有感彻。辅今敢自誓：若至日中无雨，请以身塞无状⑨。"乃积薪柴，将自焚焉。至日中时，山气转黑，起雷，雨大作，一郡沾润。世以此称其至诚。

【注释】

①广汉新都：广汉郡新都县。其地在今四川成都新都区东。

②佐吏：指古代地方长官的僚属。

③浆水不交：浆水不沾。比喻为官清廉，无取于民。

④从事：官名。汉以后三公及州郡长官都自辟僚属，称为"从事"。

⑤敛手：拱手。表示恭敬。

⑥中庭：古代庙堂前阶下正中部分。为朝会或授爵行礼时臣下站立之处。

⑦五官掾（yuàn）：州郡的属官。

⑧喁喁（yóng）：仰望期待貌。

⑨无状：指不可言状的罪行。

【译文】

东汉谅辅，字汉儒，是广汉郡新都县人。他年轻的时候供职佐吏，为官清廉，浆水不沾。后来任从事，大小事情都处理得十分妥当，郡县的人都很敬重他。当时夏天干旱，太守亲自站在中庭曝晒祈雨，可是没有下雨。谅辅以五官掾的身份出去向山川之神祷告，他自己发誓说："我谅辅身为郡守的得力属官，不能进谏忠言、举荐贤才斥退恶人，使百姓和睦，致使天地隔绝不通，万物焦枯，百姓仰头望雨，没有地方控诉，罪过都在我谅辅。现在郡太守反省责备自己，在中庭曝晒，让我谅辅来认罪，为百姓求福。他真诚恳切，尚未感动神明。谅辅我现在敢发誓：如果到中午还不下雨，请让我用自己的身体来抵偿罪恶。"于是就堆起木柴，打算自焚。到中午时，山中云气变黑，响起雷声，下起大雨，全郡都得到了滋润。世人因此称赞他是最真诚的人。

何敞消灾

何敞，吴郡人①。少好道艺②，隐居。里以大旱，民物憔悴，太守庆洪遣户曹掾致谒，奉印绶，烦守无锡。敞不受。退，叹而言曰："郡界有灾，安能得怀道！"因跋涉之县，驻明星屋中，蝗蝝消死③，敞即遁去。后举方正、博士④，皆不就，卒于家。

【注释】

①吴郡：古郡名，郡治在今江苏苏州。

②道艺：指道士、方士修炼长生之术。

③蝝（yuán）：未生翅的幼蝗。

④方正：原指人行为、品性正直无邪。汉文帝时始作为选贤举荐科目之一。博士：学官名。专门负责经学的传授。

【译文】

何敞是吴郡人。年轻的时候喜欢道术，隐居。乡里因为大旱，老百姓生活困顿，太守庆洪派户曹掾送上名帖，奉持印信绶带，请他出任无锡县令。何敞没有接受。告退后，他叹息说："郡内发生灾荒，我怎能胸怀道术而不用？"于是步行到县里，用法术让太白金星停在屋子里，蝗虫消失死亡后，何敞就离开了。后来举荐他做方正、博士，都没有去任职，老死在家里。

蝗虫避徐栩

后汉徐栩，字敬卿，吴由拳人①。少为狱吏，执法详平②。为小黄令时③，属县大蝗④，野无生草，过小黄界，飞逝不集。

刺史行部责栩不治⑤,栩弃官,蝗应声而至。刺史谢,令还寺舍⑥,蝗即飞去。

【注释】

①由拳:古县名。故治在今浙江嘉兴南。

②详平:平正,公平。

③小黄:古县名,属陈留郡。故治在今安徽亳州。

④属:古代行政区划。《国语·齐语》:"十县为属,属有大夫。"

⑤刺史:古代官名。原为朝廷所派督察地方之官,后沿为地方官职名称。汉武帝时,分全国为十三部(州),部置刺史。行部:谓巡行所属部域,考核政绩。

⑥寺舍:官舍。

【译文】

东汉时人徐栩,字敬卿,是吴郡由拳县人。年轻时任狱吏,执法公正。做小黄县县令时,同属各县发生严重蝗灾,田野没有一根青草。蝗虫经过小黄县境,都飞走了没有停集。刺史巡行考核时责备徐栩不治蝗灾,徐栩自动解职去官,蝗虫应声而至。刺史向徐栩道歉,让他返回官舍,蝗虫立刻飞走了。

白虎墓

王业字子香,汉和帝时为荆州刺史。每出行部,沐浴斋素,以祈于天地:当启佐愚心,无使有枉百姓。在州七年,惠风大行,苛慝不作①,山无豺狼。卒于枝江②,有二白虎,低头,曳尾,宿卫其侧。及丧去,虎逾州境,忽然不见。民共为立碑,号曰"枝江白虎墓"。

【注释】

①苛慝(tè)：暴虐邪恶。慝，邪恶。

②枝江：县名，汉置。因长江至此分枝而得名枝江，汉时属南郡，即今湖北枝江。

【译文】

王业字子香，东汉和帝时为荆州刺史。他每次外出巡行部属，都要沐浴斋戒，然后向天地祈祷：请启发帮助我愚昧的心，不要让我做出辜负百姓的事情。在任荆州刺史的七年，广泛推行仁政，暴虐邪恶没有发生，连山中都没有豺狼。他死在枝江，有两只白虎低着头拖着尾巴，卧在他的旁边守卫。等埋葬之后，白虎越过州界，忽然不见了。百姓一起为他竖立墓碑，称为"枝江白虎墓"。

葛祚碑

吴时，葛祚为衡阳太守①，郡境有大槎横水②，能为妖怪。百姓为立庙，行旅祷祀，槎乃沉没；不者，槎浮，则船为之破坏。祚将去官，乃大具斧斤，将去民累。明日当至，其夜闻江中汹汹有人声，往视之，槎乃移去，沿流下数里，驻湾中。自此行者无复沉覆之患。衡阳人为祚立碑，曰："正德祈禳，神木为移。"

【注释】

①衡阳：郡名，吴置。郡治蒸阳县(即今湖南衡阳蒸湘区)。

②槎(chá)：树的杈枝。

【译文】

三国吴时，葛祚任衡阳太守，郡境内有一个大树杈横在江上，会兴妖作怪。老百姓给它修了庙，旅行的人去庙里祷记，大树杈就沉入水中;不然的话,大树杈就浮在水上,行船就会被它撞坏。葛祚将要离任,于是准备好斧斤,要为老百姓去除这个累赘。第二天他们就要去了,当天晚上听到江中有喧哗的人声,前去察看,大树杈竟然移走了,沿着江水流下几里,停在了江湾中。从此行船的人再没有船翻沉没的担心了。衡阳人给葛祚立碑,说:"端正德行求福除灾,神木因此移走。"

曾子之孝

曾子从仲尼在楚而心动①,辞归问母,母曰:"思尔,啮指。"孔子曰:"曾参之孝,精感万里。"

【注释】

①曾子:曾参,孔子的弟子,以孝著称。

【译文】

曾子跟着孔子在楚国,心有所动,于是告辞孔子回家问候母亲,母亲说:"我想你就咬了自己的指头。"孔子说:"曾参的孝心,精神能够感应到万里之外。"

周畅立义冢

周畅性仁慈,少至孝,独与母居。每出入,母欲呼之,常自啮其手,畅即觉手痛而至。治中从事未之信。候畅在田,使母啮手,而畅即归。元初二年①,为河南尹②,时夏大旱,久祷无应。畅收葬洛阳城旁客死骸骨万余,为立义冢,应时澍雨③。

【注释】

①元初二年:公元 15 年。元初是东汉安帝的年号,114—120 年。

　汉安帝在位十九年,共使用五个年号:永初、元初、永宁、建光、

②尹：古代官名。多指主管之官。

③澍（shù）雨：暴雨。

【译文】

　　周畅生性仁慈，年轻时非常孝顺，一个人和母亲居住。每次他出门，母亲想呼唤他，经常咬自己的手指，周畅立即感觉到手痛就回来了。郡治中的从事不相信这样的事。等到周畅去打猎，让他的母亲咬手指，周畅果然立刻就回来了。汉安帝元初二年，周畅任河南尹，那年夏天大旱，祷告神灵很久都没有应验。周畅收葬了洛阳城旁一万多具客死的无主骸骨，建立义冢，随即下起了暴雨。

王祥孝母

　　王祥字休征，琅邪人，性至孝。早丧亲，继母朱氏不慈，数谮之①，由是失爱于父，每使扫除牛下。父母有疾，衣不解带。母常欲生鱼，时天寒，冰冻。祥解衣将剖冰求之，冰忽自解，双鲤跃出，持之而归。母又思黄雀炙，复有黄雀数十入其幕②，复以供母。乡里惊叹，以为孝感所致。

【注释】

　　①谮（zèn）：谗毁，诬陷。

　　②幕（mù）：同"幕"。幕帐。

【译文】

　　王祥字休征，琅邪人，生性非常孝顺。他早年死了母亲，继母朱氏不慈爱，多次说他的坏话，因此他又失去了父爱，每次都叫他去打扫牛棚。父母生病，他日夜服侍顾不上睡觉。继母想吃活鱼，当时天气寒冷，河水冻结。王祥脱下衣服准备破冰去捉鱼，冰忽然自动破开，跳出两条鲤鱼,王祥拿着它们回家了。继母又想吃烤熟的黄雀肉,又有几十只黄雀飞进他的帐子,他又拿去供奉母亲。同乡人都十分惊叹,认为这是他的孝心感动上天的结果。

王延叩凌求鱼

王延,性至孝。继母卜氏,尝盛冬思生鱼,敕延求而不获,杖之流血。延寻汾①,叩凌而哭。忽有一鱼,长五尺,跃出冰上,延取以进母。卜氏食之,积日不尽。于是心悟,抚延如己子。

【注释】

①汾:水名。即汾河。源出山西宁武管涔(cén)山,至河津市西入黄河。

【译文】

王延生性非常孝顺。他的继母卜氏,曾经在隆冬想吃活鱼,命令王延去捉没有捉到,就用棍子打他打出血来。王延到汾河上去找,一边敲冰一边哭泣。忽然有一条鱼,长五尺,跳出冰面,王延拿去进奉给继母。继母卜氏吃这条鱼,几天都没有吃完。卜氏于是心里明白过来,从此抚养王延就像自己亲生的儿子一样。

楚僚卧冰求鲤

楚僚早失母,事后母至孝。母患痈肿①,形容日悴。僚自徐徐吮之,血出,迨夜即得安寝②。乃梦一小儿语母曰:"若得鲤鱼食之,其病即差③,可以延寿。不然,不久死矣。"母觉而告僚。时十二月冰冻,僚乃仰天叹泣,脱衣上冰,卧之。有一童子,决僚卧处,冰忽自开,一双鲤鱼跃出。僚将归奉其母,病即愈,寿至一百三十三岁。盖至孝感天神,昭应如此④。此与王祥、王延事同。

【注释】

①痈肿:毒疮脓肿。

②迨:等到。

③差(chài):病愈。

④昭应:应验。

【译文】

楚僚早年丧母,侍奉后母十分孝顺。后母长了毒疮脓肿,形体面容日渐消瘦。楚僚亲自给她慢慢吮吸脓疮,脓血吸出,到了晚上才能够睡得安稳。后母梦见一个小孩子对她说:"如果得到鲤鱼吃了,你的病立刻就好了,还可以延长寿命。不然的话,过不了多久就要死了。"后母醒来后告诉楚僚。当时是十二月的冰冻天气,楚僚于是仰头朝天叹息哭泣,脱下衣服走上冰面爬下。有一个小孩子,来挖楚僚爬着的地方,冰面突然自己开了,两条鲤鱼跳了出来。楚僚拿着鱼回家给后母吃,她的病立刻就好了,一直活到一百三十三岁。大概是楚僚极其孝顺感动了天神,才有这样的应验。这和王祥、王延的故事相同。

蛴螬炙

盛彦字翁子,广陵人①。母王氏,因疾失明,彦躬自侍养。母食,必自哺之。母疾既久,至于婢使数见捶挞②。婢忿恨,闻彦暂行,取蛴螬炙饴之③。母食,以为美,然疑是异物,密藏以示彦。彦见之,抱母恸哭④,绝而复苏⑤。母目豁然即开,于此遂愈。

【注释】

①广陵：古郡名。治所在今江苏扬州。

②捶挞：杖击，鞭打。

③蛴螬：金龟子的幼虫，长寸许，居于土中，以植物根茎等为食。饴（sì）：同"饲"。拿食物给人吃。

④恸（tòng）：极其悲痛。

⑤绝：死亡。

【译文】

盛彦字翁子，广陵人。他的母亲王氏，因为生病双目失明，盛彦亲自侍奉她。母亲吃东西，盛彦必定亲自喂她。他母亲生病时日既久，以致对婢女多次责打。婢女忿恨她，听说盛彦暂时外出，就拿蛴螬烧烤给她吃。盛彦的母亲吃了觉得味道很好，不过怀疑是怪东西，悄悄藏了起来给盛彦看。盛彦看见虫子，抱着母亲痛哭，哭得死去活来。他母亲的眼睛一下子就看得见了，从此就好了。

蚺蛇胆

颜含字宏都，次嫂樊氏因疾失明。医人疏方①，须蚺蛇胆②，而寻求备至，无由得之。含忧叹累时。尝昼独坐，忽有一青衣童子，年可十三四，持一青囊授含。含开视，乃蛇胆也。童子逡巡出户③，化成青鸟飞去。得胆，药成，嫂病即愈。

【注释】

①疏：分条记录或分条陈述。这里指开药方。

②蚺（rán）蛇：蛇的一种。也作"蚦蛇"。刘恂《岭表录异》卷下载："蚺蛇，大者五六丈，围四五尺。以次者，亦不下三四丈，围亦称

是。身有斑文如故锦缬。"应即今之蟒蛇。

③逡巡：倒退而行，恭顺的样子。

【译文】

颜含字宏都，他的二嫂樊氏因病失明。医生开出药方，需要蚺蛇胆，但是到处寻找，都没有办法得到。颜含忧心叹息了很长时间。有一次他白天一个人坐着，忽然有一个穿着青衣的小孩子，年纪大约十三四岁，拿着一个青色的布袋送给颜含。颜含打开一看，正是蛇胆。那个小孩很恭谨地退出屋门，变成一只青鸟飞走了。得到蛇胆，药配成了，他嫂子的病立刻就好了。

郭巨埋儿

郭巨，隆虑人也①，一云河内温人②。兄弟三人，早丧父，礼毕，二弟求分。以钱二千万，二弟各取千万。巨独与母居客舍，夫妇佣赁以给供养。居有顷，妻产男。巨念与儿妨事亲，一也；老人得食，喜分儿孙，减馔，二也。乃于野凿地，欲埋儿。得石盖，下有黄金一釜③，中有丹书，曰："孝子郭巨，黄金一釜，以用赐汝。"于是名振天下。

【注释】

①隆虑：古县名，其地在今河南林县。

②河内：指黄河以北的地区。汉时置郡，郡治怀县（今河南武陟西南）。温：地名，汉置县。今河南焦作温县。

③釜：古代的一种炊具。

【译文】

郭巨，是隆虑县人，又说是河内郡温县人。兄弟三人，早年丧父，丧礼结束后，两个弟弟要求分家。家产有两千万，两个弟弟各拿走一千万。郭巨独自和母亲居住在客店里，夫妻两人靠给人打工来供养母亲。过了一段时间，他的妻子生下一个男孩。郭巨想到抚养孩子会影响侍奉母亲，这是其一；老人得到食物，喜欢分给孙子，就减少了她的食物，这是其二。于是他到郊野挖土坑，想把儿子埋掉。他挖到一块石头盖板，下面有一釜黄金，罐里有一张朱笔写成的文书，说："孝子郭巨，黄金一釜，拿来赏赐你。"郭巨的名声于是传遍天下。

刘殷居丧

新兴刘殷①，字长盛，七岁丧父，哀毁过礼②，服丧三年，未尝见齿。事曾祖母王氏，尝夜梦人谓之曰："西篱下有粟。"寤而掘之，得粟十五钟③。铭曰："七年粟百石，以赐孝子刘殷。"自是食之，七岁方尽。及王氏卒，夫妇毁瘠，几至灭性。时枢在殡，而西邻失火，风势甚猛，殷夫妇叩殡号哭，火遂灭。后有二白鸠来巢其树庭。

【注释】

①新兴：古郡名，郡治在今湖北江陵东。

②哀毁：指居亲丧悲伤异常而毁损其身。后常作居丧尽礼之辞。

③钟：古代的容量单位。合六斛四斗。之后也有合八斛及十斛的制度。

【译文】

新兴郡人刘殷，字长盛，七岁时丧父，居丧尽礼超过了礼制的规定，服丧三年期间，从没有开口笑过。他服侍曾祖母王氏，有一天晚上梦见有人告诉他说："西边篱笆下面有粮食。"醒来后去挖，挖到了十五钟粮食，有铭文说："七年的粮食一百石，用来赏赐孝子刘殷。"从这时起吃了七年，才把这些粮食吃完。等曾祖母王氏去世，刘殷夫妇居丧哀伤过度极度瘦弱,几乎危及生命。当时棺材正待下葬,西边的邻居家失火,火势很猛,刘殷夫妇敲着棺材号啕大哭,火于是就熄灭了。后来有两只白色鸠鸟来他家庭院的树上做巢。

杨伯雍种玉

杨公伯雍,雒阳县人也①。本以侩卖为业②,性笃孝。父母亡,葬无终山③,遂家焉。山高八十里,上无水,公汲水,作义浆于坂头,行者皆饮之。三年,有一人就饮,以一斗石子与之,使至高平好地有石处种之,云:"玉当生其中。"杨公未娶,又语云:"汝后当得好妇。"语毕不见。乃种其石。数岁,时时往视,见玉子生石上,人莫知也。有徐氏者,右北平著姓,女甚有行,时人求,多不许。公乃试求徐氏,徐氏笑以为狂,因戏云:"得白璧一双来,当听为婚。"公至所种玉田中,得白璧五双,以聘。徐氏大惊,遂以女妻公。天子闻而异之,拜为大夫。乃于种玉处,四角作大石柱,各一丈,中央一顷地名曰"玉田"。

【注释】

①雒阳:即洛阳。

②侩(kuài):牙侩,旧时买卖的居间人。

③无终山:在今河北玉田西北。

【译文】

杨伯雍,是洛阳县人。本来以做中间人介绍买卖为职业,生性十分孝顺。父母死后,埋葬在无终山,于是就在那里结庐为家以守孝。无终山高八十里,山上没有水,杨伯雍到山下打水,在坡头上供应免费茶水,来往的行人都从那里喝水。三年后，有一个人来喝水，给了他一斗石子，让他在高平有石头的好地方种下石子，说："玉会从里面长出来。"杨伯雍还没娶妻，他又告诉杨伯雍说："你日后会娶到好妻子。"话说完就不见了。杨伯雍于是种下了石子。几年中，他经常去看，看见小玉石生在石头上，没有人知道这件事。有一户姓徐的人家，是右北平的名门望族，他家的女儿很有德行，当时很多人求婚，都没有答应。杨伯雍于是试着去徐家求婚，徐家笑他狂妄，于是戏弄他说："你拿得出一对白玉璧，就答应你的求婚。"杨伯雍至他所种的玉田中，取得了五对白玉璧，拿来做聘礼。徐家人大吃一惊，于是就把女儿嫁给了杨伯雍。天子听说这件事感到很惊异，就任命他为大夫。就在杨伯雍种玉的地方，四角立起大石柱，每根高一丈，中间那一顷地被命名为"玉田"。

衡农梦虎啮足

衡农字剽卿，东平人也[1]。少孤，事继母至孝。常宿于他舍，值雷风，频梦虎啮其足。农呼妻相出于庭，叩头三下。屋忽然而坏，压死者三十余人，唯农夫妻获免。

【注释】

[1]东平：西汉时置东平国，东晋时改国为郡，治所在无盐县宿城（今山东东平）。

【译文】

衡农字剽卿，是东平人。小时候死了母亲，侍奉继母十分孝顺。他曾经住在别人家，遇到打雷刮风，连连梦见老虎咬他的脚。衡农喊他的妻子一起走到庭院里，磕了三个头。屋子突然倒塌，压死了三十多人，只有衡农夫妻二人得以幸免。

罗威为母温席

罗威字德仁,八岁丧父,事母性至孝。母年七十,天大寒,常以身自温席而后授其处。

【译文】

罗威字德仁,八岁时死了父亲,侍奉母亲非常孝顺。母亲七十岁时,天气十分严寒,罗威经常用自己的身体温暖炕席,然后送到母亲居处。

王裒守墓

王裒字伟元[①],城阳营陵人也[②]。父仪,为文帝所杀[③]。裒庐于墓侧,旦夕常至墓所拜跪,攀柏悲号,涕泣着树,树为之枯。母性畏雷,母没,每雷,辄到墓曰:"裒在此。"

【注释】

①王裒(póu):王修之孙,其父王仪为司马昭安东司马,后被杀。王裒终身不仕晋。

②城阳:古郡名。郡治在今山东莒县。营陵:古县名,县治在今山东昌乐。

③文帝:即司马昭。司马炎称帝后追尊其为晋文帝。

【译文】

王裒字伟元,是城阳郡营陵县人。他的父亲王仪,被晋文帝杀害。王裒在墓旁结庐,早晚经常到墓地拜跪,扶着柏树悲哀哭号,眼泪洒在树上,树因此都枯萎了。他的母亲生性害怕雷声,母亲死后,每次打雷,他总是到墓前说:"王裒在这里。"

白鸠郎

郑弘迁临淮太守①。郡民徐宪在丧致哀，有白鸠巢户侧。弘举为孝廉②，朝廷称为"白鸠郎"。

【注释】

①临淮：古郡名。郡治在今江苏盱眙西北。

②孝廉：分别为统治阶级选拔人才的科目，始于汉代，在东汉尤为求仕者必由之途，后往往合为一科。亦指被推选的士人。孝，指孝悌者。廉，清廉之士。

【译文】

郑弘升任临淮太守。郡里有一个老百姓徐宪居丧期间非常悲哀，有白鸠来他家门边做巢。郑弘举荐他为孝廉，朝廷称他为"白鸠郎"。

东海孝妇

汉时，东海孝妇养姑甚谨①。姑曰："妇养我勤苦。我已老，何惜余年，久累年少。"遂自缢死。其女告官云："妇杀我母。"官收系之，拷掠毒治。孝妇不堪苦楚，自诬服之。时于公为狱吏②，曰："此妇养姑十余年，以孝闻彻，必不杀也。"太守不听。于公争不得理，抱其狱词哭于府而去。自后郡中枯旱，三年不雨。后太守至，于公曰："孝妇不当死，前太守枉杀之，咎当在此。"太守即时身祭孝妇冢，因表其墓。天立雨，岁大熟。长老传云："孝妇名周青。青将死，车载十丈竹竿，以悬五幡③。立誓于众曰：'青若有罪，愿杀，血当顺下；青若枉死，血当逆流。'既行刑已，其血青黄，缘幡竹而上，极标,又缘幡而下云。"

【注释】

①东海:古郡名。秦置。楚汉之际也称郯郡。治所在郯(今山东郯城北)。西汉辖境相当于今山东费县、临沂、江苏赣榆以南,山东枣庄、江苏邳州以东和江苏宿迁、灌南以北地区。

②于公:汉宣帝时廷尉于定国的父亲。他任县狱吏、郡决曹时,断案十分公正,甚得人心,在他活着的时候百姓就为他立了祠,称为于公祠。

③幡(fān):长幅下垂的旗。亦泛指旌旗。

【译文】

汉朝时,东海郡有一个孝顺的媳妇奉养婆婆十分恭谨。婆婆说:"媳妇供养我勤劳辛苦。我已经老了,何必吝惜剩下的年月,长久地连累年轻人呢。"于是就上吊自杀了。她的女儿告到官府,说:"媳妇杀了我母亲。"官府拘捕了孝妇,严刑拷打,非常狠毒。孝妇忍受不了酷刑,自己无辜而服罪。当时于公任狱吏,说:"这个妇女奉养婆婆十多年,因为孝顺而名声传遍四方,必定不会杀害婆婆。"太守不听他的意见。于公争辩没有说服太守,抱着定案的文书,从官府里哭着离开了。从此之后东海郡发生大旱,三年都没有下雨。后任太守到职,于公说:"孝妇不应该死,前任太守冤枉杀了她,天灾的原因应该在这里。"太守立刻亲自前往祭奠孝妇的坟墓。天立刻下起雨来,这一年庄稼大丰收。年纪大的人传言说:"孝妇名叫周青。周青被杀的时候,车上拉着十丈长的竹竿,用来悬挂五色幡旗。周青在众人面前立下誓言说:'我周青如果有罪,情愿被杀,血就会顺着竹竿流下来;如果我周青是被冤枉杀死的,我的血会倒流上竹竿。'行刑之后,她的血呈青黄色,沿着旗杆倒流,到顶之后,又顺着旗幡流了下来。"

犍为孝女

犍为叔先泥和①,其女名雄。永建三年②,泥和为县功曹③,县长赵祉遣泥和拜檄谒巴郡太守④。以十月乘船,于城湍堕水死,尸丧不得。雄哀恸号咷⑤,命不图存,告弟贤及夫人,令勤觅父尸,若求不得,"吾欲自沉觅之"。时雄年二十七,有子男贡,年五岁,贳,年三岁。乃各作绣香囊一枚,盛以金珠环,预婴二子。哀号之声,不绝于口,昆族私忧。至十二月十五日,父丧不得。雄乘小船于父堕处,哭泣数声,竟自投水中,旋流没底。见梦告弟云:"至二十一日,与父俱出。"至期,如梦,与父相持并浮出江。县长表言,郡太守肃登承上尚书,乃遣户曹掾为雄立碑,图象其形,令知至孝。

【注释】

①犍(qián)为:古郡名。汉置,治所在今四川宜宾,属益州。

②永建三年:128年。永建,东汉顺帝年号。

③功曹:官名。汉代郡守有功曹史,简称功曹,除掌人事外,得以参与一郡的政务。

④檄(xí):文体名。古官府用以征召、晓谕、声讨的文书。后泛指信函。

⑤哀恸(tòng):悲痛至极。号咷(táo):放声大哭。

【译文】

犍为郡的叔先泥和,他的女儿叫叔先雄。东汉顺帝永建三年,叔先泥和任县功曹,县长赵祉派叔先泥和奉送文书进见巴郡太守。他在十月乘船出发,在城边急流中落水而死,找不到尸体埋葬。叔先雄悲痛得号咷大哭,自己不想活了,她告诉弟弟叔先贤和他夫人,让他们尽力寻找父亲的尸体,如果找不到,"我要自沉水中去寻找"。当时叔先雄二十七岁,有个儿子叫贡,年龄五岁,一个叫赏,年仅三岁。她就各做了一个绣花香囊,装上金珠环,先给两个孩子戴上。她哀哭的声音,一直没有停止,同族的人私下里都十分担心。到十二月十五日,父亲的尸体仍然没有找到。叔先雄坐着小船到父亲落水的地方,哭了几声,竟然自己跳进水里,在回旋的深水中沉入水底。她在弟弟的梦中现身告诉他说:"至二十一日,我会和父亲一起浮出水面。"到了那一天,跟梦中说的一样,她和父亲相互扶持着一起浮出了江面。县长上表报告此事,郡太守肃登接着上报尚书,于是派户曹掾给雄立碑,画上她的像,让大家都知道她非常孝顺。

乐羊子妻

河南乐羊子之妻者,不知何氏之女也。躬勤养姑。尝有他舍鸡谬入园中,姑盗杀而食之。妻对鸡不食而泣。姑怪问其故,妻曰:"自伤居贫,使食有他肉。"姑竟弃之。后盗有欲犯之者,乃先劫其姑,妻闻,操刀而出。盗曰:"释汝刀。从我者可全;不从我者,则杀汝姑。"妻仰天而叹,刎颈而死。盗亦不杀姑。太守闻之,捕杀盗贼,赐妻缣帛①,以礼葬之。

【注释】

①缣(jiān)帛:绢类的丝织物。古代多用作赏赐酬谢之物,亦用作货币。

【译文】

河南乐羊子的妻子,不知是谁家的女儿。她亲自操劳奉养婆婆。曾经有别人家的鸡误入她家的园子,她的婆婆偷偷把鸡杀了吃。乐羊子的妻子对着鸡肉不吃而哭。婆婆奇怪地问她原因,她说:"我伤心家里穷，致使食物中有别人家的鸡肉。"她的婆婆最终扔掉了鸡肉。后来有个强盗想要凌辱她，就先劫持了她的婆婆，乐羊子的妻子听到响动，拿着刀冲出来。强盗说："你放下刀。听我的话就能保全性命；不听我的话，就杀了你的婆婆。"乐羊子的妻子仰天叹息，割断脖子死了。那强盗也没有杀她的婆婆。太守听说这件事，把强盗抓起来杀了，赏赐给乐羊子的妻子许多丝帛，按照礼仪安葬了她。

庾衮侍兄

庾衮字叔褒。咸宁中大疫①，二兄俱亡，次兄毗复殆。疠气方盛②，父母诸弟皆出次于外，衮独留不去。诸父兄强之，乃曰："衮性不畏病。"遂亲自扶持，昼夜不眠。间复抚柩哀临不辍③。如此十余旬，疫势既退，家人乃返。毗病得差④，衮亦无恙。

【注释】

①咸宁：晋武帝的年号。

②疠(lì)：疫病。

③哀临：皇帝后死，集众举哀，谓之哀临。后亦泛指到场为死者举哀。

④差(chài)：病除，痊愈。

【译文】

庾衮字叔褒。晋武帝咸宁年间发生瘟疫，他的两个哥哥都病死了，他的二哥庾毗又病得很厉害。瘟疫正盛行，他的父母和几个弟弟都离家出外居住，庾衮独自留下不离开。父兄们硬要他走，他就说："我生来不害怕病。"于是亲自服侍二哥，白天晚上都不睡觉。这当中又抚着灵柩为哥哥伤心不已。这样过了一百多天，瘟疫过去了，家里人才回来。

庚毗的病好了,庚衮也平安无事。

相思树

宋康王舍人韩凭娶妻何氏①,美,康王夺之。凭怨,王囚之,论为城旦②。妻密遗凭书,缪其辞曰③:"其雨淫淫,河大水深,日出当心。"既而王得其书,以示左右,左右莫解其意。臣苏贺对曰:"其雨淫淫,言愁且思也。河大水深,不得往来也。日出当心,心有死志也。"俄而凭乃自杀。其妻乃阴腐其衣。王与之登台,妻遂自投台,左右揽之,衣不中手而死。遗书于带曰:"王利其生,妾利其死。愿以尸骨,赐凭合葬。"王怒,弗听。使里人埋之,冢相望也。王曰:"尔夫妇相爱不已,若能使冢合,则吾弗阻也。"宿昔之间④,便有大梓木,生于二冢之端,旬日而大盈抱,屈体相就,根交于下,枝错于上。又有鸳鸯,雌雄各一,恒栖树上,晨夕不去,交颈悲鸣,音声感人。宋人哀之,遂号其木曰"相思树"。"相思"之名,起于此也。南人谓此禽即韩凭夫妇之精魂。今睢阳有韩凭城⑤,其歌谣至今犹存。

【注释】

①宋康王:战国时宋国的国君。前318—前286年在位,因暴虐而被诸侯称为"桀宋"。

②城旦:古代刑罚名。一种筑城四年的劳役。

③缪其辞:指话说得违背常规。即辞意隐晦。

④宿昔:犹旦夕。比喻短时间之内。

⑤睢(suī)阳:古县名。县治在今河南商丘南。

【译文】

宋康王舍人韩凭娶了妻子何氏,何氏长得很美,宋康王夺走了她。韩凭心里怨恨,宋康王囚禁了他,定罪为城旦。韩凭的妻子偷偷给韩凭一封信,辞意隐晦:"其雨淫淫,河大水深,日出当心。"之后宋康王也见到了这封信,拿给左右的人看,左右侍者没有人懂得它的意思。大臣苏贺回答说:"其雨淫淫,是说忧愁而且思念。河大水深,是说不能互相往来。日出当心,是说心里有了死的打算。"不久韩凭就自杀了,他的妻子于是悄悄把自己的衣服弄腐朽。宋康王和她登上高台,韩凭的妻子往台下跳,左右的人拉她,衣服朽了抓不住,就摔死了。她在衣带上留下遗书,说:"大王愿意我活着,我愿意自己死掉。希望把我的尸骨,赐给韩凭合葬。"宋康王大怒,不许这样做。让当地人埋葬他们,两个坟头分离相望。宋康王说:"你们夫妇两个相爱不绝,如果能让两座坟墓合在一起,那我就不阻拦了。"很短的时间,就有两棵大梓树从两个坟头长出来,十来天就长到一抱粗,树干弯曲互相靠拢,树根在地下纠缠,树枝在天空交错。又有两只鸳鸯,一雌一雄,总是栖息在树上,早晚都不离开,依偎着脖子悲哀地鸣叫,声音令人感动。宋国人同情他们,于是把这两棵树称为"相思树"。"相思"的说法,就是从这里兴起的。南方人说鸳鸯就是韩凭夫妇的精魂。如今睢阳有韩凭城,关于韩凭夫妇的歌谣至今还在流传。

饮水生儿

汉末,零阳郡太守史满有女[①],悦门下书佐[②],乃密使侍婢取书佐盥手残水饮之,遂有妊。已而生子,至能行,太守令抱儿出,使求其父。儿匍匐直入书佐怀中,书佐推之,仆地,化为水。穷问之,具省前事。遂以女妻书佐。

【注释】

①零阳:古县名,西汉置,以在零水之北得名。故城在今湖南慈利县东,汉时属武陵郡。历史上无零阳郡,或为零陵郡。

②书佐:主办文书的佐吏。

【译文】

汉朝末年,零阳郡太守史满有个女儿,喜欢官府中的书佐,就偷偷让侍婢取来书佐洗手剩下的水喝了,于是就有了身孕。后来生下一个儿子,到他能走路的时候,太守让人抱着孩子出来,让他去找他的父亲。孩子在地上直接爬到了书佐怀里,书佐推他,倒在地上,化成了水。太守再三追问,知道了此前发生的所有事情。于是就把女儿嫁给了书佐。

望夫冈

鄱阳西有望夫冈①。昔县人陈明与梅氏为婚,未成,而妖魅诈迎妇去。明诣卜者,决云:"行西北五十里求之。"明如言,见一大穴,深邃无底。以绳悬人,遂得其妇。乃令妇先出,而明所将邻人秦文,遂不取明。其妇乃自誓执志,登此冈首而望其夫,因以名焉。

【注释】

①鄱(pó)阳:县名。汉改秦番县为鄱阳县。故城在今江西鄱阳东北。

【译文】

鄱阳县西边有个望夫冈。从前县里的人陈明和姓梅的女子订婚,还没有成亲,女子就被妖怪诈骗接走了。陈明去找占卜的人,占卦判断说:"往西北五十里去找她。"陈明按他的话去找,看见一个很大的洞穴,深不见底。他用绳子系着下去,于是找到了他的妻子。他就让妻子先出来,但陈明领去的邻居秦文,竟然不拉出陈明。陈明的妻子于是自己发誓保持操守,登上这座山冈盼望她的丈夫,于是这座山冈就被称为望夫冈。

邓元义妻更嫁

后汉南康邓元义[①],父伯考,为尚书仆射[②]。元义还乡里,妻留事姑,甚谨。姑憎之,幽闭空室,节其饮食,羸露,日困,终无怨言。时伯考怪而问之,元义子朗,时方数岁,言:"母不病,但苦饥耳。"伯考流涕曰:"何意亲姑反为此祸!"遣归家,更嫁为应华仲妻[③]。仲为将作大匠[④],妻乘朝车出[⑤],元义于路旁观之,谓人曰:"此我故妇,非有他过,家夫人遇之实酷,本自相贵。"其子朗,时为郎[⑥],母与书,皆不答,与衣裳,辄以烧之。母不以介意。母欲见之,乃至亲家李氏堂上,令人以他词请朗。朗至,见母,再拜涕泣,因起出。母追谓之曰:"我几死。自为汝家所弃,我何罪过,乃如此耶?"因此遂绝。

【注释】

①南康:郡名。西晋置,郡治雩都(今江西于都)。

②仆射(yè):官名。秦始置,汉以后因之。汉成帝建始四年(前29),初置尚书五人,一人为仆射,位仅次尚书令。

③应华仲:即应顺,字华仲。

④将作大匠:官名。秦始置,称将作少府。西汉景帝时,改称将作大匠。掌宫室、宗庙、陵寝等的土木营建。

⑤朝车:古代君臣行朝夕礼及宴饮时出入用车。

⑥郎：官名。有议郎、中郎、侍郎、郎中等，员额无定。均属于郎中令（后改为光禄勋）。其职责原为护卫陪从，随时建议、备顾问及差遣。东汉以尚书台为实际的行政中枢，其分曹任事者为尚书郎，职责范围与过去的郎官不同。后遂以侍郎、郎中、员外郎为各部要职。

【译文】

东汉南康郡的邓元义，他的父亲邓伯考，任尚书仆射。邓元义回家乡，他的妻子留下来侍奉婆婆，十分恭谨。婆婆讨厌她，把她关在空屋子里，限制她的饮食。她瘦弱得骨头都露出来了，每天困顿不堪，但始终没有怨言。当时邓伯考觉得奇怪去问她，邓元义的儿子邓朗当时才几岁，说："我母亲没有生病，只是苦于饥饿而已。"邓伯考流着眼泪说："哪里想到亲近婆婆反而招来这样的灾祸！"送她回娘家，改嫁给应华仲做妻子。应华仲任将作大匠，他的妻子乘坐着朝车外出，元义在路旁看着她，对人说："这个人是我原来的妻子，没有别的过错，我母亲对她太严酷了，她本来相貌就有贵气。"她的儿子邓朗，当时任郎官，母亲给他写信，他都不回信，给他衣裳，他总是把衣服烧掉。母亲没有介意。母亲想见儿子，于是到亲家李氏家，让人用其他托词请邓朗。邓朗来后，看见母亲，哭着拜了两拜，就起身走出去了。母亲追上去对他说："我差点被饿死。自是你家抛弃了我，我做错了什么，让你竟然这样呢？"从此就断了来往。

严遵破案

严遵为扬州刺史，行部，闻道傍女子哭声不哀。问所哭者谁，对云："夫遭烧死。"遵敕吏舁尸到①，与语讫，语吏云："死人自道不烧死。"乃摄女，令人守尸，云："当有枉。"吏曰："有蝇聚头所。"遵令披视，得铁锥贯顶。考问，以淫杀夫。

【注释】

①舁（yú）：抬。

【译文】

严遵任扬州刺史，巡行部属，听到路旁有女子的哭声，并不哀伤。严遵问她哭的人是谁，她回答说："丈夫被火烧死。"严遵命令吏卒抬过尸体，和尸体说完话，对吏卒说："死人自己说不是烧死的。"于是拘捕了那个女子，命人看守尸体，说："一定有冤枉。"吏卒说："有苍蝇聚集在尸体头上。"严遵让他们分开头发看，找到一根铁锥从头顶穿下去。审问，那女子因为通奸杀了丈夫。

死友

汉范式，字巨卿，山阳金乡人也①，一名汜。与汝南张劭为友，劭字元伯。二人并游太学，后告归乡里，式谓元伯曰："后二年，当还。将过拜尊亲，见孺子焉。"乃共克期日。后期方至，元伯具以白母，请设馔以候之。母曰："二年之别，千里结言，尔何相信之审耶？"曰："巨卿信士，必不乖违。"母曰："若然，当为尔酝酒。"至期，果到。升堂拜饮，尽欢而别。后元伯寝疾，甚笃，同郡郅君章、殷子征晨夜省视之。元伯临终叹曰："恨不见我死友②。"子征曰："吾与君章尽心于子，是非死友，复欲谁求？"元伯曰："若二子者，吾生友耳③。山阳范巨卿，所谓死友也。"寻而卒。式忽梦见元伯，玄冕垂缨，屣履而呼曰④："巨卿，吾以某日死，当以尔时葬。永归黄泉。子未忘我，岂能相及？"式怳然觉悟，悲叹泣下，便服朋友之服⑤，投其葬日，驰往赴之。未及到而丧已发引。既至圹⑥，将窆⑦，而柩不肯进。其母抚之曰："元伯，岂有望耶？"

遂停柩。移时，乃见素车白马，号哭而来。其母望之，曰：
"是必范巨卿也。"既至，叩丧言曰："行矣元伯！死生异路，
永从此辞。"会葬者千人，咸为挥涕。式因执绋而引柩，于是
乃前。式遂留止冢次，为修坟树，然后乃去。

【注释】

①山阳：郡、国名。汉景帝封梁王武之子刘定为山阳王，分梁国东
　部数县置山阳国，国都为昌邑县（县治在今山东巨野南）。刘定
　死后，国除为郡。汉武帝天汉四年（前 97），封皇子刘髆为昌邑
　王，以山阳郡置昌邑国。汉昭帝元平元年（前 74），昌邑国除为山
　阳郡。后屡次改制，至隋乃废。金乡：县名。东汉置，因境内金
　乡山得名。故治在今山东济宁嘉祥县阿城铺。

②死友：指生死不渝的好朋友。

③生友：生时之友。指一般的朋友。

④屣（xǐ）履：拖着鞋子走路。多形容急忙的样子。

⑤朋友之服：为朋友之丧所穿的丧服。

⑥圹（kuàng）：墓穴。

⑦窆（biǎn）：将棺木葬入墓穴。

【译文】

　　汉代的范式，字巨卿，是山阳县金乡人，又叫范汜。他和汝南人张
劭是好朋友，张劭字元伯。他们二人一起在太学读书，后来告别回家
乡，范式对张元伯说："两年后，我会回来。将去拜访你的父母，看看你
的孩子。"于是他们共同约定了会见的日期。后来约定的日期快要到
了，张元伯把这件事告诉母亲，请她准备酒食等候范式。他的母亲说：
"分别两年了，千里之外的口头约定，你怎么相信得这么真呢？"张元伯
说："巨卿是讲信义的人，一定不会违背约定的。"他的母亲说："如果是
这样，我就为你酿酒。"到了约定的日子，范式果然来了。他登堂拜见张

家父母，一起喝酒，尽欢而别。后来张元伯生病卧床，病得很厉害，同郡人郅君章、殷子征早晚都来看望他。元伯临终前叹息说："遗憾不能见到我的死友。"殷子征说："我和君章尽心对待你，我们如果不是你的死友，你还想见谁呢？"张元伯说："你们两位，是我的生友。山阳的范巨卿，才是我所说的死友。"不久张元伯就死了。范式忽然梦见张元伯，戴着黑帽，帽檐挂着飘带，拖着鞋子匆匆忙忙地喊他说："巨卿，我在某日死了，将在某日埋葬。永远回归黄泉地下。你没有忘记我，怎么能赶得及见上一面。"范式一下子醒过来，悲叹流泪，立刻穿上为朋友奔丧的丧服，赶着张元伯下葬的日子，往他家奔驰而去。范式还没赶到，棺材已经送葬启行。到达墓穴后，准备下葬，棺材却不肯进入墓穴。他的母亲抚摸着棺材说："元伯，难道你还期望什么吗？"于是停下了棺材。过了一会儿，就看见一辆驾着白马的白车，车上有人号啕大哭着赶来。张元伯的母亲远远望见，说："这个人一定是范巨卿。"范式到来后，吊丧说道："你走了元伯！生死不同路，从此永别了。"送葬的人有一千人，都为之流下了眼泪。范式于是拿起绳子来牵引棺材，棺材这时才往前移。范式于是留在坟旁，修好坟种上树，然后才离去。

卷十二

【题解】

　　古人认为，宇宙万物是由木、金、水、火、土五种元气变化生成的；和气所成即为圣人，浊气所成即为怪物；元气的性质决定了事物的属性，元气的流动变化必然带来事物属性的改变。本卷所收录的都是因元气的变化感应而发生的种种奇异故事，其中既有各种精怪如贲羊、犀犬、傻囊、庆忌，也有能夜间飞头的落头民、可化为虎的貙人、专抢美女的猨国马化、人鸟之间变化的越祝之祖，还有能致人毙命的刀劳鬼、鬼弹及各种蛊毒。面对种种奇异的事物，古人处之泰然："此物之自然，无谓鬼神而怪之。""天地鬼神，与我并生者也。"所谓"见怪不怪，其怪自败"，说的就是这个道理。

论五气变化

　　天有五气，万物化成。木清则仁，火清则礼，金清则义，水清则智，土清则思，五气尽纯，圣德备也。木浊则弱，火浊则淫，金浊则暴，水浊则贪，土浊则顽，五气尽浊，民之下也。中土多圣人，和气所交也。绝域多怪物，异气所产也。苟禀此气，必有此形；苟有此形，必生此性。故食谷者智慧而文，食草者多力而愚,食桑者有丝而蛾,食肉者勇敢而悍①,食土者无心而不息,食气者神明而长寿,不食者不死而神。大腰无雄,细腰无雌②。无雄外接,无雌外育。三化之虫③,先孕后交;兼爱之兽④,自为牝牡⑤。寄生因夫高木⑥,女萝托乎茯苓⑦。木株于土,萍植于水。鸟排虚而飞,兽蹍实而走⑧,虫土闭而蛰,鱼渊潜而处。本乎天者亲上,本乎地者亲下,本乎时者亲旁,各从其类也。千岁之雉,入海为蜃⑨;百年之雀,入海为蛤;千岁龟鼋⑩,能与人语;千岁之狐,起为美女;千岁之蛇,断而复续;百年之鼠,而能相卜。数之至也。春分之日,鹰变为鸠;秋分之日,鸠变为鹰。时之化也。故腐草之为萤也,朽苇之为蛬也⑪,稻之为䖟也⑫,麦之为蝴蝶也,羽翼生焉,眼目成焉,心智在焉。此自无知化为有知而气易也。雀之为蛤也⑬,蛇之为鳖也,蛬之为虾也,不失其血气,而形性变也。若此之类,不可胜论。应变而动,是为顺常;苟错其方,则为妖眚⑭。故下体生于上,上体生于下,气之反者也。人生兽,兽生人,气之乱者也。男化为女,女化为男,气之贸者也⑮。鲁牛哀得疾,七日化而为虎,形体变易,爪牙施张。其兄启户而入,搏而食之。方其为人,不知其将为虎也;方有为虎,不知其常为人也。故晋太康中⑯,陈留阮士瑀伤于虺⑰,不忍其痛,数嗅其疮,已而双虺成于鼻中。元康中⑱,历阳纪元载客食道龟⑲,已而成瘕⑳,医以药攻之,下龟子数升,大如小钱,头足咸备,文甲皆具,惟中药已死。夫妻非化育之气,鼻非胎孕之所,享道非下物之具㉑。从此观之,万物之生死也,与其变化也,非通神之思,虽求诸己,恶识所自来？然朽草之为萤，由乎腐也；麦之为蝴蝶，由乎湿也。尔则万物之变，皆有由也。农夫止麦之化者，沤之以灰^㉒；圣人理万物之化者，济之以道。其与不然乎？

【注释】

①憪(xiàn)：气势强盛。

②"大腰"二句：大腰，指龟鳖一类的动物。细腰，指蜂类动物。

③三化：变化三次。这里指蚕。

④兼爱之兽：《山海经》中记载的一种叫"类"的兽，一身而具备雌雄二性，吃了它就不会妒忌，故称兼爱之兽。有人说即香狸。

⑤牝(pìn)牡：鸟兽的雌性和雄性。

⑥寄生：指芝菌一类依附于树木而生长的植物。

⑦女萝：植物名，即松萝。多附生在松树上，成丝状下垂。茯苓：寄生在松树根上的菌类植物，形状像甘薯，外皮黑褐色，里面白色或粉红色。中医用以入药，有利尿、镇静等作用。

⑧蹢(zhí)：脚掌。

⑨蜃(shèn)：大蛤。

⑩鼋(yuán)：大鳖。俗称癞头鼋。

⑪蛩(qióng)：蟋蟀。

⑫螯(jiā)：米中的小黑虫。

⑬䧿(hè)：同"鹤"。

⑭妖眚(shěng)：灾异。

⑮貿：交互，错杂。

⑯太康：晋武帝司马炎的年号，280—289年。

⑰虺(huǐ)：古称蝮蛇一类的毒蛇。通常指土虺蛇，色如泥土。借指土灰色。

⑱元康：晋惠帝司马衷的年号，291—299年。

⑲历阳：秦时置县，晋时改县为郡。治所在今安徽和县。客食道龟：客食一般指寄食，即依附别人生活。这里似应指作客时吃了有神性的龟。

⑳瘕(jiǎ)：腹中结块的病。也特指由寄生虫引起的腹中结块的病。

㉑享道：消化道。

㉒沤：壅埋堆积。

【译文】

　　天有木、火、金、水、土五行元气，万物由此生成。木气清纯就生成仁爱，火气清纯就生成礼仪，金气清纯就生成正义，水气清纯就生成智慧，土气清纯就生成聪明，五种元气都清纯，圣人的品德就具备了。木气混浊就生成虚弱，火气混浊就生成淫乱，金气混浊就生成暴虐，水气混浊就生成贪婪，土气混浊就生成愚顽，五种元气都混浊，就成为平民中的下等人。中原地区多出圣人，这是因为中和之气相交融。边远地区多有怪物，是由怪异之气所产生。如果禀受某种元气，必定会具有某种形状；如果有某种形状，必定产生某种性质。所以吃粮食的聪明而且有才华，吃草的力大而且愚蠢，吃桑叶的吐丝而变成蛾，吃肉的勇猛而强悍，吃土的没有心智而不休息，吃元气的神明而且长寿，不吃东西的不死而成神。龟鳖类动物没有雄性，蜂类动物没有雌性；没有雄性的与其他动物交配，没有雌性的由其他动物孕育。蚕类虫子，先产卵后交配；香狸类动物，自身具备雌雄二性；寄生依附于高木，女萝托身于茯苓；树木长在土里，浮萍生在水中；鸟翅凌空能飞翔，兽脚厚实能奔跑；虫子隐蔽在土里冬眠，鱼潜藏在深渊中居住。来源于天的亲附天，来源于地的亲附地，来源于时令的亲附傍依之物。这是各自以类相从。千年的雉，进入海中变化成蜃；百年的雀，进入海中变化成蛤；千年的龟鼋，能和人说话；千年的狐狸，能变成美女；千年的蛇，身子断了能再接上；百年的老鼠，能够占卜吉凶。这是气数到了。春分的时候，鹰变成鸠；秋分的时候，鸠变成鹰。这是时令的变化。所以腐烂的草变成萤火虫,朽坏的芦苇变成蟋蟀,稻子变成蟹,麦子变成蝴蝶;生出羽翼,长出眼睛,有了心智,这是无知之物变成有知之物而元气变化了。鹤变成獐,蛇变成鳖,蛙变成虾,没有失去它的血气而形体性质变化了。像这一类的事物,多得说不完。根据变化来行动,这是顺应常规;如果违背了它的规律,就会出现灾异。因此下身长在上面,上身长在下面,是元气逆反的表现。人生出兽,兽生出人,这是元气混乱的表现。男人变成女人,女人变成男人,这是元气杂错的表现。鲁国人牛哀生病,七天后变成老虎,形体发生变化,长出了虎爪虎牙。他的哥哥开门进去,被他抓住吃掉了。当他还是人时,不知道他将会变成老虎;当他变成老虎的时候,不知道他曾经是人。因此晋武帝太康年间,陈留人阮士瑀被土虺咬伤,忍受不了伤口的疼痛,经常用鼻子闻疮口,后来鼻子里长出了两条土虺。晋惠帝元康年间,历阳人纪元载做客吃了得道的乌龟,后来得了瘕病,医生用药来治病,排泄出几升小乌龟,像小铜钱那么大,头、脚都齐备,龟壳上都有了花纹,只是中了药性都死了。夫妻不是化育的元气,鼻子不是怀胎受孕的地方,肠道不是生产动物的工具。由此来看,万物的生死和变化,如果不是通于神灵的非凡思虑,即使从它自身去追究,怎么知道它是怎么来的呢?然而朽草变成萤火虫,是由于草腐烂;麦子变成蝴蝶,是由于潮湿。那么万物的变化,都是有原因的。农夫制止麦子的变化,用灰去沤;圣人治理万物的变化,用道来调剂。难道不是这样吗?

土中贲羊

季桓子穿井①,获如土缶,其中有羊焉。使问之仲尼,曰:"吾穿井而获狗,何耶?"仲尼曰:"以丘所闻,羊也。丘闻之:木石之怪夔、蝄蜽②,水中之怪龙、罔象③,土中之怪曰贲羊④。"《夏鼎志》曰⑤:"罔象如三岁儿,赤目,黑色,大耳,长

臂,赤爪。索缚,则可得食。"王子曰:"木精为游光,金精为
清明也。"

【注释】

①季桓子:即春秋末年鲁国大夫季孙斯,执掌鲁国政权。

②夔:山林中的精怪。又传说是一种像龙的一足怪物。蝄蛃(wǎng
liǎng):古代传说中的山川精怪。

③罔象:古代传说中的水怪。

④贲(fén)羊:又作"羵羊"、"坟羊"、"獖羊"。传说中的土中怪兽。

⑤《夏鼎志》:应是解释夏鼎所铸怪物图的书籍。

【译文】

季桓子挖井,得到一件像瓦盆一样的东西,里面有一只羊。他派人
去问孔子,说:"我打井得到了一只狗,为什么呢?"孔子说:"根据我听说
过的事情,是一只羊。我听说过:木石的精怪是夔、蝄蛃;水中的精怪是
龙、罔象;土中的精怪叫做贲羊。"《夏鼎志》说:"罔象如三岁的孩子,红
眼睛,黑脸色,大耳朵,长胳膊,红爪子。用绳子捆住,就可以拿来吃。"
王子说:"木精叫游光,金精叫清明。"

地中犀犬

晋惠帝元康中①,吴郡娄县怀瑶家忽闻地中有犬声隐
隐②。视声发处,上有小窍,大如蟥穴③。瑶以杖刺之,入数
尺,觉有物。乃掘视之,得犬子,雌雄各一,目犹未开,形大
于常犬。哺之,而食。左右咸往观焉。长老或云:"此名犀
犬,得之者,令家富昌。宜当养之。"以目未开,还置窍中,覆
以磨砻④。宿昔发视,左右无孔,遂失所在。瑶家积年无他
祸福。

　　至太兴中⑤,吴郡太守张懋,闻斋内床下犬声,求而不得。既而地坼⑥,有二犬子。取而养之,皆死。其后懋为吴兴兵沈充所杀。《尸子》曰⑦:"地中有犬,名曰地狼;有人,名曰无伤。"《夏鼎志》曰:"掘地而得狗,名曰贾;掘地而得豚⑧,名曰邪;掘地而得人,名曰聚。"聚,无伤也。此物之自然,无谓鬼神而怪之。然则贾与地狼名异,其实一物也。《淮南万毕》曰⑨:"千岁羊肝,化为地宰;蟾蜍得苽⑩,卒时为鹑。"此皆因气化以相感而成也。

【注释】

①元康:晋惠帝司马衷的年号,291—299 年。

②吴郡:古郡名,郡治在今江苏苏州。娄县:古县名,西汉时改秦疁县为娄县,故治在今江苏昆山。

③蟢(yǐn):蚯蚓。后多作"蚓"。

④磨砻(lóng):磨石。

⑤太兴:晋元帝司马睿的年号,318—321 年。

⑥坼(chè):裂开。

⑦《尸子》:书名。战国时楚人尸佼所著。

⑧豚(tún):小猪。亦泛指猪。

⑨《淮南万毕》:书名,即《淮南万毕术》。该书由西汉淮南王刘安招集的淮南学派所作。"万毕",即万法毕于此之意。

⑩苽(gū):同"菰"。一种菌类植物。

【译文】

　　晋惠帝元康年间,吴郡娄县怀瑶家忽然听见地下有隐隐约约的狗叫声。查看声音发出的地方,地上有一个小孔,就像蚯蚓的洞穴那么大。怀瑶用木棍插进小孔,插入好几尺,感觉有东西。于是挖开来看,得到了小狗,雌雄各一只,眼睛还没有睁开,体型比平常家犬要大。喂它东西,它就吃了。左右邻居都来观看。年纪大的人说:"这狗叫犀犬,得到它的,会让家里富裕昌盛,最好把它养起来。"因为小狗眼睛还没睁开,怀瑶把它们送回到洞里,在洞口盖上磨石。过了不久打开看,到处都没有洞穴,于是就找不到去哪了。怀瑶家多年也没有什么灾祸。

到东晋元帝太兴年间,吴郡太守张懋听见屋子床下有狗叫声。到处寻找没有找到。后来地面裂开,有两只小狗,他取出小狗喂养,都死掉了。后来张懋就被吴兴叛军沈充所杀。《尸子》说:"地下有狗,名叫地狼;地下有人,名叫无伤。"《夏鼎志》说:"挖地得到狗,名叫贾;挖地得到猪,名叫邪;挖地得到人,名叫聚。"聚,就是无伤。这是事物的自然存在,不要说它们是鬼神而感到奇怪。虽然"贾"和"地狼"名称不同,它们实际上是同一种事物。《淮南万毕术》说:"千年的羊肝,变成了地神;蟾蜍得到苽,最终变成鹌鹑。"这都是由于元气变化相互感应而形成的。

山精傒囊

吴诸葛恪为丹阳太守①,尝出猎,两山之间,有物如小儿,伸手欲引人。恪令伸之,乃引去故地。去故地,即死。既而参佐问其故,以为神明。恪曰:"此事在《白泽图》内②,曰:'两山之间,其精如小儿,见人,则伸手欲引人,名曰傒囊。引去故地,则死。'无谓神明而异之,诸君偶未见耳。"

【注释】

①丹阳:郡名,汉武帝建元二年(前141),更秦鄣郡为丹阳郡,郡治宛陵,即今安徽宣城宣州区。

②《白泽图》:一部记载山川草木精怪之状貌以及避忌、劾制之术的古书,至宋代已亡佚。

【译文】

三国时东吴诸葛恪任丹阳太守，曾经出外打猎，在两座山之间，有个怪物像小孩子，伸手想拉人。诸葛恪让人伸手给它，于是拉着它离开原来的地方。一离开原来的地方，它就死了。后来参佐问这个事情的原因，认为是神明。诸葛恪说："这事记载在《白泽图》中，说'两山之间，那里的精怪像小孩子，看见人，就伸手想拉人，名叫傒囊。拉着它离开原来的地方，它就死了。'不要说它是神明而感到奇怪，诸位只是偶尔没有见到过罢了。"

池阳小人庆忌

王莽建国四年，池阳有小人景①，长一尺余，或乘车，或步行，操持万物，大小各自相称，三日乃止。莽甚恶之。自后盗贼日甚，莽竟被杀。《管子》曰②："涸泽数百岁，谷之不徙，水之不绝者，生庆忌。庆忌者，其状若人，其长四寸，衣黄衣，冠黄冠，戴黄盖，乘小马，好疾驰。以其名呼之，可使千里外一日反报。"然池阳之景者，或庆忌也乎？又曰："涸小水精生蚳③。蚳者，一头而两身，其状若蛇，长八尺。以其名呼之，可使取鱼鳖。"

【注释】

①池阳：原为县名，汉置，辖今陕西泾阳和三原的部分地区。这里指汉代宫殿池阳宫。

②《管子》：书名。相传为春秋时齐人管仲所撰，实际上是战国中后期齐国稷下学者的托名之作。该书内容很庞杂，包括法家、儒家、道家、阴阳家、名家、兵家、农家等诸家的学说与思想。书中所引出自《管子·水地》。

③蚳(chí)：传说中的一种水中动物。

【译文】

王莽建国四年，池阳宫中出现了小人的影子，长一尺多，有的乘车，有的步行，拿着各种各样的东西，大小和他们的身体相称，三天之后才消失。王莽十分厌恶这件事。从此之后盗贼一天比一天厉害，王莽最后被杀死了。《管子》说："水泽干涸几百年，山谷不迁徙，水源不断绝的，就会产生庆忌。庆忌，它的模样像人，身长四寸，穿着黄衣，戴着黄帽，骑着小马，喜欢飞快奔驰。用它的名字喊它，可以派它去千里之外，一天就回来报告消息。"那么池阳宫中的小人影，或者就是庆忌吧？《管子》又说："干涸的水泽小，水精就生成蚳。蚳，一个头有两个身子，它的形状像蛇，长八尺。用它的名字喊它，可让它潜入水中捕取鱼鳖。"

霹雳落地

晋扶风杨道和①，夏于田中，值雨，至桑树下，霹雳下击之，道和以锄格，折其股，遂落地，不得去。唇如丹，目如镜，毛角长三寸余，状似六畜，头似狝猴。

【注释】

①扶风：县名。位于陕西宝鸡东。西汉时为京官右扶风的封地，唐时借汉代官名作县名，沿用至今。

【译文】

晋代扶风人杨道和，夏天在田中干活，碰上下雨，到桑树下避雨，霹雳下地来雷击他，杨道和用锄头格斗，打断了它的腿，于是就落在地上，不能回到天上去了。霹雳的嘴唇和朱丹一样红，眼睛像镜子一样亮，长着毛角长三寸多，身子的形状就像家畜，头像狝猴。

落头民

秦时南方有落头民，其头能飞。其种人部有祭祀，号曰"虫落"，故因取名焉。吴时，将军朱桓得一婢，每夜卧后，头辄飞去。或从狗窦①，或从天窗中出入，以耳为翼。将晓，复还。数数如此，傍人怪之，夜中照视，唯有身无头，其体微冷，气息裁属②。乃蒙之以被。至晓，头还，碍被不得安，两三度堕地，噫咤甚愁③，体气甚急，状若将死。乃去被，头复起傅颈。有顷，和平。桓以为大怪，畏不敢畜，乃放遣之。既而详之，乃知天性也。时南征大将，亦往往得之。又尝有覆以铜盘者，头不得进，遂死。

【注释】

①窦（dòu）：孔穴，洞。

②裁属：指呼吸勉强接上。形容气息极其微弱。

③噫咤：叹息。

【译文】

秦代时南方有落头民，他们的头能飞起来。这种人的部落中有一种祭祀，叫做"虫落"，所以由此取名。三国东吴时，将军朱桓得到一个婢女，每天晚上睡下后，头总是飞出去。或者从狗洞，或者从天窗中出入，用耳朵当翅膀。天快亮时，头又回来了。经常这样，旁边的人觉得奇怪，夜里点灯去看，只有身子没有头，她的身体稍微有点凉，呼吸很微弱。于是他们用被子把婢女的身体盖上。到天亮时头回来，被被子阻挡不能回到身体上，两三次掉在地上，很忧愁地叹息，身体的气息也十分急促，那样子好像要死了一样。人们于是拿掉被子，婢女的头又飞起来附接在脖子上。过了一会儿，气息就和顺平稳了。朱桓认为太怪异了，害怕得不敢收留她，于是就把她打发走了。后来仔细了解，才知这是她的天性。当时到南方征伐的大将，也经常得到这种人。又曾经有个被人用铜盘覆盖在身体上的人，头回来不能进去，就死掉了。

貙人化虎

江汉之域，有貙人①。其先，禀君之苗裔也②，能化为虎。长沙所属蛮县东高居民，曾作槛捕虎。槛发，明日众人共往格之，见一亭长，赤帻③，大冠，在槛中坐。因问："君何以入此中？"亭长大怒曰："昨忽被县召，夜避雨，遂误入此中。急出我。"曰："君见召，不当有文书耶？"即出怀中召文书。于是即出之。寻视，乃化为虎，上山走。或云："貙虎化为人，好着紫葛衣，其足无踵④。虎有五指者，皆是貙。"

【注释】

①貙（chū）人：古代散居长江、汉水一带的部族。俗传其人能化形为虎。

②禀君：巴人的始祖。

③帻（zé）：古代包扎发髻的巾。

④踵（zhǒng）：脚后跟。

【译文】

江汉流域有一种貙人。他们祖先，是禀君的后代。貙人能够变化成虎。长沙郡所属的蛮县东高口居民，曾经制作木笼捕捉老虎。机关被触发，第二天大家一起去打老虎，却看见一个亭长，包着红色的头巾，戴着大帽子，坐在木笼里。便问他："你怎么落到这里面了呢？"亭长很生气地说："昨天忽然被县里召唤，晚上避雨，就错进了这笼子。赶紧把我放出来。"大家说："你被召见，不是应该有文书吗？"他立刻从怀里拿出召见文书。于是就把他放了出来。随后再看他，竟然变成老虎，上山跑了。有人说："貙虎变成人，喜欢穿紫色的葛衣，他没有后脚跟，老虎中有五个脚趾的，都是貙虎。"

猳国马化

蜀中西南高山之上，有物与猴相类，长七尺，能作人行，善走逐人，名曰猳国①，一名马化，或曰玃猿。伺道行妇女有美者，辄盗取将去，人不得知。若有行人经过其旁，皆以长绳相引，犹故不免。此物能别男女气臭，故取女，男不取也。若取得人女，则为家室。其无子者，终身不得还。十年之后，形皆类之，意亦迷惑，不复思归。若有子者，辄抱送还其家，产子皆如人形。有不养者，其母辄死。故惧怕之，无敢不养。及长，与人不异。皆以杨为姓。故今蜀中西南多诸杨，率皆是猳国马化之子孙也。

【注释】

①猳（jiā）国：一种猴类动物。

【译文】

蜀地西南的高山上，有一种怪物和猴子相像，身长七尺，能像人一样走路，善于跑动追人，名叫猳国，又叫马化，也有人说是玃猿。它看到路上走的妇女有长得漂亮的，就抢去带走，不会被人发现。如果有其他行人从她旁边经过，都用长绳去拉她，仍然避免不了。这种怪物能分辨男女的气味，所以只抢取女人，不抢男人。如果抢到了人家的女儿，就拿去做妻子。那些不生子女的，终身不能回来。十年以后，抢去的女人形体都和它们相似了，心意也被迷惑，不再想着回家。如果生了孩子，就送她抱着孩子回家。生下的孩子都跟人一样。有不收养孩子的，做母亲的就会死掉。所以人都害怕她们死，没有敢不收养的。等孩子长大了，与人没有两样。他们都用"杨"作为姓氏。因此现在蜀地西南有很多姓杨的人，大概都是猳国马化的子孙。

临川刀劳鬼

临川间诸山有妖物①，来常因大风雨，有声如啸，能射人，其所著者如蹄，有顷头肿大。毒有雌雄，雄急而雌缓。急者不过半日间，缓者经宿。其旁人常有以救之，救之少迟，则死。俗名曰刀劳鬼。故外书云②："鬼神者，其祸福发扬之验于世者也。"《老子》曰："昔之得一者③：天得一以清，地得一以宁，神得一以灵，谷得一以盈，侯王得一以为天下贞④。"然则天地鬼神，与我并生者也。气分则性异，域别则形殊，莫能相兼也。生者主阳，死者主阴，性之所托，各安其生。太阴之中，怪物存焉。

【注释】

①临川：古郡名。郡治在今江西南城东南。

②外书：佛教徒称佛经以外的书籍为外书。

③得一：《老子》哲学体系中的专名，指通过"无为"而获得的一种稳定状态。也可解释为得道。

④贞：通"正"。首领，君长。

【译文】

临川郡的很多山上有怪物，经常趁着大风雨出现，发出的声音像呼啸，能够射伤人，被射中的地方像蹄印，一会儿头就肿大了。毒性有雌雄分别，雄毒性急，雌毒性缓。毒性急的不超过半天，毒性较缓的能过一天。那附近的人常常有办法救治伤者，但救治稍迟，就会死掉。它的俗名叫刀劳鬼。因此外书上说："所谓鬼神,是那些祸福发生后能在人世间得到验证的事物。"《老子》说:"从前得道的:天得道因而清明,地得道因而安宁,神得道因而灵验,谷得道因而充盈,侯王得道因而成为天下的首领。"那么天地鬼神就是和我一并存在的事物。气质有别禀性就不同,地域有别形体就不同,没有能兼具的。活的主体是阳气,死的主体是阴气,禀性各有所托,各自安守其存在状态。纯阴的地方,有怪物存在。

越地冶鸟

　　越地深山中有鸟,大如鸠,青色,名曰冶鸟。穿大树,作巢,如五六升器,户口径数寸,周饰以土垩①,赤白相分,状如射侯②。伐木者见此树,即避之去。或夜冥不见鸟,鸟亦知人不见,便鸣唤曰:"咄,咄,上去!"明日便宜急上。"咄,咄,下去!"明日便宜急下。若不使去,但言笑而不已者,人可止伐也。若有秽恶及其所止者,则有虎通夕来守,人不去,便伤害人。此鸟,白日见其形,是鸟也;夜听其鸣,亦鸟也。时有观乐者,便作人形,长三尺,至涧中取石蟹③,就火炙之,人不可犯也。越人谓此鸟是越祝之祖也。

【注释】

　　①垩(è):通"垩"。白色泥土。

　　②射侯:箭靶。

　　③石蟹:溪蟹的俗称。产溪涧石穴中,体小壳坚。

【译文】

　　越地的深山中有一种鸟,像鸠鸟大,青色羽毛,名叫冶鸟。它凿穿大树做窝,像五六升的器皿,出口处直径几寸,周围用白色泥土装饰,红白相间，形状像箭靶。伐木的人看见这样的树，立刻避开它走了。有时天黑看不见鸟，鸟也知道人看不见，就鸣叫着说："咄，咄，上去！"第二天就应该赶紧上山。鸣叫着说："咄，咄，下去！"第二天就应该赶紧下山去。如果不让人离去，只是说笑个不停，人就可以留下来伐木。如果有污秽之言以及它让停止的，就会有老虎通宵来看守，伐木的人不离开，老虎就会伤害人。这种鸟，白天看见它的形状，是鸟；晚上听它的鸣叫，也是鸟。有时观赏玩乐，就变成人的样子，身长三尺，到水涧中捕捉石蟹，放在火上烧烤，人不能侵扰。越地的人说这种鸟是越地巫祝的祖先。

南海鲛人

南海之外有鲛人①，水居如鱼，不废织绩②。其眼泣则能出珠。

【注释】

①南海：郡名。秦置，郡治番禺，即今广东广州。鲛人：神话传说中的人鱼。

②织绩：织布与缉麻。指纺绩织纴等女工之事。

【译文】

南海郡外的大海里有鲛人，像鱼一样居住在水里，但没有废弃织布缉麻的事情。他们哭泣时能流出珍珠。

大青小青

庐江郂、枞阳二县境上①，有大青、小青居山野之中②。时闻哭声，多者至数十人，男女大小，如始丧者。邻人惊骇，至彼奔赴，常不见人。然于哭地，必有死丧。率声若多则为大家③,声若小则为小家。

【注释】

①耽:当作"皖"。据《汉书·艺文志》,庐江郡无耽县,有皖县(故治
　在今安徽潜山),与枞阳相邻。

②原文"小青"后有"黑"字,当是注释误入正文,故删。

③率:语首助词,无实义。

【译文】

庐江郡皖县、枞阳两县边境上,有大青小青住在山野中。经常听到
哭声,多的时候人数达到几十人,有男人、有女人、有大人、有小孩,就像
是刚死了人。附近的人惊恐害怕,跑到那里去看,经常看不见人。但是
在哭声发出的地方,一定会死人。哭声如果多就是大户人家死人,哭声
如果小,就是小户人家死人。

庐江山都

庐陵大山之间①,有山都,似人,裸身,见人便走。有男
女,可长四五丈,能啸相唤。常在幽昧之中,似魑魅鬼物②。

【注释】

①庐陵:郡名。东汉兴平元年(194),孙策分豫章郡置庐陵郡,治所
　西昌县(在今江西泰和县城西北)。

②魑魅(chī mèi):古代指能害人的山泽之神怪,亦泛指鬼怪。

【译文】

庐陵郡大山里,有山都,长得像人,裸露着身子,看见人就跑。有男
有女,大约高四五丈,能用啸声相互召唤。他们经常待在幽暗的地方,
好像是神怪鬼物。

江中蜮

汉中平中①，有物处于江水，其名曰蜮②，一曰短狐，能含沙射人。所中者，则身体筋急③，头痛，发热，剧者至死。江人以术方抑之，则得沙石于肉中。《诗》所谓"为鬼为蜮，则不可测"也④。今俗谓之溪毒。先儒以为男女同川而浴，淫女为主，乱气所生也。

【注释】

①中平：汉灵帝刘宏的年号。原文"中平"前有"光武"二字，但光武帝无中平年号。且《法苑珠林》引此文无"光武"二字，故删。

②蜮(yù)：相传一种能含沙射人的动物。

③筋急：中医学病证名。表现为筋脉紧急不柔，屈伸不利。多因体虚受风寒及血虚津耗，筋脉失养所致。见于破伤风、痉病、痹、惊风等症。

④为鬼为蜮，则不可测：《诗经·小雅·何人斯》中的诗句，今本"测"作"得"。

【译文】

汉灵帝中平年间，有一种怪物生活在长江中，它的名字叫蜮，又叫短狐，能够含沙射人。被射中的人，就会身体痉挛，头痛发热，严重的甚至死亡。江边的人用方术来抑制，就会在肉里找到沙石。这就是《诗经》所说的"为鬼为蜮，则不可测"。现在民间称之为溪毒。先世儒者认为这是男女在同一条河里洗澡，纵欲淫乱的女人为主宰，淫乱之气化生出来的。

禁水鬼弹

汉永昌郡不韦县有禁水①，水有毒气，唯十一月，十二月差可渡涉。自正月至十月不可渡，渡辄病，杀人。其气中有恶物，不见其形，其作有声，如有所投击。中木则折，中人则害。土俗号为鬼弹。故郡有罪人，徙之禁旁，不过十日皆死。

【注释】

①永昌郡：汉明帝时所置。不韦县：古县名。县治在今云南保山隆
　阳区金鸡镇。

【译文】

汉代永昌郡不韦县有条河叫禁水，水中有毒气，只有十一月、十二月勉强可以渡河。从正月到十月都不能过河，如果过河就会生病，死人。这条河的水汽中有凶恶的怪物，看不见它的形状，但它一动作就发出声音，好像在投击什么东西。击中树木，树就折断，击中人，人就被杀害。当地土人称之为鬼弹。所以郡内有犯罪的人，就把他们送到禁水旁，不超过十天都死了。

蘘荷根攻蛊

余外妇姊夫蒋士，有佣客得疾下血。医以中蛊①，乃密以蘘荷根布席下②，不使知。乃狂言曰③："食我蛊者，乃张小小也。"乃呼："小小亡去。"今世攻蛊，多用蘘荷根，往往验。蘘荷，或谓嘉草。

【注释】

①蛊（gǔ）：传说中一种人工培养的毒虫。
②蘘（ráng）荷：一名蘘草。亦名覆菹、菖蒩。多年生草本植物。叶
　互生，椭圆状披针形，冬枯。夏秋开花，花白色或淡黄。根似姜，
　可入药。

③狂言:病人的胡言乱语。

【译文】

我妻子的姐夫蒋士,有个佣人生病泻血。医生认为是中了蛊毒,就悄悄把蘘荷根铺在席子下,不让病人知道。病人胡言乱语说:"让我中蛊毒的,是张小小。"于是就呼唤说:"小小离去。"如今攻治蛊毒,多用蘘荷根,经常很灵验。蘘荷,有人叫做嘉草。

鄱阳犬蛊

鄱阳赵寿①,有犬蛊②。时陈岑诣寿,忽有大黄犬六七,群出吠岑。后余相伯妇与寿妇食③,吐血,几死,乃屑桔梗以饮之而愈④。蛊有怪物,若鬼,其妖形变化杂类殊种,或为狗豕,或为虫蛇。其人皆自知其形状,行之于百姓,所中皆死。

【注释】

①鄱阳:县名。汉改秦番县为鄱阳县。故城在今江西鄱阳东北。

②蛊:传说中一种人工培养的毒虫。

③余相伯妇:汪校本作"余伯妇",《广博物志》引《搜神记》作"余相伯归"。"归"或为"妇"之误,故改。

④屑:研成碎末。

【译文】

鄱阳郡人赵寿养犬蛊。有一次陈岑去拜访赵寿,忽然有大黄狗六七条,一齐出来对着陈岑叫。后来余相伯的老婆和赵寿的老婆一起吃东西,吐血几乎死了,把桔梗研成粉末喝了病才好。毒蛊有怪物,像鬼,它变化的精怪形象有各种不同的种类和形象,有的成为猪狗,有的成为虫蛇。养蛊的人都知道自己蛊的形状,他把蛊施行到百姓身上,中了蛊毒的人都会死掉。

营阳蛇蛊

营阳郡有一家^①，姓廖，累世为蛊，以此致富。后取新妇，不以此语之。遇家人咸出，唯此妇守舍。忽见屋中有大缸，妇试发之，见有大蛇，妇乃作汤灌杀之。及家人归，妇具白其事，举家惊惋。未几，其家疾疫，死亡略尽。

【注释】

①营阳郡：三国时吴始置，郡治在今湖南永州市道县。

【译文】

营阳郡有一家人，姓廖，几代人养蛊，因此致富。后来他家娶了一个媳妇，没有把养蛊的事告诉她。有一次家里人都出去了，只有这个媳妇看家。媳妇忽然看见屋子里有一口大缸，她试着打开它，看见有一只大蛇，媳妇于是烧了开水灌进缸里烫死了大蛇。等到家里人回来，媳妇把这件事全部告诉他们，全家人都感到吃惊惋惜。没过多久，他家人都患上瘟疫，基本死光了。

卷十三

【题解】

　　本卷所记主要是具有灵性的奇异物产。有的侧重记述奇物与人的神奇感应，如泰山澧泉需取饮者"洗心志，跪而挹之"，孔窦于祭时"洒扫以告，辄有清泉自石间出"、樊山"以火烧山，即至大雨"，霍山镬"至祭时，水辄自满，用之足了，事毕即空"；有的侧重讲述事物神奇的来历，如二华之山上河神巨灵的手迹脚迹、昆明湖的黑灰、龟化城与马邑的修筑以及火浣布、焦尾琴的制作；有的侧重记述奇人异事的特异表现，如能使人长寿的丹砂、能使钱飞还的青蚨，化育螟蛉之子的果蠃等。因奇而异，因异而神，正是这些事物不同寻常的奇异物性，才造就了它们不同寻常的神性。

澧泉

　　泰山之东有澧泉，其形如井，本体是石也。欲取饮者，皆洗心志①，跪而挹之，则泉出如飞，多少足用。若或污漫，则泉止焉。盖神明之尝志者也。

【注释】

　　①洗心志：洗涤心胸志意。比喻除去恶念或杂念。

【译文】

泰山的东边有个澧泉，它的形状像井，本身是石头的。想取泉水喝的人，都要排除杂念，跪着去舀水，那么泉水就像飞一样地涌出来，喝多少都足够。如果行为卑污，那么泉水就不流了。大概是神灵在检验人的心志吧。

巨灵劈华山

二华之山①，本一山也。当河，河水过之而曲行。河神巨灵，以手擘开其上②，以足蹈离其下，中分为两，以利河流。今观手迹于华岳上，指掌之形具在。脚迹在首阳山下③，至今犹存。故张衡作《西京赋》所称"巨灵赑屃④，高掌远迹，以流河曲"，是也。

【注释】

①二华之山：指太华山、少华山。在今陕西华阴。太华山即今所称华山，少华山在其西面。

②擘（bò）：砍，劈击。

③首阳山：又称雷首山，相传为伯夷、叔齐采薇隐居处。在今山西永济南。

④赑屃（bì xì）：壮猛有力貌。传说赑屃力大能负重，故称。

【译文】

太华山、少华山本来是一座山。它正对着黄河，河水流过这里要绕个弯。河神巨灵用手劈开山的上部，用脚蹬开山的下部，把山从中间分成两部分，以方便河水流过。现在到西岳华山上看手印，手指手掌的形状都在；脚印在首阳山下，到现在还存在。过去张衡作《西京赋》所说的"巨灵壮猛有力，高山上留下手印，远方留下脚印，使弯弯的河水顺畅流过",就是这里。

霍山镬

汉武徙南岳之祭于庐江灊县霍山之上^①,无水。庙有四镬^②,可受四十斛。至祭时,水辄自满,用之足了,事毕即空。尘土树叶,莫之污也。积五十岁,岁作四祭。后但作三祭,一镬自败。

【注释】

①灊(qián)县:古县名,汉置。县治在今安徽霍山县东北。霍山:又名天柱山,在霍山县西北。

②镬:无足鼎。古时煮肉及鱼、腊之器。

【译文】

汉武帝把南岳衡山的祭祀迁到了庐江灊县的霍山上,山上没有水。庙里有四只镬,可以盛四十斛水。到祭祀的时候,镬总是自己装满水,足够祭祀用,祭祀结束镬就空了。尘土树叶没有什么能弄脏它。祭祀一共进行了五十年,每年祭四次。后来只祭三次,一只镬就自己坏掉了。

樊山火

樊口之东有樊山^①,若天旱,以火烧山,即至大雨。今往往有验。

【注释】

①樊口:地名。在湖北鄂城西北。因当樊港入江之口,故名。

【译文】

樊口之东有座樊山,如果天旱,用火烧山,立刻就会下大雨。现在往往还有灵验。

孔窦泉

空桑之地[①]，今名为孔窦，在鲁南山之穴。外有双石，如桓楹起立[②]，高数丈。鲁人弦歌祭祀。穴中无水，每当祭时，洒扫以告，辄有清泉自石间出，足以周事。既已，泉亦止。其验至今存焉。

【注释】

①空桑：又称"穷桑"，相传为孔子出生的地方。

②桓楹（yíng）：宋以后称为华表。指设在桥梁、宫殿、城垣或陵墓等前兼作装饰用的巨大柱子。一般为石造，柱身往往雕有纹饰。

【译文】

空桑这个地方，现在叫做孔窦，在鲁国南山的洞穴中。洞穴外有一对山石，像桓楹一样竖立着，高好几丈。鲁国人在这里歌舞祭祀。洞穴中没有水，每当祭祀的时候，洒水扫地后祷告，就有清澈的泉水从石缝中流出，足够用来完成祭祀。祭祀结束，泉水也就停了。这种灵验现在仍存在。

湘穴

湘穴中有黑土，岁大旱，人则共壅水以塞此穴，穴淹，则大雨立至。

【译文】

湘地一个洞穴中有黑土，遇到大旱之年，人们就一起用水来填塞这个洞穴；洞穴被淹没，大雨立刻就会降下来。

龟化城

秦惠王二十七年①,使张仪筑成都城②,屡颓。忽有大龟浮于江,至东子城东南隅而毙。仪以问巫,巫曰:"依龟筑之。"便就。故名龟化城。

【注释】

①秦惠王二十七年:前311年。秦惠王,即秦惠文王,战国时秦国国君。

②张仪(? —前309):战国时魏国大梁(今河南开封)人,曾师从鬼谷子学习权谋之术。仕秦为相期间游说各国连衡抗纵,最终骗得楚怀王的信任,使楚国与齐绝交,瓦解了苏秦苦心经营的诸侯合纵抗秦阵营,为秦灭六国、统一天下做出了积极的贡献。

【译文】

秦惠王二十七年,派张仪修筑成都城,修了几次都塌了。忽然有一只大龟浮出江面,到东面子城的东南角时死了。张仪拿这事去问巫师,巫师说:"依照龟的轮廓来筑城。"于是就筑好了。所以这座城被称为龟化城。

城沦为湖

由拳县①,秦时长水县也。始皇时童谣曰:"城门有血,城当陷没为湖。"有妪闻之,朝朝往窥。门将欲缚之,妪言其故。后门将以犬血涂门,妪见血,便走去。忽有大水欲没县。主簿令干入白令②。令曰:"何忽作鱼?"干曰:"明府亦作鱼。"遂沦为湖。

【注释】

①由拳：古县名。故治在今浙江嘉兴南。

②干：主管。

【译文】

由拳县，是秦朝时的长水县。秦始皇时有童谣说："城门有血，城将陷没为湖。"有个老妇人听到歌谣，天天早晨去城门那里偷看。守卫城门的将领想抓她，老妇人就说出了她来偷看的原因。后来守门将领拿狗血涂在了城门上，老妇人看见血，立刻跑着离开了。忽然涨起大水要淹没县城。主簿派主管府吏进去报告县令。县令说："你怎么忽然变成鱼的模样了？"主管说："县令您也变成鱼了。"于是县城就沦陷成湖了。

马邑

秦时，筑城于武周塞内①，以备胡，城将成而崩者数焉。有马驰走，周旋反复。父老异之，因依马迹以筑城，城乃不崩，遂名马邑。其故城今在朔州②。

【注释】

①武周塞：古代的军事要塞。在今山西大同西。

②朔州：即今山西朔县。

【译文】

秦代时，在武周塞里面筑城，用来防御胡人，多次城快筑成时又塌了。有一匹马奔跑，反复绕圈子，人们觉得惊异，于是依照马跑的印迹来筑城，城竟然没有崩塌。于是把城叫做马邑。它的故城在今天的朔州。

天地劫灰

汉武帝凿昆明池①，极深，悉是灰墨，无复土。举朝不解，以问东方朔。朔曰："臣愚不足以知之。可试问西域人。"帝以朔不知，难以移问。至后汉明帝时，西域道人入来洛阳。时有忆方朔言者，乃试以武帝时灰墨问之。道人云："经云：'天地大劫将尽，则劫烧。'此劫烧之余也。"乃知朔言有旨。

【注释】

①昆明池：湖沼名。汉武帝元狩三年(前120)在长安西南郊野凿出用以练习水战。池周围四十里，广三百三十二顷。宋以后湮没。

【译文】

汉武帝开凿昆明池，挖得非常深，挖出的都是黑灰，不再有土。满朝大臣都不明白，去问东方朔。东方朔说："我愚钝不能够知道这件事。可以试着去问问西域人。"汉武帝认为东方朔不知道，就很难改问其他人了。到东汉明帝时，西域道人来到洛阳，当时有人想起东方朔的话，就试着用武帝时黑灰的事情问他。道人说："佛经上说：'天地大劫将结束，就有劫火焚烧。'这黑灰是劫火焚烧留下的。"人们这才知道东方朔的话有深意。

丹砂井

临沅县有廖氏①，世老寿。后移居，子孙辄残折。他人居其故宅，复累世寿。乃知是宅所为，不知何故。疑井水赤，乃掘井左右，得古人埋丹砂数十斛。丹汁入井，是以饮水而得寿。

【注释】

①临沅：古县名。故城在今湖南常德西。

【译文】

临沅县有一户姓廖的人家,世代人长寿。后来他家移居到别的地方,子孙总是夭折。别人住到他家的旧房子里,又世代长寿。这才知道是住宅的缘故,但不知是什么原因。怀疑井水是红色的,就挖掘井的两边,得到古人埋藏的丹砂几十斛。丹砂的汁液渗入井水,所以喝了井水就长寿了。

江东余腹

江东名余腹者。昔吴王阖闾江行①,食脍②,有余,因弃中流,悉化为鱼。今鱼中有名吴王脍余者,长数寸,大者如箸,犹有脍形。

【注释】

①阖闾(hé lú):春秋后期吴国国君姬光,又作"阖庐",前514至前496年在位,著名军事家。历史上有人认为吴王阖闾为"春秋五霸"之一。

②脍(kuài):细切的鱼肉。

【译文】

江东有一种叫余腹的鱼。从前吴王阖闾在江上游行,吃细切的鱼肉,有剩余,就扔到江里,都变成了鱼。如今鱼里面有一种叫做吴王脍余的小鱼,身长几寸,大的像筷子,还有鱼丝的形状。

蟛蜞长卿

蟛蜞,蟹也①。尝通梦于人,自称"长卿"。今临海人多以"长卿"呼之。

【注释】

①蟛蚏(péng yuè)：也写作蟛蜎。蟹的一种。体小，足无毛。

【译文】

蟛蚏是一种蟹。它曾经托梦给人，自称"长卿"。如今临海人多用"长卿"来称呼它。

青蚨还钱

南方有虫，名蟪蝈，一名蜮蠋，又名青蚨①。形似蝉而稍大，味辛美，可食。生子必依草叶，大如蚕子，取其子，母即飞来，不以远近。虽潜取其子，母必知处。以母血涂钱八十一文，以子血涂钱八十一文，每市物，或先用母钱，或先用子钱，皆复飞归，轮转无已。故《淮南子术》以之还钱②，名曰"青蚨"。

【注释】

①"南方有虫"几句：蟪蝈(dūn yú)、蜮蠋(zéi zhú)、青蚨(fú)，均指一种传说中的虫子，又叫鱼伯。

②《淮南子术》：即《淮南万毕术》。

【译文】

南方有一种虫，名叫蟪蝈，也叫蜮蠋，又叫青蚨。形状像蝉而比蝉稍大，味道辛辣鲜美，可以吃。它产子一定依附在草叶上，像蚕子那么大，如果捉了青蚨子，母青蚨就会飞来，不论远近。即使偷偷捉取青蚨子，母青蚨也一定会知道它在哪里。用母青蚨的血涂八十一文铜钱，用青蚨子的血也涂八十一文铜钱，每次买东西，或者先用母青蚨血涂的钱，或者先用青蚨子血涂的钱，钱都会再飞回来，轮流用不完。所以《淮南子术》用这种方式收回钱，称它为"青蚨"。

蜾蠃育子

土蜂名曰蜾蠃,今世谓蜗蠮,细腰之类。其为物纯雄而无雌,不交不产,常取桑虫或阜螽子育之[1],则皆化成己子。亦或谓之螟蛉[2]。《诗》曰:"螟蛉有子,果蠃负之。"是也。

【注释】

①桑虫:一种桑树上的小青虫,也称"桑蟃"。又有人认为桑虫即螟蛉的别名。阜螽(zhōng):蝗虫的幼虫。

②螟蛉:螟蛾的幼虫。蜾蠃常捕螟蛉喂它的幼虫,古人误认为蜾蠃养螟蛉为己子。后因以为养子的代称。

【译文】

有一种叫蜾蠃的土蜂,今世称之为蜗蠮,是细腰蜂一类。这种昆虫只有雄蜂而没有雌蜂,不交配不产子,经常把桑虫或者阜螽的幼虫取来养育,它们都会变成自己的幼虫。也有人称之为螟蛉。《诗经》上说:"螟蛉有子,果蠃负之。"就是这回事。

木蠹

木蠹生虫[1],羽化为蝶[2]。

【注释】

①蠹(dù):蛀蚀。

②羽化:指昆虫由幼虫或蛹变化为成虫长出翅膀的过程。

【译文】

木材蛀蚀生的虫子,长出翅膀变成蝴蝶。

刺猬

猬多刺,故不便超逾杨柳①。

【注释】

①原文为"猬多刺,故不使超逾杨柳",《太平御览》卷九一二引为:
"《孝经援神契》曰:猬多刺,故不便超逾杨柳。"据此改。

【译文】

刺猬长有很多刺,所以不方便跳过柳树。

火浣布

昆仑之墟①,地首也。是惟帝之下都,故其外绝以弱水之深,又环以炎火之山。山上有鸟兽草木,皆生育滋长于炎火之中,故有火浣布②。非此山草木之皮枲③,则其鸟兽之毛也。汉世西域旧献此布,中间久绝。至魏初时,人疑其无有。文帝以为火性酷裂,无含生之气,著之《典论》④,明其不然之事,绝智者之听。及明帝立,诏三公曰:"先帝昔著《典论》,不朽之格言。其刊石于庙门之外及太学,与石经并,以永示来世⑤。"至是,西域使人献火浣布袈裟,于是刊灭此论,而天下笑之。

【注释】

①昆仑:传说中西方的仙山。

②火浣布:石棉布。传说将这种布置于火中即可浣洗干净。

③枲(xǐ):大麻的雄株。只开雄花,不结子,纤维可织麻布。亦泛指麻。

④《典论》：书名。曹丕所著，原书五卷，已佚，今仅存《典文》一篇。

⑤石经：刻在石上的儒家经典。汉平帝元始元年（公元1年）王莽命甄丰摹古文《易》、《书》、《诗》、《左传》于石，此为石经之始。此后著名的石经有"熹平石经"、"正始石经"（也称"三体石经"）、"唐开成石经"、"蜀石经"（"广政石经"）、"北宋石经"（"二字石经"）、"南宋石经"（"宋高宗御书石经"）以及"清石经"等。

【译文】

　　昆仑山是大地的端首。这里有上帝在人间的都城，所以它的外围用深不能渡的弱水隔绝，又用火山来环绕四周。火山上有鸟兽草木，都在炎火中繁育生长，因此有火浣布。这种布不是这火山上草木的纤维织成，就是火山上鸟兽的羽毛制成。汉朝的时候，西域人曾经贡献过这种布，之后很久不再进贡。到魏初时，人们都怀疑没有这种布。魏文帝认为火性残暴，不会含有生命的元气，他在《典论》中进行论述，说明火浣布是不可能存在的事，以此来杜绝有见识的人的传闻。等到魏明帝即位，下诏书给三公说："先帝过去著述《典论》，这是不朽的格言，可刻在石碑上立到太庙的门外和太学里，与石经并列，永远地教导后人。"在这个时候，西域派人进献火浣布做的袈裟，于是削除了《典论》中关于火浣布不存在的论述，遭到天下人的嘲笑。

金燧

　　夫金之性一也，以五月丙午日中铸为阳燧①，以十一月壬子夜半铸为阴燧②。（言丙午日铸为阳燧，可取火；壬子夜铸为阴燧，可取水也。）

【注释】

①日中：正午。阳燧：古代利用日光取火的凹面铜镜。

②阴燧：古时月夜承接露水的盘子。

【译文】

金的性质是稳定的，在五月丙午日的正午冶铸阳燧，在十一月壬子日的半夜冶铸阴燧。（这是说丙午日铸成阳燧，可以取火；壬子的半夜铸成阴燧，可以取水。）

焦尾琴

汉灵帝时，陈留蔡邕以数上书陈奏①，忤上旨意，又内宠恶之，虑不免，乃亡命江海，远迹吴会②。至吴，吴人有烧桐以爨者③，邕闻火烈声，曰："此良材也。"因请之，削以为琴，果有美音。而其尾焦，因名焦尾琴。

【注释】

①陈留：郡名，汉武帝时所置，治所陈留（今河南开封陈留镇）。蔡邕：东汉末年著名文学家。好辞赋，精通音律、书法。著作有《琴操》、《独断》等。

②吴会：东汉分会稽郡为吴会稽二郡，并称吴会。后亦泛称此两郡故地为吴会。

③爨（cuàn）：烧火煮饭。

【译文】

东汉灵帝时，陈留人蔡邕因为多次上书奏事，违背皇帝的旨意，加上遭到得宠宦官的憎恶，担心无法幸免，于是逃亡江湖，远远跑到了吴会地区。到了吴地，有一个吴人烧桐木来做饭，蔡邕听到桐木在火中爆裂的响声，说："这是块好木材。"于是讨来桐木，砍削制作成一张琴，果然弹出了美妙的音乐。由于琴的尾部烧焦了，所以取名叫焦尾琴。

柯亭竹

蔡邕尝至柯亭①,以竹为椽。邕仰眄之,曰:"良竹也。"取以为笛,发声辽亮。

一云:邕告吴人曰:"吾昔尝经会稽高迁亭,见屋东间第十六竹椽,可为笛。取用,果有异声。"

【注释】

①柯亭:古地名。又叫高迁亭、千秋亭。在今浙江绍兴西南,以出产良竹而著名。

【译文】

蔡邕曾经来到柯亭,这里用竹子做椽子。蔡邕仰头看这些竹椽,说:"好竹子啊。"取下来做成笛子,吹出来的声音清脆响亮。

还有一种说法:蔡邕告诉吴人说:"我过去曾经路过会稽高迁亭,看见屋子东间的第十六根竹椽可以做成笛子。取下来做成笛子,果然能吹出非同凡响的声音。"

卷十四

【题解】

本卷收录的故事内容比较复杂。既有"蒙双氏"、"狗祖盘瓠"这样的推原神话，又有"夫馀王"、"鹄苍衔卵"等感生神话；既有动物喂养人类之子的"谷乌菟"、"齐顷公无野"，也有人类生养异物的"窦氏蛇"、"金龙池"；既有转述古老神话的"马皮蚕女"、"嫦娥奔月"，也有记述当代异事的"羽衣女"与"兰岩双鹤"。人称"物老而为怪"，又说"老而不死是为妖"。"黄母化鼋"、"宋母化鳖"、"宣母化鼋"以及"老翁作怪"等故事，从一个十分特殊的角度，阐述了人类对于生命规律的认识。

蒙双氏

昔高阳氏①，有同产而为夫妇，帝放之于崆峒之野。相抱而死。神鸟以不死草覆之，七年，男女同体而生。二头，四手足，是为蒙双氏。

【注释】

①高阳氏：即颛顼，传说中的上古帝王，"五帝"之一。相传为黄帝之孙、昌意之子，生于若水，居于帝丘。

【译文】

　　从前高阳氏的时候，有一母同生的人结为夫妇，帝颛顼把他们流放到崆峒山的荒野中。这两个人相互拥抱着死去。神鸟用不死草盖住他们。七年之后，男女连成一体活了。两个头，四只手四只脚，这就是蒙双氏。

狗祖盘瓠

　　高辛氏①，有老妇人，居于王宫，得耳疾历时。医为挑治，出顶虫②，大如茧。妇人去后，置以瓠蓠③，覆之以盘，俄尔顶虫乃化为犬，其文五色，因名盘瓠，遂畜之。时戎吴强盛④，数侵边境，遣将征讨，不能擒胜。乃募天下有能得戎吴将军首者，购金千斤，封邑万户，又赐以少女。后盘瓠衔得一头，将造王阙。王诊视之，即是戎吴。为之奈何？群臣皆曰："盘瓠是畜，不可官秩，又不可妻。虽有功，无施也。"少女闻之，启王曰："大王既以我许天下矣。盘瓠衔首而来，为国除害，此天命使然，岂狗之智力哉。王者重言，伯者重信，不可以女子微躯，而负明约于天下，国之祸也。"王惧而从之，令少女从盘瓠。盘瓠将女上南山，草木茂盛，无人行迹。于是女解去衣裳，为仆竖之结⑤，着独力之衣，随盘瓠升山，入谷，止于石室之中。王悲思之，遣往视觅，天辄风雨，岭震云晦，往者莫至。盖经三年，产六男，六女。盘瓠死后，自相配偶，因为夫妇。织绩木皮，染以草实。好五色衣服，裁制皆有尾形。后母归，以语王，王遣使迎诸男女，天不复雨。衣服褊裢⑥，言语侏偒⑦，饮食蹲踞，好山恶都。王顺其意，赐以名山广泽，号曰蛮夷。蛮夷者，外痴内黠，安土重旧，以其受异气于天命,故待以不常之律。田作贾贩,无关繻、符传、租税之赋⑧,有邑君长皆赐印绶。冠用獭皮,取其游食于水。今即梁、汉、巴、蜀、武陵、长沙、庐江郡夷是也⑨。用糁杂鱼肉⑩,叩槽而号,以祭盘瓠,其俗至今。故世称:"赤髀横裙⑪,盘瓠子孙。"

【注释】

①高辛氏:即帝喾,传说中的古代部族首领,为黄帝曾孙,初受封于辛,后即帝位,号高辛氏。

②顶虫:古代传说中生于头颅的虫。

③瓠蓠(lí):疑为葫芦做成的器皿。

④戎吴:应是戎族的一个部落。

⑤结:通"髻"。

⑥褊褋(biǎn lián):《后汉书·南蛮传》作"斑兰",即"斑斓"。指色彩错杂灿烂。

⑦侏僮:亦作"侏离"。形容方言、少数民族或外国的语言文字怪异,难以理解。

⑧关繻(rú):出入关隘的帛制凭证。符传:古代符信之一。用于出入关。

⑨梁:梁州。原为古九州之一名。三国时魏置梁州,治沔阳县(今陕西勉县东旧州铺),西晋时移治南郑县(今陕西汉中东)。汉:治中郡,秦置,两汉沿置。郡治初设南郑(今陕西汉中),西汉初迁至西城(今陕西安康市汉江北岸中渡台)。巴:郡名,秦置,郡治江州(今重庆)。蜀:郡名,秦置,治所成都。武陵:郡名,西汉置,郡治历来有索县(常德武陵区)、义陵二说。长沙:郡、国名,秦置郡,西汉改国,治所湘县,西汉改称临湘县,即今长沙。庐

江：郡名，汉置。郡治舒县，故城在今安徽庐江县西二十里。

⑩糁（sǎn）：米饭。

⑪髀（bì）：大腿。

【译文】

高辛氏时有个老妇人，居住在王宫里，得耳病有一段时间了。医生给她挑治耳朵，挑出一条顶虫，像蚕茧那么大。老妇人离开以后，把虫放在葫芦瓢中，用盘子盖上，不久顶虫就变成了一只狗，身上有五彩的花纹，于是叫它盘瓠，就饲养起来。当时戎族的吴部很强盛，多次侵犯边境，帝王派遣将领去征讨，不能获胜。于是他征募天下能取来戎族吴将军首级的人，悬赏千金，封食邑万户，并且允诺把小女儿嫁给他。后来盘瓠衔得一颗人头，送到王宫。帝王仔细查看，就是戎吴首级。这事怎么办呢？群臣都说："盘瓠是畜生，不能封官给俸禄，又不能取人为妻。即使有功，也不用赏赐。"帝王的小女儿听了，禀告帝王说："大王已经拿我向天下许诺了。盘瓠衔来了首级，为国除了大害，这是天命让它这样的，哪里是一只狗的智慧力量呢？称王的人看重诺言，称霸的人看重信用，不能因为女儿轻微的身躯，在天下人面前背弃诺言。这会给国家招来灾难。"帝王感到畏惧，就听从了女儿的话，让小女儿跟着盘瓠。盘瓠带着帝颛顼的小女儿上了南山，那里草木茂盛，没有人的行迹。于是小女儿脱下衣裳，扎起了奴仆的发髻，穿上了干活的衣服，跟着盘瓠爬上山，进入山谷，居住在石室之中。帝王悲伤地思念小女儿，派人去看望寻找，但总是刮风下雨，山摇地动，乌云密布，去的人没有谁能到达。大概过了三年，他们生下了六个男孩六个女孩。盘瓠死后，儿女自相婚配，结成夫妻。他们用树皮织布，用草料染色。他们喜欢五颜六色的衣服，裁制的衣服都有尾巴的形状。后来，他们的母亲回到王宫，把情况告诉给帝王，帝王派人去迎接那些男女，天不再下雨。他们的衣服色彩斑斓，言语怪异难懂，吃饭蹲在地上，喜欢山林厌恶都邑。帝王顺从他们的意愿，赐给他们名山大川，称他们为蛮夷。所谓蛮夷，表面愚笨内心狡黠,安于乡土,重视旧俗,因为他们领受了上天赋予的奇异气质,所以用特殊的法律来对待他们。他们耕田贩卖,没有关卡凭证和租税赋贡,部落的首领都赐给官印绶带。他们的帽子用獭皮做成,取獭在水中取食的意思。现在梁州、汉中、巴、蜀、武陵、长沙、庐江等郡的蛮夷就是这样。他们用米饭掺杂鱼肉,敲着木槽呼喊,来祭祀盘瓠,这种风俗流传到现在。所以人们说:"光着大腿,系着横裙,是盘瓠的子孙。"

夫馀王

　　槁离国王侍婢有娠①,王欲杀之。婢曰:"有气如鸡子,从天来下,故我有娠。"后生子,捐之猪圈中,猪以喙嘘之;徙至马枥中②,马复以气嘘之;故得不死。王疑以为天子也,乃令其母收畜之,名曰东明。常令牧马。东明善射,王恐其夺己国也,欲杀之。东明走,南至掩施水③,以弓击水,鱼鳖浮为桥,东明得渡。鱼鳖解散,追兵不得渡。因都王夫馀④。

【注释】

①槁离:北夷国名。
②马枥(lì):马槽。亦指关牲畜的地方。
③掩施:又作"掩淲"。水名。
④夫馀:古国名。在今东北地区。

【译文】

　　槁离国王的侍婢有了身孕,国王想杀了她。婢女说:"有一团气像鸡蛋,从天上下来落在我身上,所以我有了身孕。"后来她生下孩子,把他扔到猪圈里,猪用嘴给他嘘气;又把他扔到马厩里,马又给他嘘气;所以没有死。槁离国王怀疑他是天帝之子,于是命令他母亲收养他,取名叫东明。常常叫他去放马。东明擅长射术,槁离王担心他夺取自己的国家,想杀死他。东明逃走,往南来到掩施水边,他拿弓击水,水里的鱼鳖就浮起来架成桥,东明得以过河。鱼鳖散去,追兵无法过河。于是东明就在夫馀建都称王。

鹄苍衔卵

古徐国宫人娠而生卵,以为不祥,弃之水滨。有犬,名鹄苍,衔卵以归,遂生儿,为徐嗣君。后鹄苍临死,生角而九尾,实黄龙也。葬之徐里中。见有狗垄在焉。

【译文】

古代徐国有一个宫女怀孕生下了一个蛋,认为是不祥之兆,就把它扔到了河边。有一只狗名叫鹄苍,把蛋衔回来,于是从蛋里生出一个小孩,成为徐国嗣位的国君。后来鹄苍快死的时候,生出角,长出了九条尾巴,实际上是一条黄龙。把它埋葬在徐国乡间。现在还有一座狗墓在那里。

谷乌菟

斗伯比父早亡[①],随母归在舅姑之家。后长大,乃奸妘子之女[②],生子文。其妘子妻耻女不嫁而生子。乃弃于山中。妘子游猎,见虎乳一小儿,归与妻言,妻曰:"此是我女与伯比私通生此小儿。我耻之,送于山中。"妘子乃迎归养之,配其女与伯比。楚人因呼子文为谷乌菟。仕至楚相也。

【注释】

①斗伯比:春秋时楚人,楚君若敖之子。

②妘子：即妘国国君。

【译文】

斗伯比的父亲早死，他随母亲回到舅舅家。长大后，和妘国国君的女儿私通，生下了子文。那妘国国君的妻子认为女儿没有出嫁就生下孩子十分耻辱，就把孩子扔到了山里。妘国国君去打猎，看见老虎在给一个孩子喂奶，回家后告诉妻子，妻子说："这是我们的女儿和伯比私通生下的孩子。我觉得耻辱，就把他送到山里去了。"妘国国君于是把孩子接回来抚养，把他的女儿嫁给了斗伯比。楚国人于是称呼子文为谷乌菟。后来官做到了楚国的国相。

齐顷公无野

齐惠公之妾萧同叔子见御有身①，以其贱，不敢言也。取薪而生顷公于野②，又不敢举也。有狸乳而鹯覆之③。人见而收，因名曰无野。是为顷公。

【注释】

①齐惠公：春秋中期齐国国君，齐桓公之子，共在位十年。

②顷公：姜姓，吕氏，名无野，春秋中期齐国君主，齐惠公之子，在位十七年。

③鹯（zhān）：猛禽名。又名晨风。似鹞，羽色青黄，以鸠鸽燕雀为食。

【译文】

齐惠公的侍妾萧同叔子侍奉齐惠公有了身孕，她因为出身低贱，不敢说出来。她在野外打柴时生下齐顷公，又不敢抚养他。有一只猫给他喂奶，一只鹯鸟遮盖他。有人看见，就收养了他，于是取名叫无野。这就是齐顷公。

羌豪袁钤

　　袁钤者，羌豪也①。秦时拘执为奴隶，后得亡去。秦人追之急迫，藏于穴中。秦人焚之，有景相如虎来为蔽②，故得不死。诸羌神之，推以为君。其后种落炽盛。

【注释】

　　①豪：首领，统帅。

　　②景相：即景象。形状，形象。

【译文】

　　袁钤是羌人的首领。秦国时被抓去做了奴隶，后来得到机会逃走。秦国人追赶他很紧急，他藏进一个洞穴中。秦国人拿火烧他，有一个像老虎样的东西来给他遮蔽，因此没被烧死。羌族各部认为他是神仙，推举他做首领。那以后羌族部落十分兴旺发达。

窦氏蛇

　　后汉定襄太守窦奉妻生子武①，并生一蛇。奉送蛇于野中。及武长大，有海内俊名。母死，将葬，未窆②，宾客聚集，有大蛇从林草中出，径来棺下，委地俯仰③，以头击棺，血涕并流，状若哀恸④，有顷而去。时人知为窦氏之祥。

【注释】

　　①定襄：郡名。治所为成乐县，故城在今内蒙古和林格尔西北土城子。窦奉：东汉时曾任太襄太守，槐里侯窦武父亲，汉桓帝窦皇后的爷爷。

　　②窆(biǎn)：泛指埋葬。

③俯仰：抬头低头。磕头的样子。

④哀恸（tòng）：悲痛至极。

【译文】

东汉定襄太守窦奉的妻子生下窦武，同时还生了一条蛇。窦奉把蛇送到了田野里。等窦武长大后，在国内有美名。他的母亲死后，将要埋葬，棺材还没有落入墓坑，宾客聚集在一起，有一条大蛇从树林草丛中出来，径直来到棺材下，伏在地上头一上一下像是磕头，它用头碰棺材，血泪一起流下来，那样子好像很悲痛，过了一会儿才离开。当时人知道这是窦家的吉兆。

金龙池

晋怀帝永嘉中，有韩媪者，于野中见巨卵。持归育之，得婴儿，字曰撅儿。方四岁，刘渊筑平阳城，不就，募能城者。撅儿应募。因变为蛇，令媪遗灰志其后。谓媪曰："凭灰筑城，城可立就。"竟如所言。渊怪之，遂投入山穴间，露尾数寸，使者斩之，忽有泉出穴中，汇为池，因名金龙池。

【译文】

晋怀帝永嘉年间，有一个姓韩的老妇人，在野外看见一个巨大的蛋。拿回来孵化，得到一个婴儿，取名叫撅儿。他刚四岁的时候，刘渊修筑平阳城没有成功，于是招募能够筑城的人。撅儿应募。他就变成一条蛇，让韩老妇人在它的后面撒上灰线做标志。他对韩老妇人说："根据灰线来筑城，城可以很快筑成。"结果和他说的一样。刘渊觉得奇怪，于是把他扔到了山洞里，蛇尾露出几寸，派去的人斩断蛇尾，忽然有泉水从山洞中流出，汇集成一个池塘，于是取名叫金龙池。

羽衣人

元帝永昌中①,暨阳人任谷因耕息于树下②,忽有一人着羽衣就淫之。既而不知所在。谷遂有妊。积月,将产,羽衣人复来,以刀穿其阴下,出一蛇子便去。谷遂成宦者,诣阙自陈③,留于宫中。

【注释】

①永昌:晋元帝司马睿的年号,322—323 年。

②暨阳:古县名,晋置,治所在今江苏江阴东南长寿镇南。

③阙:借指宫廷,帝王所居之处。后也借指京城。

【译文】

晋元帝永昌年间,暨阳县人任谷由于耕地在树下休息,忽然有一个穿着羽衣的人来奸淫他。然后不知道哪里去了。任谷于是有了身孕。过了几个月,快要生产了,羽衣人又来了,用刀刺穿他的阴部,取出一条小蛇就离开了。任谷于是就成了阉人,他到宫中陈述自己的事情,就被留在了宫中。

马皮蚕女

旧说太古之时,有大人远征,家无余人,唯有一女。牡马一匹,女亲养之。穷居幽处,思念其父,乃戏马曰:"尔能为我迎得父还,吾将嫁汝。"马既承此言,乃绝缰而去,径至父所。父见马,惊喜,因取而乘之。马望所自来,悲鸣不已。父曰:"此马无事如此,我家得无有故乎!"亟乘以归。为畜生有非常之情,故厚加刍养。马不肯食,每见女出入,辄喜怒奋击。如此非一。父怪之，密以问女，女具以告父，必为是故。父曰："勿言，恐辱家门。且莫出入。"于是伏弩射杀之，暴皮于庭。父行，女以邻女于皮所戏，以足蹙之曰①："汝是畜生，而欲取人为妇耶？招此屠剥，如何自苦？"言未及竟，马皮蹶然而起，卷女以行。邻女忙怕，不敢救之，走告其父。父还求索，已出失之。后经数日，得于大树枝间。女及马皮，尽化为蚕，而绩于树上。其茧纶理厚大，异于常蚕。邻妇取而养之，其收数倍。因名其树曰桑。桑者，丧也。由斯百姓竞种之，今世所养是也。言桑蚕者，是古蚕之余类也。案《天官》，辰为马星②。《蚕书》曰③："月当大火，则浴其种。"是蚕与马同气也。《周礼》马质职掌"禁原蚕者"注云④："物莫能两大。禁原蚕者，为其伤马也。"汉礼，皇后亲采桑，祀蚕神，曰"菀窳妇人，寓氏公主"⑤。公主者，女之尊称也。菀窳妇人，先蚕者也。故今世或谓蚕为女儿者，是古之遗言也。

【注释】

① 蹙(cù)：通"蹴"。踢，踏。

② "案《天官》"二句：《天官》，指《周礼·天官》。辰，星宿名。指二十八宿之一的心宿。心宿为东方苍龙七宿中的第五宿。苍龙第四宿为房宿，古时以为房星主车马，故称之为天驷、房驷，又称辰星。所以这里说"辰为马星"。

③ 《蚕书》：论述养蚕的书。也称《蚕经》。

④ 马质：周代官名。掌管买马并评定马的优劣及价值等。原书作"校人"，据《周礼》"马质"职改。原蚕：二蚕，即夏秋第二次孵化的蚕。

⑤菀窳(wǎn yǔ)妇人,寓氏公主:汉代对蚕神的称呼。

【译文】

过去传说在很早的时候,有一个家长出征远方,家里没有别的人,只有一个女儿。有一匹公马,女儿亲自饲养它。她居住在偏僻的地方,思念她的父亲,于是跟马开玩笑说:"你如果能为我迎接父亲回来,我就嫁给你。"马听了这句话,就挣断缰绳离开家,径直到父亲远征的地方。父亲看见马,非常惊喜,于是拉过去骑它。马望着它所来的那个方向,不停地悲嘶。父亲说:"这匹马无缘无故这个样子,是不是我家里有什么事呢?"于是骑着它赶紧回家了。因为这匹马是畜生却有非同寻常的感情,所以用非常优厚的草料饲养它。马不肯吃草料,它每次看见女儿进出,总是高兴或者发怒地奋力跳跃。这样不止一次。父亲觉得奇怪,私下里询问女儿,女儿把开玩笑的事情全部告诉父亲,一定是这个缘故。父亲说:"不要说出去,恐怕会辱及家庭的名声。你暂且不要进出。"于是设置暗箭射杀了这匹马,把马皮晒在院子里。父亲外出时,女儿和邻家女在晒马皮的地方玩,她用脚踢着马皮说:"你是畜生,还想娶人做妻子吗!招致屠杀剥皮之祸,为何要自讨苦吃?"话还没有说完,马皮突然飞起,卷起女儿飞走了。邻家女慌乱害怕,不敢上前救她,跑去告诉她的父亲。父亲回来到处寻找,已经飞出去失踪了。后来过了几天,在一棵大树枝上找到了。女儿和马皮,都变成了蚕,在树上吐丝做茧。那茧丝纹又厚又大,和普通蚕茧不同。邻居妇女取来饲养,收到了好几倍的蚕茧。于是把那棵树取名叫桑。桑,就是丧失的意思。从此百姓争着种这种树,就是现在用来养蚕的树。现在被称为桑蚕的,是古蚕遗留下来的种类。根据《天官》,辰宿是马星。《蚕书》说:"月亮运行至大火星时,就清洗蚕子。"因为蚕和马气质相同。《周礼》马质职掌"禁止饲养二次孵化的蚕"注说:"事物没有能两个同时增大的。禁止饲养二次孵化的蚕,是因为它会损伤马。"汉代的礼制,皇后亲自采桑祭祀蚕神时说"菀窳妇人,寓氏公主"。公主,是对那个女儿的尊称。菀窳妇人,是最先教民养蚕的人。所以现在有人说蚕是女儿,这是古代流传下来的说法。

嫦娥奔月

羿请无死之药于西王母^①,嫦娥窃之以奔月。将往,枚筮之于有黄^②。有黄占之曰:"吉。翩翩归妹,独将西行。逢天晦芒,毋恐毋惊,后且大昌。"嫦娥遂托身于月,是为蟾蜍^③。

【注释】

①羿:古代神话传说中善射的人,相传尧时十日作怪,羿射九日。嫦娥是他的妻子,又称姮娥。西王母:古代神话中的女仙人,被认为是长生不老的象征。

②枚筮:古代一种不告何事而占卜吉凶的方法。有黄:人名。

③蟾蜍(chú):即蟾蜍。古人因为这个传说,也用蟾蜍指代月亮。

【译文】

羿向西王母求得不死药,嫦娥偷吃了药飞往月宫。她动身之前,找有黄占卜。有黄给她占卜说:"吉利。行动轻快的归妹,独自将往西行。遇上天色昏暗,不要惊慌害怕,以后将非常昌盛。"嫦娥于是托身于月宫,这就是月宫里的蟾蜍。

帝女化草

舌垒山^①,帝之女死,化为怪草,其叶郁茂,其华黄色,其实如兔丝^②。故服怪草者,恒媚于人焉。

【注释】

①舌垒(duǒ)山:神话传说中的山名。《山海经·中山经》载此事,

作"姑媱之山"。

②兔丝:植物名。即菟丝子,一名女萝。

【译文】

舌埵山上,天帝的女儿死了,变成一种怪草,它的叶子茂盛,它的花是黄色的,它的果实像兔丝。因此服食这种怪草,总是讨人喜欢。

兰岩双鹤

荥阳县南百余里①,有兰岩山,峭拔千丈。常有双鹤,素羽皦然②,日夕偶影翔集。相传云:"昔有夫妇隐此山,数百年,化为双鹤,不绝往来。忽一旦,一鹤为人所害,其一鹤岁常哀鸣。至今响动岩谷,莫知其年岁也。"

【注释】

①荥阳:县名。秦置,因在荥水之北得名。故城在今河南郑州惠济区古荥镇。据《河南通志》,兰岩山在密县西北接汜水县西南境。

②皦(jiǎo):光亮洁白。

【译文】

荥阳县南一百多里,有一座兰岩山,山岩陡峭,高达千丈。山里经常有一对鹤,白色的羽毛十分光洁,日夜成双成对地飞翔栖息。人们相互传说:"从前有一对夫妇隐居在这座山中,几百年后,变成了双鹤,长久地在一起。忽然有一天,一只鹤被人害死了,另一只鹤常年在这里哀鸣。至今叫声还震动山谷,没有人知道它的年龄。"

羽衣女

豫章新喻县男子①,见田中有六七女,皆衣毛衣,不知是鸟。匍匐往,得其一女所解毛衣,取藏之,即往就诸鸟。诸鸟各飞去,一鸟独不得去。男子取以为妇,生三女。其母后使女问父,知衣在积稻下,得之,衣而飞去。后复以迎三女,女亦得飞去。

【注释】

①豫章:古郡名。郡治在今江西南昌。新喻:三国吴置新渝县,后讹变成新喻,即今江西新余。

【译文】

豫章郡新喻县有一个男子,看见田里有六七个女孩,都穿着羽毛的衣服,不知道她们是鸟。他伏在地上悄悄爬过去,拿到了其中一个女子脱下来的羽毛衣服,藏了起来,然后去接近那些鸟。那些鸟各自飞走了,只有一只鸟不能飞走。男子就娶她为妻,生下了三个女儿。她们的母亲后来派女儿去问父亲,知道羽衣藏在稻谷堆下,找到后,穿上衣服飞走了。后来她又来接三个女儿,女儿也跟着飞走了。

黄母化鼋

汉灵帝时,江夏黄氏之母浴盘水中①,久而不起,变为鼋矣。婢惊走告。比家人来,鼋转入深渊。其后时时出见。初浴,簪一银钗,犹在其首。于是黄氏累世不敢食鼋肉。

【注释】

①江夏:古郡名,郡治西陵县(今湖北武汉新洲区境内),晋时改称武昌郡,移治安陆(今湖北安陆北)。盘水:水名。在湖北房县南,神农架林区。

【译文】

汉灵帝时,江夏郡一户姓黄的人家的母亲到盘水中洗澡,洗了很久没有起身，变成了一只鼋。她的婢女惊慌地跑回去报告。等家里人赶来，这只鼋已经转入了深潭。那以后还经常出现。在当初洗澡时黄母插戴着一只银钗，还在鼋的头上。从此以后黄家的人世代都不敢吃鼋肉。

宋母化鳖

魏黄初中①，清河宋士宗母②，夏天于浴室里浴，遣家中大小悉出，独在室中。良久，家人不解其意，于壁穿中窥之。不见人体，见盆水中有一大鳖。遂开户，大小悉入，了不与人相承。尝先着银钗，犹在头上。相与守之啼泣，无可奈何。意欲求去，永不可留。视之积日，转懈。自捉出户外③。其去甚驶，逐之不及，遂便入水。后数日，忽还，巡行宅舍如平生，了无所言而去。时人谓士宗应行丧治服，士宗以母形虽变，而生理尚存，竟不治丧。此与江夏黄母相似。

【注释】

①黄初：魏文帝曹丕的年号，220—226年。

②清河：郡、国名，因境内有清河流经而得名。西汉置郡，治清阳县（今河北清河东南）。东汉改郡为国，移治甘陵（今山东临清东）。

③捉：同"促"。突然。

【译文】

魏黄初年间，清河人宋士宗的母亲，夏天在浴室里洗澡，把家里大大小小的人都打发出去，独自一个人待在屋里。过了很久，家人不明白她的意思，从墙壁的洞穴中偷看。看不见人的身体，只看见澡盆的水里有一只大鳖。于是打开门，一家大小都进去了，那鳖与人完全不能沟通。宋母先前插戴的银钗，还在鳖头上。一家人守着鳖哭泣，却没有什么办法。鳖想离去,永不留下。家人看守了多天,思想渐渐松懈。鳖自己突然跑出门外。它离去的速度很快,追赶不及就跑进河里去了。几天之后,宋母突然回来了,像平常一样在住宅四周巡行,然后一句话没说就走了。当时有人说宋士宗应该给母亲办丧事穿丧服,宋士宗认为母亲的形貌虽然发生了改变,但生命仍然存在,最终没有办理丧事。这事和江夏郡黄母的事相类。

宣母化鼋

　　吴孙晧宝鼎元年六月晦①,丹阳宣骞母②,年八十矣,亦因洗浴化为鼋。其状如黄氏。骞兄弟四人闭户卫之,掘堂上作大坎,泻水其中。鼋入坎游戏。一二日间,恒延颈外望。伺户小开,便轮转自跃入于深渊。遂不复还。

【注释】

①宝鼎元年:266 年。宝鼎是吴末帝孙晧的年号,266—269 年。晦:农历每月的最后一天。

②丹阳:郡名,汉武帝建元二年(前 141),更秦鄣郡为丹阳郡,郡治宛陵(今安徽宣城宣州区)。

【译文】

　　东吴末帝孙晧宝鼎元年六月晦日这天,丹阳人宣骞的母亲,已经八十岁了,也因为洗浴变成了鼋,那状况和黄氏一样。宣骞兄弟四人关上门守着它,在堂屋地上挖出大坑,灌上水。鼋爬入坑中戏水。一两天的时间,总是伸长了脖子朝外看。等到门打开一点点,就转身自己跳出去进入深潭。再也没有回来。

老翁作怪

　　汉献帝建安中,东郡民家有怪:无故,瓮器自发匉匐作声,若有人击;盘案在前①,忽然便失;鸡生子,辄失去。如是数岁,人甚恶之。乃多作美食,覆盖,著一室中,阴藏户间窥伺之。果复重来,发声如前。闻,便闭户,周旋室中,了无所见。乃闇以杖挝之②。良久,于室隅间有所中,便闻呻吟之声,曰:"唷③!唷!宜死。"开户视之,得一老翁,可百余岁,言语了不相当,貌状颇类于兽。遂行推问,乃于数里外得其家,云:"失来十余年。"得之哀喜。后岁余,复失之。闻陈留界复有怪如此④,时人咸以为此翁。

【注释】

①盘案:盛食器皿盘和案的统称。

②挝(zhuā):敲打。

③唷(yòu):呻吟声。

④陈留:郡名,汉武帝时所置,治所陈留(今河南开封陈留镇)。

【译文】

汉献帝建安年间,东郡一户人家发生怪事:无缘无故,坛子罐子就自己打开盖,发出訇訇的声音,好像有人敲击;盘案放在面前,忽然就不见了;鸡下了蛋,总是丢失。像这样好几年,家里人非常厌恶。于是做了许多好吃的,用东西盖起来,放在一间屋子里,悄悄地藏在门后偷看。果然又来了,发出声音像先前一样。听到声音,就关起门来,在屋里转来转去,什么也没有看见。于是在昏暗中用棍子敲打。过了很久,在屋子角落中有东西被击中,就听到呻吟的声音:"唷!唷!该死。"打开门看,抓到一个老头子,大约一百多岁,言语完全不能相通,面貌很像野兽。于是进行讯问,才在几里外找到他的家,说:"走失已经十多年了。"见到他又悲又喜。后来过了一年多,又找不到他了。听说陈留郡境内又出现了一个这样的怪物,当时人都认为就是这个老头子。

卷十五

　　人类大概自从知道了生死，就有了长生不老的愿望。但是，除了那些传说中的神仙之外，无论是帝王将相还是平头百姓，都难逃死亡的结局。于是，在追求长生不老的同时，人类又有了死而复生的企盼。本卷故事中的主人公，便是那些得以跨越生死限界，能够死而复生的传奇人物。见于本卷的王道平不仅以其深情唤出了"乖隔幽途"的父喻的神灵，还因"精诚贯于天地"而使其得以再生；河间女的复活也与此相类。自古有言"生死异路"，如何才能让死者复生？"精诚之至，感于天地"，人与人之间至诚的感情成为唤醒死者的有效方式。从这两个故事中，我们能够看到古人对情的认识与态度。另外，贾文和、李娥、贺瑀、柳荣等人复活后对其死后经历的口述，以及史㛃、戴洋复活后所具有的神通，则展示了人们对另一个世界的遐想。而从同时收入本卷的"广陵大冢"的记载中，我们能够较为清晰地了解古代诸侯之家的墓葬习俗。

王道平妻

　　秦始皇时，有王道平，长安人也。少时，与同村人唐叔偕女，小名父喻，容色俱美，誓为夫妇。寻王道平被差征伐，落堕南国，九年不归。父母见女长成，即聘与刘祥为妻。女与道平,言誓甚重,不肯改事。父母逼迫,不免,出嫁刘祥。经三年,忽忽不乐,常思道平,念怨之深,悒悒而死①。死经三年,平还家,乃诘邻人:"此女安在?"邻人云:"此女意在于君,被父母凌逼,嫁与刘祥。今已死矣。"平问:'墓在何处?"邻人引往墓所。平悲号哽咽,三呼女名,绕墓悲苦,不能自止。平乃祝曰:"我与汝立誓天地,保其终身。岂料官有牵缠,致令乖隔,使汝父母与刘祥。既不契于初心,生死永诀。然汝有灵圣,使我见汝生平之面。若无神灵,从兹而别。"言讫,又复哀泣。逡巡,其女魂自墓出,问平:"何处而来?良久契阔②。与君誓为夫妇,以结终身。父母强逼,乃出聘刘祥。已经三年,日夕忆君,结恨致死,乖隔幽途。然念君宿念不忘,再求相慰,妾身未损,可以再生,还为夫妇。且速开冢破棺,出我即活。"平审言,乃启墓门,扪看其女,果活。乃结束随平还家。其夫刘祥闻之,惊怪,申诉于州县。检律断之,无条,乃录状奏王。王断归道平为妻。寿一百三十岁。实谓精诚贯于天地,而获感应如此。

【注释】

①悒悒(yì):忧郁,愁闷。

②契阔:久别。

【译文】

　　秦始皇时,有个王道平,是长安人。他年少的时候,和同村人唐叔偕的女儿,一个小名叫父喻,容貌姿色都很美的女孩发誓结为夫妇。不久王道平被征召去打仗,流落南方,九年没有回来。父喻的父母见女儿长大成人,就把她许配给刘祥做妻子。女儿和王道平立下的誓言很重,不肯改嫁他人。父母逼迫,不能逃避,便嫁给了刘祥。过了三年,她失意不乐,经常思念王道平,心里积怨很深,忧郁而死。她死后三年,王道平回家来,就去问她邻居:"这个姑娘哪里去了?"邻居说:"这个姑娘心意在你,被父母逼迫,嫁给了刘祥。现在已经死了。"王道平问:"她的墓在哪里?"邻人领着他到墓地。王道平悲伤哭泣,再三喊着父喻的名字,绕着坟墓悲哀痛苦,不能自控。王道平祝祷说:"我和你对天地发誓,终身相守。哪里想到官事牵缠,致使我们长久分离,让你的父母把你嫁给了刘祥。已经不能实现当初的心愿,生死永别。如果你有神灵,就让我见一见你生前的面容。如果没有神灵,从此就永别了。"说完,又再次痛哭。转瞬之间,父喻的魂灵从墓中出来,问王道平:"你从哪里来?我们分别很久了。我和你发誓结为夫妇,了此一生。父母强迫,才嫁给刘祥。已经过了三年,日夜想念你,怨恨郁结而死,隔绝在阴间。不过感念你不忘旧情,一再要求相互安慰,我的身体还没有损坏,可以复活,还和你做夫妇。要赶快挖开坟墓,打开棺材,取出我来就活了。"王道平仔细想了想她的话,于是打开墓门,抚摸察看父喻,果然活了。于是她整理装束跟着王道平回家了。她的丈夫刘祥听说后,很吃惊,向州县申诉。州县府衙查检法律来断案,没有相关条文,于是记录案情上奏给国王。国王判决父喻做王道平的妻子。他们活了一百三十岁。这实在是精诚贯通天地,才能得到这样的感应啊。

河间女

　　晋惠帝世,河间郡有男女私悦①,许相配适。寻而男从军,积年不归。女家更欲适之,女不愿行,父母逼之,不得已而去,寻病死。其男戍还,问女所在,其家具说之。乃至冢,欲哭之尽哀,而不胜其情,遂发冢,开棺,女即苏活。因负还家,将养数日,平复如初。后夫闻,乃往求之。其人不还,曰：“卿妇已死，天下岂闻死人可复活耶？此天赐我，非卿妇也。”于是相讼。郡县不能决，以谳廷尉^②，秘书郎王导奏^③：“以精诚之至，感于天地，故死而更生。此非常事，不得以常礼断之。请还开冢者。”朝廷从其议。

【注释】

①河间：郡、国名。战国赵时初置郡，汉文帝二年（前178）封赵王遂之弟刘辟疆为河间王，分赵国之河间郡置河间国，刘辟疆卒后国除为郡。治所乐成县（今河北献县东）。隋时置河间县（今河北河间），为郡治。唐时废郡。

②谳（yàn）：将案情上报，请示。

③王导（276—339）：字茂弘，琅琊临沂（今山东临沂）人。永嘉之乱后，王导拥立司马睿建立东晋政权，官居宰辅，总揽元帝、明帝、成帝三朝国政，从兄王敦都督江、扬六州军事，拥兵重镇，群从弟子皆官居显要。因此，当时有“王与马，共天下”之说。

【译文】

晋惠帝的时候，河间郡有一对男女相爱，约定婚配。不久男子从军出征，多年没有回来，女家想让女儿嫁给别人，女儿不愿改嫁，父母逼迫，不得已出嫁，不久就病死了。那个男子戍役回来，追问女子在哪里，她家的人把事情的经过都说了。男子于是来到坟地，想哭一哭表达他的悲哀之情，却抑制不住自己的感情，就挖开了坟墓，打开了棺材，女子立刻苏醒活了过来。于是背着她回家，休养了几天，就恢复了健康和往常一样了。后来她的丈夫听说这件事，就到男子家索要女子。那个男子不肯归还，说：“你的妻子已经死了，天下哪里听说过死人可以复活的？这是上天赐给我的，不是你的妻子。”于是他们打官司。郡县不能判决，就把案子呈报给廷尉，秘书郎王导上奏说：“因为他们的精诚感动了天地，所以那个女子才能死而复生。这不是平常的事情，不能用平常的礼法来判断。请把女子归还给掘开坟墓的人。"朝廷同意了他的意见。

贾偶

汉献帝建安中,南阳贾偶①,字文合,得病而亡。时有吏将诣太山②,司命阅簿③,谓吏曰:"当召某郡文合,何以召此人? 可速遣之。"时日暮,遂至郭外树下宿。见一年少女独行,文合问曰:"子类衣冠④,何乃徒步? 姓字为谁?"女曰:"某三河人⑤,父见为弋阳令⑥。昨被召来,今却得还。遇日暮,惧获瓜田李下之讥。望君之容,必是贤者,是以停留,依凭左右。"文合曰:"悦子之心,愿交欢于今夕。"女曰:"闻之诸姑,女子以贞专为德,洁白为称。"文合反复与言,终无动志。天明,各去。文合卒已再宿,停丧将殓,视其面,有色,扪心下,稍温。少顷,却苏。后文合欲验其实,遂至弋阳,修刺谒令⑦,因问曰:"君女宁卒而却苏耶?"具说女子姿质服色、言语相反复本末。令入问女,所言皆同。乃大惊叹,竟以此女配文合焉。

【注释】

①南阳:郡名。秦置,郡治宛县(今河南南阳)。

②太山:即泰山。相传为阴曹地府所在地。

③司命:泰山府君属下掌管人间生死的官吏。

④衣冠:代指缙绅、士大夫。

⑤三河:汉代以河内、河东、河南三郡为三河,即今河南洛阳黄河南北一带。

⑥弋阳:县名。故城在今河南潢川西。

⑦修刺:置备名帖,作通报姓名之用。

【译文】

汉献帝建安年间,南阳人贾偶,字文合,得病死了。当时有个鬼吏带他到泰山府,司命查看生死簿后,对鬼吏说:"应该召另一郡的文合,为什么召这个人呢? 赶快打发他回去。"这时天已经黑了,贾文合于是到城外树下住宿,看见一个年轻女子独自赶路。贾文合问道:"你像是官宦人家的姑娘,为什么步行呢? 你姓什么叫什么?"女子说:"我是三河人,父亲现在是弋阳县令。昨天被召来,今天却被放回去。赶上天黑,担心招致瓜田李下的嫌疑。看你的样子,一定是个贤士,因此停下来,依靠在你旁边。"文合说:"我喜欢你的心意,希望今晚就结为夫妻。"女子说:"听姑姑们说过,女子把纯贞专一当成美德,把洁身自爱视为美名。"贾文合反复和她说话,她的心志始终没有动摇。天亮后,各自离去。贾文合死了已经两天了,停丧将要殓尸,看他的脸,有血色,摸他的心窝,有一点温热。过了一会儿,就苏醒了。后来贾文合想验证这件事,于是到弋阳,写下名帖拜见县令,问他说:"您家的女儿果真是死了又再苏醒的吗?"他详细叙说了所见女子的姿态模样、衣服颜色,以及谈话的前前后后。县令进去询问女儿,女儿说的和文合说的完全相同。县令非常惊叹,竟然把女儿许配给了文合。

李娥

汉建安四年二月①,武陵充县妇人李娥②,年六十岁,病卒,埋于城外,已十四日。娥比舍有蔡仲,闻娥富,谓殡当有金宝,乃盗发冢求金。以斧剖棺,斧数下,娥于棺中言曰:"蔡仲,汝护我头。"仲惊遽,便出走,会为县吏所见,遂收治。依法当弃市③。娥儿闻母活,来迎出,将娥回去。武陵太守闻娥死复生，召见，问事状。娥对曰："闻谬为司命所召，到时得遣出。过西门外，适见外兄刘伯文，惊相劳问，涕泣悲哀。娥语曰：'伯文，我一日误为所召，今得遣归，既不知道，不能独行，为我得一伴否？又我见召在此，已十余日，形体又为家人所葬埋，归，当那得自出？'伯文曰：'当为问之。'即遣门卒与户曹相问：'司命一日误召武陵女子李娥，今得遣还。娥在此积日，尸丧又当殡殓，当作何等得出？又女弱，独行，岂当有伴耶？是吾外妹，幸为便安之。'答曰：'今武陵西界，有男子李黑，亦得遣还，便可为伴。兼敕黑过娥比舍蔡仲，发出娥也。'于是娥遂得出，与伯文别，伯文曰：'书一封，以与儿佗。'娥遂与黑俱归。事状如此。"太守闻之，慨然叹曰："天下事真不可知也。"乃表，以为"蔡仲虽发冢，为鬼神所使；虽欲无发，势不得已，宜加宽宥④。"诏书报可。太守欲验语虚实，即遣马吏于西界，推问李黑，得之，与黑语协。乃致伯文书与佗，佗识其纸，乃是父亡时送箱中文书也⑤。表文字犹在也，而书不可晓。乃请费长房读之⑥，曰："告佗，我当从府君出案行部，当以八月八日日中时，武陵城南沟水畔顿。汝是时必往。"到期，悉将大小于城南待之。须臾果至。但闻人马隐隐之声，诣沟水，便闻有呼声曰："佗来。汝得我所寄李娥书不耶？"曰："即得之，故来至此。"伯文以次呼家中大小，久之，悲伤断绝，曰："死生异路，不能数得汝消息，吾亡后，儿孙乃尔许大。"良久，谓佗曰："来春大病，与此一丸药，以涂门户，则辟来年妖疠矣。"言讫，忽去，竟不得见其形。至来春，武陵果大病，白日皆见鬼，唯伯文之家，鬼不敢向。费长房视药丸，曰："此方相脑也⑦。"

【注释】

①建安四年：199 年。

②充县：古县名，在今湖南桑植。

③弃市：本指受刑罚的人在街头示众，民众共同鄙弃之，后来用"弃市"专指死刑。

④宽宥（yòu）：宽恕，原谅。

⑤送箱：随从死者送入坟墓陪葬的箱子。

⑥费长房：东汉方士。相传他学仙未成，但得神符可以驱役百鬼，后失神符，被众鬼所杀。

⑦方相：上古传说中驱除疫鬼和山川精怪的神灵。

【译文】

汉献帝建安四年二月，武陵郡充县妇女李娥，年纪六十岁，病死了，埋在城外，已经十四天了。李娥的邻居有个叫蔡仲的，听说李娥富有，认为会有金银珠宝陪葬，于是偷偷挖开坟墓找金子。他用斧子劈棺材，劈了几下，李娥在棺材中说："蔡仲，你小心我的头。"蔡仲惊慌，就跑了出来，恰好被县吏看到，于是拘捕了他。按照法律当处死陈尸示众。李娥的儿子听说母亲活着，来接母亲出坟墓，带她回家。武陵太守听说李娥死而复生，召见她，询问事情的原委。李娥回答说："听说是被司命错召，到那里时得放出来。经过西门外，正好碰到表兄刘伯文，惊讶地互相问候，悲哀流泪。我说：'伯文，我一时被错召，现在被遣回家，我既不知道路，又不能独自行走，能给我找一个同伴吗？另外我被召到这里，已经十多天了，身体又被家人埋了，回去后，应该从哪里自己出去？'伯文说：'可以给你问一下。'他立即派门卒去询问户曹：'司命一时误召武陵郡女子李娥，今天得以遣还。李娥在这里好些天了，尸体该被埋葬，应该怎样才能从坟墓中出去？另外，女子体弱，独自远行，应该有个同伴吧？她是我的表妹，请行个方便安排她。'户曹回答说：'现在武陵郡西边的一个男子李黑，也得放回去，可以做伴。同时叫李黑拜访李娥的隔壁邻居蔡仲，让他去挖开坟墓放出李娥。'于是我就出来了。和伯文告别，伯文说：'有一封信，捎给我的儿子刘佗。'我就和李黑一起回来了。事情的经过就是这样的。"太守听了，感慨地说："天下的事情真的是难以理解。"于是向朝廷上表，认为"蔡仲虽然挖了坟，但这是受鬼神的差使；即使不想挖，情势也是不得已，应该加以赦免"。皇上诏书说可以。太守想验证李娥话的真假，就派马吏去郡西部询问李黑，得到回答，李娥的话与李黑说的一样。于是把刘伯文的信捎给刘佗，刘佗认识信纸，那是父亲死时陪葬在箱子中的文书。文书上表彰的文字还在，但信却读不懂。于是请费长房来读信，信上说："告诉佗儿，我要随从府君外出巡行办案，会在八月八日正午时，在武陵城南面的水沟边上稍做停留。那个时候你一定要前往。"到了那一天，刘佗带着全家大小在城南等待。一会儿果然来了，只听到人马隐隐约约的声音，来到沟水边，就听到有人喊道："佗儿过来。你收到我托李娥寄的信了吗？"刘佗说："正是收到信，才来到这里。"伯文按次序呼唤家中大人小孩，很久，仍悲伤欲绝，他说："生死不同路，不能经常得到你们的消息，我死之后，儿孙竟然长这么大了。"过了很久，他对刘佗说："明年春天会有大瘟疫，给你这一丸药，拿来涂在家门上，就能避免明年怪异的瘟疫了。"说完后忽然就离开了，始终没有看见他的形体样子。到了第二年，武陵郡果然流行瘟疫，白天都看到鬼，只有刘伯文的家，鬼不敢去。费长房看了药丸，说："这是方相的脑髓。"

史姁

　　汉陈留考城史姁①，字威明，年少时，尝病，临死，谓母曰："我死当复生。埋我，以竹杖柱于瘗上②，若杖折，掘出我。"及死埋之，柱如其言。七日往视，杖果折。即掘出之，已活。走至井上，浴，平复如故。后与邻船至下邳卖锄③，不时售，云："欲归。"人不信之，曰："何有千里暂得归耶？"答曰："一宿便还。"即书，取报以为验实。一宿便还，果得报。考城令江夏鄾贾和姊病，在乡里，欲急知消息，请往省之。路遥三千，再宿还报。

【注释】

①陈留：郡名，汉武帝时所置，治所陈留（今河南开封陈留镇）。考城：县名。秦始置甾县，东汉时更名考城。故城在今河南兰考固阳镇。姁（xū）：人名。

②瘗（yì）：坟墓。

③下邳：地名。秦时置县，东汉时置国，南朝改国为郡。故城在今江苏睢宁西北古邳镇。

【译文】

汉朝时陈留考城的史姁，字威明，他年轻的时候，曾经得病，临死时，跟他的母亲说："我死了还会复活。埋我后，把竹杖竖在坟头，如果竹杖折断，把我挖出来。"等他死后埋葬时，照他的话竖了竹杖。第七天去看，竹杖果然折了。立即挖开坟抬出他，已经活了。到井边，洗澡，恢复得和平常一样。后来他和邻居乘船到下邳郡卖锄头，没有如期卖完，他说："想回趟家。"邻人不相信他，说："哪里有千里之外一下子就能回去的呢？"他回答说："一夜就能回来。"邻人就写了封信，要求回信作为验证。一夜就回来了，果然得到了回信。考城县令江夏鄾县人贾和的姐姐病了，在家乡，他急于想知道消息，请史姁前去探望。路远三千里，两夜就回来报告了情况。

贺瑀

会稽贺瑀，字彦琚，曾得疾，不知人，惟心下温，死三日，复苏。云："吏人将上天，见官府，入曲房，房中有层架，其上层有印，中层有剑，使瑀惟意所取。而短不及上层，取剑以出。门吏问：'何得？'云：'得剑。'曰：'恨不得印，可策百神，剑惟得使社公耳。'"疾愈，果有鬼来，称社公。

【译文】

会稽人贺瑀，字彦琚，曾经得病，不省人事，只有心窝是温的，死了三天，又复活了。他说："有官吏带他上天，拜见官府，进入一间密室，密室里有一层层的架子，架子的上层有印，中层有剑，让我随意取一件；我个子矮够不到上层，就取了剑出来。门吏问：'得到什么？'我说：'得到一把剑。'门吏说：'可惜你没有取到印，那可以驱使百神，剑只能驱使社公而已。'"贺瑀的病好了，果然有鬼来，自称是社公。

戴洋

戴洋，字国流，吴兴长城人①。年十二，病死，五日而苏。说死时，天使其为酒藏吏②，授符箓，给吏从幡麾，将上蓬莱、昆仑、积石、太室、庐、衡等山③，既而遣归。妙解占候，知吴将亡，托病不仕，还乡里。行至濑乡，经老子祠，皆是洋昔死时所见使处，但不复见昔物耳。因问守藏应凤曰："去二十余年，尝有人乘马东行，经老君祠而不下马，未达桥，坠马死者否？"凤言有之。所问之事，多与洋同。

【注释】

①长城：古县名，县治在今浙江长兴东。
②酒藏吏：古时专门为朝廷掌管酿造、藏酒职事的官吏。

③积石:山名。即阿尼玛卿山。在青海东南部,延伸至甘肃南部边
　境,为昆仑山脉中支。太室:山名。即嵩山。在今河南登封北。

【译文】

　　戴洋,字国流,是吴兴郡长城县人。十二岁的时候得病死了,五天
后复活。说死了的时候,上天让他做了酒藏吏,授予符节簿策,派给随
从旗帜,行进经过蓬莱山、昆仑山、积石山、太室山、庐山、衡山等处,然
后就被遣送回来了。戴洋精通占候之术,知道吴国将灭亡,托病不做
官,返回家乡。走到濑乡,经过老子祠,都是戴洋从前死去时所出使的
地方,只是不能再次看见过去那些东西罢了。于是询问守藏应凤说:
"距今二十多年前,有没有一个人曾经骑着马往东走,经过老君祠庙时
没有下马,还没有走到桥上,就坠下马来摔死了?"应凤说有这回事。所
询问的事情,多数和戴洋经历的相同。

柳荣张悌

　　吴临海松阳人柳荣①,从吴相张悌至扬州。荣病死船中
二日,军士已上岸,无有埋之者。忽然大叫,言:"人缚军师!
人缚军师!"声甚激扬。遂活。人问之。荣曰:"上天北斗门
下,卒见人缚张悌②,意中大愕,不觉大叫言:'何以缚军师?'
门下人怒荣,叱逐使去。荣便怖惧,口余声发扬耳。"其日,
悌即死战。荣至晋元帝时犹存。

【注释】

①临海:郡名。三国时吴分会稽郡东部置,郡治章安(今浙江台州
　椒江区章安街道)。松阳:县名,东汉置。今浙江丽水松阳。
②卒(cù):突然。后多写作"猝"。

【译文】

东吴临海郡松阳县人柳荣,跟着吴丞相张悌到扬州。柳荣生病死在船上两天了,兵士们都已经上岸,没有人埋葬他。他忽然大叫,说:"有人捆绑军师!有人捆绑军师!"声音非常激烈,于是活了过来。人们询问他怎么回事,柳荣说:"我上天走到北斗星门下,突然看见有人捆绑张悌,心里很吃惊,不知不觉就大声喊了起来:'为什么捆绑军师?'门下人对我很生气,怒叱驱逐让我离开。我感到很害怕,嘴里喊出了没说完的话。"那一天,张悌就战死了。柳荣到晋元帝的时候还活着。

马势妇

吴国富阳人马势妇①,姓蒋。村人应病死者,蒋辄恍惚熟眠经日,见病人死,然后省觉。觉则具说,家中人不信之。语人云:"某中病,我欲杀之,怒强魂难杀,未即死。我入其家内,架上有白米饭,几种鲑②。我暂过灶下戏,婢无故犯我,我打其脊,使婢当时闷绝,久之乃苏。"其兄病,有乌衣人令杀之,向其请乞,终不下手。醒,乃语兄云,"当活"。

【注释】

①富阳:县名。秦置富春县,属会稽郡。东汉分置吴郡,富春属吴郡。东晋更名富阳,沿用至今,属浙江。

②鲑(xié):古代鱼类菜肴的总称。

【译文】

吴国富阳县人马势的妻子,姓蒋。同村有人要病死,蒋氏总会恍恍惚惚地熟睡一天,梦中看到病人死了,然后就醒过来。醒来后就一一述说所见到的事情。家里人都不相信她的话。她对人说:"某人得病,我要杀了他,愤怒顽强的灵魂难以杀死,没有马上死去。我进到他家中,架子上有白米饭,有几种鱼肉,我刚到灶前玩,婢女无缘无故侵犯我,我打她的背,致使婢女当时闷气死去,过了很久才苏醒过来。"她的哥哥生病了,有个乌衣人命令她去杀他,她向乌衣人乞求,终于没有下手。醒来后,就对她的哥哥说:"你会活的。"

颜畿

晋咸宁二年十二月①,琅邪颜畿,字世都,得病,就医张瑳使治,死于张家。棺敛已久。家人迎丧,旐每绕树木而不可解②。人咸为之感伤。引丧者忽颠仆,称畿言曰:"我寿命未应死,但服药太多,伤我五脏耳。今当复活,慎无葬也。"其父拊而祝之,曰:"若尔有命,当复更生,岂非骨肉所愿?今但欲还家,不尔葬也。"旐乃解。及还家,其妇梦之曰:"吾当复生,可急开棺。"妇便说之。其夕,母及家人又梦之。即欲开棺,而父不听。其弟含,时尚少,乃慨然曰:"非常之事,自古有之。今灵异至此,开棺之痛,孰与不开相负?"父母从之,乃共发棺,果有生验。以手刮棺,指爪尽伤,然气息甚微,存亡不分矣。于是急以绵饮沥口③,能咽,遂与出之。将护累月,饮食稍多,能开目视瞻,屈伸手足,不与人相当。不能言语,饮食所须,托之以梦。如此者十余年,家人疲于供护,不复得操事。含乃弃绝人事,躬亲侍养,以知名州党。后更衰劣,卒复还死焉。

【注释】
①咸宁二年:276 年。
②旐(zhào):丧事用的一种魂幡。

③绵饮沥口:应是指以丝绵蘸水往嘴里滴。现在民间仍有以此法给昏迷的病人喂水。

【译文】

晋武帝咸宁二年十二月,琅邪人颜畿,字世都,生了病,到医生张瑳家请他医治,死在了张家。用棺材装殓已经很长时间了。颜家的人去迎丧,魂幡老是缠在树木上难以解开。人都为他感叹伤悲。引丧的人忽然跌倒在地上,自称是颜畿说:"我的寿命不该死,但是吃的药太多,伤害了我的五脏。现在能够复活,小心不要埋葬我。"他的父亲抚摸着他祝祷说:"如果你还有寿命,能够再活,难道不是亲人所期望的吗?今天只是想接你回家,不埋葬你。"魂幡这才解开。等回到家中,他的妻子梦见他说:"我要复活,应该赶紧打开棺材。"他的妻子就给家人说了。那天晚上,他的母亲和家里人又梦见他这么说。立刻想打开棺材,但他的父亲不同意。他的弟弟颜含当时年纪还小,却慨然说道:"不平常的事情,自古就有。如今已经这样灵异,打开棺材和不开棺材,哪一个更让人痛苦呢?"父母听从了他的话,于是一起打开棺材,颜畿果然有活的迹象。他用手刮棺材,连手指都刮破了。只是他的气息十分微弱,是死是活分不清楚,于是家人急忙用丝绵蘸水往他嘴里滴,他能吞咽,于是就把他搬出棺材。护理了几个月,饮食稍微增加了一些,能睁开眼睛看,能屈伸手脚,但不能与人沟通。不能说话,需要的饮食,就托梦告诉家人。像这样过了十多年,家里人为护理他十分疲惫,不能再做这件事情。颜含于是放弃了其他的事情,亲自侍候哥哥,因此在州人中出了名。后来颜畿身体越来越衰弱,终于又死了。

羊祜

羊祜年五岁时①,令乳母取所弄金镮。乳母曰:"汝先无此物。"祜即诣邻人李氏东垣桑树中探得之。主人惊曰:"此吾亡儿所失物也,云何持去?"乳母具言之,李氏悲惋。时人异之。

【注释】

①羊祜(hù)：东晋名将。

【译文】

羊祜五岁的时候，让乳母去拿他玩的金环来。乳母说："你先前没有这件东西。"羊祜马上到邻居李家东墙边的桑树中摸来了金环。主人吃惊地说："这是我死去的儿子所丢失的东西，你为什么拿去？"乳母一一说来，李家人听了悲哀叹息。当时人都觉得这件事很奇异。

西汉宫人

汉末，关中大乱，有发前汉宫人冢者，宫人犹活。既出，平复如旧。魏郭后爱念之，录置宫内，常在左右。问汉时宫中事，说之了了，皆有次绪。郭后崩，哭泣过哀，遂死。

【译文】

汉代末年，关中地区大乱，有人挖掘了西汉时宫女的坟墓，那宫女还活着，她出了坟墓，恢复得和原先一样。魏文帝的郭皇后喜欢她，收留在宫内，让她留在自己身边。问起西汉时宫中的事情，她说得清清楚楚，都很有头绪。郭皇后死后，她哭泣悲哀过度，就死了。

棺中活妇

魏时太原发冢①，破棺，棺中有一生妇人。将出与语，生人也。送之京师，问其本事，不知也。视其冢上树木，可三十岁。不知此妇人三十岁常生于地中耶？将一朝欻生②，偶与发冢者会也？

【注释】

①太原：郡名。秦置，郡治晋阳（今山西太原西南汾水东岸）。

②欻（xū）：忽然。

【译文】

三国魏时，太原郡挖掘坟墓，打破棺材，棺材中有一个活着的妇女。把她扶出来和她说话，是活人。送她到京城，问她原来的旧事，她不知道。看她坟上的树木，大约有三十年。不知道这个妇人是三十年来一直活在地下呢？还是一时忽然活过来，恰好和挖掘坟墓的人相遇呢？

杜锡婢

晋世杜锡，字世嘏，家葬而婢误不得出。后十余年，开冢祔葬①，而婢尚生。云："其始如瞑目，有顷渐觉。"问之，自谓："当一再宿耳。"初婢埋时，年十五六，及开冢后，姿质如故。更生十五六年，嫁之有子。

【注释】

①祔（fù）葬：合葬。也指葬于先祖坟旁。

【译文】

晋世杜锡，字世嘏，家里丧葬时有个婢女误留墓中没有出来。过了十多年后，打开坟墓祔葬时，那个婢女还活着。她说："刚开始的时候就像闭上眼睛睡觉，过了一会儿慢慢醒了。"问她，她自己说："大概一两个晚上的时间而已。"当初那个婢女被埋时，年纪十五六岁，到掘开坟墓时，形貌如故。再过了十五六年，她嫁人生了孩子。

冯贵人

汉桓帝冯贵人病亡。灵帝时有盗贼发冢。七十余年，颜色如故，但肉小冷。群贼共奸通之，至斗争相杀，然后事觉。后窦太后家被诛，欲以冯贵人配食[1]。下邳陈公达议[2]："以贵人虽是先帝所幸，尸体秽污，不宜配至尊。"乃以窦太后配食。

【注释】

①配食：祔祭，配享。

②下邳：地名。秦时置县，东汉时置国，南朝改国为郡。故城在今江苏睢宁西北古邳镇。陈公：即下邳郡人陈球，汉灵帝时任廷尉。

【译文】

汉桓帝的冯贵人生病死了。汉灵帝时，有盗贼挖开了她的坟墓。七十多年了，她的脸色和原来一样，只是身体稍微有些冰凉。那群盗贼一起奸污她的尸体，以至于相互争斗残杀，然后事情就败露了。后来窦太后家被诛灭，想让冯贵人祔祭于祖庙。下邳人陈球表达意见："冯贵人虽然得到先帝宠幸，但是尸体不洁，不适合配享至高无上的先帝。"于是让窦太后祔祭祖庙。

广陵大冢

吴孙休时，戍将于广陵掘诸冢，取版以治城，所坏甚多。复发一大冢，内有重阁，户扇皆枢转可开闭，四周为徼道[1]，通车，其高可以乘马。又铸铜人数十，长五尺，皆大冠，朱衣，执剑，侍列灵坐。皆刻铜人背后面壁，言殿中将军，或言侍郎、常侍，似公侯之冢。破其棺，棺中有人，发已班白，衣冠鲜明，面体如生人。棺中云母，厚尺许，以白玉璧三十枚藉尸。兵人辈共举出死人，以倚冢壁。有一玉，长尺许，形似冬瓜，从死人怀中透出，堕地。两耳及孔鼻中，皆有黄金，如枣许大。

【注释】

①徼（jiào）道：巡逻警戒的道路。

【译文】

三国吴景帝孙休时，戍卫的将士在广陵郡挖了很多坟墓，取棺材板做夹板来修筑城，损坏的坟墓很多。又挖开一座大坟，里面有层层叠叠的楼阁，门扇都有转轴可以开关，四周是巡逻警戒的道路，可以通过马车，墓道的高度足够骑马。还铸有几十个铜人，身长五尺，都头戴大帽，身穿红服，手拿宝剑，侍卫排列在灵座两旁。铜人的背后朝向墙壁处都刻有字，有的是殿中将军，有的是侍郎、常侍，像公侯的坟墓。打开墓中的棺材，棺材里有人，头发已经花白，衣帽的颜色十分鲜亮，面容身体就像活人一样。棺材中的云母，有一尺来厚，用三十枚白玉璧垫在尸体下面。兵士们一起抬出尸体，把他靠在墓壁上。有一块玉，长一尺多，形状像冬瓜，从死人怀里露出来掉在地上。尸体的两只耳朵及鼻孔中，都塞有黄金，像枣子那么大。

栾书冢

汉广川王好发冢①。发栾书冢②，其棺柩盟器，悉毁烂无余。唯有一白狐，见人惊走。左右逐之，不得，戟伤其左足。是夕，王梦一丈夫，须眉尽白，来谓王曰："何故伤吾左足？"乃以杖叩王左足。王觉，肿痛，即生疮。至死不差③。

【注释】

①广川王：汉景帝前元二年（前155）封其子刘彭祖为广川王，改信

都郡为广川国,后刘彭祖徙为赵王。景帝中元二年(前148)复封
其子刘越为广川王,历四世五王,至刘海阳因杀人废国。此文所
言广川王,指刘越之孙、汉景帝曾孙刘去。

②栾书:春秋中期晋国的名将,死后谥为栾武子。

③差(chài):病除,痊愈。

【译文】

汉代广川王喜欢挖掘坟墓。他挖了栾书的坟墓,栾书的棺椁和殉
葬器物都完全毁烂了。只有一只白狐,看见人惊慌地逃跑。广川王左
右的人追捕,没有抓住,用戟刺伤了它的左脚。这天晚上,广川王梦见
一个男子,胡须眉毛全白了,来对广川王说:"为什么要打伤我的左脚?"
于是他用木杖敲打广川王的左脚。广川王醒来后,左脚肿痛,立刻长了
疮。一直到死都没有痊愈。

卷十六

【题解】

在魏晋时代,"无鬼论"思潮曾经十分盛行,有鬼论者与无鬼论者之间也常常展开论争。而干宝自己,也是从无鬼论者最后变成有鬼论者并作此书以"明神道之不诬"的。本卷所收录的,便都是因鬼而起的故事。其中"阮瞻见鬼客"、"黑衣白袷鬼",以鬼现身与人辩论的方式,表明了"有鬼"的立场。人既生而有死,死而成鬼,生死两途的阴阳界限就不能完全隔断人与鬼之间复杂的关系。文中的蒋济亡儿、温序、鹄奔亭女鬼以及那个赵人的鬼魂,都通过托梦或现身的方式来向生人求助;杨度、秦巨伯以及宗定伯遇鬼的故事,表现的是人与鬼之间的矛盾、冲突与斗争;而韩重与紫玉、辛道度与秦女、谈生与睢阳王女、卢充与崔氏女温休之间的人鬼未了情,则以更为传奇的方式,表达了人类沟通阴阳两界的愿望。

三疫鬼

昔颛顼氏有三子,死而为疫鬼:一居江水,为疟鬼;一居若水,为魍魉鬼;一居人宫室,善惊人小儿,为小鬼。于是正岁命方相氏帅肆傩以驱疫鬼①。

【注释】

①正岁:指古历夏历正月。也泛指农历正月。方相氏:官名。夏官司马的属官,由武夫充任,职掌驱除疫鬼和山川精怪。傩(nuó):古代一种迎神以驱疫鬼的风俗。

【译文】

从前颛顼氏有三个儿子,死后变成了疫鬼:一个居住在长江里,是疟鬼;一个居住在若水里,是魍魉鬼;一个居住在人家的房子里,喜欢惊吓人家的小孩,是小鬼。于是在正月命令方相氏率人举行傩礼来驱逐疫鬼。

挽歌

挽歌者,丧家之乐,执绋者相和之声也。挽歌辞有"薤露"、"蒿里"二章①,汉田横门人作②。横自杀,门人伤之,悲歌,言:人如薤上露,易晞灭;亦谓人死,精魂归于蒿里③。故有二章。

【注释】

①薤(xiè)露、蒿里:汉代挽歌名,最早应为同一首歌谣,分"薤露"、"蒿里"二章,至汉武帝时,协律督尉李延年改二章为二曲,以"薤露"送王公贵人,"蒿里"送士大夫庶人。薤,一种多年生草本植物。

②田横:战国末年齐国贵族,在陈胜吴广起义时,随其兄田儋起兵反秦,重建齐国。汉高祖统一天下后,田横不愿称臣于汉,在被汉高祖召往洛阳途中自杀。

③蒿里:本为山名,相传在泰山之南,为死者葬所。因以泛指墓地、阴间。

【译文】

挽歌,是居丧人家的哀乐,是拉引棺绳的人相互应和的声音。挽歌的歌辞有"薤露"、"蒿里"两章,是汉代田横的门人作的。田横自杀而死,门人感到哀伤,悲痛地歌唱说:人就像薤叶上的露水,容易干燥消失;又说人死之后,精魂要回归蒿里。所以有两章。

阮瞻见鬼客

阮瞻字千里,素执无鬼论,物莫能难。每自谓此理足以辨正幽明。忽有客通名诣瞻,寒温毕①,聊谈名理。客甚有才辨,瞻与之言良久,及鬼神之事,反复甚苦。客遂屈,乃作色曰:"鬼神,古今圣贤所共传,君何得独言无? 即仆便是鬼。"于是变为异形,须臾消灭。瞻默然,意色太恶。岁余,病卒。

【注释】

①寒温:问候冷暖起居。

【译文】

阮瞻,字千里,向来主张无鬼论,没有谁能反驳他。他总是自认为这套道理足以辨明生死之事。忽然有一位客人通报名姓来拜访他,寒暄之后,谈论起了名理之学。来客很有辩才,阮瞻和他说了很久,说到了鬼神的事情,反复辩论非常激烈。客人终于理屈,于是变了脸色说道:"鬼神是古今圣贤共同传信的,你为什么偏偏说没有? 而我就是鬼。"于是客人变成了奇怪的形状,一会儿就消失了。阮瞻没有说话,神色非常难看。过了一年多,他病死了。

黑衣白袷鬼

吴兴施续为寻阳督①,能言论。有门生亦有理意,常秉无鬼论。忽有一黑衣白袷客来②，与共语，遂及鬼神。移日，客辞屈，乃曰："君辞巧，理不足。仆即是鬼，何以云无？"问："鬼何以来？"答曰："受使来取君，期尽明日食时。"门生请乞，酸苦。鬼问："有人似君者否？"门生云："施续帐下都督，与仆相似。"便与俱往，与都督对坐。鬼手中出一铁凿，可尺余，安着都督头，便举椎打之。都督云："头觉微痛。"向来转剧，食顷便亡。

【注释】

①吴兴：古郡名，郡治今浙江湖州。寻阳：郡名，晋置。郡治寻阳县，故城在今江西九江境内。

②袷(jié)：古时交叠于胸前的衣领。

【译文】

吴兴郡施续任寻阳督军，善于言说议论。他有个门生也有一些见解，向来主张无鬼论。忽然有一个黑衣白领的客人来，和他一起谈论，就谈到了鬼神。辩论了很久，来客理屈词穷，于是说："你的言辞巧辩，但道理不足，我就是鬼，为什么说没有鬼呢？"这个门生问道："鬼为什么要来这里？"鬼回答说："受派遣来取你的性命，死期是明天吃饭的时候。"门生请求活命，十分凄苦。鬼问："这里有没有长得像你的人呢？"门生说："施续帐下都督，和我长得相似。"于是鬼和这个门生一起前往，和都督相对而坐。鬼手中拿出一把铁凿，大约一尺长，放在都督头上，就举起椎敲打。都督说："头觉得有一点痛。"后来越来越厉害，吃饭的时候就死了。

蒋济亡儿

蒋济字子通，楚国平阿人也①。仕魏，为领军将军②。其妇梦见亡儿涕泣曰："死生异路。我生时为卿相子孙,今在地下为泰山伍伯③,憔悴困苦,不可复言。今太庙西讴士孙阿见召为泰山令④,愿母为白侯⑤,属阿令转我得乐处。"言讫,母忽然惊寤。明日以白济。济曰:"梦为虚耳,不足怪也。"日暮,复梦曰:"我来迎新君,止在庙下。未发之顷,暂得来归。新君明日日中当发。临发多事,不复得归。永辞于此。侯气强难感悟,故自诉于母,愿重启侯,何惜不一试验之?"遂道阿之形状言甚备悉。天明,母重启济:"虽云梦不足怪,此何太適適⑥? 亦何惜不一验之?"济乃遣人诣太庙下推问孙阿,果得之,形状证验,悉如儿言。济涕泣曰:"几负吾儿。"于是乃见孙阿,具语其事。阿不惧当死,而喜得为泰山令,惟恐济言不信也,曰:"若如节下言⑦,阿之愿也。不知贤子欲得何职?"济曰:"随地下乐者与之。"阿曰:"辄当奉教。"乃厚赏之。言讫,遣还。济欲速知其验,从领军门至庙下,十步安一人以传消息。辰时,传阿心痛;巳时,传阿剧;日中,传阿亡。济曰:"虽哀吾儿之不幸,且喜亡者有知。"后月余,儿复来,语母曰:"已得转为录事矣⑧。"

【注释】

①楚国:三国时曹操儿子曹彪的封国。平阿:古县名,在今安徽怀远西南。

②领军将军:官名。东汉末曹操为丞相时设领军,为相府属官,后更名中领军,至魏晋时改称领军将军,统率禁军。

③伍佰:役卒。多为舆卫前导或执杖行刑。

④太庙:帝王的祖庙。讴士:唱赞的人。

⑤侯：指他的父亲蒋济，蒋济当时为昌陵亭侯。

⑥適適(dí)：明白，清楚。適，通"的"。

⑦节下：对将领的敬称。古代授节予将帅以加重职权，故敬称将领为节下。后对使臣或地方疆吏亦称节下。

⑧录事：掌管文书的职官。

【译文】

蒋济，字子通，是楚国平阿县人，在魏国做官，任领军将军。他的妻子梦见死去的儿子哭着说："生死不同路。我活着的时候是卿相的子孙，如今在地下是泰山府君的役卒，生活困苦，不可言说。现在太庙西边那个唱赞颂的孙阿被召为泰山令，希望母亲替我禀告父亲，让他嘱咐孙阿把我调到舒服的地方。"话说完，他母亲忽然惊醒。第二天把这件事告诉蒋济。蒋济说："梦是虚假的，不值得奇怪。"到了晚上，她又梦见儿子说："我来迎接新府君，在太庙下停留。尚未出发的时候，暂时得以回家。新府君明天中午出发。出发的时候事情很多，就不能再回来了。在此与母亲永诀。父亲气太强盛难以感应使之明白，希望母亲再次禀告父亲：为什么不顾惜我试验一下呢？"于是描述孙阿的模样，说得十分详细。天亮后，母亲再次告诉蒋济："虽然说梦不值得奇怪，这个梦为什么这么清楚明白呢？又为什么不顾惜儿子去试一试呢？"蒋济于是派人到太庙查找孙阿，果然找到了，他的形状特征，和儿子说的一模一样。蒋济流着眼泪说："差点辜负了我儿子的希望。"于是就召见孙阿，把这件事一一告诉他。孙阿不怕死，反而很高兴能够做泰山令，只担心蒋济的话不可信，他说："如果真的像您说的那样，正是我所希望的。不知您的儿子想担任什么职务？"蒋济说："按照阴间快乐的事情给他做。"孙阿说："立刻就会按您的意思办。"蒋济于是给了孙阿丰厚的赏赐。事情说完后，打发他回去。蒋济想尽快知道这件事的验证，从领军门到太庙下，每十步远就设置一人来传递消息。上午辰时，传来消息说孙阿心口痛；到巳时，传来消息说孙阿痛得厉害；到了正午，传来消息说孙阿死了。蒋济说:"虽然悲伤我儿子不幸死去,又高兴他死后的事情我们能够知道。"后来过了一个多月,儿子又回来,给母亲说:"我已经被调任录事了。"

孤竹君棺

汉令支县有孤竹城^①,古孤竹君之国也。灵帝光和元年^②,辽西人见辽水中有浮棺,欲斫破之,棺中人语曰:"我是伯夷之弟^③,孤竹君也。海水坏我棺椁^④,是以漂流。汝斫我何为?"人惧,不敢斫。因为立庙祠祀。吏民有欲发视者,皆无病而死。

【注释】

①令支:古县名,又作"离支"。故城在河北迁安西。

②灵帝光和元年:178年。

③伯夷:人名。商朝末年孤竹君的长子,其弟名叔齐。相传孤竹君欲传位于次子叔齐,孤竹君死后,叔齐让位于伯夷,伯夷不受。兄弟二人先后奔周。后周武王伐商,二人以为不义,叩马谏阻。武王灭纣后,伯夷叔齐耻食周粟,后饿死于首阳山。

④棺椁(guǒ):套于棺材外的大棺。

【译文】

汉代令支县有座孤竹城,是古代孤竹君的国都。东汉灵帝光和元年,辽西人看见辽水中有一漂浮的棺材,想砍破它,棺材中的人说:"我是伯夷的弟子,孤竹国的国君。海水冲坏了我的外棺,所以随水漂流。你砍我做什么?"人们感到恐惧,不敢砍了。于是为它建立祠庙来祭祀。官吏百姓有想打开棺材来看的人,都会无病而死。

温序死节

温序,字公次,太原祁人也①。任护军校尉,行部至陇西②,为隗嚣将所劫③,欲生降之。序大怒,以节挝杀人④。贼趋欲杀序,荀宇止之曰⑤:"义士欲死节。"赐剑,令自裁。序受剑,衔须着口中,叹曰:"无令须污土。"遂伏剑死。世祖怜之,送葬到洛阳城旁,为筑冢。长子寿,为印平侯,梦序告之曰:"久客思乡。"寿即弃官,上书乞骸骨归葬。帝许之。

【注释】

①太原:郡名。秦置,郡治晋阳(今山西太原西南汾水东岸)。祁:县名。西汉置,属太原郡。故城在今山西祁县古县镇。

②陇西:地名,指陇山(六盘山)以西的地区。秦时置郡,汉沿置,郡治狄道(今甘肃临洮)。

③隗(wěi)嚣:西汉末天水人,王莽篡汉时,在众人响应刘玄更始政权,兴汉灭莽时,隗嚣乘机起兵,被拥立为上将军,割据一方。光武帝建武九年(33),隗嚣病故,陇右隗氏归降汉廷。

④挝(zhuā):击,敲打。

⑤荀宇:隗嚣的部将。

【译文】

温序,字公次,太原郡祁县人。担任护军校尉,巡行部属到陇西,被隗嚣的部将劫持,想要活捉他。温序大怒,用符节打死敌人。贼人追上来想杀温序,荀宇制止他们说:"义士要守节操而死。"赐给温序宝剑,让他自杀。温序接过剑,把胡须咬在口中,叹息说:"不要让胡须沾上泥土。"于是伏剑而死。世祖皇帝怜惜他,把他送到洛阳城边埋葬,为他修筑了坟墓。温序的长子温寿,被封为印平侯,他梦见父亲温序跟他说:

"长久客居思念家乡。"温寿就辞官,上书乞请把父亲的骸骨送回家乡安葬。皇帝答应了他。

文颖移棺

汉南阳文颖,字叔良,建安中为甘陵府丞[①]。过界止宿。夜三鼓时,梦见一人跪前曰:"昔我先人,葬我于此,水来湍墓,棺木溺,渍水处半,然无以自温。闻君在此,故来相依。欲屈明日暂住须臾,幸为相迁高燥处。"鬼披衣示颖,而皆沾湿。颖心怆然,即寤,语诸左右,曰:"梦为虚耳,亦何足怪?"颖乃还眠。向晨复梦见,谓颖曰:"我以穷苦告君,奈何不相愍悼乎?"颖梦中问曰:"子为谁?"对曰:"吾本赵人,今属汪芒氏之神[②]。"颖曰:"子棺今何所在?"对曰:"近在君帐北十数步,水侧枯杨树下,即是吾也。天将明,不复得见,君必念之。"颖答曰:"喏!"忽然便寤。天明,可发。颖曰:"虽云梦不足怪,此何太遆。"左右曰:"亦何惜须臾,不验之耶?"颖即起,率十数人将导顺水上,果得一枯杨,曰:"是矣。"掘其下,未几,果得棺。棺甚朽坏,半没水中。颖谓左右曰:"向闻于人,谓之虚矣。世俗所传,不可无验。"为移其棺,葬之而去。

【注释】

①甘陵:东汉安帝因孝德皇后葬于厝县,故改厝县为甘陵县,并移清河国治此。汉桓帝时改为甘陵国。汉献帝年间除国为郡。故城在今山东清河清平镇南。府丞:太守的属官。

②汪芒:古国名。夏禹时,国君名防风。故地在今浙江德清武康镇。

【译文】

东汉南阳人文颖，字叔良，汉献帝建安年间任甘陵郡府丞。他过了甘陵境界，晚上留下来住宿。半夜三更时分，梦见一个人跪在面前说："从前我的父亲把我埋葬在这里，水流来得急促冲刷坟墓，棺材被淹没，一半浸泡在水里，然而我没有办法让自己温暖。听说您在这里，因此来依托您。想委屈您明天时停留一会儿，请把我迁移到地势高干燥的地方。"这个鬼披开衣服给文颖看，衣服都沾湿了。文颖心里很悲伤，就醒过来，给左右的人说了，左右的人说："梦是虚幻的，又有什么值得奇怪的呢？"文颖于是回去睡觉。快到早晨时又梦见那个鬼，他对文颖说："我把自己的困苦告诉您，您怎么不哀怜我呢？"文颖在梦中问他说："你是谁？"鬼回答说："我本来是赵国人，现在属于汪芒氏的神祇。"文颖说："你的棺材现在在哪里？"他回答说："近在您营帐北面十多步，水边枯杨树下面，那就是我。天快要亮了，不能再见到您，您一定要想着我。"文颖回答说："好。"忽然就醒了。天亮了，可以出发了。文颖说："虽然说梦不足为怪，这也太清楚了。"左右侍卫说："又何必舍不得花一点时间，不就可以验证了吗？"文颖马上起身，领着十多人顺水而上，果然找到一棵枯杨树，文颖说："是这里了。"挖掘树下，没多久，果然挖出一副棺材。棺材很朽烂，一半淹在水中。文颖对左右侍卫说："以前听人说，认为是虚假的；世俗所传说的事情，不能不加以验证。"给那棺材移了地方，埋葬之后就离开了。

鹄奔亭女鬼

汉九江何敞为交趾刺史①，行部到苍梧郡高要县②，暮宿鹄奔亭。夜犹未半，有一女从楼下出，呼曰："妾姓苏，名娥，字始珠，本居广信县③，修里人。早失父母，又无兄弟，嫁与同县施氏，薄命夫死，有杂缯帛百二十疋④，及婢一人，名致富。妾孤穷赢弱，不能自振，欲之旁县卖缯。从同县男子王伯赁牛车一乘，直钱万二千，载妾并缯，令致富执辔，乃以前年四月十日到此亭外。于时日已向暮，行人断绝，不敢复进，因即留止。致富暴得腹痛，妾之亭长舍乞浆，取火。亭长龚寿，操戈持戟，来至车旁，问妾曰：'夫人从何所来？车上所载何物？丈夫安在？何故独行？'妾应曰：'何劳问之？'寿因持妾臂曰：'少年爱有色，冀可乐也。'妾惧怖不从，寿即持刀刺胁下，一创立死。又刺致富，亦死。寿掘楼下，合埋，妾在下，婢在上。取财物去，杀牛，烧车，车钉及牛骨⑤，贮亭东空井中。妾既冤死，痛感皇天，无所告诉，故来自归于明使君。"敞曰："今欲发出汝尸，以何为验？"女曰："妾上下着白衣，青丝履，犹未朽也。愿访乡里，以骸骨归死夫。"掘之，果然。敞乃驰还，遣吏捕捉，拷问，具服。下广信县验问，与娥语合。寿父母兄弟，悉捕系狱。敞表寿："常律杀人不至族诛。然寿为恶首，隐密数年，王法自所不免。令鬼神诉者，千载无一。请皆斩之，以明鬼神，以助阴诛⑥。"上报听之。

【注释】

①交趾：原为古地区名，泛指五岭以南。汉武帝时为所置十三刺史部之一，辖境相当于今广东、广西大部和越南的北部、中部。东汉末改为交州。越南于十世纪三十年代独立建国后，宋亦称其国为交趾。

②苍梧：郡名。汉武帝时所置，郡治在广信县（今广西梧州），属交趾刺史部。高要：古县名。即今广东肇庆。

③广信县：苍梧郡治所，今广西梧州。

④疋(pǐ)：量词。用于纺织品或骡马等。

⑤釭(gāng)：车轮的车毂内外口的铁圈，用以穿轴。

⑥阴诛：冥冥之中受到诛罚。

【译文】

汉代九江郡的何敞任交州刺史，巡行部属到苍梧郡高要县，晚上住在鹄奔亭。还没到半夜，有一个女子从楼下走出来，呼喊着说："我姓苏，名娥，字始珠，原来居住在广信县，是修里人。早年丧失父母，又没有兄弟，嫁给同县施家，命不好丈夫死了，留下各种丝帛一百二十四，还有一个婢女，名叫致富。我孤苦穷困，身体瘦弱，不能独自谋生，想到邻县去卖丝帛。从同县男子王伯那里租了一辆牛车，租金一万二千文，载上我和丝帛，让致富赶车，就在前年四月十日到这个亭外。那时天色已晚，路上没有行人，不敢再往前走，于是就在这里留宿。致富突然腹疼，我到亭长家去讨点汤水和火种。亭长龚寿拿着戈戟，来到车旁，问我说：'夫人从哪里来？车上装着什么？你丈夫在哪里？为什么独自出门？'我回答说：'为什么要问这些？'龚寿于是抓住我的胳膊说：'年轻人喜欢漂亮的女人，是希望得到快乐。'我感到害怕没有依从，龚寿就操刀刺我的胁下，一刀就刺死我。他又刺致富，致富也死了。龚寿在楼下挖坑把我们合埋了，我埋在下面，婢女埋在上面。他拿去了财物，杀了牛，烧了车，车釭和牛骨藏在亭东边的空井里。我含冤而死，痛苦感动皇天，没有地方申诉，所以自己来投奔贤明的使君。"何敞说："我现在要是挖你的尸体，拿什么来验证呢？"女子说："我上下穿的是白衣，青丝鞋，还没有腐烂。希望您寻访我的家乡，把我的骸骨和丈夫葬在一起。"挖掘楼下，果然是那样。何敞于是赶回府衙，派吏卒抓捕罪犯，拷问，都一一服罪。发文书到广信县验证，和苏娥说的相合。龚寿的父母兄弟，全部被逮捕入狱。何敞上报龚寿一案的表文说："通常法律规定杀人不至于灭族。可是龚寿是犯罪首恶，隐藏多年，王法自然不能容忍。让鬼神申诉,这是千载难有的事情。请求斩首其全家,以显示鬼神的灵验,以助成冥冥之中的诛罚。"朝廷答复同意何敞的意见。

曹公船

濡须口有大船①,船覆在水中,水小时便出见。长老云:"是曹公船②。"尝有渔人夜宿其旁,以船系之,但闻筝笛弦歌之音,又香气非常。渔人始得眠,梦人驱遣云:"勿近官妓③。"相传云曹公载妓船覆于此,至今在焉。

【注释】

①濡须:古水名。今称运漕河。源出安徽巢湖,东流至今芜湖裕溪口入长江。濡须口即濡须水入江处。东汉末年孙权于濡须口筑堡坞以备曹操。

②曹公:即曹操。

③官妓:古代由官府供养的乐妓。

【译文】

濡须口有一条大船,船翻在水里,水小的时候就会露出来。老年人说:"这是曹公的船。"曾经有一个渔夫晚上在大船旁边过夜,把船拴在大船上,只听见筝笛琴瑟伴奏唱歌的声音,而且有非同一般的香气。渔夫刚刚入睡,梦见有人驱赶他说:"不要靠近官妓。"相传是曹操载运官妓的船在这里覆没,至今还在那里。

苟奴见鬼

夏侯恺,字万仁,因病死。宗人儿苟奴素见鬼①。见恺数归,欲取马,并病其妻。着平上帻②,单衣,入坐生时西壁大床③,就人觅茶饮。

【注释】

①宗人：古代官名。掌宗庙、谱牒、祭祀等。

②平上帻（zé）：也称"平巾帻"，魏晋以来武官所戴的一种平顶头巾。

③床：古代的坐具。

【译文】

夏侯恺，字万仁，因为生病死了。宗人的儿子苟奴平素能看见鬼。他看见夏侯恺多次回来，想取走马，并且担心他的妻子。他戴着平上帻，穿着单衣，进屋坐在活着时坐的西壁大床上，找人要茶喝。

产亡点面

诸仲务一女显姨，嫁为米元宗妻，产亡于家。俗闻，产亡者，以墨点面。其母不忍，仲务密自点之，无人见者。元宗为始新县丞①，梦其妻来上床，分明见新白妆面上有黑点。

【注释】

①始新：县名，东汉建安年间置，为新都郡郡治。县丞：官名。秦汉于诸县置丞，以佐令长，历代因之。

【译文】

诸仲务的一个女儿叫显姨，嫁给米元宗做妻子，生孩子的时候死了。民间传言生孩子时死了的人，要用墨点在脸上。她的母亲不忍心，诸仲务自己悄悄给她点上了，没有人看见他这样做。米元宗担任始新县县丞，梦见他的妻子来到床上，清清楚楚看见新妆白的脸上有黑点。

弓弩射鬼

晋世新蔡王昭平，犊车在厅事上①，夜无故自入斋室中②，触壁而出。后又数闻呼噪攻击之声四面而来。昭乃聚众设弓弩战斗之备,指声弓弩俱发,而鬼应声接矢数枚③,皆倒入土中。

【注释】

①犊车:牛车。厅事:官署视事问案的厅堂。

②斋室:斋戒时的居室。

③应声:随着声音。形容快速。

【译文】

晋朝时新蔡人王昭平,牛车在厅堂上,夜里无缘无故自己进了斋室,碰撞墙壁冲了出来。后来又多次听到呼喊冲杀的声音从四面传来。王昭平于是召集众人设置弓弩等打仗的装备,朝着声音来源一起射箭,有鬼应声中箭好几支,都倒进了土里。

杨度遇鬼

吴赤乌三年①,句章民杨度至余姚②。夜行,有一年少,持琵琶,求寄载。度受之。鼓琵琶数十曲,曲毕,乃吐舌,擘目,以怖度而去。复行二十里许,又见一老父,自云姓王名戒。因复载之。谓曰:"鬼工鼓琵琶,甚哀。"戒曰:"我亦能鼓。"即是向鬼。复擘眼吐舌,度怖几死。

【注释】

①赤乌三年:240 年。赤乌,吴大帝孙权的年号,238—250 年。

②句(gōu)章:古县名,县治在今浙江余姚东南。

【译文】

吴大帝孙权赤乌三年,句章县百姓杨度到余姚去。晚上赶路,有一个少年,拿着琵琶,请求搭车。杨度答应了他。少年弹琵琶弹了几十支曲子，曲子弹完，就吐出舌头，裂开眼睛，吓唬杨度，然后离去。又走了二十多里，又看见一个老头，自称姓王名戒。于是又让他搭了车。杨度对他说："鬼擅长弹琵琶，曲调很悲哀。"王戒说："我也能弹。"原来他就是那个鬼。又裂开眼睛吐出舌头，杨度吓得几乎死去。

秦巨伯斗鬼

琅邪秦巨伯，年六十，尝夜行饮酒，道经蓬山庙，忽见其两孙迎之。扶持百余步，便捉伯颈着地，骂："老奴，汝某日捶我，我今当杀汝。"伯思惟某时信捶此孙。伯乃佯死，乃置伯去。伯归家，欲治两孙。两孙惊惋，叩头言："为子孙宁可有此？恐是鬼魅，乞更试之。"伯意悟。数日，乃诈醉，行此庙间，复见两孙来扶持伯。伯乃急持，鬼动作不得。达家，乃是两偶人也。伯着火炙之，腹背俱焦坼。出着庭中，夜皆亡去。伯恨不得杀之。后月余，又佯酒醉夜行，怀刃以去，家不知也。极夜不还，其孙恐又为此鬼所困，乃俱往迎伯。伯竟刺杀之。

【译文】

琅邪人秦巨伯，年纪六十岁，曾经夜里出去喝酒，路过蓬山庙，忽然看见他的两个孙子来迎接他。扶着他走了一百多步，就捏着他的脖子压到地上，骂道："老奴才，你某一天打我，我今天要杀了你。"秦巨伯回想那天确实打过这个孙子。他于是装死，他们就丢下他走了。秦巨伯回到家，要惩罚两个孙子，两个孙子又惊讶又难过，磕头说："做子孙的怎么会有这种事情呢？恐怕是鬼魅，求您再试试。"秦巨伯心里明白了。过了几天，于是装醉，来到这座祠庙，又看见两个孙子来扶他。秦巨伯于是赶紧抓住他们，鬼不能动弹。回到家，竟是两个木偶人。秦巨伯用火烧,腹部背部都烧焦裂开。把它们扔到院子里,半夜都逃走了,秦巨伯遗憾没有杀了他们。后来过了一个多月,秦巨伯又假装醉酒晚上出去,怀里藏着刀去的,家里人不知道。他彻夜未回,两个孙子担心他又被那鬼魅困住,便都去迎接他。秦巨伯竟然把他们当成鬼杀了。

三鬼醉酒

　　汉建武元年①,东莱人姓池②,家常作酒。一日,见三奇客,共持面饭至③,索其酒饮,饮竟而去。顷之,有人来云见三鬼酣醉于林中。

【注释】

①建武元年:25 年。建武,东汉光武帝刘秀的年号。

②东莱:郡名。西汉置,郡治掖县(今山东莱州)。

③面饭:也称麦饭。面制食物。

【译文】

　　汉光武帝建武元年,东莱有一个姓池的人,他家经常酿酒。有一天,他看见三个奇怪的客人,一起拿着面粉做的食物来,索要他家的酒喝,喝完就离开了。过了不久,有人来说看见树林里三个鬼大醉。

钱小小

　　吴先主杀武卫兵钱小小,形见大街,顾借赁人吴永,使永送书与街南庙。借木马二匹,以酒噀之①,皆成好马,鞍勒俱全。

【注释】

①噀(xùn):含在口中喷出。

【译文】

吴先主杀了武卫兵钱小小，他的鬼魂在大街上显形，他探望借赁人吴永，让吴永送信给街南祠庙。他借了两匹木马，用酒喷马，木马都变成了好马，马鞍马勒都齐全。

宗定伯卖鬼

南阳宗定伯年少时，夜行逢鬼。问之，鬼言："我是鬼。"鬼问："汝复谁?"定伯诳之，言："我亦鬼。"鬼问："欲至何所?"答曰："欲至宛市①。"鬼言："我亦欲至宛市。"遂行数里。鬼言："步行太迟，可共递相担，何如?"定伯曰："大善。"鬼便先担定伯数里。鬼言："卿太重，将非鬼也?"定伯言："我新鬼，故身重耳。"定伯因复担鬼，鬼略无重。如是再三。定伯复言："我新鬼，不知有何所畏忌?"鬼答言："惟不喜人唾。"于是共行。道遇水，定伯令鬼先渡，听之，了然无声音。定伯自渡，漕漼作声②。鬼复言："何以有声?"定伯曰："新死，不习渡水故耳。勿怪吾也。"行欲至宛市，定伯便担鬼着肩上，急执之。鬼大呼，声咋咋然，索下，不复听之。径至宛市中，下着地，化为一羊，便卖之。恐其变化，唾之。得钱千五百乃去。当时石崇有言③："定伯卖鬼，得钱千五。"

【注释】

①宛：县名。为南阳郡治所，即今河南南阳。

②漕漼(cuǐ)：象声词，形容水声。

③石崇：西晋时人，官至荆州刺史。300年，淮南王司马允政变失败，石崇因与赵王司马伦心腹孙秀有隙，被诬为同党，与潘岳等

一同被族诛。

【译文】

南阳郡人宗定伯年轻的时候,晚上赶路碰到一个鬼。问他,鬼说:"我是鬼。"鬼问道:"你又是谁?"宗定伯骗他说:"我也是鬼。"鬼问道:"你要到哪里去?"宗定伯回答说:"要到宛县的集市。"鬼说:"我也要到宛县的集市。"于是一起走了几里。鬼说:"步行太慢,我们可以相互替换着背着走,怎么样?"宗定伯说:"太好了。"鬼就先背了宗定伯几里。鬼说:"你身子太重,也许不是鬼吧?"宗定伯说:"我是新鬼,所以身子重。"宗定伯于是又背鬼,鬼没有一点重量。这样轮换着背了好几次。宗定伯又说:"我是新鬼,不知道鬼都怕什么?"鬼回答说:"只是不喜欢人吐口水。"于是又一起赶路。路上遇到河,宗定伯让鬼先过,听它过河,没有一点声音。宗定伯自己过时,发出哗哗的响声。鬼又说:"为什么会弄出声音?"宗定伯说:"因为我刚死,不习惯过河。请不要责怪我。"快走到宛县集市时,宗定伯便把鬼扛到肩上,迅速捉住它。鬼大声叫喊,发出咋咋的叫声,要求下来,宗定伯不再听它的。一直走到宛县的集市中,放到地上,鬼变成一只羊,就把它卖了。担心它再变化,向它吐了口水。卖得一千五百文钱才离开。当时石崇说过一句话:"定伯卖鬼,得钱千五。"

紫玉与韩重

吴王夫差小女名曰紫玉,年十八,才貌俱美。童子韩重,年十九,有道术。女悦之,私交信问,许为之妻。重学于齐、鲁之间,临去,属其父母使求婚。王怒,不与女。玉结气死,葬阊门之外①。三年,重归,诘其父母。父母曰:"王大怒,玉结气死,已葬矣。"重哭泣哀恸②,具牲币往吊于墓前。玉魂从墓出,见重流涕,谓曰:"昔尔行之后,令二亲从王相求,度必克从大愿,不图别后遭命,奈何!"玉乃左顾宛颈而歌曰:"南山有乌,北山张罗。乌既高飞,罗将奈何! 意欲从君,谗言孔多。悲结生疾,没命黄垆③。命之不造,冤如之何! 羽族之长,名为凤凰。一日失雄,三年感伤。虽有众鸟,不为匹双。故见鄙姿,逢君辉光。身远心近,何当暂忘?"歌毕,歔欷流涕,要重还冢。重曰:"死生异路,惧有尤愆④,不敢承命。"玉曰:"死生异路,吾亦知之。然今一别,永无后期。子将畏我为鬼而祸子乎? 欲诚所奉,宁不相信。"重感其言,送之还冢。玉与之饮谦⑤,留三日三夜,尽夫妇之礼。临出,取径寸明珠以送重,曰:"既毁其名,又绝其愿,复何言哉! 时节自爱。若至吾家,致敬大王。"重既出,遂诣王,自说其事。王大怒曰:"吾女既死,而重造讹言,以玷秽亡灵。此不过发冢取物,托以鬼神。"趣收重。重走脱至玉墓所,诉之。玉曰:"无忧。今归白王。"王妆梳,忽见玉,惊愕悲喜,问曰:"尔缘何生?"玉跪而言曰:"昔诸生韩重来求玉,大王不许,玉名毁,义绝,自致身亡。重从远还,闻玉已死,故赍牲币⑥,诣冢吊唁。感其笃终⑦,辄与相见,因以珠遗之。不为发冢,愿勿推治。"夫人闻之,出而抱之,玉如烟然。

【注释】

①阊门:城门名。在江苏苏州城西。

②哀恸(tòng):悲痛至极。

③黄垆:即黄泉。

④尤愆(qiān):罪咎,祸难。

⑤谦(yàn):同"宴"。

⑥赍(jì)：持，带，送。牲币：牺牲和币帛。古代用以祀日月星辰、社稷、五岳等。后泛指一般祭祀供品。

⑦笃终：古代送葬的礼制。

【译文】

吴王夫差的小女儿名叫紫玉，十八岁，才艺容貌都很美。未成年男子韩重，十九岁，有道术。紫玉喜欢他，私下和他书信往来，答应做他的妻子。韩重到齐鲁之地去求学，临走时，嘱托他的父母去求婚。吴王大怒，不把女儿嫁给韩重。紫玉怨气郁结而死，埋在了阊门之外。三年后，韩重归来，问他的父母。父母说："吴王大怒，紫玉怨气郁结而死，已经埋了。"韩重悲伤地痛哭。准备好牺牲去紫玉墓前凭吊。紫玉的鬼魂从墓中出来，看见韩重流泪，对他说："过去你走之后，让二老向父王求婚，原以为一定能够实现愿望，想不到分别后遭到这样的命运，有什么办法呢？"紫玉于是扭过头歪着脖子唱到："南山有乌鹊，北山张罗网。乌鹊已高飞，罗网怎么办！心想跟随你，流言实在多。悲伤终成病，命丧在黄泉。命运太不幸，冤屈又如何。百鸟之王，名叫凤凰。一旦失掉雄凤，三年仍感伤悲。即使众鸟多，不能配成双。为此显身形，逢君放光辉。身远心相近，何日才相忘？"唱完歌，抽泣流泪，邀请韩重和她回到坟墓。韩重说："死生不同路，恐怕这样会招来灾祸，不敢答应你的邀请。"紫玉说："死生不同路，我也是知道的。但今天一别，永远没有重逢的机会。你难道害怕我是鬼会害你吗？我想奉上自己的一片诚心，难道你不相信吗？"韩重被她的话感动，便送她回坟墓。紫玉和他一起饮酒吃饭，留他一起住了三天三夜，行夫妇之礼。韩重临出坟墓时，紫玉拿出一颗直径一寸的明珠送给韩重，说："我既毁坏了名声，又断绝了希望，还有什么可说的呢？请随时保重身体。如果到了我家，向父王致以敬意。"韩重从坟墓中出来，就去拜见吴王，自己陈述了所发生的事情。吴王大怒，说："我的女儿已经死了，可韩重编造谎言来玷污死者的灵魂。这不过是掘墓盗物，却假托鬼神。"下令立即逮捕韩重。韩重逃出来，到紫玉墓地诉说这件事。紫玉说："不要担忧。我现在回家去告诉父王。"吴王正在梳妆，忽然看见紫玉，悲喜交集，问道："你怎么又活了？"紫玉跪下说道："从前书生韩重来求婚娶我，大王不同意，我名誉已毁，情义已绝，自丧其身以致死亡。韩重从远方回来，听说我已经死了，特地带上供品，到墓地凭吊。我感激他行笃终之礼，就和他见了面，于是把明珠送给他。这不是掘墓所得，希望不要追究。"吴王夫人听说紫玉回来，出来就抱她，紫玉像烟一样消逝了。

驸马都尉

陇西辛道度者①，游学至雍州城四五里②，比见一大宅，有青衣女子在门。度诣门下求飧③。女子入告秦女，女命召入。度趋入阁中④，秦女于西榻而坐。度称姓名，叙起居。既毕，命东榻而坐，即治饮馔。食讫，女谓度曰："我秦闵王女，出聘曹国，不幸无夫而亡。亡来已二十三年，独居此宅。今日君来，愿为夫妇。"经三宿三日后，女即自言曰："君是生人，我鬼也。共君宿契，此会可三宵，不可久居，当有祸矣。然兹信宿，未悉绸缪⑤，既已分飞，将何表信于郎？"即命取床后盒子开之，取金枕一枚，与度为信。乃分袂泣别，即遣青衣送出门外。未逾数步，不见舍宇，惟有一冢。度当时荒忙出走，视其金枕在怀，乃无异变。寻至秦国，以枕于市货之。恰遇秦妃东游，亲见度卖金枕，疑而索看，诘度何处得来？度具以告。妃闻，悲泣不能自胜。然尚疑耳，乃遣人发冢启枢视之，原葬悉在，唯不见枕。解体看之，交情宛若。秦妃始信之。叹曰："我女大圣，死经二十三年，犹能与生人交往。此是我真女婿也。"遂封度为驸马都尉⑥，赐金帛车马，

令还本国。因此以来，后人名女婿为驸马。今之国婿，亦为
驸马矣。

【注释】

①陇西：地名，指陇山（六盘山）以西的地区。秦时置郡，汉沿置，郡
　　治狄道（今甘肃临洮）。

②雍州：古九州之一。即今陕西中部北部、甘肃西北部、青海东北
　　部和宁夏回族自治区一带。雍州城，应指曾为秦国都城的雍县，
　　其故城在今陕西凤翔南。

③飧（sūn）：简单的饭食。

④趋：古代的一种礼节，以碎步疾行表示敬意。

⑤绸缪：形容缠绵不解的男女恋情。

⑥驸马都尉：近侍官的一种，汉武帝时置。魏何晏始以公主丈夫拜
　　此职，后世帝王女婿照此加此称号，故后世成为帝王女婿的专称。

【译文】

　　陇西郡有一个叫辛道度的人，游学来到雍州城外四五里的地方，看
见一座大宅院，有一个穿青衣的女子站在门口。辛道度往门口去请求
施舍饭食。青衣女子进屋禀告秦女，秦女命她召辛道度进屋。辛道度
走进阁楼，见秦女坐在西边的榻上。辛道度自报姓名，致以问候。之
后，秦女让他坐在东榻，马上准备了饭菜。吃完后，秦女对辛道度说：
"我是秦闵王的女儿，许配给曹国，不幸还没出嫁就死了。我死已经二
十三年了，独自一个人住在这个宅院里。今天你来到这里，希望能与你
结成夫妻。"过了三天三夜后，秦女自己说道："你是活人，我是鬼，与你
前世有缘，这次相会可以过三个晚上，不能长久停留，不然会有灾祸。
不过这两三日，不能尽相亲相爱的情意，就要分别了，拿什么给你做信
物呢？"她便叫人取床后的盒子打开，取出一枚金枕，送给辛道度做信
物。然后才哭着分别，派青衣女子送辛道度出门。没有走出门几步，房

屋就不见了，只有一座坟墓。辛道度慌忙跑出墓地，看那只金枕在怀里却没有什么变化。不久辛道度来到秦国，拿着金枕到集市出售。恰好遇到秦王夫人到东边游玩，她看见辛道度叫卖金枕，心中怀疑索来细看，问辛道度是从哪里得到的？辛道度一一说明。秦王夫人听了，伤心地哭了，无法自持。但还是有些怀疑。于是派人挖开坟墓打开棺材察看，原来的葬物都还在，只是不见了金枕。解开秦女的衣服看她，仿佛夫妻行礼的情状。秦妃这才相信了。她感叹说："我的女儿真有神通，死了二十三年了，还能和活人交往。这个人是我的真女婿。"于是封辛道度为驸马都尉，赏赐给他金帛车马，让他回本乡去。从此以后，人们称女婿为驸马。如今帝王的女婿，也称驸马了。

谈生妻鬼

汉谈生者，年四十，无妇，常感激读《诗经》。夜半，有女子，年可十五六，姿颜服饰天下无双，来就生，为夫妇。乃言曰："我与人不同，勿以火照我也。三年之后，方可照耳。"与为夫妇，生一儿，已二岁，不能忍，夜伺其寝后，盗照视之。其腰已上生肉，如人，腰已下，但有枯骨。妇觉，遂言曰："君负我。我垂生矣，何不能忍一岁，而竟相照也？"生辞谢。涕泣不可复止，云："与君虽大义永离，然顾念我儿，若贫不能自偕活者，暂随我去，方遗君物。"生随之去，入华堂，室宇器物不凡。以一珠袍与之，曰："可以自给。"裂取生衣裾留之而去。后生持袍诣市，睢阳王家买之①，得钱千万。王识之曰："是我女袍，那得在市？此必发冢。"乃取拷之。生具以实对，王犹不信，乃视女冢，冢完如故。发视之，棺盖下果得衣裾。呼其儿视，正类王女。王乃信之。即召谈生，复赐遗之,以为女婿。表其儿为郎中。

【注释】

①睢阳:古县名。县治在今河南商丘南。

【译文】

汉代有个谈生,四十岁,没有妻子,常常感情激扬地诵读《诗经》。有一天半夜,有一个女子,大约十五六岁,容貌服饰天下无双,来接近谈生,和他做夫妻。并对谈生说:"我和常人不同,不要用灯火照我。三年之后才能照。"他们做了夫妻,生了一个儿子。已经过了两年,谈生忍不住了,夜里等着她睡下后,偷偷用灯火照着看她。她的腰以上已经长出了肉,和人一样,腰已下,只有枯骨。妻子醒过来,就说:"你辜负了我。我快要复活了,为什么不能再忍一年,竟然现在用火照我?"谈生赔礼道歉。妻子哭得难以停息,说:"跟你虽然永远断绝了夫妻关系,但我顾念我的儿子,你穷得不能自己带着孩子生活,暂时跟我去一下,我将送你一件东西。"谈生跟她去,进入一座华丽的房中,屋子以及各种器物都不同凡响。妻子取出一件缀有珠宝的袍子送给谈生,说:"可以满足生活需要。"撕下谈生的一片衣襟留下就让他走了。后来谈生拿着袍子到集市上去卖,睢阳王家买走了,谈生得钱一千万。睢阳王认识那件袍子,说:"这是我女儿的袍子,哪里能在集市上出现?这必定是盗墓。"于是逮捕谈生拷问他,谈生一一如实回答。睢阳王还是不相信,于是察看女儿的坟墓,坟墓完好如故。打开后看,棺盖下果然找到衣襟。叫谈生的儿子来看,长得很像睢阳王的女儿。睢阳王这才相信。立刻召见谈生,又赐给他财物,把他作为女婿看待。又上奏章给皇帝,封谈生的儿子为郎中。

卢充幽婚

卢充者,范阳人①。家西三十里,有崔少府墓②。充年二十，先冬至一日，出宅西猎戏。见一獐，举弓而射，中之，獐倒，复起。充因逐之，不觉远。忽见道北一里许，高门瓦屋，四周有如府舍，不复见獐。门中一铃下唱："客前。"充问："此何府也？"答曰："少府府也。"充曰："我衣恶，那得见少府？"即有一人提一襆新衣③，曰："府君以此遗郎。"充便着讫，进见少府，展姓名。酒炙数行④，谓充曰："尊府君不以仆门鄙陋，近得书，为君索小女婚，故相迎耳。"便以书示充。充父亡时虽小，然已识父手迹，即歔欷，无复辞免。便敕内："卢郎已来，可令女郎妆严⑤。"且语充云："君可就东廊。"及至黄昏，内白："女郎妆严已毕。"充既至东廊，女已下车，立席头，却共拜。时为三日给食。三日毕，崔谓充曰："君可归矣。女有娠相，若生男，当以相还，无相疑。生女，当留自养。"敕外严车送客。充便辞出。崔送至中门，执手涕零。出门，见一犊车，驾青牛。又见本所着衣及弓箭，故在门外。寻传教将一人提襆衣与充，相问曰："姻缘始尔，别甚怅恨。今复致衣一袭，被褥自副。"充上车，去如电逝，须臾至家。家人相见悲喜。推问，知崔是亡人，而入其墓。追以懊惋。

别后四年，三月三日，充临水戏，忽见水旁有二犊车，乍沉乍浮。既而近岸，同坐皆见。而充往开车后户，见崔氏女与三岁男共载。充见之忻然，欲捉其手，女举手指后车曰："府君见人。"即见少府。充往问讯。女抱儿还充，又与金锹⑥，并赠诗曰："煌煌灵芝质，光丽何猗猗。华艳当时显，嘉异表神奇。含英未及秀，中夏罹霜萎。荣耀长幽灭，世路永无施。不悟阴阳运，哲人忽来仪。会浅离别速，皆由灵与祇。何以赠余亲,金锇可颐儿。恩爱从此别,断肠伤肝脾。"充取儿、锇及诗,忽然不见二车处。充将儿还,四坐谓是鬼魅,金遥唾之⑦,形如故。问儿:"谁是汝父?"儿径就充怀。众初怪恶,传省其诗,慨然叹死生之玄通也。充后乘车入市卖锇,高举其价,不欲速售,冀有识。欻有一老婢识此⑧,还白大家曰⑨:"市中见一人,乘车,卖崔氏女郎棺中锇。"大家,即崔氏亲姨母也,遣儿视之,果如其婢言。上车,叙姓名。语充曰:"昔我姨嫁少府,生女,未出而亡。家亲痛之,赠一金锇,着棺中。可说得锇本末。"充以事对。此儿亦为之悲咽,赍还白母。母即令诣充家,迎儿视之。诸亲悉集。儿有崔氏之状,又复似充貌。儿、锇俱验。姨母曰:"我外甥三月末间产。父曰:'春,暖温也。愿休强也。'即字温休。温休者,盖幽婚也,其兆先彰矣。"儿遂成令器,历郡守二千石,子孙冠盖相承。至今,其后植,字子干,有名天下。

【注释】

①范阳:郡名。三国时魏置,郡治三国魏改涿郡而置范阳郡,治涿县(今河北涿州)。

②少府:官名。秦汉沿置,为九卿之一。掌山海地泽收入和皇室手工业制造,是皇帝的私府。唐代以后,少府成为县尉的别称。

③襆(fú):用以包裹衣物等的被单、巾帕。

④酒炙:酒和肉。亦泛指菜肴。

⑤妆严:梳妆,打扮。

⑥锇:同"碗"。

⑦金(qiān):都。

⑧欻(xū)：忽然。

⑨大家：奴仆对主人的称呼。

【译文】

卢充是范阳郡人，他家西边三十里，有崔少府的墓。卢充二十岁那年，冬至前一天，出门到他家院子的西边去打猎玩。看见一只獐子，他举弓射箭，射中了它，獐子倒在地上，又站起来跑。卢充于是追赶它，不知不觉追了很远。忽然看见路北一里左右的地方，有一幢高门大瓦房，四周好像是官府的房子，不再看见那只獐子。门前有一个门卒高声呼唤："客人请进！"卢充问："这是谁家的府第？"门卒回答说："是少府的府第。"卢充说："我衣服太脏，哪里能去见少府？"立刻有一个人提来一包新衣服，说："府君把这个送给你。"卢充就换好了衣服，进去拜见少府，呈报了自己的姓名。喝了几巡酒，少府对卢充说："令尊大人不嫌我门第卑下，最近得到他的信，为你向我女儿求婚，因此去接你来。"于是拿出书信给卢充看。卢充在父亲死的时候年纪虽然还小，但已经认得父亲的手迹，看到书信就哭了，不再推辞婚事。少府于是吩咐内室："卢郎已经来了，可以让女郎梳妆。"同时给卢充说："请你到东厢房歇息。"到了黄昏，内室的人说："女郎梳妆完毕。"卢充到了东厢房，女郎已经下车，站在垫席前，于是一起拜堂。婚后三日宴请宾客。三天结束后，崔少府对卢充说："你可以回家了。我女儿有了怀孕的迹象，如果生了男孩，会送回给你，不必疑心。如果生了女孩，要留下来她自己抚养。"命令外面的人准备车子送客。卢充于是告辞出门。崔少府送他到中门，拉着手流下了眼泪。卢充出门后，看见一辆牛车，套着青牛。又看见自己原来穿的衣服及弓箭，还在门外。随即又派一个人提着一包衣服给卢充，安慰他说："姻缘才开始，离别十分惆怅。现在再送来衣服一套，配有被褥。"卢充坐上车，车像闪电一样离去，一会儿就回到家了。家人见到他，又悲又喜。经过查问，才知崔少府是死了的人，卢充进了他的坟墓。想起来就懊恼怅恨。

分别后四年,三月三日,卢充到水边嬉戏,被除不祥,忽然看见水边有两辆牛车,时沉时浮。然后靠近岸边,和卢充一起坐的人都看见了。卢充过去打开车后面的门,看见崔氏女郎和一个三岁的男孩坐在一起。卢充见了很高兴,想去拉她的手,女郎抬手指指后车说:"府君要见你。"便看见了崔少府。卢充前去问候。女郎抱着儿子交给卢充,又给他一只金碗,并且赠给他一首诗说:"像灵芝般光彩的资质,是何等的华美茂盛!华贵鲜艳在当时显露,美好特异表现得十分神奇。含苞的花朵未及开放,在盛夏时节遭遇严霜而枯萎。光彩荣耀永远湮灭,人间的道路再不能行。想不到阴阳两世的运转,智慧卓越的人忽然光临。相会短暂离别匆匆,这都是神灵的安排。拿什么赠给我的亲人,金碗可以养育我的儿子。夫妻的恩爱从此断绝,悲伤让人断肠伤肝脾。"卢充接过儿子、碗和诗,两辆牛车忽然不见了。卢充抱着儿子回到岸上,周围的人认为是鬼魅,都远远地向他吐口水,孩子的模样不变。有人问孩子:"谁是你父亲?"孩子径直扑到卢充怀里。大家开始都觉得奇怪厌恶,传阅那首诗,都感叹生死之间玄妙的交通。卢充后来乘车到集市去卖碗,故意把价抬得很高,不想很快卖掉,希望能有人认识它。忽然有一个老女仆认识这只碗,回去禀告家主母说:"在集市上看见一个人,乘着车,卖崔家女郎棺材中的碗。"家主母就是崔氏女郎的亲姨母,她派儿子去看,果然和那女仆说的一样。他登上车,报了自己的姓名,对卢充说:"从前我姨嫁给少府,生了女儿,没有出嫁就死了。我母亲痛惜她,赠给她一个金碗,放在她的棺材里。你可以说说这金碗的原委。"卢充把事情的经过告诉他。这个姨母的儿子也为之悲伤抽泣,他带着碗回家禀告母亲。他母亲立刻派人来到卢家,接小孩去看。众亲戚都赶来聚在一起。孩子有崔氏女郎的模样,又有些像卢充的样子。孩子、金碗都得到验证。姨母说:"我外甥女是三月末出生的。他的父亲说:'春天很温暖,希望她美好健康。'于是起名叫温休。温休,就是幽婚,这个预兆早就显现出来了。"卢充的儿子后来长成优秀的人才,担任过俸禄两千石的郡守,子孙也世代做官。到今世,他的后代卢植,字子干,天下闻名。

西门亭鬼魅

后汉时,汝南汝阳西门亭有鬼魅^①,宾客止宿,辄有死亡。其厉厌者,皆亡发失精。寻问其故,云:"先时颇已有怪物。其后,郡侍奉掾宜禄郑奇来^②,去亭六七里,有一端正妇人乞寄载。奇初难之,然后上车。入亭,趋至楼下。亭卒白:'楼不可上。'奇云:'吾不恐也。'时亦昏冥,遂上楼,与妇人栖宿。未明,发去。亭卒上楼扫除,见一死妇,大惊,走白亭长。亭长击鼓,会诸庐吏共集诊之^③,乃亭西北八里吴氏妇。新亡,夜临殡火灭,及火至,失之。其家即持去。奇发行数里,腹痛,到南顿利阳亭加剧^④,物故^⑤。楼遂无敢复上。"

【注释】

①汝南:郡名,汉置,郡治上蔡,今河南上蔡。汝阳:古县名,治所在今河南商正西北,时属汝南郡。

②郡侍奉掾:郡守的属官。宜禄:古县名,故城在今河南沈丘北。

③庐:古代沿途迎候宾客的房舍。

④南顿:地名,位于今河南项城西郊。

⑤物故:死亡。

【译文】

后汉,汝南郡汝阳县西门亭出现鬼魅,旅客在这里留宿,总是有人死亡。那些被恶鬼害死的人,都没有了头发,失去了精血。探问这事的根源,人们说:"先前就已经很有些怪物了。后来郡侍奉掾宜禄人郑奇来,在距离西门亭六七里的地方,有一个端正的妇人请求搭车。郑奇开始不同意,后来叫她坐到了车上。进了西门亭,走到楼下。亭卒说:'楼不能上去。'郑奇说:'我不害怕。'这时已经到晚上了,于是他就上了楼,和那个妇人睡觉了。天还没亮,就出发离开了。亭卒上楼打扫,看见一个死了的妇人,大吃一惊,跑去报告亭长。亭长击鼓召集驿亭中的官吏一起来察看,原来是西门亭西北八里地的吴家的媳妇。刚刚死亡,晚上即将装殓时灯火灭了,等到再点来灯,人就不见了。吴家就把尸体抬回去了。郑奇出发走了几里地,肚子疼痛,走到南顿利阳亭时加剧而死亡。西门亭楼于是就没有人再敢上去了。"

钟繇

　　颍川钟繇^①,字元常,尝数月不朝会,意性异常^②。或问其故,云:"常有好妇来,美丽非凡。"问者曰:"必是鬼物,可杀之。"妇人后往,不即前,止户外。繇问:"何以?"曰:"公有相杀意。"繇曰:"无此。"勤勤呼之,乃入。繇意恨,有不忍之,然犹斫之,伤髀^③。妇人即出,以新绵拭,血竟路。明日,使人寻迹之,至一大冢。木中有好妇人,形体如生人,着白练衫,丹绣裲裆^④。伤左髀,以裲裆中绵拭血。

【注释】

①颍川:郡名,秦王政 17 年(前 230)置,以颍水得名。治所在阳翟(今河南禹州)。钟繇:三国时人,官至太傅,魏文帝时与当时的名士华歆、王朗并为三公。

②意性:情态。

③髀(bì):指股部,大腿。

④裲(liǎng)裆:古代的一种长度仅至腰而不及于下,且只蔽胸背的上衣。形似今之背心。军士穿的称裲裆甲。一般人穿的称裲裆衫。

【译文】

颍川人钟繇，字元常，曾经好几个月不朝见君王，情态和平常不一样。有人询问原因，他说："经常有一个美丽的妇人来，非常漂亮。"问话的人说："一定是鬼怪，应该杀了她。"妇人后来到时，不立刻上前，到门外就停下了。钟繇问她："为什么这样？"妇人说："您有杀我的心意。"钟繇说："没有这回事。"一再叫她，才进到屋里。钟繇心中遗憾，有些不忍心，但仍然砍她，砍伤了她的大腿。妇人立即逃走，用新丝绵擦拭伤口，血流了一路。第二天，钟繇派人顺着血迹寻找，到了一个大坟前。棺中有一个美丽的妇人，身体像活人一样，穿着白绢衣衫，红色的绣花背心，左大腿被砍伤了，用背心中的丝绵擦血。

卷十七

【题解】

在古人看来，人可修仙得道而成神，死而成鬼，自然界的各种动植物，也会因精气的流转附着而变成精怪。本卷所收录的就是发生在人与各种精怪之间的一些有趣故事。如扮成张汉直、范丹、费季等人鬼魂而假传消息、捉弄其家人的鬼物，跑到倪彦思家到处捣乱的狸怪，惊吓、捉弄顿丘人的兔精，化为人形、与人妻调笑而被射伤的鸣蝉，不为其家人所知而赌气离去的筋竹长人，因得罪曹操而最终毙命的度朔君等等。当然，这其中还包括能给人带来灾难的釜中白头公。

鬼扮张汉直

陈国张汉直到南阳从京兆尹延叔坚学《左氏传》①。行后数月，鬼物持其妹，为之扬言曰："我病死，丧在陌上，常苦饥寒。操二三量不借挂屋后楮上②，傅子方送我五百钱，在北墉下，皆亡取之。又买李幼一头牛，本券在书篋中③。"往索取之，悉如其言。妇尚不知有此，妹新从婿家来，非其所及。家人哀伤，益以为审。父母诸弟衰绖到来迎丧④，去舍数里，遇汉直与诸生十余人相追。汉直顾见家人，怪其如此。家见汉直,谓其鬼也。怅惘良久。汉直乃前为父拜,说其本末,且悲且喜。凡所闻见,若此非一,得知妖物之为。

【注释】

①陈国:春秋时诸侯国名,后为楚国所灭。这里指原属陈国的地区。南阳:郡名。秦置,汉时沿置,属荆州部,郡治宛县(今河南南阳)。延叔坚:名延笃,东汉时南阳人,曾任京兆尹,后因病归家,教授于家。《左氏传》:即《春秋左氏传》,相传为春秋末期鲁国人左丘明所作。后被列为儒家经典之一。

②不借:草鞋。楮(chǔ):树木名。

③箧(qiè):小箱子,藏物之具。大曰箱,小曰箧。

④衰绖(cuī dié):穿丧服。

【译文】

陈国人张汉直到南阳跟着京兆尹延叔坚学习《春秋左氏传》。他走后几个月,他的妹妹被鬼附身,鬼装成他说出话来:"我生病死了,尸体摆在路上,常受饥寒之苦。做的两三双草鞋挂在屋后的楮树上,傅子方送我的五百文钱,放在北墙下,都忘了带着。另外买李幼那一头牛,契据放在小书箱里。"去找那些东西,都跟他说的一样。他的妻子都还不知道有这些。他的妹妹刚从丈夫家来,不会知道这些事情。家里人十分悲哀,更加认为他真的死了。父母兄弟都穿上丧服,到南阳来迎丧,在离学舍几里的地方,遇到张汉直和同学十几个人走在一起。张汉直回头看见家人,奇怪他们穿成这样。家里人看见张汉直,说是他的鬼魂。失意懊恼了好长时间。张汉直于是走上前去拜见父亲,说起事情的原委,一家人又悲又喜。所见所闻的事情,像这样的不只一件,大家才知道是鬼怪所为。

贞节先生范丹

汉陈留外黄范丹①,字史云。少为尉从佐使檄谒督邮②。

丹有志节，自恚为厮役小吏，乃于陈留大泽中杀所乘马，捐弃冠帻，诈逢劫者。有神下其家曰："我史云也。为劫人所杀。疾取我衣于陈留大泽中。"家取得一帻。丹遂之南郡，转入三辅，从英贤游学，十三年乃归，家人不复识焉。陈留人高其志行，及没，号曰贞节先生。

【注释】

①外黄：古县名。县治在今河南民权西北。

②尉从佐使：县尉属下的佐使。督邮：官名。郡守的重要属吏，代表太守督察县乡，宣达教令，兼司狱讼捕亡。

【译文】

汉代陈留郡外黄县人范丹，字史云。他年轻时做尉从佐使奉命送公文去进见督邮。范丹很有志气，怨恨自己是干杂活的役吏，于是在陈留郡的大沼泽里杀了所骑的马，丢掉了帽子和头巾，假装遇到了强盗。有神灵降临到他家说："我是史云。被强盗杀了。赶快到陈留的大沼泽中取我的衣服。"家人取到了一块头巾。范丹于是去南郡，又转入三辅地区，跟着德才杰出的人学习，十三年后才回家，家里的人都不再认识他了。陈留人敬佩他的志气行为，在他死后，称他为贞节先生。

费季居楚

吴人费季，久客于楚。时道多劫，妻常忧之。季与同辈旅宿庐山下，各相问出家几时。季曰："吾去家已数年矣。临来，与妻别，就求金钗以行，欲观其志当与吾否耳。得钗，乃以着户楣上①。临发，失与道，此钗故当在户上也。"尔夕，其妻梦季曰："吾行遇盗，死已二年。若不信吾言，吾行时，取汝钗，遂不以行，留在户楣上，可往取之。"妻觉，揣钗，得之，家遂发丧。后一年余，季乃归还。

【注释】

①楣：门楣，门框上边的横木。

【译文】

吴国人费季，客居楚地很久了。当时路上常有强盗，他的妻子时时为他担忧。费季和同伴旅行住宿到庐山下，互相询问离家多久了。费季说："我离开家已经好几年了。临行前，和我妻子道别，向她要了她的金钗出门，想看看她的心意会不会给我。我拿到金钗，就把它放在了门楣上。临走的时候忘了告诉她，这个金钗自然还会在门上。"那天晚上，他的妻子梦见费季说："我路上遇到强盗，死了已经两年了。若你不信我的话，我走的时候，拿了你的金钗，没有带走，留在了门楣上，可以去取它。"他妻子醒来，在门楣上找到了金钗，家里于是给他办了丧事。过了一年多，费季却回来了。

鬼扮虞定国

余姚虞定国①，有好仪容。同县苏氏女，亦有美色。定国常见，悦之。后见定国来，主人留宿，中夜，告苏公曰："贤女令色，意甚钦之。此夕能令暂出否？"主人以其乡里贵人，便令女出从之。往来渐数，语苏公云："无以相报。若有官事，某为君任之。"主人喜。自尔后，有役召事，往造定国。定国大惊曰："都未尝面命，何由便尔？此必有异。"具说之。定国曰："仆宁肯请人之父而淫人之女。若复见来，便当斫之。"后果得怪。

【注释】

①余姚：县名。秦置。即今浙江余姚。

【译文】

余姚县人虞定国，相貌长得很好。同县苏家的女儿，也长得很美。虞定国经常看见她，很喜欢她。后来苏家看见虞定国来，主人留他住下，半夜，他对苏公说："您女儿很漂亮，我心里十分爱慕她。今晚能让她出来一下吗？"主人因为他是乡里的贵人，就让女儿出来陪他。他与苏家的往来逐渐频繁，他对苏公说："没什么报答您。如果官府有差役，我愿意为您承担。"主人很高兴。在那以后，有一次官府召令服役，苏公去找虞定国。虞定国大吃一惊，说："我们都还没有见面说过话，怎么就这样了呢？这一定有怪事。"苏公一一说了事情的经过。虞定国说："我怎么可能向人家的父亲要求奸淫人家的女儿呢？如果再见到他，就应砍死他。"后来果然抓到一个怪物。

朱诞给使射鸣蝉

吴孙晧世，淮南内史朱诞，字永长，为建安太守①。诞给使妻有鬼病②，其夫疑之为奸。后出行，密穿壁隙窥之，正见妻在机中织，遥瞻桑树上，向之言笑。给使仰视树上，有一年少人，可十四五，衣青衿袖，青帻头③。给使以为信人也，张弩射之，化为鸣蝉，其大如箕，翔然飞去。妻亦应声惊曰："噫！人射汝。"给使怪其故。后久时，给使见二小儿在陌上共语。曰："何以不复见汝？"其一即树上小儿也，答曰："前不遇为人所射，病疮积时。"彼儿曰："今何如？"曰："赖朱府君梁上膏以傅之，得愈。"给使白诞曰："人盗君膏药，颇知之否？"诞曰："吾膏久致梁上，人安得盗之？"给使曰："不然。府君视之。"诞殊不信，试为视之，封题如故。诞曰："小人故

妄言,膏自如故。"给使曰:"试开之。"则膏去半。为掊刮^④,
见有趾迹。诞因大惊,乃详问之。具道本末。

【注释】

①建安:古郡名。郡治在今福建建瓯。

②给使:供役使的人。

③幧头(qiāo):古代男子束发的头巾。

④掊(póu):以手、爪或工具扒物或掘土。

【译文】

　　吴末帝孙皓时,淮南内史朱诞,字永长,任建安太守。朱诞手下给使的妻子被鬼魅迷惑,她的丈夫怀疑她和人通奸。后来他外出,悄悄回来凿穿墙缝偷看,恰好看见他的妻子正在织布,远远望着桑树上面,朝那里说笑。给使仰望树上,有一少年,大约十四五岁,穿着青色夹衣,戴着青色头巾。给使以为真是人,拉弓射他。少年人变成一只鸣蝉,像簸箕那么大,回旋着飞走了。他的妻子也随着声音惊叫:"噫!有人射你。"给使很奇怪她为什么这样。后来过了很久,给使看见两个小孩在路上说话。一个说:"为什么一直没再见到你?"其中一个就是树上的小孩,回答说:"前段时间不幸被人射中,受伤病了很久。"那个又问:"现在怎么样了?"回答说:"全靠朱府君家梁上的药膏来敷抹,得以痊愈。"给使禀告朱诞说:"有人偷您的药膏,您知不知道?"朱诞说:"我的药膏放在屋梁上很久了,别人怎么能偷到它?"给使说:"不是这样。您看看它。"朱诞完全不相信,试着去查看,封口的题签还是原来的样子。朱诞说:"小人故意乱说,药膏自然还是原来的样子。"给使说:"试着打开它。"膏药已经少了一半,是用爪子刮掉的,看得见脚趾的印迹。朱诞于是大吃一惊,这才详细询问这件事。给使一一叙述了事情的经过。

倪彦思家狸怪

　　吴时,嘉兴倪彦思居县西埏里^①。忽见鬼魅入其家,与

人语,饮食如人,惟不见形。彦思奴婢有窃骂大家者,云:
"今当以语。"彦思治之,无敢詈之者。彦思有小妻,魅从求
之,彦思乃迎道士逐之。酒殽既设,魅乃取厕中草粪,布着
其上。道士便盛击鼓,召请诸神。魅乃取伏虎②,于神座上
吹作角声音。有顷,道士忽觉背上冷,惊起解衣,乃伏虎也。
于是道士罢去。彦思夜于被中窃与妪语,共患此魅。魅即
屋梁上谓彦思曰:"汝与妇道吾,吾今当截汝屋梁。"即隆隆
有声。彦思惧梁断,取火照视,魅即灭火。截梁声愈急。彦
思惧屋坏,大小悉遣出,更取火,视梁如故。魅大笑,问彦
思:"复道吾否?"郡中典农闻之③,曰:"此神正当是狸物耳。"
魅即往谓典农曰:"汝取官若干百斛谷,藏着某处。为吏污
秽,而敢论吾! 今当白于官,将人取汝所盗谷。"典农大怖而
谢之。自后无敢道者。三年后去,不知所在。

【注释】

①埏(yán)里:地名。

②伏虎:即虎子。状似蹲兽的尿器。

③典农:官名,即典农校尉。主掌各县的农事生产活动。

【译文】

　　三国吴时,嘉兴县的倪彦思居住在县城西边的埏里。有一天忽然
发现鬼魅进了他家,和人说话,像人一样吃喝,只是看不见形体。倪彦
思的奴婢有人背地里骂家主,鬼魅说:"现在就把骂的话告诉主人。"倪
彦思惩罚了那个奴婢,没有谁再敢骂主人了。倪彦思有个小妾,鬼魅去
追求她,倪彦思于是请来道士驱逐鬼魅。摆好了酒席,鬼魅就取来厕所
的草粪,撒在酒菜上。道士于是猛烈击鼓,召请各路神仙。鬼魅就取来
一只便壶,在神座上吹出号角的声音。过了一会儿,道士忽然觉得背上

冰冷,吃惊地站起来解开衣服,竟然是便壶。于是道士作罢离去。倪彦思晚上在被窝里偷偷和妻子说话,都很担忧这个鬼魅。鬼魅马上在屋梁上对倪彦思说:"你和你妻子说我,我现在就要截断你家的房梁。"立刻就发出了隆隆的声音。倪彦思害怕屋梁被截断,点灯来看,鬼魅立刻吹灭灯火。截房梁的声音越来越急。倪彦思害怕房子倒塌,把一家大小都叫出屋子,再点灯,看见屋梁还是原来的样子。鬼魅大笑,问倪彦思:"还说我不?"郡里的典农听说这件事,说:"这个神怪应该是狐狸。"鬼魅立刻去对典农说:"你拿了官府几百斛稻谷,藏在某个地方。做官吏的贪污,却敢来议论我!现在我就去报告官府,带人去取你偷的稻谷。"典农十分害怕,赶紧谢罪。从那以后没有人再敢说它。三年后离开倪家,不知道去了哪里。

顿丘魅物

　　魏黄初中,顿丘界有人骑马夜行①,见道中有一物,大如兔,两眼如镜,跳跃马前,令不得前。人遂惊惧,堕马。魅便就地捉之。惊怖,暴死,良久得苏。苏,已失魅,不知所在。乃更上马,前行数里,逢一人,相问讯已,因说:"向者事变如此,今相得为伴,甚欢。"人曰:"我独行,得君为伴,快不可言。君马行疾,且前,我在后相随也。"遂共行。语曰:"向者物何如,乃令君怖惧耶?"对曰:"其身如兔,两眼如镜,形甚可恶。"伴曰:"试顾视我耶。"人顾视之,犹复是也。魅便跳上马,人遂坠地,怖死。家人怪马独归,即行推索,乃于道边得之。宿昔乃苏②,说状如是。

【注释】

　　①顿丘:古县名。在今河南清丰西南。

②宿昔:过了一夜。昔,夜晚。

【译文】

魏黄初年间,顿丘县境有一个人晚上骑马赶路,看见路中间有一个精怪,像兔子大,两只眼睛像镜子一样闪着光,在马的前头跳跃,使马不能前进。这个人惊慌害怕,从马上掉了下来。精怪于是在地上捉住他。他吓得昏死过去,过了很久才苏醒。苏醒之后,已经不见精怪,不知道它在哪里。这个人于是再骑上马,往前走几里,遇到一个人,互相打完招呼,于是说:"先前发生了那样的事情,现在能够和你做伴,非常高兴。"那人说:"我一个人赶路,能够和你做伴,高兴得没法说。你的马走得快,可走前面,我在后面跟随。"于是一起往前走。那人说:"先前的怪物什么样子,竟然让你恐怖害怕呢?"顿丘人回答说:"它的身体像兔子,两只眼睛像镜子,形状十分可怕。"同伴说:"试着回头看看我吧。"顿丘人回头看他,还是那个怪物。精怪便跳上马,顿丘人于是掉在地上,被吓死了。家里人奇怪那匹马独自回来,立刻去寻找,才在路边上找到他。过了一夜才苏醒过来,如实把上面的事情诉说了一遍。

度朔君

袁绍字本初,在冀州①。有神出河东②,号度朔君,百姓共为立庙。庙有主簿,大福③。陈留蔡庸为清河太守,过谒庙。有子名道,亡已三十年。度朔君为庸设酒,曰:"贵子昔来,欲相见。"须臾子来。度朔君自云父祖昔作兖州。有一士姓苏,母病,往祷。主簿云:"君逢天士留待。"闻西北有鼓声,而君至。须臾,一客来,着皂角单衣,头上五色毛,长数寸。去后,复一人,着白布单衣,高冠,冠似鱼头,谓君曰:"昔临庐山,共食白李,忆之未久,已三千岁。日月易得,使人怅然。"去后,君谓士曰:"先来,南海君也。"士是书生,君明通五经,善《礼记》,与士论礼,士不如也。士乞救母病。君曰:"卿所居东有故桥,坏久之,此桥乡人所行,卿母犯之。卿能复桥,便差④。"

曹公讨袁谭⑤,使人从庙换千疋绢,君不与。曹公遣张郃毁庙⑥。未至百里,君遣兵数万,方道而来。郃未达二里,云雾绕郃军,不知庙处。君语主簿:"曹公气盛,宜避之。"后苏并邻家有神下,识君声,云:"昔移入胡,阔绝三年。"乃遣人与曹公相闻:"欲修故庙,地衰不中居,欲寄住。"公曰:"甚善。"治城北楼以居之。数日,曹公猎得物,大如麑⑦,大足,色白如雪,毛软滑可爱。公以摩面,莫能名也。夜闻楼上哭云:"小儿出行不还。"公拊掌曰:"此物合衰也。"晨将数百犬,绕楼下,犬得气,冲突内外。见有物大如驴,自投楼下,犬杀之,庙神乃绝。

【注释】

①冀州:古九州之一。自汉至清为行政区划名。汉武帝时为十三刺史部之一,辖境大致为河北中南部,山东西端和河南北端。后代辖境渐小,治所亦迁移不一。

②河东:郡名。秦置,郡治安邑,故城在今山西夏县北。

③大福:祭祀所用酒肉很多。这里指代祭祀的人很多。福,祭祀所用酒肉。

④差(chài):痊愈,病除。

⑤袁谭:袁绍之子。

⑥张郃:三国时名将,初从袁绍,后归曹操,封都乡侯。

⑦麑(ní):幼鹿。

【译文】

袁绍字本初，据有冀州。有一个神物出现在河东，号称度朔君，百姓共同为他建立神庙。庙里设置主簿，香火很旺。陈留人蔡庸任清河太守，来拜谒神庙。他有个儿子叫蔡道，死了已经三十年了。度朔君摆设酒席招待蔡庸，说："你儿子先前来了，想见你。"一会儿，他的儿子就来了。度朔君自称他的父辈从前住在兖州。有一个读书人姓苏，母亲生病了到庙里祝祷。主簿说："度朔君会见天士，请等一下。"听见西北方向有鼓声，度朔君来了。过了一会儿，来了一位客人，穿着皂黑色的单衣，头上长着五色的毛发，长好几寸。他走之后，又有一个人，穿着白布单衣，戴着高帽子，帽子像鱼头，对度朔君说："从前到庐山一起吃白李，想起来没多久，已经三千年了。时间很容易过去，使人感到惆怅。"他走后，度朔君对苏士说："前面来的是南海君。"苏士是个书生，度朔君通晓五经，尤善《礼记》，他和苏士讨论礼，苏士不如他。苏士请他救母亲的病。度朔君说："你家的东边有一座旧桥，坏了很久了，这座桥乡人常走，你的母亲被它伤害。你能修好桥，病就好了。"

曹操征讨袁谭，派人到神庙换取一千匹绢，度朔君不肯换给他。曹操派张郃来毁庙。离庙一百里，度朔君就派了数万神兵，并道赶来。张郃离那里还有二里，云雾围绕他的军队，找不到庙在哪里。度朔君对主簿说："曹操气势很盛，应该避开他。"后来苏家和邻居家有神降临，听得出是度朔君的声音，说："先前移入胡地，分别三年了。"于是他派人去与曹操商量："想修原来的神庙，那地方衰败不合适居住，想寄居到一个地方。"曹公说："很好。"收拾城北的一座楼给他居住。几天以后，曹操猎获一个动物，像麂鹿大，大脚，颜色白得像雪，皮毛软滑令人十分喜爱。曹操拿来擦脸，没有人说得出它的名字。晚上听到楼上哭着说："小儿外出没有回来。"曹操拍掌说："这个怪物真要衰败了。"第二天早晨带了几百只狗围绕楼下。狗闻到气味，在楼里楼外横冲直撞。看见有个怪物像驴那么大，自己跳下楼，狗咬死它，庙神就灭绝了。

筋竹长人

临川陈臣家大富①。永初元年②,臣在斋中坐,其宅内有一町筋竹③,白日忽见一人,长丈余,面如方相,从竹中出,径语陈臣:"我在家多年,汝不知。今辞汝去,当令汝知之。"去一月许日,家大失火,奴婢顿死。一年中,便大贫。

【注释】

①临川:古郡名。三国时吴置,郡治临汝(今江西临川)。

②永初元年:107年。永初,东汉安帝刘祜的年号,107—113年。

③町(tǐng):古代地积单位名。筋竹:一种中实而强劲的竹子,竹梢尖锐,可作矛用。

【译文】

临川郡人陈臣家非常富有。汉安帝永初元年,陈臣在屋子里坐着,他家宅院里有一片筋竹林,白天忽然看见一个人,身长一丈多,面目像方相,从竹林中出来,直接对陈臣说:"我在你家多年,你不知道。现在我要告辞你离开,要让你知道我。"他离开后一个多月,陈家发生大火灾,奴仆婢女都烧死了。一年之内,就很贫穷了。

釜中白头公

东莱有一家姓陈①,家百余口。朝炊,釜不沸。举甑看之,忽有一白头公从釜中出。便诣师卜。卜云:"此大怪,应灭门。便归,大作械。械成,使置门壁下,坚闭门在内。有马骑麾盖来扣门者,慎勿应。"乃归,合手伐得百余械,置门屋下。果有人至,呼,不应。主帅大怒,令缘门入。从人窥门内，见大小械百余，出门还说如此。帅大惶惋，语左右云："教速来，不速来，遂无一人当去，何以解罪也？从此北行可八十里，有一百三口，取以当之。"后十日，此家死亡都尽。此家亦姓陈云。

【注释】

①东莱：郡名。西汉置，郡治掖县（今山东莱州）。

【译文】

东莱有一户人家姓陈，全家共一百多口人。早晨做饭，锅里的水烧不开。抬起甑子看，忽然有一个白头公公从锅里出来。就去请巫师占卜。巫师占卜说："这是大怪物，要灭绝全家。马上回去大力制作武器。武器做成后，让人放到门内墙壁下，紧闭大门待在家里。有车马仪仗来敲门，千万不要答应。"于是回来合力砍伐到一百多件武器，放置到门内屋子下面。果然有人来，叫门，没有答应。主帅大怒，下令爬过门进去。随从窥视门内，看见大大小小的武器百余件，出门回去报告情况。主帅十分惶惑惋惜，对左右的人说："让赶紧来，不赶紧来，结果没有一个人带去抵挡，用什么开释罪过呢？从这里往北大约八十里，有个一百零三口的人家，拿他们去抵挡。"过后十天，这一家人都死光了。这一家也姓陈。

服留鸟

晋惠帝永康元年①，京师得异鸟，莫能名。赵王伦使人持出②，周旋城邑匝以问人。即日，宫西有一小儿见之，遂自言曰："服留鸟。"持者还白伦。伦使更求，又见之，乃将入宫。密笼鸟，并闭小儿于户中。明日往视，悉不复见。

【注释】

①永康元年:300 年。永康,晋惠帝司马衷的年号,300—301 年。

②赵王伦:即司马伦,司马懿的第九子,封为赵王。永康元年起兵杀贾后,又废惠帝自立,后被齐王司马冏、成都王司马颖所杀。

【译文】

晋惠帝永康元年,京城捕到一只奇异的鸟,没有人能够说出它的名字。赵王司马伦派人拿它出去,在城中四处奔走向人打听。这一天,皇宫西面有一个小孩见到鸟,就自言自语说:"服留鸟。"拿鸟的人回去禀告赵王伦。赵王伦叫他再去找那个小孩,又见到他了,于是把他带进宫。用密笼子关起鸟,并且把小孩关在房子里。第二天去看,小孩和鸟都不见了。

南康甘子

南康郡南东望山①,有三人入山,见山顶有果树。众果毕植,行列整齐如人行。甘子正熟②。三人共食致饱,乃怀二枚,欲出示人。闻空中语云:"催放双甘③,乃听汝去。"

【注释】

①南康:郡名。晋置,郡治雩都(今江西于都)。

②甘子:即柑子,柑树的果实。

③催:促,赶快。

【译文】

南康郡南边东望山,有三个人进山,看见山顶有果树。各种果树都种好了,行列整齐像人排成的队伍。柑子正好成熟。三个人一起吃饱后,就怀揣了两个柑子,想拿出山给别人看。听到空中有人说道:"赶快放下两个柑子，才让你们离开。”

秦瞻

秦瞻居曲阿彭皇野[1]，忽有物如蛇，突入其脑中。蛇来，先闻臭气，便于鼻中入，盘其头中，觉哄哄，仅闻其脑间食声咂咂[2]。数日而出去，寻复来。取手巾缚鼻口，亦被入。积年无他病，唯患头重。

【注释】

①曲阿：古县名，故城即今江苏丹阳。

②咂咂：象声词。吮吸时发出的声音。

【译文】

秦瞻居住在曲阿县彭皇野，忽然有个像蛇一样的怪物，钻进了他的脑袋。蛇来的时候，先闻闻气味，便从鼻子里钻进去，盘踞在他的头脑中，感觉乱哄哄的，只听到蛇在脑中吃东西的声音。几天之后蛇出来离开，不久又回来。取来手巾捂住鼻子和嘴，蛇还是钻进去了。多年下来，秦瞻没有得过其他的病，只是觉得头重。

卷十八

【题解】

　　和神仙一样，精怪也具有一定的神性。但是，与神仙不同的是，除了少数精怪能够福佑人类（如见于本卷的树神黄祖）之外，精怪总是和不安、干扰、灾难、死亡等联系在一起。因此，与对神仙的礼敬态度截然不同，在对待精怪的问题上，人类的做法一贯明确而果决。见于本卷的饭臿怪、细腰、树怪、青牛、老鼠、母猪、雄鸡、蝎子以及众多的狐狸，它们最终或被烧死，或被杀掉，或主动远离人类。这样的结局无不表现了人类除之而后快的"驱怪"心理。

饭臿怪

　　魏景初中①，咸阳县吏王臣家有怪，无故闻拍手相呼。伺，无所见。其母夜作，倦，就枕寝息。有顷，复闻灶下有呼声曰："文约，何以不来？"头下枕应曰："我见枕，不能往。汝可来就我饮。"至明，乃饭臿也②。即聚烧之，其怪遂绝。

【注释】

①景初：三国时期魏明帝曹睿的年号。

②饭舀(chā)：盛饭用的一种工具。

【译文】

魏明帝景初年间，咸阳县吏王臣家有怪物，无缘无故听见拍手互相呼唤，去看什么也没有。他母亲晚上做事，感到疲倦，靠在枕头上睡觉休息。一会儿，又听见灶台下有呼唤的声音："文约，为什么不来？"头下的枕头回答说："我被枕住了，不能过去。你可以来和我一起吃喝。"到天明一看，原来是饭舀。立刻把它们放在一起烧了，家里的怪物就绝迹了。

何文除宅妖

魏郡张奋者[①]，家本巨富，忽衰老，财散，遂卖宅与程应。应入居，举家病疾，转卖邻人何文。文先独持大刀，暮入北堂中梁上。至三更竟，忽有一人长丈余，高冠，黄衣，升堂呼曰："细腰！"细腰应喏。曰："舍中何以有生人气也？"答曰："无之。"便去。须臾，有一高冠青衣者，次之，又有高冠白衣者，问答并如前。及将曙，文乃下堂中，如向法呼之，问曰："黄衣者为谁？"曰："金也。在堂西壁下。""青衣者为谁？"曰："钱也。在堂前井边五步。""白衣者为谁？"曰："银也。在墙东北角柱下。""汝复为谁？"曰："我，杵也。今在灶下。"及晓，文按次掘之，得金银五百斤，钱千万贯。仍取杵焚之。由此大富，宅遂清宁。

【注释】

①魏郡：郡名。汉置，郡治邺，其故城在今河北临漳县城西南。

【译文】

　　魏郡人张奋，家里本来十分富有，忽然家人衰老，财产散失，于是就把宅子卖给了程应。程应住进去，全家人都生病，又转卖给邻居何文。何文先独自拿了一把大刀，傍晚时进到北堂中间的屋梁上。到夜里三更快过去时，忽然有一个人，身长一丈多，戴高帽，穿黄衣，上堂喊道："细腰。"细腰答应。他问："屋里怎么有生人的气味呢？"回答说："没有生人。"黄衣人便离开了。过了一会儿，有一个戴高帽穿青衣的人，接着又有一个戴高帽穿白衣的人，问答都和前面一样。到天快亮时，何文便下到堂中，用先前那些人的方法呼唤细腰，问道："穿黄衣的人是谁？"回答说："是黄金，在堂屋西边的墙壁下。""穿青衣的人是谁？"回答说："是铜钱，在堂屋前井边五步远的地方。""穿白衣的人是谁？"回答说："是白银，在墙壁东北角的柱子下。""你又是谁？"回答说："我，是木杵。如今在灶台下。"等到天亮，何文按照次序挖掘那些地方，得到黄金、白银五百斤，铜钱一千万贯。于是取了木杵烧掉它。从此十分富有，宅院终于清净安宁了。

秦公斗树神

　　秦时，武都故道有怒特祠①，祠上生梓树。秦文公二十七年②，使人伐之，辄有大风雨，树创随合，经日不断。文公乃益发卒，持斧者至四十人，犹不断。士疲，还息。其一人伤足，不能行，卧树下，闻鬼语树神曰："劳乎攻战？"其一人曰："何足为劳。"又曰："秦公将必不休，如之何？"答曰："秦公其如予何？"又曰："秦若使三百人被发，以朱丝绕树，赭衣，灰坌伐汝③，汝得不困耶？"神寂无言。明日，病人语所闻。公于是令人皆衣赭，随斫创，坌以灰。树断，中有一青牛出，走入丰水中④。其后，青牛出丰水中，使骑击之，不胜。

有骑堕地,复上,髻解,被发,牛畏之,乃入水,不敢出。故秦自是置旄头骑⑤。

【注释】

①武都:地名。今甘肃武都一带地区。汉武帝元鼎六年(前111)置郡,郡治武都道,故城在今甘肃礼县南。故道:县名。秦置,县治故城在今陕西凤县双石铺乡,属陇西郡,汉武帝置武都郡后以故道县属之。

②秦文公二十七年:前739年。秦文公,春秋初秦国的君主,前765—前716年在位,共在位五十年。秦文公时,秦国伐戎初胜,领地扩展到岐山以西,为秦国的发展奠定了基础。

③灰坌(bèn):灰尘飞扬。

④丰水:水名。发源于陕西西安鄠邑区,东南流入渭。

⑤旄头骑:古代皇帝仪仗中一种担任先驱的骑兵。

【译文】

秦代时武都郡故道县有个怒特祠,祠上长着一棵梓树。秦文公二十七年,派人伐树,一砍总有大风雨,树上被砍的口子跟着就合上了,一整天都砍不断。秦文公于是增派士卒,拿斧子的达到四十人,还是砍不断。士兵疲惫,回去休息。其中有一个人脚受伤了,不能行走,躺在树下,听到鬼对树神说:"打仗累了吧?"其中一人说:"哪里谈得上劳累。"鬼又说:"秦公一定不会罢休,怎么办?"树神回答说:"秦公能把我怎么样呢?"鬼说:"秦公如果派三百人披散着头发,用朱丝缠绕树干,穿上红色的衣服,边撒灰边砍你,你能不被困住吗?"树神沉寂无言。第二天,受伤的士卒说了他所听到的。秦文公于是派人都穿上红色的衣服,一边砍树一边往砍开的口子上撒灰。树被砍断,树中有一头青牛出来,跑进了丰水中。后来,青牛从丰水中出来,秦文公派骑兵攻击它,不能取胜。有一个骑兵掉到地上,又骑上马,发髻掉了,头发披散,青牛害怕他，便逃入水中，不敢再出来。所以秦国从此开始设置"旄头骑"。

树神黄祖

庐江龙舒县陆亭流水边①，有一大树，高数十丈，常有黄鸟数千枚巢其上。时久旱，长老共相谓曰："彼树常有黄气，或有神灵，可以祈雨。"因以酒脯往。亭中有寡妇李宪者，夜起，室中忽见一妇人，着绣衣，自称曰："我，树神黄祖也，能兴云雨。以汝性洁，佐汝为生。朝来父老皆欲祈雨，吾已求之于帝，明日日中大雨。"至期果雨。遂为立祠。神谓宪曰："诸卿在此，吾居近水，当致少鲤鱼。"言讫，有鲤鱼数十头飞集堂下，坐者莫不惊悚。如此岁余，神曰："将有大兵，今辞汝去。"留一玉环，曰："持此可以避难。"后刘表、袁术相攻②，龙舒之民皆徙去，唯宪里不被兵。

【注释】

①龙舒县：即今安徽舒城。

②刘表：山阳郡高平人，汉室宗亲，任荆州牧，故又称为"刘荆州"，为汉末群雄之一。袁术：字公路，汝南汝阳（今河南商正县西北）人。袁绍的弟弟。董卓之乱后，与袁绍、曹操同时起兵讨伐董卓。后割据扬州，于建安二年（197）僭称天子，建号仲氏。后被吕布、曹操所败，于建安四年（199）呕血而死。

【译文】

庐江郡龙舒县陆亭河水边，有一棵大树高几十丈，经常有几千只黄鸟在上面筑巢。当时天旱很久，老年人相互商量说："那树上经常有黄色的烟气，或许它有神灵，可以向它求雨。"于是拿着酒肉到那里。陆亭有个寡妇叫李宪，晚上起来，在房间里忽然看见一个妇人，穿着绣花衣，自称说："我是树神黄祖，能够兴云作雨。因为你生性洁净，我辅助你生活。早上来的父老都想祈雨，我已经向天帝请求，明天中午下大雨。"到时果然下起了大雨。人们于是为树神黄祖建立了祠庙。树神对李宪说："诸位父老在这里，我住的地方接近河水，应当送一些鲤鱼来。"话刚说完，有几十条鲤鱼飞来聚集在堂屋下，在座的人没有不感到震惊的。这样过了一年多，树神说："将要有大的战争，现在向你告辞离开。"她留下一只玉环，说："拿着这只玉环可以避免灾难。"后来刘表、袁术相互攻伐，龙舒县的百姓都迁走了，只李宪住的乡里没有遭受兵乱之害。

张辽除树怪

魏桂阳太守江夏张辽①，字叔高，去鄢陵②，家居买田。田中有大树，十余围，枝叶扶疏，盖地数亩，不生谷。遣客伐之，斧数下，有赤汁六七斗出。客惊怖，归白叔高。叔高大怒曰："树老汁赤，如何得怪！"因自严行复斫之，血大流洒。叔高使先斫其枝，上有一空处，见白头公，可长四五尺，突出，往赴叔高。高以刀逆格之。如此凡杀四五头，并死。左右皆惊怖伏地，叔高神虑怡然如旧。徐熟视，非人，非兽。遂伐其木。此所谓木石之怪夔蝄蜽者乎③？是岁应司空辟侍御史、兖州刺史。以二千石之尊过乡里④，荐祝祖考，白日绣衣荣羡⑤，竟无他怪。

【注释】

①桂阳：古郡名。郡治在今湖南郴州。

②鄢陵：古地名。在今河南鄢陵西北。

③蝄蜽（wǎng liǎng）：古代传说中的山川精怪，鬼怪。

④二千石：郡守的俸禄。用以指代郡守。

⑤白日绣衣：即衣锦昼行。旧时比喻有了功名富贵后夸耀乡里。

【译文】

魏桂阳太守江夏人张辽，字叔高，到鄢陵居家置买田地。田里有一棵大树，树干粗十多围，枝叶繁茂，遮盖了好几亩田地，地里不长庄稼。他派门客去砍伐，砍了几下，有红色的汁液六七斗流出来。门客非常害怕，回去禀告张辽。张辽大怒："树老了汁液是红色的，有什么可奇怪的！"于是他自己整理装束又去砍树。树的血汁到处流淌。张辽让人先砍树枝，树上有一个空洞，看见一个白头公公，身长大约四五尺，突然跳出来跑向张辽。张辽用刀迎接与他搏斗。像这样一共杀了四五个，都死了。左右的人都吓得趴在地上，张辽神色安详和平常一样。他慢慢仔细观察，不是人，也不是野兽。于是把那树砍掉了。这就是人们所说的木石的精怪夔或蝄蜽吗？这一年张辽应司空的荐举做了侍御史、兖州刺史。他以郡守的尊贵身份访问家乡，祭祀祖宗，身穿五彩绣衣显耀荣盛，始终再没出现其他的怪物。

陆敬叔烹彭侯

吴先主时，陆敬叔为建安太守①。使人伐大樟树，不数斧，忽有血出。树断，有物，人面狗身，从树中出。敬叔曰："此名彭侯。"乃烹食之，其味如狗。《白泽图》曰②："木之精名彭侯，状如黑狗，无尾，可烹食之。"

【注释】

①建安：古郡名。郡治在今福建建瓯。

②《白泽图》：一部记载山川草木精怪之状貌以及避忌、劾制之术的古书，至宋代已亡佚。

【译文】

吴先主孙权时期,陆敬叔任建安太守。他派人砍伐大樟树,没砍上几斧头,忽然有血流出。树被砍断后,有个怪物,人面狗身,从树里出来。陆敬叔说:"这种怪物叫彭侯。"于是把它煮了吃,它的味道像狗。《白泽图》记载说:"树木的精怪名叫彭侯,形状像黑狗,没有尾巴,可以煮了吃。"

船自飞下水

吴时有梓树巨围,叶广丈余,垂柯数亩。吴王伐树作船,使童男女三十人牵挽之。船自飞下水,男女皆溺死。至今潭中时有唱唤督进之音也①。

【注释】

①唱唤督进之音:指通过一人领唱、众人应和的歌唱方式统一用力节奏和步伐的劳动号子。

【译文】

三国吴时有一棵树围巨大的梓树,树叶宽一丈多,垂下的枝条占地数亩。吴王砍伐这棵树来造船,派三十个男女儿童来拉船。船自行飞进水里,男女儿童都淹死了。至今潭水中经常有唱和催进的拉船号子声。

董仲舒戏老狸

董仲舒下帷讲诵①,有客来诣,舒知其非常。客又云:"欲雨。"舒戏之曰:"巢居知风,穴居知雨。卿非狐狸,则是鼷鼠②。"客遂化为老狸。

【注释】

①董仲舒：西汉早期儒学思想家，其"天人感应"的思想把儒学推上了神学化之路。汉景帝时因精通《公羊学》任博士，汉武帝采纳了他"罢黜百家，独尊儒术"的主张，儒学自此正式成为官方的统治思想。下帷：放下室内悬挂的帷幕。指教书。

②鼷（xī）鼠：鼠类最小的一种。古人以为有毒，啮人畜至死不觉痛，故又称甘口鼠。

【译文】

董仲舒教书讲经诵读，有一位客人来拜访，董仲舒知道他不同寻常。客人又说："要下雨了。"董仲舒开玩笑说："住在鸟巢里的知道刮不刮风，住在洞穴里的知道下不下雨。你不是狐狸，就是鼷鼠。"客人于是变成了一只老狐狸。

张华擒狐魅

张华字茂先，晋惠帝时为司空①。于时燕昭王墓前有一斑狐②，积年，能为变幻。乃变作一书生，欲诣张公。过问墓前华表曰："以我才貌，可得见张司空否？"华表曰："子之妙解，无为不可。但张公智度，恐难笼络。出必遇辱，殆不得返。非但丧子千岁之质，亦当深误老表。"狐不从，乃持刺谒华。华见其总角风流③，洁白如玉，举动容止，顾盼生姿，雅重之。于是论及文章，辨校声实，华未尝闻。比复商略三史④，探赜百家⑤，谈老、庄之奥区，披《风》、《雅》之绝旨，包十圣，贯三才⑥，箴八儒，摘五礼⑦，华无不应声屈滞⑧。乃叹曰："天下岂有此年少！若非鬼魅则是狐狸。"乃扫榻延留，留人防护。此生乃曰："明公当尊贤容众⑨，嘉善而矜不能。奈何憎人学问？墨子兼爱，其若是耶？"言卒，便求退。华已使人防门，不得出。既而又谓华曰："公门置甲兵栏骑，当是致疑于仆也。将恐天下之人卷舌而不言，智谋之士望门而不进。深为明公惜之。"华不应，而使人防御甚严。时丰城令雷焕⑩，字孔章，博物士也，来访华。华以书生白之。孔章曰："若疑之，何不呼猎犬试之?"乃命犬以试，竟无惮色。狐曰："我天生才智，反以为妖，以犬试我，遮莫千试万虑⑪，其能为患乎?"华闻，益怒，曰："此必真妖也。闻魑魅忌狗⑫，所别者数百年物耳，千年老精，不能复别。惟得千年枯木照之，则形立见。"孔章曰："千年神木，何由可得?"华曰："世传燕昭王墓前华表木已经千年。"乃遣人伐华表。使人欲至木所，忽空中有一青衣小儿来，问使曰："君何来也?"使曰："张司空有一年少来谒，多才巧辞，疑是妖魅。使我取华表照之。"青衣曰："老狐不智，不听我言，今日祸已及我，其可逃乎?"乃发声而泣，倏然不见。使乃伐其木，血流。便将木归，燃之以照书生，乃一斑狐。华曰："此二物不值我，千年不可复得。"乃烹之。

【注释】

①晋惠帝：西晋皇帝司马衷，晋武帝司马炎第二子。晋惠帝在位18
　　年（290—307），因昏庸无能，成为多人傀儡。

②燕昭王：战国时燕国国君。燕王哙之乱导致齐国破燕，燕昭王继
　　位后复兴燕国。

③总角：古时儿童束发为两结，向上分开，形状如角，故称总角。借
　　以指代儿童少年。

④三史：魏晋南北朝以《史记》、《汉书》、《东观汉记》为三史。

⑤探赜(zé)：探求。

⑥三才：指天、地、人。

⑦摘(zhāi)：指责。五礼：古代的五种礼制。即吉礼、凶礼、军礼、宾礼、嘉礼。这里指代各种礼法。

⑧屈滞：形容语言艰涩。

⑨明公：旧时对有名位者的尊称。

⑩丰城：县名。即今江西丰城。

⑪遮莫：任凭，只管。

⑫魑魅(chī mèi)：古代指能害人的山泽神怪，亦泛指鬼怪。

【译文】

张华字茂先，晋惠帝时任司空。那时候燕昭王墓前有一只毛色斑驳的狐狸，年岁很久，能够变化，它就变成一名书生，想去拜见张华。它问墓前的华表说："凭我的才貌，能不能去会见张司空呢？"华表说："你能言善辩，没有什么不能做的。但张公明智而博学，恐怕你难以掌握。你去必定遭到侮辱，大概就回不来了。不但要丧失你千年修炼的本体，还会连累我深受灾祸。"狐狸不听它的话，于是拿着名帖拜见张华。张华看他年轻才俊，肤色洁白如玉，举止神情优雅动人，十分看重他。于是和他谈及文辞篇章，辩论考察名实关系，张华从未听过那样的言论。接着评论前朝历史，探寻诸子百家的精义，谈论老、庄深奥的地方，揭示《风》、《雅》绝妙的义旨，总结古代圣贤之道，贯通天文地理人事，规诫各派儒学，指责各种礼法，张华总是无法应答，张口结舌。张华长叹道："天下哪有这样的少年！如果不是鬼魅，就一定是狐狸精。"于是打扫坐榻请他留下，安排人加以防守。这个书生于是说："您应该尊重贤士，包容众人，嘉奖人才而同情弱者，怎么能忌恨别人有学问呢？墨子主张的兼爱，难道是这样的吗？"说完，便要求告辞。张华已经派人守门，不能出去。过了一会儿又对张华说："您门口设置兵士武器，定是对我有怀疑了。我担心天下的人将卷起舌头不说话，有智谋的人望着你的门不敢走进。我深感惋惜。"张华不回答,却让人守得更严密了。这时丰城县令雷焕,字孔章,是个知识渊博的人,来拜访张华。张华把书生的事情告诉他。雷焕说:"如果怀疑他,为什么不让猎狗去试试他呢?"于是张华叫人唤猎狗来试,狐狸竟然没有一点害怕的神色。狐狸说:"我天生才智,你反而认为是妖怪,用狗来试我。任凭千试万试,难道能够伤害我吗?"张华听说后,更加生气,说:"这一定是真妖怪。听说鬼怪忌惮狗,但狗只能识别几百年的怪物,千年的老精怪,狗是不能识别的;只有用那千年的枯木照它,就会立刻显现原形。"雷焕说:"千年的神木,到哪里才能得到呢?"张华说:"世人传言燕昭王墓前的华表木已经千年了。"于是派人去砍华表。派去的人到华表木那里,忽然从空中降下一个穿青衣的小孩,问使者:"您来做什么?"使者说:"张司空那里有一个少年来拜访,多才善辩,怀疑他是妖精。派我来砍取华表木照他。"青衣小孩说:"老狐狸不明智,不听我的话,今天连累到我,怎么能够逃掉呢?"于是放声大哭,一下子不见了。使者于是砍伐那华表木,木里流出血来。于是把华表木拿回去,点燃它用来照书生,竟然是一只斑狐。张华说:"这两个怪物不遇上我,千年之内都不能擒获。"于是就烹杀了狐狸。

吴兴老狸

晋时,吴兴一人有二男①,田中作时,尝见父来骂詈赶打之②。儿以告母,母问其父,父大惊,知是鬼魅,便令儿斫之。鬼便寂不复往。父忧恐儿为鬼所困,便自往看。儿谓是鬼,便杀而埋之。鬼便遂归,作其父形,且语其家,二儿已杀妖矣。儿暮归,共相庆贺,积年不觉。后有一法师过其家,语二儿云:"君尊侯有大邪气。"儿以白父,父大怒。儿出以语师,令速去。师遂作声入,父即成大老狸,入床下,遂擒杀之。向所杀者,乃真父也。改殡治服。一儿遂自杀,一儿忿懊,亦死。

【注释】

①吴兴：古郡名,郡治今浙江湖州。

②骂詈(lì)：骂,斥骂。多用作书面语。

【译文】

晋朝的时候,吴兴郡一个人有两个儿子,他们在田中干活时,经常看见父亲来打骂他们。儿子把这事告诉母亲,母亲去问父亲,父亲非常吃惊,知道是鬼魅,就吩咐儿子杀死它。鬼怪便寂无声息不再到地里去了。父亲担心儿子被鬼怪困扰,就亲自到田里去看。儿子以为是鬼,便把他杀了埋掉。鬼怪于是回到家里,变成父亲的模样,而且告诉家人,两个儿子已经杀死妖怪了。儿子傍晚回来,一家人共同庆贺,过了几年都没有发觉。后来有一个法师拜访他家,对两个儿子说："你们父亲的气色有很重的邪气。"儿子把这事告诉父亲,父亲非常生气。儿子出来告诉法师,让他赶紧离开。法师于是念着咒语进屋,父亲立刻变成了一只大狐狸,钻到了床下,于是把它捉住杀了。当初杀的,是他们真正的父亲。给父亲改葬办理丧事。一个儿子因此自杀,另一个儿子气愤懊悔,也死了。

句容狸婢

句容县麋村民黄审于田中耕①,有一妇人过其田,自畦上度②,从东适下而复还。审初谓是人,日日如此,意甚怪之。审因问曰："妇数从何来也?"妇人少住,但笑而不言,便去。审愈疑之。预以长镰伺其还,未敢斫妇,但斫所随婢。妇化为狸走去。视婢,乃狸尾耳。审追之,不及。后人有见此狸出坑头,掘之,无复尾焉。

【注释】

①句容：县名，属丹阳郡。即今江苏句容。

②塍（chéng）：田埂。

【译文】

句容县麋村人黄审在田里耕作，有一个妇女经过他家的地，从田埂上走过，从东边刚刚下就又回来。黄审开始以为是人，见她天天这样，心里觉得十分奇怪。黄审于是问她："夫人屡次从哪里来的？"妇人停了一下，只是笑笑，没有说话，就离开了。黄审越发怀疑她了。他预先准备了长镰等她回来，他没敢砍那妇人，只是砍了跟在她后面的婢女。那妇人变成狐狸逃跑了。看那婢女，竟然是狐狸尾巴。黄审追赶狐狸，没有追上。后来有人看见这只狐狸从坑洞里露出头，就去挖坑洞，挖出的狐狸没有尾巴。

刘伯祖与狸神

博陵刘伯祖为河东太守①，所止承尘上有神②，能语，常呼伯祖与语。及京师诏书诰下消息，辄预告伯祖。伯祖问其所食啖，欲得羊肝。乃买羊肝，于前切之，腐随刀不见。尽两羊肝，忽有一老狸，眇眇在案前③。持刀者欲举刀斫之，伯祖呵止。自着承尘上，须臾大笑曰："向者啖羊肝，醉忽失形，与府君相见，大惭愧。"后伯祖当为司隶④，神复先语伯祖曰："某月某日，诏书当到。"至期，如言。及入司隶府，神随遂在承尘上，辄言省内事。伯祖大恐怖，谓神曰："今职在刺举，若左右贵人闻神在此，因以相害。"神答曰："诚如府君所虑。当相舍去。"遂即无声。

【注释】

①博陵：古郡名。郡治在今河北蠡县。

②承尘：指藻井，天花板。

③眇眇（miǎo）：模糊不清。眇，眼睛小，目盲。

④司隶：官名。负责察举百官及京师近郡违法犯罪的人。

【译文】

博陵郡的刘伯祖任河东太守，所居住房屋的天花板上有个神，会说话，经常呼唤刘伯祖和他说话。每当京城有诏书文诰传送消息，总是预先告诉刘伯祖。刘伯祖问他喜欢吃些什么，说是想吃羊肝。刘伯祖于是买来羊肝，叫人在自己面前切碎，随着刀切下肉就不见了。吃完两副羊肝，忽然有一只老狐狸模模糊糊地出现在案桌前。拿刀的人想举刀砍狐狸，刘伯祖呵止了他。狐狸自己爬上天花板，过了一会儿大笑着说道："刚才吃羊肝，醉了一下子显了原形，让您看见，非常惭愧。"后来刘伯祖做了司隶。狐神又先给刘伯祖说："某月某日，诏书就送到了。"到时候果然像它说的。等刘伯祖到司隶府时，狐神也跟着住到了天花板上，经常说皇宫禁地里的事情。刘伯祖非常害怕，对狐神说："现在我的职责是察举百官，如果皇上左右显贵的人听说有神在我这里，就会因此加害于我。"狐神回答说："确实像您所担心的。我会离开这里。"于是就没了声息。

山魅阿紫

后汉建安中，沛国郡陈羡为西海都尉①。其部曲王灵孝无故逃去②，羡欲杀之。居无何，孝复逃走。羡久不见，囚其妇，妇以实对。羡曰："是必魅将去，当求之。"因将步骑数十，领猎犬，周旋于城外求索，果见孝于空冢中。闻人犬声，怪遂避去。羡使人扶孝以归，其形颇象狐矣，略不复与人相应，但啼呼"阿紫"。阿紫，狐字也。后十余日，乃稍稍了悟。云："狐始来时，于屋曲角鸡栖间，作好妇形，自称阿紫，招我。如此非一。忽然便随去，即为妻，暮辄与共还其家，遇狗不觉。"云乐无比也。道士云："此山魅也。"《名山记》曰："狐者，先古之淫妇也，其名曰阿紫，化而为狐，故其怪多自称阿紫。"

【注释】

①沛国：郡国名。刘邦建汉后，把家乡泗水郡改为沛郡，治所相县（今安徽濉溪），东汉改郡为国，三国魏移治沛县（今江苏沛县）。西海都尉：汉代无西海都尉一职，故汪绍盈先生疑"海"当为"河"之误。

②部曲：古代军队编制单位。大将军营五部，校尉一人；部有曲，曲有军候一人。

【译文】

后汉建安年间，沛国郡人陈羡任西海都尉。他的部下王灵孝无缘无故逃跑，陈羡想杀他。过了不久，王灵孝再次逃跑。陈羡长时间不见他回来，就拘押了他的妻子，他的妻子报告了实情。陈羡说："这一定是鬼魅带走了，应该去找他。"于是带领步兵骑兵几十人，带着猎犬，在城外来来回回地寻找，果然发现王灵孝在一座空坟里。听见人声狗声，鬼怪就躲避逃走了。陈羡派人扶着王灵孝回来，他的样子已经很像狐狸了。一点也不再和人交流，只是哭喊"阿紫"。阿紫是狐狸的名字。过了十多天，才稍稍有些清醒。他说："狐狸开始来的时候，在屋子角落鸡栖息的地方，变成了漂亮女人的样子，自称是阿紫，招引我。像这样不止一次。忽然有一次就跟着她去了，她就做了我的妻子，晚上总是一起回到她家，遇见狗也不觉醒。"说是快乐无比。道士说："这是山中鬼魅。"《名山记》记载说："狐狸，是上古的淫妇变的，她的名字叫阿紫，变成狐狸，所以狐狸精常自称阿紫。"

宋大贤杀狐

南阳西郊有一亭①，人不可止，止则有祸。邑人宋大贤以正道自处，尝宿亭楼，夜坐鼓琴，不设兵仗。至夜半时，忽有鬼来登梯，与大贤语，眙目磋齿②，形貌可恶。大贤鼓琴如故。鬼乃去，于市中取死人头来，还语大贤曰："宁可少睡耶？"因以死人头投大贤前。大贤曰："甚佳！吾暮卧无枕，正欲得此。"鬼复去，良久乃还，曰："宁可共手搏耶？"大贤曰："善。"语未竟，鬼在前，大贤便逆捉其腰。鬼但急言死，大贤遂杀之。明日视之，乃老狐也。自是亭舍更无妖怪。

【注释】

①南阳：郡名。秦置，汉时沿置，属荆州部，郡治宛县(今河南南阳)。

②眙(chēng)目：瞪眼。

【译文】

南阳西郊有一座亭，人不能在那里止宿，止宿就会遇到灾祸。当地人宋大贤以正道立身处世，他曾经在亭楼住宿，晚上坐着弹琴，没有准备兵器。到半夜时，忽然有个鬼登上楼梯，跟宋大贤说话，它瞪着眼睛，磨着牙齿，形貌很可怕。宋大贤仍旧弹琴。鬼于是离开了，到街市上拿来一个死人头，回来对宋大贤说："可以稍微睡一会儿吗？"于是把死人头扔到宋大贤面前，宋大贤说："很好！我晚上睡觉没有枕头，正想得到这个呢。"鬼又离开，很久才回来，说："可以一起搏斗吗？"宋大贤说："好。"话没说完，鬼来到面前，宋大贤就迎上去抓住它的腰。鬼只是急急忙忙地说死，宋大贤于是就杀了它。第二天看它，竟是一只老狐狸。

从此亭舍再也没有妖怪了。

郅伯夷击魅

北部督邮西平郅伯夷①,年三十许,大有才决,长沙太守郅君章孙也。日晡时②,到亭,敕前导入且止③。录事掾白④:"今尚早,可至前亭。"曰:"欲作文书。"便留,吏卒惶怖,言当解去⑤。传云:"督邮欲于楼上观望,亟扫除。"须臾,便上。未暝,楼镫阶下复有火⑥。敕云:"我思道,不可见火,灭去。"吏知必有变,当用赴照,但藏置壶中。日既暝,整服坐,诵《六甲》《孝经》《易》本讫⑦,卧。有顷,更转东首,以帻巾结两足⑧,帻冠之,密拔剑解带。夜时,有正黑者四五尺,稍高,走至柱屋,因覆伯夷。伯夷持被掩之,足跣脱,几失,再三,以剑带击魅脚,呼下火上,照视之,老狐,正赤,略无衣毛。持下烧杀。明旦,发楼屋,得所髡人髻百余⑨。因此遂绝。

【注释】

①督邮:官名。郡守的重要属吏,代表太守督察县乡,宣达教令,兼司狱讼捕亡。西平:郡名。东汉建安年间分金城郡置。治所在西都(今青海西宁)。辖境相当于今青海湟源、乐都间湟水流域地。
②晡(bū):申时,即下午三点至五点。
③前导:我国古代官吏出行时前列的仪仗。
④录事掾(yuàn):官名,指掌管文书记事的佐史。掾,官府中佐助官吏的通称。
⑤解:禳除,向鬼神祈祷消灾。

⑥镫(dēng)：膏镫。也称锭、钉、烛豆、烛盘。古代照明用具。青铜制，上有盘，中有柱，下有底。或有三足及柄。盘所以盛膏，或中有锥供插烛。

⑦《六甲》：书名。讲述道家的遁甲之术。

⑧帤巾：大巾。

⑨髡(kūn)：剃去毛发。

【译文】

北部督邮西平郡人郅伯夷，年纪三十多岁，非常有才而且果断，是长沙太守郅君章的孙子。一天申时来到一个亭前，命令前面的仪仗人员进入亭中并住下来。录事掾说："现在天还早，可到前面的亭去。"郅伯夷说："我想写文书。"便留了下来。吏卒十分惶恐，说应当祈祷消灾。郅伯夷传令说："督邮想到楼上看看，立即打扫。"一会儿他就上去了。天没黑，楼上的膏镫和楼梯下面都有灯火。郅伯夷下令说："我要思考道的问题，不能看见火光，把灯灭了。"官吏知道一定会有变故，要用灯火去照明，只是把它们藏在壶里。天已经黑了，郅伯夷整理服装坐下，诵读《六甲》、《孝经》、《易》等完毕，躺下了。过了一会儿，改换到床东头，他用大布巾扎了两只脚，戴上头巾帽子，悄悄拔出宝剑解开腰带。夜里，有个很黑的四五尺的东西，渐渐长高，走到正屋，就扑来抓郅伯夷。郅伯夷拿被蒙上它，他脚上包的布巾脱落，光着脚，几乎让它逃掉，反复了几次。他用宝剑腰带打妖魅的脚，呼喊下面的灯火上楼，照亮看它，是一只老狐狸，颜色很红，没有一点毛。把它拿下去烧死了。第二天早晨，打开楼上房间，找到了妖魅剃下的人的头发一百多个。从此这里的妖怪就绝迹了。

狐博士讲书

吴中有一书生①，皓首，称胡博士，教授诸生。忽复不见。九月初九日，士人相与登山游观，闻讲书声，命仆寻之。见空冢中群狐罗列，见人即走。老狐独不去，乃是皓首书生。

【注释】

①吴中：今江苏苏州吴中区一带。亦泛指吴地。

【译文】

吴地有一个书生，白头发，自称胡博士，教授学生。忽然有一天他不见了。九月初九这一天，士人相邀登山游览，听见胡博士讲学的声音；叫仆人寻找他。看见一座空坟中排列着一群狐狸，见有人来立即逃跑了。只有一只老狐狸没有离开，正是那个白头书生。

谢鲲捉鹿怪

陈郡谢鲲谢病去职①，避地于豫章②。尝行经空亭中，夜宿。此亭旧每杀人。夜四更，有一黄衣人呼鲲字云："幼舆，可开户。"鲲澹然无惧色③，令申臂于窗中④。于是授腕。鲲即极力而牵之，其臂遂脱，乃还去。明日看，乃鹿臂也。寻血取获。尔后此亭无复妖怪。

【注释】

①陈郡：郡名，秦置。汉初属楚，后高祖时置淮阳国，后屡除为郡，汉宣帝复置淮阳国，治所在陈县，即今河南淮阳。谢鲲：字幼舆，晋人，官至振威将军、豫章太守。永兴年间，他曾因政事混乱而称病辞职。《晋书》有传。

②避地：指迁地以避灾祸。也指避世隐居。

③澹然：镇定的样子。

④申：同"伸"。

【译文】

陈郡人谢鲲称病辞职，避祸移居到豫章。他曾经赶路经过一座空驿亭，晚上就住下了。这座空亭过去经常有人被杀。半夜四更时，有一个黄衣人喊着谢鲲的字说："幼舆，应该打开门。"谢鲲很镇定没有一点害怕的神色，让他把胳膊从窗户伸进来。于是黄衣人把手腕伸给他。谢鲲用尽全力拉住它，黄衣人的胳膊被拉断了他才逃走。第二天察看，竟然是鹿的前腿。顺着血迹抓住了它。从那以后这座驿亭不再有妖怪了。

猪臂金铃

晋有一士人姓王，家在吴郡①。还至曲阿②，日暮，引船上当大埭③。见埭上有一女子，年十七八，便呼之，留宿。至晓，解金铃系其臂，使人随至家，都无女人。因逼猪栏中，见母猪臂有金铃。

【注释】

①吴郡：古郡名，郡治在今江苏苏州。

②曲阿：古县名，故城即今江苏丹阳。

③埭(dài)：堵水的土坝。古时于水浅不利行船处，筑土遏水，两岸树立转轴，遇有船过，以缆系船，用人或畜力挽之而渡。

【译文】

晋朝时有一个士人姓王，家在吴郡。他回家时走到曲阿，天黑了，就拉船上来靠着大堤。他看见大堤上有一个女子，年纪十七八岁，就喊她，留她住宿。到天明时，他解下一只金铃系在女子的手臂上，派人跟着她回到家，没有发现一个女人。于是靠近猪圈，看见母猪前腿上系有金铃。

高山君

汉齐人梁文好道,其家有神祠,建室三四间,座上施皂帐①,常在其中,积十数年。后因祀事,帐中忽有人语,自呼"高山君"。大能饮食,治病有验,文奉事甚肃。积数年,得进其帐中。神醉,文乃乞得奉见颜色。谓文曰:"授手来。"文纳手,得捋其颐②,髯须甚长。文渐绕手,卒然引之,而闻作羊声。座中惊起,助文引之,乃袁公路家羊也③。失之七八年,不知所在。杀之,乃绝。

【注释】

①皂(zào):黑色。

②捋(luō):顺摸。

③袁公路:即袁术,字公路,袁绍的弟弟。董卓之乱后,与袁绍、曹操同时起兵讨伐董卓。后割据扬州,于建安二年(197)僭称天子,建号仲氏。后被吕布、曹操所败,于建安四年(199)呕血而死。

【译文】

汉代时齐地人梁文喜欢方术,他家设有神祠,修建了三四间房子,神座上张设黑色的帷帐,神像经常罩在里面,过了十几年。后来因为祭祀的事情,帷帐中忽然有人说话,自称"高山君"。高山君很能吃东西,治病很灵验,梁文侍奉十分恭谨。过了几年,梁文被允许进入帷帐。高山君喝醉了,梁文于是乞求能够瞻仰他的容颜。高山君对梁文说:"伸过手来。"梁文伸出手,能够摸到他的下巴,胡须很长。梁文慢慢把胡须绕在手上,突然一拉,就听见发出羊叫声。在座的人吃惊地站起来,帮助梁文将其拉出来,竟然是袁术家的羊。这只羊丢失七八年,一直不知道跑到哪里去了。杀了这只羊，神迹就断绝了。

田琰杀狗魅

北平田琰居母丧①，恒处庐②。向一期，夜忽入妇室。密怪之，曰："君在毁灭之地③，幸可不甘④。"琰不听而合。后琰暂入，不与妇语。妇怪无言，并以前事责之。琰知鬼魅。临暮竟未眠，衰服挂庐⑤。须臾，见一白狗，攫衔衰服，因变为人，着而入。琰随后逐之，见犬将升妇床，便打杀之。妇羞愧而死。

【注释】

①北平：郡名。秦汉时为右北平郡，西晋改置，郡治徐无（今河北遵化市遵化镇东），北魏时废置。

②庐：古人为守丧而构筑在墓旁的小屋。

③毁灭之地：指居母丧哀毁。

④幸可不甘：明本《太平广记》作"岂可如此"。

⑤衰（cuī）服：丧服。

【译文】

北平郡田琰给母亲守丧，一直住在墓庐里。将近一年的时候，有一天夜里他忽然走进妻子的房间，妻子悄悄责怪他说："您现在居丧哀毁，希望允许我不这样做。"田琰不听劝告和她同床。后来田琰临时回家，不和妻子说话。妻子奇怪他不说话，并且拿以前的事情来责怪他。田琰知道那是鬼魅。到了晚上始终睡不着，把丧服挂在墓庐里。突然看见一条白狗，抓取丧服衔起，于是变成了人，穿上丧服进家了。田琰跟在后面追赶，看见狗将要上妻子的床，就打死了它。他的妻子羞愧而死。

沽酒家老狗

司空南阳来季德停丧在殡^①，忽然见形坐祭床上^②，颜色服饰声气，熟是也。孙儿妇女，以次教戒，事有条贯^③。鞭朴奴婢，皆得其过。饮食既绝，辞诀而去。家人大小，哀割断绝。如是数年，家益厌苦。其后饮酒过多，醉而形露，但得老狗，便共打杀。因推问之，则里中沽酒家狗也。

【注释】

①来季德：即来艳，东汉灵帝时由太常任司空。停丧：人死后殡而不葬。古代葬俗，死者停丧三年后，择吉日而葬。

②祭床：摆设祭品的几案。

③条贯：条理。

【译文】

司空南阳人来季德死后殡殓待葬，忽然显形坐在祭床上，模样服饰、声音气息，都是熟悉的样子。孙儿媳妇，依次教导训诫，事情做得很有条理。鞭打惩罚奴仆婢女，都适合他们的过错。吃喝结束，告别离开。家里的大人小孩，都不再哀伤。像这样好几年，家里人感到厌烦苦恼。后来他喝酒过多，醉得露出原形，只是一只老狗。就一齐把它打死了。追寻查问狗的来源，原来是里巷里卖酒人家的狗。

黑帻白衣吏

山阳王瑚^①，字孟瑎，为东海兰陵尉^②。夜半时，辄有黑帻白单衣吏诣县叩阁^③。迎之，则忽然不见。如是数年。后伺之，见一老狗，黑头白躯犹故，至阁，便为人。以白孟瑎，杀之乃绝。

【注释】

①山阳:郡、国名。汉景帝封梁王武之子刘定为山阳王,分梁国东部数县置山阳国,国都为昌邑县(县治在今山东巨野南)。刘定死后,国除为郡。汉武帝天汉四年(前97),封皇子刘髆为昌邑王,以山阳郡置昌邑国。汉昭帝元平元年(前74),昌邑国除为山阳郡。后屡次改制,至隋乃废。

②东海:古郡名。秦置。楚汉之际也称郯郡。治所在郯(今山东郯城北)。西汉辖境相当于今山东费县、临沂、江苏赣榆以南,山东枣庄、江苏邳州以东和江苏宿迁、灌南以北地区。兰陵:古县名,县治在今山东兰陵县西南兰陵镇。

③阁:官署名。这里指县府。

【译文】

山阳人王瑚,字孟琏,任东海郡兰陵县县尉。半夜时分,总有一个戴黑头巾穿白单衣的官吏到县府来敲门。开门迎接,却又突然不见了。像这样过了好几年。后来人们守候他,看见一只老狗,黑头白身子像原来一样,到了县府就变成了人。守候的人把这件事报告给王瑚,杀了这条狗妖怪才绝迹。

李叔坚见怪不怪

桂阳太守李叔坚为从事①,家有犬,人行。家人言:"当杀之。"叔坚曰:"犬马喻君子。犬见人行,效之,何伤?"顷之,狗戴叔坚冠走。家大惊。叔坚云:"误触冠缨挂之耳。"狗又于灶前畜火②,家益恇营③。叔坚复云:"儿婢皆在田中,狗助畜火,幸可不烦邻里。此有何恶?"数日,狗自暴死,卒无纤芥之异④。

【注释】

①桂阳:古郡名。郡治在今湖南郴州。

②畜(xù)火:生火。

③怔营:惶恐不安。

④纤芥:细微。

【译文】

桂阳太守李叔坚担任从事一职时,家里有一条狗,像人一样行走。家里人说:"应当杀了它。"李叔坚说:"犬马比喻君子。狗看见人走路,就模仿,有什么妨碍呢?"不久,狗又戴着李叔坚的帽子跑。家里人非常吃惊。叔坚说:"它不小心碰到帽子,帽带挂在它头上罢了。"狗又在灶前生火,家里人更加惶恐不安。李叔坚又说:"孩子仆人都在田里干活,狗帮着生火,正好可以不麻烦邻居。这有什么不好的呢?"过了几天,狗突然死了,李家最终没有发生任何怪异不祥的事情。

苍獭化妇

吴郡无锡有上湖大陂①,陂吏丁初,天每大雨,辄循堤防。春盛雨,初出行塘,日暮回,顾有一妇人,上下青衣,戴青伞,追后呼:"初掾待我②。"初时怅然,意欲留俟之,复疑本不见此,今忽有妇人冒阴雨行,恐必鬼物。初便疾走,顾视妇人,追之亦急。初因急行,走之转远,顾视妇人,乃自投陂中,泛然作声,衣盖飞散。视之,是大苍獭,衣伞皆荷叶也。此獭化为人形,数媚年少者也。

【注释】

①陂(bēi):池塘湖泊。

②掾(yuàn):官府中佐助官吏的通称。

【译文】

吴郡无锡有上湖大塘，管理大塘的官吏丁初，每逢天下大雨，总是要巡察堤岸。一年春天大雨，丁初出去在塘堤上巡行，晚上回来时，看见有一个妇女，全身上下穿着青色的衣服，拿着青色的雨伞，追在后面喊："丁初长官等等我。"丁初当时失意不乐，心想留下等她，又一想原来没有见过她，今天忽然出现个妇人冒雨赶路，恐怕一定是鬼怪。丁初于是赶快跑，回头看那妇人，追得也很急。丁初于是赶快赶路，跑得远了，回头看那妇人，居然自己跳进了大塘，发出哗哗的声音，衣服伞盖飞散开来。看那妇人，是一只大苍獭，衣服伞盖都是荷叶。这只苍獭变成人的样子，多次诱惑年轻人。

王周南克鼠怪

魏齐王芳正始中①，中山王周南为襄邑长②。忽有鼠从穴出，在厅事上语曰："王周南！尔以某月某日当死。"周南急往，不应。鼠还穴。后至期，复出，更冠帻皂衣而语曰："周南！尔日中当死。"亦不应。鼠复入穴。须臾复出，出，复入，转行，数语如前。日适中，鼠复曰："周南！尔不应死，我复何道！"言讫，颠蹶而死，即失衣冠所在。就视之，与常鼠无异。

【注释】

①魏齐王芳：即魏明帝曹叡的养子曹芳。明帝无子，死后由8岁的曹芳即位，由司马懿与大将军曹爽辅政。嘉平元年（249），司马懿以谋反罪诛曹爽及其党羽，独揽曹魏军政大权。嘉平五年（254），曹芳被司马懿之子司马师所废，共在位16年。正始：魏齐王曹芳的年号，240—249年4月。

②中山：郡、国名。汉高祖时置郡，汉景帝时改郡为国。郡治卢奴（今河北定州）。襄邑：古县名。即今河南睢县。

【译文】

　　魏齐王曹芳正始年间，中山郡人王周南任襄邑县长。忽然有只老鼠从地穴中出来，在办公的厅堂上说："王周南！你在某月某日要死。"王周南急忙走过去，不说话。老鼠回到地穴。后来到了这一天，老鼠又出来，改戴头巾穿皂黑衣服说："周南，你中午要死亡。"王周南也不说话。老鼠又回到地穴。过了一会儿又出来，出来又回去，转了几趟，说着和先前一样的话。刚到中午，老鼠又说："周南，你不答应去死，我还说什么呢？"说完，扑倒在地上死了。衣帽立刻不见了。走近去看，和平常老鼠没什么不同。

安阳亭三怪

　　安阳城南有一亭①，夜不可宿，宿辄杀人。书生明术数，乃过宿之。亭民曰："此不可宿。前后宿此，未有活者。"书生曰："无苦也，吾自能谐。"遂住廨舍②。乃端坐诵书，良久乃休。夜半后，有一人，着皂单衣，来往户外，呼亭主。亭主应诺。"见亭中有人耶？"答曰："向者有一书生在此读书，适休，似未寝。"乃喑嗟而去③。须臾，复有一人，冠赤帻者，呼亭主。问答如前，复喑嗟而去。既去，寂然。书生知无来者，即起，诣向者呼处，效呼亭主。亭主亦应诺。复云："亭中有人耶？"亭主答如前。乃问曰："向黑衣来者谁？"曰："北舍母猪也。"又曰："冠赤帻来者谁？"曰："西舍老雄鸡父也。"曰："汝复谁耶？"曰："我是老蝎也。"于是书生密便诵书至明，不敢寐。天明，亭民来视，惊曰："君何得独活？"书生曰：

"促索剑来，吾与卿取魅。"乃握剑至昨夜应处，果得老蝎，大如琵琶，毒长数尺。西舍得老雄鸡父，北舍得老母猪。凡杀三物，亭毒遂静，永无灾横。

【注释】

①安阳：古县名。汉置，晋改名安康，唐至德二年（584）又改称汉阴。即今陕西汉阴。

②廨（xiè）舍：指官府营建的房舍。

③喑（yìn）嗟：低声叹息。

【译文】

安阳城南有一座亭，晚上不能在那里住宿，住宿就会有人被杀。有一个书生懂得术数，经过那里就住了下来。亭里的百姓说："这里不能住宿。前后住在这里的人，没有活下来的。"书生说："没关系，我自己能处理。"于是就住在了亭的客舍里。然后端坐着读书，过了很久才休息。半夜以后，有一个穿黑色单衣的人，来到门外，呼唤亭主，亭主答应。"看见亭中有人吗？"答道："先前有一个书生在这里读书，刚刚休息，好像还没睡着。"门外的人于是低声叹息着离开了。过了一会儿，又有一个人，戴着红色的头巾，呼唤亭主。问答和前面一样，他也低声叹息着离开了。走了之后，静悄悄的。书生知道没人再来了，立即起身到先前呼唤的地方，模仿呼唤亭主，亭主也答应了。书生又说："亭里子有人吗？"亭主答复和先前一样。于是问道："刚才穿黑衣来的是谁？"说："是北屋的母猪。"又问："戴红头巾的是谁？"说："是西屋的老公鸡。"问："你又是谁呢？"说："我是老蝎子。"于是书生悄悄诵书到天明，不敢睡。天亮之后，亭里的百姓来看，惊讶地说："你怎么能独自活下来？"书生说："赶快找剑来，我和你们去捉妖怪。"于是握着剑来到昨夜应答的地方，果然找到了老蝎子，有琵琶那么大，毒刺长好几尺。西屋找到了老公鸡，北屋找到了老母猪。一起杀了这三个怪物，这个亭的毒害就清净了,永远没有灾祸。

汤应斫二怪

吴时,庐陵郡都亭重屋中常有鬼魅[1],宿者辄死。自后使官,莫敢入亭止宿。时丹阳人汤应者[2],大有胆武,使至庐陵,便止亭宿。吏启不可,应不听。迸从者还外,唯持一大刀,独处亭中。至三更竟,忽闻有叩阁者,应遥问:"是谁?"答云:"部郡相闻[3]。"应使进,致词而去。顷间,复有叩阁者如前,曰:"府君相闻[4]。"应复使进,身着皂衣。去后,应谓是人,了无疑也。旋又有叩阁者,云:"部郡、府君相诣。"应乃疑曰:"此夜非时,又部郡、府君不应同行。"知是鬼魅,因持刀迎之。见二人皆盛衣服,俱进。坐毕,府君者便与应谈。谈未竟,而部郡忽起至应背后,应乃回顾,以刀逆击,中之。府君下坐走出,应急追,至亭后墙下及之,斫伤数下,应乃还卧。达曙,将人往寻,见有血迹,皆得之。云称府君者,是一老狶也[5];部郡者,是一老狸也。自是遂绝。

【注释】

① 庐陵:郡名。东汉兴平元年(194),孙策分豫章郡置庐陵郡,治所西昌县(在今江西泰和县城西北)。都亭:都邑中的传舍。秦时立法,十里一亭。郡县治所则置都亭。重屋:高楼。

② 丹阳:郡名,汉武帝建元二年(前141),更秦鄣郡为丹阳郡,郡治宛陵,即今安徽宣城宣州区。

③ 部郡:官名,"部郡国从事史"的省称。据《通典》卷三十二记载:"部郡国从事史,每郡国各一人,汉制也。主督促文书,举非法。"

由此知部郡的职责之一是监督郡守,故下文有云"部郡、府君不
应同行"。

④府君:汉代对郡相、太守的尊称。

⑤狶(xī):猪。

【译文】

三国吴时,庐陵郡治所的都亭高楼中经常有鬼魅,留宿的人总是死
亡。从那之后出使的官员,没有人敢进亭里住宿。当时丹阳人汤应,很
有胆量和武艺,出使到庐陵,就在都亭停歇住宿。亭吏禀告不能住宿,
汤应不听。他叫随从到外面,只拿一把大刀,独自一个人留在亭中。三
更过后,忽然听到有人敲门,汤应远远地问:"这是谁?"回答说:"部郡问
候您。"汤应让进来,致辞问候之后离开了。过了一会儿,又有人像先前
一样来敲门,说:"府君问候您。"汤应又让他进来,身穿黑色的衣服。来
人离开后,汤应认为是人,没有一点怀疑。不久又有人敲门,说:"部郡、
府君拜访您。"汤应于是怀疑说:"这深夜不是拜访的时候,并且部郡、府
君不应该同行。"他知道是鬼魅了,于是拿着刀去迎接。看见两个人都
穿着华丽的衣服,一起进来。坐下之后,自称府君的人就和汤应说话。
话还没有说完,部郡忽然站起来到汤应的背后,汤应于是回头,用刀迎
接袭击,击中了他。府君离开座位跑出去,汤应急忙追赶,到都亭后墙
下追上了,砍伤他好几下,汤应便回屋睡觉。到了天亮,汤应带人前去
寻找,看见有血迹,都找到了。自称府君的,是一头老猪;自称部郡的,
是一只老狐狸。从这以后鬼怪就绝迹了。

卷十九

【题解】

　　降妖除怪仍然是本卷的中心内容。其中最引人注目的是"李寄斩蛇",一条为害一方数年的大蛇,最后居然被一个十多岁的小女孩李寄杀死了。我们在赞叹李寄机智勇敢的同时,不得不感慨官府的无能与无为。另外孔子对于"五酉"的论述也值得重视,"物老则为怪,杀之则已,夫何患焉"一语,十分经典地概括了古人对于精怪的基本态度。另外,收入本卷的"狄希千日酒",是一则充满喜剧性的故事,从刘玄石的醉死千日,醒后不知"日高几许",我们能够略略窥及古人十分高超的酿酒技术。

李寄斩蛇

　　东越闽中有庸岭①,高数十里,其西北隙中有大蛇,长七八丈,大十余围,土俗常病。东冶都尉及属城长吏②,多有死者。祭以牛羊,故不得福。或与人梦,或下谕巫祝,欲得啖童女年十二三者。都尉令长并共患之。然气厉不息,共请求人家生婢子,兼有罪家女养之。至八月朝祭,送蛇穴口,蛇出吞啮之。累年如此,已用九女。尔时预复募索,未得其女。将乐县李诞家有六女③，无男，其小女名寄，应募欲行，父母不听。寄曰："父母无相留。惟生六女，无有一男，虽有如无。女无缇萦济父母之功④，既不能供养，徒费衣食，生无所益，不如早死。卖寄之身，可得少钱，以供父母，岂不善耶！"父母慈怜，终不听去。寄自潜行，不可禁止。寄乃告请好剑及咋蛇犬。至八月朝，便诣庙中坐，怀剑，将犬，先将数石米糍⑤，用蜜麨灌之⑥，以置穴口。蛇便出，头大如囷⑦，目如二尺镜，闻餈香气，先啖食之。寄便放犬，犬就啮咋，寄从后斫得数创。疮痛急，蛇因踊出，至庭而死。寄入视穴，得其九女髑髅⑧，悉举出，咤言曰："汝曹怯弱，为蛇所食，甚可哀愍。"于是寄女缓步而归。越王闻之，聘寄女为后，拜其父为将乐令，母及姊皆有赏赐。自是东冶无复妖邪之物。其歌谣至今存焉。

【注释】

①东越：古族名。古代越人的一支，相传为越王勾践的后裔。秦汉时分布在今浙江东南部、福建北部一带。汉武帝时东越王馀善反汉，旋被其部属所杀。后以东越指闽东或浙东地区。

②东冶：汉魏时期行政区划名称，属会稽郡，尉治东冶县，即今福建福州闽侯县。都尉：官名。辅佐郡守并掌全郡的军事。

③将乐：县名。三国吴置。即今福建三明将乐。

④缇（tí）萦：人名，汉代孝女。汉文帝时，太仓令淳于意有罪当受刑，被送到长安的监狱，他的小女儿缇萦随父至长安，上书请入身为官婢，赎父罪。汉文帝怜惜她，于是免除了淳于意的罪。

⑤糍：用糯米煮饭或用糯米粉、黍米粉制成的糕饼。

⑥蜜麨（chǎo）：炒熟的米粉或麦粉和以蜜糖的食品。

⑦囷(qūn)：圆形谷仓。

⑧髑(dú)髅：头骨。

【译文】

东越闽中地区有座庸岭，山高几十里，它西北面的山缝中有一条大蛇，长七八丈，粗十多围，当地老百姓经常受到祸害。东冶都尉及所属县的长官，常有被它咬死的。拿牛羊去祭祀，仍然得不到福佑。它有时给人托梦，有时下令给巫祝，想要得到十二三岁的小女孩来吃。都尉县长都以此为患。但疾病灾疫没有停息，大家只好去征求人家奴婢生的女孩，以及犯了罪的人家的女儿养着。到八月初祭祀，送到蛇洞口，蛇出来吞食她。多年这样，已经用了九个女孩。那一年又预先寻募女孩，没有找到合适的女孩。将乐县李诞家有六个女儿，没有男孩，他家小女儿名叫李寄，要去应募前往，父母不同意。李寄说："父母不要挽留我。只生了六个女儿，没有一个儿子，虽然有孩子也跟没有一样。女孩没有缇萦救父母的功劳，既然不能奉养父母，白白浪费衣食，活着没什么用处，不如早死。卖了我，可以得到一点钱，拿来供养父母，难道不好吗？"父母慈爱女儿，始终不同意她去。李寄自己悄悄走了，父母没能禁止。李寄于是请求得到锋利的剑和咬蛇的狗。到了八月初，李寄就到庙中坐着，抱着剑，带着狗，她先拿几石米做的糍糕，用蜜糖麨面拌好，放在蛇洞口。蛇就出来了，头大得像谷仓，眼睛像二尺的镜子，闻到糍糕的香气，先去吃它。李寄就放开狗，狗去咬蛇，李寄从后面砍伤它好几处。伤口疼得厉害，蛇于是从庙里窜出，到院子里就死了。李寄进去看蛇洞，看到九个女孩子的头骨，都拿了出来，悲痛地说："你们胆小懦弱，被蛇吃掉，真的很可怜。"于是李寄姑娘慢慢回家去了。越王听说这件事，聘娶李寄做王后，任命她的父亲为将乐县令，她母亲和姐姐都有赏赐。从那以后，东冶再没有妖怪。歌唱李寄的歌谣至今还在流传。

司徒府大蛇

晋武帝咸宁中,魏舒为司徒。府中有二大蛇,长十许丈,居厅事平橑上①。止之数年,而人不知,但怪府中数失小儿,及鸡犬之属。后有一蛇夜出,经柱侧伤于刃,病不能登,于是觉之。发徒数百,攻击移时,然后杀之。视所居,骨骼盈宇之间。于是毁府舍更立之。

【注释】

①橑(lǎo):屋椽。

【译文】

晋武帝咸宁年间,魏舒任司徒。他的官府中有两条大蛇,长十来丈,藏在办公厅房的平梁上。停留了好几年而人们都不知道,只是奇怪官府中多次丢失小孩,以及鸡、狗等动物。后来有一条蛇晚上出来,经过屋柱时被刀刃割伤,伤重不能爬上屋去,于是被发现了。魏舒派了几百个人,攻打了很长时间,才把两条蛇杀死。看蛇所藏的地方,屋檐之间堆满了骨头。于是拆掉了司徒府重新修建。

张宽斗蛇翁

汉武帝时张宽为扬州刺史。先是,有二老翁争山地,诣州讼疆界,连年不决。宽视事①,复来。宽窥二翁形状非人,令卒持杖戟将入,问:"汝等何精?"翁走,宽呵格之,化为二蛇。

【注释】

①视事:就职治事。

【译文】

汉武帝时张宽任扬州刺史。在这之前,有两个老头争夺山地,到州府里打地界官司,一连几年不能断案。张宽就职治事,他们又来了。张宽暗中察看两个老头长相不是人,命令役卒拿着棍杖戈戟带他们进来,问道:"你们是什么妖精?"两个老头逃走,张宽喝令击打,他们变成了两条蛇。

张福遇鼋妇

荥阳人张福船行还野水边。夜有一女子,容色甚美,自乘小船来投福,云:"日暮畏虎,不敢夜行。"福曰:"汝何姓?作此轻行。无笠,雨驶,可入船就避雨。"因共相调,遂入就福船寝,以所乘小舟系福船边。三更许,雨晴,月照,福视妇人,乃是一大鼋枕臂而卧。福惊起,欲执之,遽走入水。向小舟,是一枯槎段①,长丈余。

【注释】

①槎(chá):树的杈枝。

【译文】

荥阳人张福在荒野的水边行船。晚上有一个女子,容貌姿色很美,独自乘着小船来投奔张福,说:"天色晚了害怕老虎,不敢晚上赶路。"张福说:"你姓什么? 这么轻率地做事。没有笠帽在雨中行船,可以到我的船上来避雨。"于是两人相互调笑,女子就到张福的船上睡觉,把她所乘的小船系在张福的船旁边。三更左右,雨过天晴,月光照下来,张福看那女人,竟然是一只大鼋枕着自己的胳膊睡觉。张福吃惊地跳起,想抓住它,大鼋急忙逃到水里去了。先前那条小船,是一段枯树杈,长一丈多。

谢非除庙妖

丹阳道士谢非①，往石城买冶釜②。还，日暮不及至家。山中庙舍于溪水上，入中宿。大声语曰："吾是天帝使者，停此宿。"犹畏人劫夺其釜，意苦搔搔不安。二更中，有来至庙门者，呼曰："何铜。"铜应喏。曰："庙中有人气，是谁？"铜云："有人，言是天帝使者。"少顷便还。须臾又有来者，呼铜，问之如前，铜答如故，复叹息而去。非惊扰不得眠，遂起，呼铜问之："先来者谁？"答言："是水边穴中白鼍。""汝是何等物？"答言："是庙北岩嵌中龟也。"非皆阴识之。天明，便告居人，言："此庙中无神。但是龟鼍之辈，徒费酒食祀之。急具锸来，共往伐之。"诸人亦颇疑之。于是并会伐掘，皆杀之。遂坏庙，绝祀。自后安静。

【注释】

①丹阳：郡名。汉武帝建元二年（前141），更秦鄣郡为丹阳郡，郡治宛陵，即今安徽宣城宣州区。

②石城：古县名。在今安徽池州贵池西南。

【译文】

丹阳郡的道士谢非，到石城买铁锅。回来时，天晚了来不及赶回家。山中有一座庙宇建在溪水边上，谢非进去住宿。他大声说："我是天帝的使者，停留在这里住宿。"他还是怕人抢他的锅，心里骚动不安。夜里二更时，有人来到庙门，喊道："何铜。"何铜答应。说："庙里有人的气息，是谁？"何铜说："有人，说是天帝的使者。"过一会儿那人走了。一会儿又有人来，喊何铜，问他的话和先前一样，何铜回答也一样，那人又叹息一声走了。谢非被惊扰得睡不着觉,于是起来,喊何铜,问他:"先来的人是谁?"回答说:"是水边洞穴中的白鼋。""你是什么东西?"回答说:"是庙北岩洞中的乌龟。"谢非暗暗记在心里。天亮了,谢非就去告诉当地的居民,说:"这座庙里没有神灵。只是龟鼋之类,白白浪费酒食祭祀它们。快准备铁锹来,一起去铲除它们。"众人也都怀疑庙神,于是一同去挖掘,把鼋龟都杀了。于是毁了庙,停止了祭祀。从此之后安静无事。

孔子论五酉

孔子厄于陈,弦歌于馆。中夜,有一人长九尺余,着皂衣,高冠,大吒,声动左右。子贡进问:"何人耶?"便提子贡而挟之。子路引出,与战于庭。有顷,未胜。孔子察之,见其甲车间时时开如掌①。孔子曰:"何不探其甲车,引而奋登?"子路引之,没手仆于地,乃是大鳀鱼也②,长九尺余。孔子曰:"此物也,何为来哉? 吾闻物老,则群精依之,因衰而至。此其来也,岂以吾遇厄绝粮,从者病乎? 夫六畜之物,及龟、蛇、鱼、鳖、草、木之属,久者神皆凭依,能为妖怪,故谓之五酉。五酉者,五行之方,皆有其物。酉者,老也,物老则为怪,杀之则已,夫何患焉? 或者天之未丧斯文,以是系予之命乎? 不然,何为至于斯也?"弦歌不辍。子路烹之,其味滋,病者兴。明日,遂行。

【注释】

①甲车间:铠甲和腮间。车,牙车,即下颌骨,下牙床。

②鳀(tí)鱼:即鲇鱼。

【译文】

孔子周游列国时在陈国绝粮被困，在馆舍弹琴唱歌。半夜，有一个人身长九尺多，穿着皂黑色的衣服，戴着高帽子，大声吼叫，声音惊动了左右的人。子贡进来问："是什么人？"那人便提起子贡挟住。子路把他引出房，在院子里打斗。打了一会儿，未能取胜。孔子观察他，看见他的铠甲和腮帮子中间不时打开像手掌一样。孔子说："怎么不抓他的铠甲和腮帮子中间，使劲往上拉？"子路拉他，手伸进去他就倒在地上，居然是一条大鳀鱼，长九尺多。孔子说："这个怪物为什么来呢？我听说事物老了就会有各种精怪来依附他，在人衰败的时候就到来。它来这里，难道是因为我遇到困厄断了粮食，随从生病了吗？六畜动物，以及龟蛇鱼鳖草木之类，时间长了神灵都会凭依，会变成妖怪，所以称之为五酉。所谓五酉，东南西北中五方都有这种怪物。酉，是老的意思，事物老了就会成为妖怪，杀了就完了，有什么可担忧的呢？或许是上天不想丧失这礼乐制度，拿这个来维系我的生命吧？不然的话，为什么要到这里来呢？"他弹琴唱歌没有停止。子路烹了鳀鱼，它的味道很美，生病的人能站起来了。第二天就动身上路了。

鼠妇迎丧

豫章有一家[1]，婢在灶下，忽有人长数寸，来灶间壁，婢误以履践之，杀一人。须臾，遂有数百人，着衰麻服，持棺迎丧，凶仪皆备。出东门，入园中覆船下。就视之，皆是鼠妇[2]。婢作汤灌杀，遂绝。

【注释】

①豫章：古郡名。郡治在今江西南昌。
②鼠妇：虫名。古称伊威，又名鼠负潮虫。体形椭圆，胸部有环节

七,每节有足一对,栖于阴湿壁角之间。

【译文】

豫章郡有一户人家,婢女在灶下干活,忽然有长几寸的小人,来到灶间的墙壁下,婢女不小心用脚踩踏它们,踏死了一个。一会儿,就有几百个人,穿着衰麻孝服,抬着棺材来迎丧,凶丧礼仪全部齐备。他们出了东门,进到园子里翻过来放在船下面。走近了察看,都是鼠妇。婢女烧开水灌进去杀死它们,妖怪就绝迹了。

狄希千日酒

狄希,中山人也[1],能造千日酒,饮之千日醉。时有州人,姓刘,名玄石,好饮酒,往求之。希曰:"我酒发来未定,不敢饮君。"石曰:"纵未熟,且与一杯,得否?"希闻此语,不免饮之。复索,曰:"美哉!可更与之。"希曰:"且归。别日当来。只此一杯,可眠千日也。"石别,似有怍色[2]。至家,醉死。家人不之疑,哭而葬之。经三年,希曰:"玄石必应酒醒,宜往问之。"既往石家,语曰:"石在家否?"家人皆怪之,曰:"玄石亡来,服以阕矣。"希惊曰:"酒之美矣,而致醉眠千日,今合醒矣。"乃命其家人凿冢,破棺看之。冢上汗气彻天。遂命发冢,方见开目,张口,引声而言曰:"快哉,醉我也!"因问希曰:"尔作何物也,令我一杯大醉,今日方醒?日高几许?"墓上人皆笑之。被石酒气冲入鼻中,亦各醉卧三月。

【注释】

①中山:郡、国名。汉高祖时置郡,汉景帝时改郡为国。郡治卢奴(今河北定州)。

②怍(zuò)色：羞愧的神色。

【译文】

狄希，是中山人，能制造千日酒，喝了它要醉上千日。当时有个同乡，姓刘，叫玄石，喜欢喝酒，去讨酒喝。狄希说："我的酒发酵酒性还不定，不敢给你喝。"刘玄石说："即使还没有成熟，暂给我一杯，行不行？"狄希听了这话，不得已给他喝了一杯。刘玄石喝了还要，说："美啊，可以再给一杯吗？"狄希说："暂且先回去吧。改天再来。只这一杯，就能让你睡上千日了。"刘玄石告别，似乎有羞愧的神色。到家后，就醉死了。家里人没有一点怀疑，哭着把他葬了。过了三年，狄希说："刘玄石应该酒醒了，应该去看看他。"到刘玄石家，狄希说："玄石在家吗？"家里人都很奇怪，说："玄石死了，丧服都已经除了。"狄希吃惊地说："这酒确实美极了，竟使他醉卧千日，今天应该醒了。"于是叫刘家的人去凿开坟墓，打开棺材看他。坟上汗气冲天，便叫挖开坟墓，正好看见刘玄石睁开眼睛，张开嘴，拉长声音说："痛快啊，把我弄醉了。"于是问狄希说："你造的是什么酒啊，让我喝一杯就大醉，今天才醒？太阳多高啦？"坟上的人都笑他。大家被刘玄石的酒气冲入鼻子，也各醉卧了三个月。

陈仲举相命

陈仲举微时①，常宿黄申家。申妇方产，有扣申门者，家人咸不知。久久方闻屋里有人言："宾堂下有人②，不可进。"扣门者相告曰："今当从后门往。"其人便往。有顷，还。留者问之："是何等？名为何？当与几岁？"往者曰："男也，名为奴，当与十五岁。""后应以何死？"答曰："应以兵死。"仲举告其家曰："吾能相。此儿当以兵死。"父母惊之，寸刃不使得执也。至年十五，有置凿于梁上者，其末出，奴以为木也，自下钩之，凿从梁落，陷脑而死。后仲举为豫章太守③，故遣吏往饷之申家，并问奴所在。其家以此具告。仲举闻之，叹曰："此谓命也。"

【注释】

①陈仲举：即陈蕃，字仲举，东汉人，官至太傅。《后汉书》有传。
②宾堂：接待宾客的堂屋。相当于现在的客厅。
③豫章：古郡名。郡治在今江西南昌。

【译文】

陈仲举贫贱时，曾经在黄申家留宿。黄申的妻子正好生孩子，有人敲黄申家的门，黄申家人都不知道。过了很久才听屋里有人说："客厅里有人，不能进去。"敲门的人告诉他说："今天应该从后门进去。"那个人就走了。过了一会儿，回来了。留下的人问道："是什么样的？名叫什么？应该给多少岁？"去的人说："男的，名字叫奴，应该给十五岁。""往后应该怎样死？""应该因兵器而死。"陈仲举告诉黄申家的人说："我会相面。这个孩子将因为兵器而死亡。"孩子的父母很吃惊，一寸的小刀都不让他拿。到了十五岁时，有人把凿子放在了屋梁上，凿子的末端露出来，奴以为是木棍，从下面钩它，凿子从屋梁上落下，插进脑袋死了。后来陈仲举做了豫章太守，特意派胥吏给黄申家赠送礼物，同时询问奴在哪里。黄家把这些情况一一说了。陈仲举听了，感叹道："这就是命啊。"

卷二十

【题解】

本卷收录的都是因果报应故事。在这些故事中,动物和人一样有灵性,不同的人也因为对动物采取不同的态度而得到不同的结果。如"苏易助虎产",就讲述了一个因为帮助老虎产子而得到老虎报答,"再三送野肉于门内"的故事。"义犬救主"则把人犬之间的深厚感情描述得十分动人。著名的"隋侯珠",也来自一条被隋侯救活的大蛇。除了龙、虎、龟、蛇、犬这一类在传统观念中就具有灵性的动物之外,像蚂蚁、蝼蛄这样的小虫,也因人的善念而能救人于危难。除了动物报恩的故事,报仇也是本卷的主题之一。虐杀猿子致使猿母肝肠寸断的人全家遭瘟疫而死,杀死大蛇的陈甲也没有逃脱大蛇的复仇。而只有未食鱼肉的古巢老姥在县城沦陷时得以独活。这些故事,通过动物对人类恩怨分明的回报,宣扬了"善有善报,恶有恶报"的朴素因果报应观念。

病龙求医

晋魏郡亢阳①,农夫祷于龙洞,得雨,将祭谢之。孙登见曰②:"此病龙雨,安能苏禾稼乎?如弗信,请嗅之。"水果腥秽。龙时背生大疽,闻登言,变为一翁,求治,曰:"疾瘥,当有报。"不数日,果大雨。见大石中裂开一井,其水湛然。龙盖穿此井以报也。

【注释】

①魏郡:郡名。汉置,郡治邺,其故城在今河北临漳县城西南。亢
　阳:旱灾。

②孙登:晋代的隐士。

【译文】

　　晋朝时魏郡大旱,农夫在龙洞祈祷,果然求到了雨,准备祭祀来感
谢龙。孙登见了说:"这是有病的龙降下的雨,怎么能救活庄稼呢? 如
果不相信,请闻闻看。"雨水果然是腥臭的。龙当时背上长了大疮,听了
孙登的话,变成一个老人来求医,说:"病治好了,会有报答。"不几天,果
然下起大雨。只见大石头中间裂开一口井,井水十分清澈。龙大概是
穿凿这口井作为报答的。

苏易助虎产

　　苏易者,庐陵妇人①,善看产。夜忽为虎所取,行六七
里,至大圹②。厝易置地③,蹲而守。见有牝虎当产,不得解,
匍匐欲死,辄仰视。易怪之,乃为探出之,有三子。生毕,牝
虎负易还。再三送野肉于门内。

【注释】

①庐陵:郡名。东汉兴平元年(194),孙策分豫章郡置庐陵郡,治所
　西昌县(在今江西泰和县城西北)。

②圹(kuàng):墓坑。

③厝(cuò):放置。

【译文】

苏易，是庐陵郡的一个妇人，善于接生孩子。一天晚上她忽然被老虎抓取，走了六七里，来到一个大墓坑。把苏易放到地上，蹲在旁边守候。苏易看见有一只母老虎要产仔，生不下来，趴在地上几乎死去，总是向上看着。苏易觉得奇怪，于是给它摸取出来，有三只虎仔。生完虎仔，雌虎驮着苏易回家。还两三次送野兽的肉到苏易家。

玄鹤衔珠

哙参养母至孝[1]。曾有玄鹤为弋人所射[2]，穷而归参。参收养，疗治其疮，愈而放之。后鹤夜到门外，参执烛视之，见鹤雌雄双至，各衔明珠以报参焉。

【注释】

①哙参：人名。因至孝闻名。

②玄鹤：黑鹤。弋人：射鸟的人。

【译文】

哙参奉养母亲非常孝顺。曾经有一只玄鹤被射鸟的人射伤，飞不动了到哙参家来。哙参收养了它，给它治伤，伤好之后放它走了。后来玄鹤晚上来到哙参家门外，哙参拿着灯烛去看它，发现雌鹤雄鹤双双到来，各衔一颗明珠用以报答哙参。

黄鸟报恩

汉时弘农杨宝[1]，年九岁时，至华阴山北[2]，见一黄雀为鸱枭所搏，坠于树下，为蝼蚁所困。宝见，愍之，取归，置巾箱中[3]，食以黄花。百余日，毛羽成，朝去，暮还。一夕三更，宝读书未卧，有黄衣童子，向宝再拜曰："我西王母使者，使蓬莱,不慎为鸱枭所搏。君仁爱见拯,实感盛德。"乃以白环四枚与宝,曰:"令君子孙洁白,位登三事,当如此环。"

【注释】

①弘农:郡名。治所在今河南灵宝东北。

②华阴山:应指华山。

③巾箱:古时放置头巾的小箱子,后亦用以存放书卷、文件等物品。

【译文】

汉代时弘农郡的杨宝,九岁时,到华阴山北,看见一只黄雀被鸱枭搏击,掉在树下,受到蝼蚁围困。杨宝看见,怜悯它,把它带回来放在小箱子里,用菊花喂养它。过了一百多天,黄雀的羽毛长全了,每天早上飞出去,傍晚飞回来。有一天半夜三更,杨宝读书还没有休息,有一个穿黄衣的童子,向杨宝拜了两拜,说:"我是西王母的使者,出使蓬莱,不小心被鸱枭搏击。你仁爱救我,实在感谢您的大德。"于是把白环四枚送给杨宝,说:"让您的子孙品德高洁,官至三公,会像这玉环一样。"

隋侯珠

隋县溠水侧①,有断蛇丘。隋侯出行②,见大蛇被伤,中断。疑其灵异,使人以药封之,蛇乃能走。因号其处断蛇丘。岁余,蛇衔明珠以报之。珠盈径寸,纯白,而夜有光明,如月之照,可以烛室。故谓之"隋侯珠",亦曰"灵蛇珠",又曰"明月珠"。

【注释】

①溠(zhā)水:水名。又名扶恭河。在湖北随州西北。

②隋侯:西周时所封诸侯国隋国的国君。其封国在今湖北随州。

【译文】

隋县溠水旁,有个断蛇丘。隋侯出行,看见一条大蛇被砍伤,从中间断开。隋侯疑心这条蛇灵异,派人用药给它包扎,蛇才能爬走,于是就称那个地方为断蛇丘。过了一年,蛇衔着一颗明珠来报答隋侯。明珠的直径超过一寸,纯白色,晚上有光,像月亮一样明,可以照亮屋子。因此称它叫"隋侯珠",又叫"灵蛇珠",又叫"明月珠"。

龟报孔愉

孔愉字敬康,会稽山阴人①。元帝时以讨华轶功封侯②。愉少时尝经行余不亭③,见笼龟于路者。愉买之,放于余不溪中④。龟中流左顾者数过。及后,以功封余不亭侯。铸印,而龟钮左顾,三铸如初。印工以闻,愉乃悟其为龟之报,遂取佩焉。累迁尚书左仆射⑤,赠车骑将军⑥。

【注释】

①会(kuài)稽:古郡名。秦置,因会稽山而得名,故地在今江苏东部及浙江西部。郡治吴县(今江苏苏州),东汉分置吴郡后,会稽郡治移至山阴(今浙江绍兴越城区)。山阴:古县名。秦置,因位于会稽山北面得名,后更名绍兴。

②华轶:字颜夏,平原郡人。晋永嘉中任江州刺史。后不服晋元帝命令,被讨伐斩首。

③余不亭:亭名,在浙江吴兴北。

④余不溪:即东苕溪的下游。

⑤尚书左仆射:职官名。汉成帝时,初置尚书五人,一人为仆射,位仅次尚书令,职权渐重。至汉献帝时,置左右仆射。唐宋左右仆射为宰相之职。宋以后废。

⑥赠:赐死者以爵位或荣誉称号。车骑将军:将军的名号。西汉文
　帝时始置,掌管京师及皇宫兵卫。

【译文】

　　孔愉字敬康,会稽郡山阴县人,晋元帝时因为讨伐华轶有功封侯。孔愉年轻时曾经行经余不亭,看到有人把龟装在笼子里卖。孔愉把它买下来,把它放生到余不溪中。乌龟在溪水中从左边回头看了好几次。等后来,孔愉因功被封为余不亭侯。铸官印时,龟形印钮成往左看的样子,改铸了三次都还是原来的样子。铸印的工匠把这事告诉孔愉,他才明白这是乌龟报恩,于是拿来佩带上。孔愉后来官职连续升迁至尚书左仆射,死后被追封为车骑将军。

古巢老姥

　　古巢一日江水暴涨①,寻复故道。港有巨鱼,重万斤,三日乃死。合郡皆食之,一老姥独不食②。忽有老叟曰:"此吾子也,不幸罹此祸。汝独不食,吾厚报汝。若东门石龟目赤,城当陷。"姥日往视。有稚子讶之,姥以实告。稚子欺之,以朱傅龟目。姥见,急出城。有青衣童子曰:"吾龙之子。"乃引姥登山,而城陷为湖。

【注释】

①古巢:古县名。故城在今安徽巢湖东北。
②姥(mǔ):老妇的通称。

【译文】

　　古巢县有一天江水猛涨,不久又退回原来的河道。小河沟里留下一条大鱼,重万斤,三天才死。全郡的人都来分吃大鱼,只有一个老妇人没有吃。忽然有一个老头说:"这是我的儿子。不幸遭遇到这样的

灾祸。只有你没有吃它,我要重重地报答你。如果县城东门的石龟眼睛变成红色,县城就会沦陷为湖。"老妇人每天都去看那石龟,有个小孩子感到奇怪,老妇人把实话告诉他。小孩子欺骗老妇人,用红色涂抹石龟的眼睛。老妇人看见石龟眼睛变红,急忙出城。有一个穿青衣的童子说:"我是龙的儿子。"他领着老妇人登上高山,县城陷落成为湖泊。

蚁王报恩

吴富阳县董昭之①,尝乘船过钱塘江,中央,见有一蚁,着一短芦,走一头回,复向一头,甚惶遽。昭之曰:"此畏死也。"欲取着船。船中人骂:"此是毒螫物,不可长。我当蹹杀之②。"昭意甚怜此蚁,因以绳系芦着船。船至岸,蚁得出。其夜梦一人,乌衣,从百许人来谢云:"仆是蚁中之王。不慎堕江,惭君济活。若有急难,当见告语。"历十余年,时所在劫盗,昭之被横录为劫主,系狱余杭。昭之忽思蚁王梦,缓急当告,今何处告之? 结念之际,同被禁者问之,昭之具以实告。其人曰:"但取两三蚁着掌中,语之。"昭之如其言。夜果梦乌衣人云:"可急投余杭山中。天下既乱,赦令不久也。"于是便觉,蚁啮械已尽,因得出狱。过江,投余杭山③。旋遇赦,得免。

【注释】

①富阳:县名。秦置富春县,属会稽郡。东汉分置吴郡,富春属吴郡。东晋更名富阳,沿用至今,属浙江。

②蹹(tà):同"踏"。

③余杭山:山名,又称秦余杭山、万安山。相传吴王夫差兵败自杀
后葬于此。

【译文】

吴郡富阳县人董昭之,曾经乘船过钱塘江,到了河中央,看见有一只蚂蚁,爬在一根短芦苇上,走完一头回头,又走向另一头,十分惊慌害怕。董昭之说:"这是害怕被淹死。"想把它取到船上来。船上的人骂道:"这是有毒螫人的东西,不能救它。我要踩死它。"董昭之心里很可怜这只蚂蚁,于是用绳子把芦苇系在船上。船到岸后,蚂蚁得以从江中出来。那天夜里他梦见一个人,穿着黑衣,带着一百多人来感谢他说:"我是蚂蚁之王。不小心落到江里,感谢您救活我。如果遇到急难事,就告诉我。"过了十多年,当时地方上有盗贼,董昭之被横加罪名判为盗贼首领,关押在余杭。董昭之忽然想起蚁王托梦,有急难就告诉他,现在到哪里去告诉他呢? 当他念叨这件事时,一同被关押的人问他怎么回事,董昭之一一告诉他实情。那个人说:"只需拿两三只蚂蚁在手掌中,说给它们。"董昭之按他说的做了。夜里果然梦见乌衣人说:"可以赶快逃到余杭山中。天下已经乱了,赦令不久会到来。"于是就醒了,蚂蚁已经把枷锁咬坏了,因此得以逃出监狱。渡过江逃进了余杭山。不久遇到大赦,得以免罪。

义犬救主

孙权时李信纯,襄阳纪南人也①。家养一狗,字曰黑龙,爱之尤甚,行坐相随,饮馔之间,皆分与食。忽一日,于城外饮酒大醉,归家不及,卧于草中。遇太守郑瑕出猎,见田草深,遣人纵火爇之②。信纯卧处,恰当顺风。犬见火来,乃以口拽纯衣,纯亦不动。卧处比有一溪,相去三五十步。犬即奔往,入水湿身,走来卧处。周回以身洒之,获免主人大难。

犬运水困乏,致毙于侧。俄尔信纯醒来,见犬已死,遍身毛湿,甚讶其事。睹火踪迹,因尔恸哭。闻于太守。太守悯之曰:"犬之报恩,甚于人。人不知恩,岂如犬乎?"即命具棺椁衣衾葬之。今纪南有义犬冢,高十余丈。

【注释】

①纪南:即郢都,春秋战国时楚国的国都。因地处纪山之南,故又名纪南。在今湖北荆州江陵北。

②蓺(ruò):烧,焚烧。

【译文】

孙权时有个李信纯,是襄阳纪南人。他家养了一条狗,名叫黑龙,他非常喜欢它,这条狗走路停歇都跟着他,吃喝的时候,都要分食物给它。忽然有一天,李信纯在城外喝酒大醉,没来得及回家,睡倒在草丛里。碰上太守郑瑕出城打猎,看见田野里荒草很深,派人放火烧草。李信纯睡着的地方,正好是顺风的方向。狗看见大火烧来,就用嘴扯李信纯的衣服,李信纯还是不动。他睡的地方旁边有一条小溪,相距三五十步。狗立刻跑过去,到水里弄湿身子,又回到李信纯睡着的地方。来回用身上的水洒在周围,使主人得免大难。狗来回运水困乏,以致累死在主人身边。一会儿李信纯醒来,看见狗已经死了,全身的毛都是湿的,对此很惊诧。他看到火烧的踪迹,于是明白了,失声痛哭。这件事传到太守那里。太守很怜悯这条狗,说:"狗的报恩,超过人。人不知道报恩,怎么比得上狗呢?"立即下令准备棺材衣服把狗埋葬了。如今纪南有一座义犬冢,高十多丈。

快犬救主

太兴中①,吴民华隆养一快犬,号的尾,常将自随。隆后至江边伐荻②,为大蛇盘绕,犬奋咋蛇。蛇死,隆僵仆无知。犬彷徨涕泣,走还舟,复反草中。徒伴怪之,随往,见隆闷绝,将归家。犬为不食,比隆复苏,始食。隆愈爱惜,同于亲戚。

【注释】

①太兴:晋元帝司马睿的第二个年号,318—321 年。

②荻:多年生草本植物,与芦同类。生长在水边。根茎都有节似竹,叶抱茎生,秋天生紫色或白色、草黄色花穗,茎可以编席箔。

【译文】

　　晋元帝太兴年间,吴地百姓华隆家养了一条跑得很快的狗,名叫的尾,常带着它跟随自己。华隆后来到江边割荻,被大蛇缠住,狗奋力咬蛇。蛇死了,华隆僵倒在地上失去知觉。狗绕着他哭,跑回船上,又返回草丛中。华隆的同伴觉得奇怪,跟着它去,看见华隆闷气昏死,把他抬回家。狗不吃东西,等到华隆苏醒,才开始吃。华隆更加爱惜它,把它当成亲戚一样。

蝼蛄神

　　庐陵太守太原庞企①,字子及。自言其远祖不知几何世也,坐事系狱,而非其罪,不堪拷掠,自诬服之。及狱将上,有蝼蛄虫行其左右②,乃谓之曰:“使尔有神,能活我死,不当善乎。”因投饭与之。蝼蛄食饭尽,去,顷复来,形体稍大。意每异之,乃复与食。如此去来,至数十日间,其大如豚。及竟报,当行刑,蝼蛄夜掘壁根为大孔,乃破械,从之出。去久,时遇赦,得活。于是庞氏世世常以四节祠祀之于都衢处^③。后世稍怠，不能复特为馔，乃投祭祀之余以祀之，至今犹然。

【注释】

①庐陵：郡名。东汉兴平元年(194)，孙策分豫章郡置庐陵郡，治所西昌县(在今江西泰和县城西北)。

②蝼蛄：昆虫名。生活在泥土中，昼伏夜出，吃农作物嫩茎。通称"蝲蝲蛄"，有的地区叫"土狗子"。

③都：建有宗庙的城邑。衢(qú)：大路。

【译文】

庐陵太守太原人庞企，字子及。自己说他的远祖不知是哪一世，因为犯事被拘押在牢，却并没有犯所定的罪，受不了严刑拷打，被迫招供。等他的罪案报送上去时，有一只蝼蛄虫在他的左右爬行，就对它说："假使你有神灵，能救我免死，不是很好吗？"于是把饭扔给它吃。蝼蛄吃完饭走了。不久它又来了，形体渐渐长大。远祖总觉得奇怪，于是又给它食物。就这样来来去去，几十多天之间，它有小猪那么大了。等到最终判决下来，要行刑时，蝼蛄晚上在墙角挖了个大洞，就打破枷锁，跟着它逃了出去。逃出后过了很久，遇上大赦，得免死罪。于是庞家世世代代常于春夏秋冬四季在宗庙外的大路上祭祀蝼蛄神。到后世逐渐懈怠，不再特意准备食物，就拿祭祀祖庙剩下的食物去祭祀蝼蛄神，至今还是这样。

猿母哀子

临川东兴有人入山^①，得猿子，便将归，猿母自后逐至家。此人缚猿子于庭中树上以示之。其母便搏颊向人，若乞哀状，直是口不能言耳。此人既不能放，竟击杀之。猿母悲唤,自掷而死。此人破肠视之,寸寸断裂。未半年,其家疫死,灭门。

【注释】

①临川:古郡名。三国时吴置,郡治临汝(今江西临川)。东兴:古县名。属临川郡,故城在今江西黎川。

【译文】

临川郡东兴县有人到山里,抓到一只猿仔,就带回家,猿母从后面追到他家。这个人把猿仔绑在院子的树上给猿母看。猿母就对着人自打脸颊,好像是哀求的样子,只是口不能说出来罢了。这个人不仅没有放了猿仔,竟然打死了它。猿母悲哀地叫唤,自己跳起来后死了。这个人剖开猿母的肚子,看到它的肠子一寸一寸地断了。不到半年,他家遭瘟疫,人都死光了。

虞荡猎麈

冯乘虞荡夜猎①,见一大麈②,射之。麈便云:"虞荡,汝射杀我耶。"明晨,得一麈而入,实时荡死。

【注释】

①冯乘:古县名。西汉置,故城在今湖南江华瑶族自治县涛圩镇。
②麈(zhǔ):鹿类。亦名驼鹿。俗称四不像。

【译文】

冯乘县人虞荡晚上去打猎,看见一只大麈,用箭射它。麈就说:"虞荡,你射死我了。"第二天早晨,猎得一只麈回到家,当时虞荡就死了。

华亭大蛇

吴郡海盐县北乡亭里有士人陈甲①,本下邳人②。晋元帝时,寓居华亭③,猎于东野大薮。欻见大蛇④,长六七丈,形如百斛船,玄黄五色,卧冈下。陈即射杀之,不敢说。三年,与乡人共猎,至故见蛇处,语同行曰:"昔在此杀大蛇。"其夜梦见一人,乌衣,黑帻,来至其家,问曰:"我昔昏醉,汝无状杀我。我昔醉,不识汝面,故三年不相知。今日来就死。"其人即惊觉。明日,腹痛而卒。

【注释】

①吴郡:古郡名,郡治吴县(今江苏苏州)。海盐:古县名,故地在今浙江平湖东南。

②下邳:地名。秦时置县,东汉时置国,南朝改国为郡。故城在今江苏睢宁西北古邳镇。

③华亭:地名。唐时置县,民国时改称松江县,即今上海松江区。

④欻(xū):忽然。

【译文】

吴郡海盐县北乡亭里有个士人叫陈甲,他本来是下邳人。晋元帝时,他客居华亭,在东边野外的大沼泽中打猎。忽然看见一条蛇,长六七丈,形状像一条能装百斛的大船,身上有黑黄五色的花纹,睡在土冈下。陈甲立刻射死了它,没有敢给人说。三年后,他和同乡一起打猎,到过去看见蛇的地方,对同行的人说:"过去在这里杀了一条大蛇。"那天夜里他梦见一个人,穿着黑衣,戴着黑头巾,来到他家,问他说:"我原先昏醉,你无缘无故杀了我。我原先醉了,没能认识你的面目,所以三年来不知道是你。今天你来找死。"陈甲立刻吓醒了。第二天,他肚子疼就死了。

邛都老姥

邛都县下有一老姥①,家贫,孤独,每食,辄有小蛇,头上

戴角,在床间,姥怜而饲之食。后稍长大,遂长丈余。令有
骏马,蛇遂吸杀之。令因大忿恨,责姥出蛇。姥云在床下。
令即掘地,愈深愈大,而无所见。令又迁怒,杀姥。蛇乃感
人以灵言,瞋令②:"何杀我母?当为母报仇。"此后每夜辄闻
若雷若风,四十许日。百姓相见,咸惊语:"汝头那忽戴鱼?"
是夜,方四十里与城一时俱陷为湖。土人谓之为"陷湖"。
唯姥宅无恙,至今犹存。渔人采捕,必依止宿。每有风浪,
辄居宅侧,恬静无他。风静水清,犹见城郭楼橹暧然③。今
水浅时,彼土人没水,取得旧木,坚贞光黑如漆。今好事人
以为枕,相赠。

【注释】

①邛都:古县名。县治在今四川西昌东南。

②瞋:通"嗔"。责怪。

③楼橹:古代军中用以瞭望、攻守的无顶盖的高台。建于地面或
　　车、船之上。暧(cè)然:清晰的样子。

【译文】

　　邛都县有一个老妇人,家境贫穷,孤身一人,每天吃饭,总有一条小
蛇,头上长着角,出现在床边。老妇人可怜它,给它食吃。后来渐渐长
大,就有一丈多长。县令有一匹骏马,蛇把它吞食了。县令因此非常愤
恨,责令老妇人交出蛇来。老妇人说蛇在床下,县令就叫人挖地,越挖
蛇洞就越深越大,却什么也没有发现。县令又迁怒于老妇人,把她杀
了。蛇于是用神灵附在人身上说话,怒责县令:"为什么杀我的母亲?
我要为我的母亲报仇。"此后每天晚上总是听到像是打雷刮风的声音,
一连四十多天。老百姓相互见面,都惊讶地说:"你头上怎么忽然戴着
鱼?"那天夜里,方圆四十里和县城一下子都陷落成湖。当地人称它"陷

湖"。只有老妇人的屋子平安无事,至今还保存着。渔夫采集捕捞,一定要到那里住宿。每当发生风浪,总是停靠在宅院旁,便风平浪静没有危险。风静水清的时候,还能看见城墙楼台清清楚楚的样子。现在水浅的时候,那些当地人潜入水中,取出旧的木料,木质坚硬光亮黝黑像漆一样。现在有些好事的人把它做成枕头相互赠送。

建业妇人

　　建业有妇人①,背生一瘤,大如数斗囊,中有物如茧栗②,甚众,行即有声。恒乞于市。自言:"村妇也。常与姊姒辈分养蚕③,己独频年损耗。因窃其姒一囊茧焚之。顷之,背患此疮,渐成此瘤,以衣覆之,即气闭闷,常露之,乃可。而重如负囊。"

【注释】

①建业:都城名。即今江苏南京。东汉末年吴孙权移治秣陵,改称建业,西晋时改称建邺。

②茧栗:言其形小如茧似栗。常用以形容牛角初生的样子。

③姒(sì):古代妯娌间,以兄妻为姒,弟妻为娣。相谓亦曰姒。

【译文】

　　建业有一个妇女,后背上长了一个瘤子,像几斗的口袋那么大,里面有东西如茧似栗,非常多,走起路来就发出响声。她总是在集市上乞讨。她自己说:"是乡村的妇女。曾经和姐妹妯娌们分别养蚕,自己一个人的蚕连年损耗,于是偷嫂嫂的一袋蚕茧烧了。不一会儿,背上就长了这种疮,逐渐变成了这个瘤子。用衣服盖上,立刻觉得气闷,经常露在外面才行,并且沉重得就像背着口袋。"

中华经典名著
全本全注全译丛书
（已出书目）